Joner Storesang

Perfect World
Nichts scheint, wie es ist

Kriminalroman

grafit

Das Essener Arbeiterkind **Joner Storesang**, geboren 1969, landete auf Umwegen zum Germanistikstudium im Saarland, wo er seitdem lebt. Nach fünfzehn Jahren als Drehbuchautor fokussiert er sich heute auf das Schreiben von Hörbüchern, die vorzugsweise im Revier, seiner alten Liebe, spielen.

grafit

Dieses Buch ist ein Roman. Handlungen und Personen sind frei erfunden. Ähnlichkeiten mit lebenden oder toten Personen sind nicht gewollt und rein zufällig.

Bibliografische Information der Deutschen Nationalbibliothek
Die Deutsche Nationalbibliothek verzeichnet diese Publikation in der Deutschen Nationalbibliografie; detaillierte bibliografische Daten sind im Internet über http://dnb.d-nb.de abrufbar.

MIX
Papier aus verantwortungsvollen Quellen
FSC® C083411
www.fsc.org

Cäcilienstraße 48, D-50667 Köln
Internet: http://www.grafit.de
E-Mail: info@grafit.de

Dieses Werk wurde vermittelt von der
Michael Meller Literary Agency GmbH, München
Umschlaggestaltung: Nina Schäfer, unter Verwendung eines Motivs von Marcos Appelt/Arcangel.com
Gestaltung Innenteil: DÜDE Satz und Grafik, Odenthal
Druck und Bindearbeiten: CPI – Clausen & Bosse, Leck
ISBN 978-3-89425-791-0
1. Auflage 2022

Basierend auf einer audible ORIGINAL-Produktion.

1

Weg

Läuft das Band schon? – Moment, die Taste. Jetzt. Gut, okay.

Ich weiß nicht, welche Tageszeit es jetzt ist. Vielleicht früher Morgen. Vielleicht … Ach was, egal. Der Raum ist muffig und feucht. Wie ein alter Keller. Ja, ich glaube, ich bin in einem Keller.

Was mache ich hier nur? Wie soll das hier jemand finden?

Okay, ich muss mich zusammenreißen.

Erinnert euch an die Geschichte der Spatzenfamilie. Ich hab sie euch früher vorgelesen. Es war die einzige, die ihr beide wirklich mochtet.

Die Spatzenfamilie hatte sich über den Winter bei einem Bäcker eingenistet. Aber der Bäcker wollte sie nicht in der Backstube haben. Also besorgte er sich eine furchtbar böse Katze, welche die Spatzen jagen und fressen sollte. Nachdem die Katze Papa Spatz erlegt hatte, lockte Mama Spatz sie weg. So weit weg, dass Mama Spatz sich verirrte. Daraufhin machten sich die Kinderspatzen auf und suchten sie.

Ihr werdet das nicht tun! Ihr werdet euch gegenseitig um euch kümmern. Aufeinander aufpassen. Aber um aller Herrgotts willen: Sucht mich nicht!

Moment … Was ist das?

Oh mein Gott, sie kommen.

Aus. Wo ging das noch aus?

***

Der Wiedererweckung wegen, wiederholte ich in Gedanken, während ich im Rückspiegel den beiden Polizisten zusah, die über die Fahrzeugpapiere und meinen Führerschein diskutierten. Sie hatten mich gerade mal zwei Querstraßen von daheim erwischt und ich fand, sie hätten die Sache abkürzen und mir einfach ein Ticket für zu schnelles Fahren in der Dreißiger-Doppelhaus-Zone mit Zechenpatina verpassen können. Sonst würde ich die Kinder niemals mehr rechtzeitig zur Schule kriegen.

»Kommt gar nicht in die Tüte«, raunzte ich daher auch ungnädig meine Tochter auf dem Beifahrersitz an. Ich hatte mich gerade erst damit arrangiert, dass Johanna sich die Augenbrauen abrasiert hatte, um ihren Cosplaylook zu perfektionieren. Sie imitierte ein ätherisches Wesen aus einem Comic, dessen Namen ich mir nicht mal merken konnte, wozu die Brauen mitten auf die Stirn mussten. Also hatten nur Rasierer und Schminkstift geholfen.

Ich war froh, dass wenigstens ihre langen blonden Locken nicht für eine schwarze Helmfrisur hatten dran glauben müssen. Sowie dass ihre Kostüme nur sehr begrenzt zum Einsatz kamen und sie zur Schule Jeans und die rote Sweatshirtjacke trug, die wir erst vor zwei Tagen im vermutlich kältesten Sommer gekauft hatten, den ich je erlebt hatte. Obwohl sie es seit Samstag irgendwie geschafft hatte, beides alt und abgetragen wirken zu lassen.

Nun hatte sie sich auch noch eine Art Taufe in den Kopf gesetzt. Bei einem afrikanischen Medizinmann, der in ihrer Klasse einen Vortrag über Menschenrechtsverletzungen gehalten hatte. Während des Rituals konnte sie ihr altes Ich ablegen und ihr neues annehmen – vermutlich das des Comicwesens.

»Das ist unfair«, entgegnete sie und betonte jede weitere Silbe mit gestrecktem Zeigefinger, als hielte sie ein Plädoyer vor Gericht. »Du hast so was auch gemacht. Denk mal an diese Schlauch-Geschichte.«

Ich fühlte mich ertappt. Woher wusste sie das? Ich war

tatsächlich einmal durch einen meterlangen rosa Schlauch gerobbt, der einen Geburtskanal symbolisieren sollte. Als äußerst gewollter Schlusspunkt eines mehr als wilden Jahres. Wovon man aber seiner Tochter nicht erzählte. Schon gar nicht, wenn sie pubertierte. Weil man sonst lebenslänglich das Gluckern und dumpfe Blubbern im Ohr haben würde, mit dem man seine Autorität als Mutter in den Ausguss gekippt hatte. Deswegen war ich mir auch hundertprozentig sicher, dass ich ihr gegenüber niemals ein Wort darüber verloren hatte.

Etwas sagte mir, dass ich auch jetzt die Auseinandersetzung darüber besser scheute. »Ich war neunzehn! Du bist dreizehn. Damit ist wohl alles gesagt.«

»Hat schon mal jemand den Verdacht geäußert, es handele sich bei dir womöglich um einen Pädagogikfaschisten?«

Manchmal konnte ich Johanna nur mit offenem Mund anstarren. Ich hoffte zwar, dass es mahnend oder einschüchternd wirkte, tatsächlich aber hätte ich sie für ihre gestelzten Wortkapriolen, von denen ich nicht wusste, woher sie sie nahm, jedes Mal knuddeln können. Selbst wenn ich deren Opfer war. Ihr fein gezeichneter Mund war frech und redegewandt – er würde sie weit bringen. Ich spürte trotz allem schon einen Vorschuss an Stolz durch meine Adern fließen.

Mein siebenjähriger Sohn auf der Rückbank dagegen war kein Freund ausgiebiger Worte. Dass Marc zudem jede kleinste Andeutung von Streit in Panik versetzte, bereitete mir manchmal Sorgen. An schlechten Tagen verkroch er sich bei Auseinandersetzungen umgehend. An guten versuchte er, uns mit Ablenkungsmanövern zu unterbrechen. In diesem Fall rüttelte er an meiner Lehne und zeigte auf ein schwarzes SUV, das knapp hundert Meter vor uns in der Straße voller Rasenvorgärten stand.

»Mama, da vorn! Dasselbe Auto.«

»Das gleiche, mein Engel«, korrigierte ich ihn schon zum

dritten Mal während dieser Fahrt, ohne wirklich hinzusehen. »Es heißt ›das gleiche‹. ›Dasselbe‹ bedeutet …« Ich brachte meine wohlgemeinte Erklärung nicht zu Ende. Seine knitternden Brauen verrieten mein Unverständnis.

Langsam entwickelte ich wohl eine kaum von der Hand zu weisende Fixierung auf Augenbrauen. Als könnte ich das verheimlichen, warf ich einen kontrollierenden Blick auf sein ebenfalls von mir ererbtes blondes, aber kurz gestutztes Haar und den Reißverschluss seiner leichten grünen Sportjacke. Bevor ich meine muttertypische Ignoranz jedoch gänzlich überwinden und das Auto ansehen konnte, klopfte der ältere und stämmigere der Polizisten an meine Seitenscheibe und wir zuckten kollektiv zusammen.

»Vielen Dank, Frau Bellheim«, sagte er über das Surren des Fensterhebers hinweg und gab mir anschließend meine Papiere zurück. »Haben Sie und Ihr Mann die Fahrzeuge getauscht?«

»Genau. Er ist mit meinem nach München. Gestern Abend.«

Der Polizist winkte seinem Kollegen zu. »Gib durch, dass wir die Halterin des Volvos angetroffen haben. Der Fahrer war wohl der Mann.«

»Entschuldigung?« Ich forderte die Aufmerksamkeit des Polizisten zurück. »Sie reden von meinem Mann?«

»Er wollte selbst fahren?«, fragte er und hakte auf mein Nicken hin nach: »Haben Sie ihn seitdem gesprochen?«

»Wieso?« Ich riss einen Fetzen Haut ab, den ich am Nagelbett meines Daumens losgeknibbelt hatte.

»Mein Kollege und ich waren auf dem Weg zu Ihnen.« Der Polizist warf Johanna und Marc ein kurzes Lächeln zu, das selbst einen Block Granit beunruhigt hätte, und öffnete meine Tür. »Vielleicht besser nicht vor den Kindern.«

Einigermaßen erleichtert sah ich Marc nach, wie er mit schaukelndem Tornister über den leeren Schulhof rannte, bevor ich mich wieder in den Verkehr einreihte. Seine Enttäuschung darüber, dass er mich nicht begleiten durfte, war anscheinend verflogen.

Ich hatte meinen Kindern aufgetischt, dass man ihrem Vater zunächst mein Auto gestohlen hatte und es dann wiedergefunden worden war. Und dass die Polizisten nur aufgrund einer – eilig erfundenen – Kinderschutzvorschrift so ein Geheimnis daraus machten und mich hatten aussteigen lassen, um mit mir allein zu sprechen. Marc hatte mir dies ohne Rückfragen, die mich in Verlegenheit hätten bringen können, abgekauft. Dafür hatte er sich ein ganzes Bataillon an Uniformierten zusammengesponnen, das sich über meinen Volvo hermachte. Das Fingerabdrücke, Hautpartikel und Speichelproben sammelte und das Gelände ums Auto herum mit Spürhunden nach den Dieben absuchte. Sodass ich mir mittlerweile einen Knoten in ein beliebiges Stück Stoff machen wollte, der mich daran erinnern sollte, die Jugendschutz-PIN an allen Empfangsgeräten im Haus zu ändern.

»Der wird euch niemals verlassen«, sagte Johanna im monotonen Klang gespielten Schocks.

»Hm?« Ich sah zu ihr.

Johanna ließ die Zungenspitze zwischen schlaffen Lippen hervorhängen, schielte und schlenkerte den Kopf.

Ich würgte mit weißen Knöcheln das Lenkrad. »Dein Bruder ist kein Idiot!«

»Ich wollte nur helfen.« Sie schaffte es tatsächlich, es wie eine Entschuldigung klingen zu lassen.

»Komm wieder runter, Jolene.« Ich wusste, dass sie es hasste, wenn ich sie mit ihrem Spitznamen anredete.

Ihr Blick wanderte an mir auf und ab. Sie schwieg, bis wir in der nächsten Seitenstraße an der Abtei vorbei auf den angeschlossenen Funktionsbau ihres Gymnasiums zufuhren. »Papa ist in München?«

»Mhm«, bestätigte ich.

»Und dein Auto?« Johanna verfiel in gedämpften Singsang, wenn sie Fangfragen stellte.

Mir schwante, dass meine Erklärung über den Diebstahl eine Lücke hatte. Ich hielt den Wagen am Straßenrand an und wich ihrer Frage aus. »Was willst du wissen?«

»Papa ist mit deinem Auto gefahren. Wieso steht es dann hier?«

»Wie kommst du darauf?«

»Du sagtest, du musst noch nach Friemersheim, weil sie es da gefunden haben.« Sie deutete auf den Bus an der Haltestelle gegenüber, dessen Fahrtziel in der Anzeige orange aufleuchtete: *Friemersheim, Markt.*

Verdammt! In meinem Bestreben, Marc nicht in Angst und Schrecken zu versetzen, hatte ich der Wortseziererin auf dem Beifahrersitz eindeutig zu wenig Beachtung geschenkt.

»Vielleicht ist Papa ja auch nicht in München?«

»Süße, bitte«, setzte ich an, vertrieb sie damit aber nur aus dem Auto, bevor ich ausreden konnte.

Sie sprang aus dem Wagen und drückte sanft die Tür ins Schloss. Sie starrte mich dabei ausdruckslos an und verschwand eilig, als ich die Scheibe runterlassen wollte.

Ich kämpfte noch immer damit, mich zu sortieren, als ich Duisburgs malerisch-dörflichen Vorort erreichte. Johannas äußerliche Wandlung entzog sich zwar meinem Verständnis, ich hatte sie aber als Teil des Findungsprozesses verbucht, der die Pubertät nun einmal ausmacht. Dass ich aber zum ersten Mal nicht entschlüsseln konnte, was in ihrem hübschen Kopf mit der strichgeraden Nase oder hinter ihren sommerblauen Augen vorging, erschütterte mich regelrecht.

Zorn glaubte ich aufflammen gesehen zu haben. Einen unausgesprochenen Vorwurf. Traurigkeit. Gleichzeitig gab es nichts Konkretes, woran ich diese Eindrücke hätte festmachen können.

Auch wenn es schmerzte, beruhigte ich mich damit, dass dies ein Vorbote ihrer notwendigen Entfremdung war, und verpasste beinahe den Abzweig in die Rheinaue. Im letzten Moment stieg ich auf die Bremse und riss das Steuer rum.

In meinem Rückspiegel sah ich das Orchester aus Hupen und Fanfaren, das hinter mir wütete.

Ich hielt auf der Dammkrone, von wo aus ich das lang gestreckte Uferareal überblicken konnte. Baumreihen begrenzten die Wiesen und Felder diesseits des Rheins und ihre Kronen verbargen die Hüttenwerke auf der anderen Seite. Nur die beiden hoch aufragenden Kühltürme verrieten die Schwerindustrie, der das Stückchen Natur getrotzt hatte.

Irgendwo dazwischen sollten mein Volvo und ein Streifenwagen stehen. Ich entdeckte den gelben Kran eines Abschleppwagens, ließ das Auto stehen und folgte einem mir altbekannten Schotterweg. Mir wurde mulmig bei der Erinnerung, dass Daniel und ich ihn in unserer Anfangszeit unzählige Male eng umschlungen und meist mitten in der Nacht zum Rheinufer entlanggeschlichen waren. Ich glaubte sogar, einen knorrigen Baum an einer Weggabelung wiederzuerkennen, in dessen Rinde Liebesschwüre verewigt worden waren wie Rillen in einer Vinylschallplatte. Ich war beinahe froh, als mir eine schlank gewachsene Polizistin entgegenkam und an mir vorbei in Richtung Damm zeigte.

»Sie können da nicht stehen bleiben. Das ist doch Ihr Auto?«

»Ja. Und der da auch.« Ich deutete auf den Kombi, der bereits am Abschleppkran in der Luft pendelte.

»Frau Bellheim?« Die Polizistin musterte mich, bis sich ihr Gesicht aufhellte. »Mein Name ist Kalinski. Lea Kalinski. Ich wusste doch, Ihr Name sagt mir etwas.«

»Kennen wir uns?«

»Wir haben uns auf dem Polizeisommerfest unterhalten. Sie waren mit Ihrem Chef da. Dem Oberbürgermeister.«

Weder ihre knubbelige Nasenspitze noch die zu weit auseinanderstehenden Augen sagten mir etwas. Auch nicht die dünnen Striche von Brauen darüber, die in einem seltsamen Winkel in der Mitte abknickten. Trotzdem lächelte ich, als könnte ich mich an sie erinnern.

»Haben wir vorhin miteinander telefoniert?«, fragte ich.

Zigmal hatte ich während der Fahrt versucht, Daniel auf dem Handy zu erreichen. Doch anstatt seiner hatte sich nur eine Polizistin gemeldet, deren Namen ich schnell wieder vergessen hatte.

»Wir haben das Handy sichergestellt.« Sie nickte und führte mich zu ihrem Einsatzfahrzeug. Dahinter half ihr Kollege, meinen Volvo über der Pritsche des Abschleppwagens auszurichten. Ich entdeckte eine eingeschlagene Seitenscheibe. »Wir wurden von einem Spaziergänger gerufen, der Jugendliche beobachtet hat, die sich Zugang zum Fahrzeug verschaffen wollten. Deswegen haben wir alles, was im Auto war, an uns genommen, bis Sie kommen.«

»Und wo ist mein Mann?« Das war ehrlicherweise alles, was ich wissen wollte.

»Sie konnten immer noch keinen Kontakt zu ihm herstellen?«

Ich schüttelte nur den Kopf. Mein Pulsschlag verdoppelte sich und ich spürte, wie es in meinem Hals heiß aufstieg.

»Vielleicht können wir ja etwas Licht in die Sache bringen.« Die Polizistin griff in ihre Jackentasche und die Heckklappe des Polizeiwagens öffnete sich. Sie holte eine kleine graue Plastikkiste heraus. »Kennen Sie diese Gegenstände?«

Ich erkannte Daniels Schlüsselbund, sein buntes Stoffportemonnaie, das Johanna ihm zum Geburtstag geschenkt hatte, und das Ledercover seines Smartphones, das mit dem Logo seiner Versicherungsagentur bedruckt war.

»Die gehören meinem Mann.« Ich zeigte darauf und danach auf ein weiteres Smartphone. »Das kenne ich nicht.«

»Es gehört ihm nicht?«

»Nein.«

»Darf ich Ihnen etwas zeigen?« Sie nahm das fremde Smartphone aus der Kiste, tippte darauf herum und hielt es mir hin. »Der Besitzer kürzt sich selbst mit DB ab.«

Ich sah nur graue und grüne Sprechblasen, die sich abwechselten. Dann tauchte mein Name auf.

Wie soll ich es Eva beibringen?, schrieb Grün an Grau.

Vollendete Tatsachen. Zeit, ehrlich zu sein, antwortete Grau.

Wie lange noch?

Montag, 0:55 Uhr. Tickets habe ich.

Und dann? Verschwinden wir für immer?

Ich verspreche es! Für immer!

»Was bedeutet das?« Überfordert sah ich zur Polizistin auf.

Sie schaute mich zerknirscht an. »Meine ehrliche Meinung?«

Ich nickte. Wenigstens glaubte ich das. Ich glaubte aber auch, plötzlich den Verkehr auf der anderen Rheinseite hören zu können. Ebenso plötzlich schien der Wind aufgefrischt zu haben. Dunkle Wolken nahmen den Himmel ein.

»Das hier ist ein beliebter Treffpunkt für Liebespaare«, stellte die Polizistin fest.

Mein Handy vibrierte. Meine Hand holte es wie ferngesteuert aus der Jackentasche und ich öffnete den Nachrichteneingang. Eine E-Mail mit Daniels Adresse im Absender richtete sich an mich: *Meine liebe Eva, es tut mir leid, dass du es so erfahren musst …*

***

Gefangen im Autopiloten, erschien ich eine gute Stunde später zur Bürgersprechstunde des Oberbürgermeisters. Peter Averdunk hatte in den Ratssaal geladen. Gegen meine Empfehlung, denn ich empfand die Holzvertäfelung an den Wänden, die Kassettendecke, die Seitenbalkone und die bunten Rundbogenfenster als zu erhaben und zu gewollt ehrfurchteinflößend, als dass sie wirkliche Nähe zu seinen Besuchern hätten stiften können.

Peter saß an einem schweren dunklen Holztisch im Erker zum Vorplatz und hielt hemdsärmelig Hof. Ich entschuldigte mich per Handzeichen bei ihm für mein Zuspätkommen. Er segnete es mit einem Zwinkern ab und fuhr sich anschließend durchs leicht angegraute schwarze Wollhaar, als hätte er es damit rückwirkend verbergen können.

Ich suchte nach einem verwaisten Stuhl in den vollen Sitzreihen und erkannte einige Presseleute unter den Anwesenden, meist die üblichen Verdächtigen der Lokalredaktionen. Bis ich ein mir vertrautes Gesicht in der letzten Reihe mit einem freien Platz neben sich entdeckte.

»Spät dran.« Ellie Wenger vom WDR-Studio Duisburg neigte mir ihren lilaroten Kurzhaarkopf zu, ohne den Blick von Peter abzuwenden.

»Chaos«, entgegnete ich knapp und setzte mich.

»Kinder?« Ellie grinste.

»Sind das Wunderbarste auf der Welt«, fügte ich an.

Ellie lachte stumm und ihr massiger Körper bebte.

Ich mochte Ellie. Für mich war die Freundin meiner Mutter der Inbegriff einer kritischen Journalistin. Sie ging oft hart mit Peter ins Gericht. Aber sie blieb fair und zog nicht jede menschliche Schwäche ins Rampenlicht. Was man ihr unter der Hand sagte, blieb auch dort.

»Wie läuft's?«, fragte ich sie leise.

»Für deinen Chef? Ganz gut für sein letztes Mal.«

»Für meinen *Klienten*. Und für sein *vorläufig* letztes Mal.«

»Die neuen Zahlen sagen was anderes. Er steht auf zwei. Und die Nummer drei hat schon gesagt, wenn er es demnächst nicht in die Stichwahl schafft, legt er seinen Wählern nahe, ihre Stimmen der Schulte zu geben. Dann hätten wir eine Frau als OB.« Ellie zuckte mit den Schultern und sah mich gleichzeitig an. »Herrje, Kleines!«, flüsterte sie erschrocken.

»Was?«

»Du bist weiß wie die Wand.«

Halb so wild, formulierte ich im Geiste. *Ich habe nur grade erfahren, dass mein Mann eine andere hat. Am Samstag waren wir noch in der Stadt die Kinder neu einkleiden, mit ihnen im Kino und anschließend essen. Gestern Abend vor seiner Abreise haben wir miteinander geschlafen – oder nein, korrekterweise muss es heißen: Er hat mich noch schnell markiert und gebrandmarkt, die Hosen hochgezogen und ist mit seiner Neuen grußlos ab in den Sonnenuntergang. Für immer!*

Ich würgte meinen inneren Monolog mit einem kurzen Kopfschütteln runter. »Dich hier zu sehen ist eine Überraschung.«

»Nicht wirklich«, antwortete Ellie und wies mit der Nase auf Manfred Toss von der Westdeutschen Allgemeinen Zeitung in der ersten Reihe.

Wie auf ein Zeichen erhob sich der notorische Strickjackenträger. »Eine Frage noch, Herr Oberbürgermeister.«

»Peter«, korrigierte der ihn. »Manfred, ich glaube, jeder hier weiß, dass wir 87 auf der Rheinbrücke zusammen Würstchen gegrillt haben.«

»87« und »Rheinbrücke« musste man in Duisburg niemandem erklären. 1987 hatte Krupp die Rheinhauser Hütte schließen wollen. Was folgte, war der sicher größte Arbeitskampf in der Geschichte der gesamten Bundesrepublik, der bis zu hunderttausend Menschen auf die Beine gebracht hatte. Aus der mehrmals versperrten Rheinbrücke nach Hochfeld war die Brücke der Solidarität geworden. Ein trauriges, aber auch heroisches Kapitel Duisburger Geschichte.

»Ich wollte die Form wahren«, entschuldigte sich Toss halbherzig.

»Seine Würstchen waren übrigens die besseren. Ich war häufig abgelenkt.« Peter machte mit seiner Hand einen babbelnden Mund nach und erntete allgemeines leises Gelächter.

»Okay, Peter.« Toss hob eine Hand zum Gruß. »Du hast uns vorhin voller Stolz von den Fortschritten bezüglich Digitales Duisburg 4.0 berichtet. Wie hart trifft es dich da, dass dein Konto gehackt wurde?«

Peter zog die buschigen Augenbrauen hinter der roten Kunststoffbrille zusammen.

»Uns wurden in der Nacht von Samstag auf Sonntag von Unbekannten deine Kontodaten und eine Liste aller Überweisungen und Geldeingänge zugestellt.«

»Da muss ich wohl mal mit meinem Banker sprechen.« Peter versuchte, ein Lächeln in sein erblassendes, sonst naturbraunes Gesicht zu zwingen.

»Was wird das?«, flüsterte ich Ellie zu.

Sie fasste aber nur mein Handgelenk und drückte zu.

»Wir haben natürlich alles der Staatsanwaltschaft übergeben«, fuhr Toss fort. »Zusammen mit Namen und Daten verschiedener Spender.«

»Danke«, antwortete Peter gedämpft.

»Versteht sich von selbst. *Aber …*«, Toss hob einen Zeigefinger und tat so, als müsste er überlegen, »manche dieser Spenden ließen sich zurückverfolgen bis zu einer Bank in China. Die Hausbank des Unternehmens, mit dem ihr die Digitalisierung hier vornehmt. Ist das wirklich nur Zufall?«

Peter öffnete den Mund, bewegte sogar die Lippen. Es kam aber kein Ton heraus.

»Ist da was dran?«, murmelte ich.

»Ich muss los.« Ellie stand auf und wollte sich an mir vorbeischieben.

Ich erwischte sie noch am Unterarm. »Willst du den Rest nicht hören?«

»Ich hab alles mitbekommen, was ich brauche.« Ellie tätschelte meine Wange. »Pass auf dich auf, Kleines. Du kennst das mit dem Schiff und dem Eisberg: Die Holzklasse säuft immer als Erstes ab.« Damit ließ sie mich zurück.

***

Ich habe mir oft vorwerfen lassen müssen, dass ich nach Ablenkung suche, wenn mich etwas zu überwältigen droht. Als mein geliebter Großvater starb, war ich siebzehn. Alle verfielen in Schockstarre. Nur ich kümmerte mich um meine Oma. Ich suchte mit ihr einen Bestatter, ging mit ihr auf die Ämter. Zur Bank. Ich erledigte alles, was in so einem Moment zu tun ist.

Ein Freund nannte es mal Vermeidungsstrategie. Damit ich mich meinen Gefühlen nicht stellen muss. Und dass es okay sei.

Grundsätzlich.

Deswegen dachte ich, die Ablenkung täte mir gut. Anfänglich wenigstens …

***

»Mach das nicht«, mahnte ich Peter eindringlich.

Die Sprechstunde hatte ein jähes Ende durch mich gefunden. Peter hatte mich nach Toss' Vorwürfen zunächst überfahren angesehen. Die Ader auf seiner Stirn hatte gepocht und er hatte angewidert die Zähne gebleckt. Bevor die Kammer in seiner Brust Magma speien konnte, war ich nach vorn geeilt und hatte Peter zugeflüstert, er solle sich in sein Amtszimmer verkrümeln. Den Anwesenden hatte ich erklärt, dass ein unvorhergesehener Notfall den Oberbürgermeister dazu zwinge, die Runde so unvermittelt abzubrechen.

Ich lehnte seitlich an einer der bodentiefen Milchglasscheiben, die als Träger für moderne Kunst dienten, damit man die Bilder nicht an die wertvolle Holzvertäfelung der Wände nageln musste.

Der Telefonhörer lag auf dem Schreibtisch und aus dem Lautsprecher dudelte die Loungemusik-Warteschleife von Peters Düsseldorfer Promianwältin. Eine Verfügung sollte her, die Toss, der WAZ und den Medien überhaupt untersagte, Spekulationen darüber zu veröffentlichen, Peter könnte die Verabredung getroffen haben, dass er finanzielle Unterstützung für seinen Wahlkampf erhielt, wenn er sich nur für das richtige Unternehmen für die Digitalisierung Duisburgs einsetzte.

»Ich brenn den Kerl aus wie eine Eiterpocke.« Peter stand, auf beide Arme gestützt, über das Telefon gebeugt. Seine Haltung erinnerte mich an einen General aus einem minderklassigen Nachtfilm. Nur dass unter dem General ein Globus stand und er sich für die Übernahme der Erde durch Aliens rechtfertigen musste. »Wenn ich mit ihm fertig bin, beschränkt sich sein Lebensentwurf auf eine einsame Hütte in Nordsibirien.«

»Einen Krieg mit den Medien überstehst du nicht.«

»Ich will nur ihn drankriegen! Nur diese eine Wanze.«

»Damit machst du ihn zum Opfer.«

»ICH BIN DAS OPFER!«, brüllte Peter. »Der hat gerade in mein Wohnzimmer gepisst.«

Peters Ausdrucksweise machte mich schlagartig müde. Es war wie eine Unart, die man ausgetrieben geglaubt hatte und die einen hinterrücks wieder anfiel. Ich sah die Arbeit von drei

Jahren einfach davonschwimmen. »Du hast mich geholt, weil es dir bei aller Kompetenz an Sympathiepunkten mangelte. Schon vergessen?«

Peter starrte mich über den Rand seiner Brille hinweg an.

»Wollte Toss dich provozieren? Ja! Weil es seine Art ist und weil er weiß, wie er dich packen kann. Du wolltest, dass die Leute dich für einen von ihnen halten. Dass sie nicht nur einen Technokraten sehen. Aber diese Art von Emotionalität werden sie keinesfalls goutieren. Das ist nicht souverän.«

»Ich soll also den Schwanz zwischen die Hinterbeine klemmen?«

»Falsche Einstellung.« Ich stieß mich von der Wand ab. Die Glasscheibe knirschte wie brüchiges Eis auf einem See. »Übe den Schulterschluss!«

»Diesen Ansatz würde ich unterstützen«, schnarrte die Stimme von Peters Anwältin, Frau Dr. Eigen, durch den Raum. Dass die Musik verstummt war, hatte ich gar nicht mitbekommen. Ich fragte mich, wie lange Eigen uns schon zugehört hatte. »Ich glaube, die Strategie muss lauten: knallharte, allumfassende Aufklärung. Warum nicht diesen … diesen …?«

Ich versuchte, ihr auszuhelfen. »Toss?«

»Wie auch immer. Mach ihn zum Chefaufklärer. Benutz seine Glaubwürdigkeit.«

»Du hast uns zugehört?«, fragte Peter.

»Ich hab den Stream auf eurer Website verfolgt.« Ihr Lachen war zu hoch, um echt zu sein, passte aber zu ihrer andauernd migränischen Miene. »Hat mir gefallen. Sie haben das übrigens gut gelöst, Frau Belen.«

»Bellheim«, korrigierte ich sie, obwohl ich wusste, dass sie sich durchaus an meinen Namen erinnerte.

»Gut. Lassen Sie mich dann jetzt bitte mit meinem Mandanten allein? Danke!«

Ich sah Peter nur überrumpelt an.

Er führte den Telefonhörer ans Ohr und stellte den Lautsprecher ab. »Sollte sie nicht dabei sein?«

Konjunktiv, war mein erster Gedanke, *da schau her!*

Ich wusste nicht genau, was ich erwartet hatte. Wohl Hunderte Male hatte ich mir aus vielen Richtungen angehört, dass ich meine Leistungen deutlicher herausstellen sollte. Was mir bei meinen Klienten so selbstverständlich aus der Feder floss, endete bei mir selbst unmittelbar nach der Niederschrift meines Namens und meines Geburtsdatums in meiner Vita und der Feststellung, dass diese beiden schon nicht mein Verdienst waren. Verkaufte ich meinen Klientinnen Bescheidenheit als das Joch ihres Geschlechts, wartete ich nun darauf, dass Peter meine Bedeutung für seine Wahlkampagne unterstrich.

Irgendwie.

Und wenn ich nur den besten Kaffeeladen in der Stadt kannte.

Doch er nickte nur immer wieder, setzte sich in seinen Bandscheibenstuhl, schloss die Augen, spitzte die Lippen, sah mich an, dann aus dem Fenster, wieder zu mir … legte auf.

»Und?« Ich ließ mich tatsächlich dazu herab, zu fragen, und hätte eine narkosefreie Wurzelbehandlung dafür als Strafe angemessen empfunden.

Peter stützte die Ellbogen auf und verschränkte die Finger wie zum Gebet. »Ihr mögt euch nicht besonders, kann das sein?«

Jetzt wünschte ich mir den Zahnarztbohrer in die Hand, während ich Peter bitten würde, den Mund weit zu öffnen. »Du erwägst nicht ernsthaft, mich wegzuschicken.«

Die Bürotür hinter mir wurde geöffnet. Ich brauchte nicht mehr als einen Schulterblick, um zu erkennen, dass Peters versammelte Fraktionsspitze das Grollen im Ratssaal vernommen hatte. In ihren Gesichtern spiegelte sich die Frage, wann die Lawine sie erreichen würde. Burkhard Jaeschke, Peters Stellvertreter, einem untersetzten Mann mit rotädriger Knollennase, war der schüttere Seitenscheitel verrutscht und einige dünne Strähnen hingen über sein Ohr bis zum Hals. Er kämmte sie sich noch mit den Fingern zurecht, als er die Prozession ins Zimmer führte.

»Gebt mir noch einen Moment.« Peter streckte eine Hand in die Luft. Dann stand er auf, kam um den Schreibtisch herum zu mir und fasste mich an beiden Schultern. Er sog die Lippen nach innen und öffnete sie schließlich wieder mit einem Schmatzer. »Ich hatte vorhin den Eindruck, es geht dir nicht gut. Du warst so blass, als du zur Sprechstunde gekommen bist.«

»Allen Ernstes?«, formulierte ich nur tonlos.

***

Ob es wohl einen Weltrekord gab für die am häufigsten wie eine olle Klamotte abgelegte Person pro Tag? Falls ja, lag ich mit zweimal sicher gut im Rennen. Immerhin hatten wir gerade mal Mittag.

Es nieselte, seit ich mit meinem Wagen in der Einfahrt stand. Der Regen verklärte gnädig den Blick auf unser Doppelstockhaus aus den 1950ern mit den kleinen Erkern an den Ecken zur Straße raus. Ich berührte immer wieder den Hebel für die Scheibenwischer und ließ genauso oft davon ab. Wenn ich kaum erkennen konnte, was da draußen vor sich ging, war es umgekehrt sicher ähnlich. Ich stellte mir vor, dass man mich allerhöchstens als schemenhafte Figur wahrnahm. Die Ironie war, dass ich tatsächlich nicht viel mehr war als das.

Ich wusste immer noch nicht, was Frau Dr. Eigen Peter eingeflüstert hatte. Für einen Moment hatte ich das Gefühl gehabt, er wollte sich ihr gegenüber durchsetzen und mich in seinem Team behalten. Dann hatte Jaeschke das Ruder übernommen. Die Sprechstunde war kaum fünf Minuten vorbei gewesen, da waren von allen Fraktionen im Rathaus Anträge auf eine vorläufige Suspendierung Peters wegen des Verdachts auf Vorteilnahme eingegangen. Von jetzt an ging es nicht mehr darum, Peter das Image zu verpassen, dass jeder ihn gern zu sich zum Abendessen in die gute Stube einlud, um danach bei einem Kurzen und einem Hellen einem Vortrag über die Zukunft der Stadt zu lauschen.

Die Partei war ins Schussfeld geraten. Peter hatte hinter der Parteiraison zurückzustehen und für jemanden von außen – also mich! – war kein Platz mehr. Von jetzt an schlugen die Kader zu.

Natürlich war ich enttäuscht und wütend. Aber das war es nicht, was mich davon abhielt, ins Haus zu gehen. Auch nicht die Scham, die ich wie ein Holzschild um meinen Hals trug, auf dem *gehörnte Versagerin* stand.

Wir hatten das Haus ein halbes Jahr vor Johannas Geburt gekauft und seither mit vielen Blasen an den Händen, Kratzern an den Armen und Beulen am Kopf umgebaut. Als letzten größeren Akt – mit Marcs Geburt und in der Not, ein weiteres Kinderzimmer zu benötigen – hatten wir die zwei Doppelgaragen am Ende des Gartens zu Büros mit großer Fensterfront umbauen lassen. In die war Daniel mit seiner Versicherungsagentur aus dem Erdgeschoss umgezogen.

Glückliches Vorstadtleben.

Nur dass ich mittlerweile wusste, dass ein gut gehütetes Geheimnis längst alles bis auf die Fassade runtergenagt hatte. Kulturhistorisch betrachtet, lebte ich in einem verfluchten destruktiven Neunzigerjahre-Nirvana-Musikvideo!

Allein der Gedanke daran ließ förmlich Dampf- und Rauchschwaden von meiner Haut aufsteigen. Ich sprang aus dem Wagen und rannte zur Bürogarage, bevor ich mich spontan selbst entzünden würde.

Lügen hinterlassen überall kleine Tapser, hatte meine Mutter mich gemahnt, nachdem sie herausgefunden hatte, dass ich regelmäßig den Nachmittagsunterricht schwänzte. Wie sie das geschafft hatte, hatte ich erst verstanden, als Johanna das Gleiche versucht hatte. Es waren die Ausreden, die man alle längst kannte. Die man etliche Male gehört und selbst genutzt hatte.

Waren Daniels ständige abendliche Geschäftstermine gelogen gewesen? Natürlich hatten sie allesamt aushäusig stattgefunden. Privatbesuche bei neuen Kunden. Natürlich nach Feierabend. Essen mit treuen Großklienten. Natürlich bis nach Mitternacht.

War ich wirklich so naiv gewesen?

Als ich die Tür aufschloss und in den Raum mit der weißen Büroeinrichtung trat, verrieten meine Hemmungen, dass ich ihm noch immer glaubte. Ihn vor mir sah, wie er bei Spätterminen verstohlen auf die Uhr blickte. Ich spürte seinen Kuss auf meiner linken Schulter, wenn er zu mir ins Bett gekrochen kam. Der Kuss, welcher mir erlaubte, mich jenseits der Grenze wachenden Halbschlafs fallen zu lassen. Wie hatten diese Küsse gelogen sein können?

»Du lernst es nie«, schalt ich mich und schlug die Tür hinter mir so fest zu, dass die Glasfassade dröhnte. Ich hatte keine Ahnung, was ich zu finden hoffte. Aber wenn unser Haus auf Lügen gebaut war, musste es einen Ort der Wahrheit geben. Einen Rückzugsort, an dem ich irgendeine Form von Trophäe wähnte. Eine Trophäe, die Daniels wahrem Ich bestätigte, dass es immer noch da war. Dass es ihn immer noch gab. Kleinigkeiten und Erinnerungsstücke, die jeder besaß. Einen Ring aus einer vergangenen Beziehung oder einen leeren Parfumflakon. Zettelfragmente mit Kritzeleien, die sonst niemand verstand.

Meinen Klienten riet ich – insbesondere, wenn sie eine steile Karriere im Licht der Öffentlichkeit ansteuerten –, einen Raum zu erschaffen, und sei es nur mental, an dem sie mindestens ein existenzielles Geheimnis über sich verwahrten. Ganz gleich, welches Image sie sich überstülpten, in diesen Raum konnten sie zurückkehren, wenn sie sich selbst zu verlieren drohten. Er fungierte wie ein Flüsterer hinter römischen Cäsaren, der ihnen im Moment des größten Triumphs zu bedenken gab, dass sie sterblich waren.

Geheimnisse waren die Rückversicherung des Ichs auf seine eigene Existenz.

Ich ging geradewegs zum Schreibtisch und setzte mich. Darunter fand ich einen Karton mit der kleinen Drohne darin, die Marc zum Geburtstag bekommen hatte. Er war damit gestürzt und sie war zerbrochen. Daniel hatte es geschafft, sie zu reparieren. Der neue Lack darauf roch leicht. Nur die Rotoren mussten noch montiert werden.

Ich schloss die Schachtel nahezu andächtig, stellte sie zurück und ging die Schubladen der Container durch. Schreibwaren, Visitenkarten, Kalender, Akten, Steuerunterlagen. Je weniger Verdächtiges ich fand, desto wütender wurde ich. Die schmale Blumenvase auf der Tischplatte fiel um, als ich die unterste Schublade zuschmiss.

Ich sah zu, wie das Wasser aus der Vase unter die durchsichtige Schreibunterlage kroch.

Es gab einen Beweis, da war ich mir sicher – und dass ich ihn hier finden würde. Ich wollte vor Überzeugung trotzig mit den Fäusten auf den Tisch und mit den Füßen auf den Boden trommeln.

Im deckenhohen weißen Regal gegenüber der Fensterfront tummelten sich Prospekte, Vertragsordner und Gesetzestexte; manche versteckt hinter Familienfotos, die ich am liebsten mit einem Armstreich abgeräumt hätte.

In der Wand am anderen Ende des Büros gab es eine schmale Tür, hinter der sich Putzmittel verborgen hielten. Geheimnisse und Putzmittel. War das nicht eine quasilogische Verknüpfung? Ein Raum, in dem Daniel sein von allem falschen Anschein gereinigtes Ich aufbewahren konnte?

Ich spürte die Erschütterung in meinen Oberschenkeln bei jedem einzelnen Schritt. Die Türklinke war widerwillig, als bewahrte sie verzweifelt ein Versprechen.

»Verdammtes Mistding!«, verfluchte ich sie und rüttelte daran, bis ich endlich verstand, dass sie abgeschlossen war. Ich stapfte zurück zum Schreibtisch, suchte den Schlüssel in der obersten Schublade und marschierte wieder zur Kammer. Ich rammte den Schlüssel regelrecht ins Schloss und endlich gab die Tür nach.

Im Kellerregal, das eigentlich nur ein Provisorium hatte sein sollen, fand ich: Reiniger. Staubfeudel. Möbelpolitur. Einen Eimer. Einen Mopp. Und – die Genugtuung ließ mein Herz höherschlagen – einen Karton mit der Aufschrift: *Privat! Nicht öffnen!*

***

Ich habe mir dieses Ding hier mit zwölf gekauft. Es war der einzige Walkman, der mit einem Mikro ausgestattet war. Meine Mutter las meine Tagebücher und ich weiß gar nicht mehr, wie oft ich deswegen Ärger mit ihr hatte. Meine Musik dagegen behandelte sie, als wäre sie mit Anthrax-Erregern imprägniert. Deswegen hatte auch jede Kassette ein selbst gemaltes Cover mit diesem Namen: Anthrax.

Daniel und ich hatten den Walkman beim Aufräumen auf dem Dachboden gefunden. Die Batterien waren ausgelaufen und hatten alles mit stechend riechendem Salz überzogen. Ich hatte ihn längst wegschmeißen wollen. Aber wie das so ist mit Sachen, an denen man hängt …

Wir haben damals rumgealbert. Daniel hat mich mit der

Frage aufgezogen, welche wahnsinnig ungehörigen Geheimnisse ich wohl auf die Kassetten gebannt habe. Er wollte mir den Walkman wegnehmen. Wir haben richtig darum gebalgt, bis wir … Auf den Auflagen für die Gartenmöbel. Es war, wie auf Wellen endlosen Verlangens zu schwimmen.

Ich weiß nicht, wie und wo Daniel ihn hat reparieren lassen. Ich wusste ja noch nicht mal, dass es noch jemanden gibt, der das kann. Aber da lag er. Mit Kopfhörern. Und einer Nachricht, die Silbe für Silbe alle widerlichen Vororte meines Herzens abtrug.

***

»Ich frage mich, ob es noch mehr Ehepaare gibt, die nach fünfzehn Jahren so ungezogen sind wie wir«, erklangen die wahrscheinlich letzten an mich gerichteten Worte meines Mannes. »Ich dachte, es ist eine schöne Erinnerung, wenn ich das Gerät wieder zum Laufen bringe. – Nur das Wunderbarste zum Geburtstag, Liebe meines Lebens!«

Beim Zurückspulen stach der Wortsalat in meine Ohren. Ich ließ die Taste los und hörte die Sätze erneut an. Dann spulte ich zurück und lauschte wieder. Spulte zurück. Zog den Kopfhörer von den Ohren und ließ den Walkman in den Karton fallen.

Ich hockte mit angezogenen Knien auf dem Boden und stieß meinen Kopf hinten gegen den Türrahmen. Ich hatte unbedingt einen Beweis für Daniels Betrug ausgraben wollen. Doch was hatte ich gefunden? Ein repariertes Kinderspielzeug, den instand gesetzten Vertrautenersatz meiner Jugendzeit. Welcher Mann tat denn so etwas, wenn er bereits den Plan im Kopf hatte, seine Familie einfach abzuhaken? Oder sollte das ein makabrer Scherz sein?

Von hier aus konnte ich die Rückansicht unseres Hauses sehen. Es wirkte, als würde es lächeln. Die Palmen und Farne im Wintergarten formten den Mund. Darüber die Kinderzimmerfenster als große staunende Augen. Keinesfalls hätte ich, derart unter Beobachtung, zustande gebracht, was ich meinem Mann unterstellte.

Ich hatte gar nichts außer einem schlechten Gewissen, stellte ich im Stop-and-go durch die Stadt fest. Ein Unfall hatte das Autobahnkreuz Duisburg-Nord verkorkt und alles, was keinen Parkplatz mehr auf der A 59 gefunden hatte, schob sich durch die Innenstadt.

Wie furchtbar leichtgläubig war ich der Auslegung der Polizistin in der Rheinaue gefolgt. Ohne nachzuhaken, worauf ihre Meinung beruhte, dass Daniels Verschwinden unter diesen Umständen nur bedeuten konnte, dass er ein neues Leben mit einer neuen Frau anpeilte. Ich hatte sie nicht infrage gestellt oder nachgehakt, wie viele solcher Fälle sie denn schon abgehandelt habe.

Im Netz hatte ich verwirrende Zahlen und Statistiken gefunden, in denen mal von elftausend Vermissten im Jahr die Rede war, dann von fünfzehntausend, dann von einhunderttausend. Doch kaum jemand blieb dauerhaft nicht auffindbar. Darunter Menschen, die mit neuen Lebenspartnern durchstarten wollten   eindeutig zu wenige, um auf deren Fällen einen Erfahrungsschatz aufzubauen.

Auf der rechten Spur schien der Verkehr schneller voranzukommen. Ich stach in die nächste Lücke und wurde dafür umgehend mit einer Hupe gerügt. Ich entschuldigte mich per Handzeichen durch die Rückscheibe. Dann forderte ich mein Handy auf, mir noch einmal Daniels letzte E-Mail vorzulesen.

»Meine liebe Eva«, dröhnte die monotone Computerstimme aus den Lautsprechern. Ein Fußgänger drehte sich nach meinem Auto um. »Es tut mir leid, dass du es so erfahren musst. Lieber hätte ich mit dir gesprochen und nach einer

Lösung gesucht. Aber dafür ist es zu spät. Ich habe mich heillos in etwas verstrickt, dessen ich nicht mehr Herr werde. Ich dachte, ich hätte die Kontrolle und dass ich es früher oder später beenden könnte. Aber es ist zu groß. Viel größer, als ich einmal angenommen habe. Und ich bin machtlos dagegen. Ich weiß, was ich dir und den Kindern antue. Ich hoffe, ich kann es irgendwann erklären. Ich liebe euch! Bitte verzeih mir!«

Das Radio blendete wieder in Musik über.

Dachte man an eine andere Frau, war die Nachricht eindeutig. Eine Amour fou. Eine verrückte Liebe. Obsessiv. Verhängnisvoll.

Aber Daniel hatte mit keinem Wort eine Frau erwähnt. Er hatte mir gar keinen Hintergrund für sein Verschwinden mitgegeben. Genauso gut, wie einem ehebrecherischen Weibsstück verfallen zu sein, hätte er in eine Reihe von Diebstählen verwickelt sein können. In einen Bankraub. Oder er war schlicht der Spielsucht anheimgefallen.

Die Wahrheit war, ich kannte lediglich die Konsequenz dieser mysteriösen Sache und hatte ansonsten nichts außer dem Wissen, dass meine allzu leichtfertige Verurteilung meines Mannes kein Ruhmesblatt für mich als Ehefrau war. Damit im Gepäck, hatte ich mich aufgemacht, die Kinder von der Schule abzuholen. Willens, ihnen alles zu offenbaren, was ich wusste, so schwer es mir auch fallen würde.

Marc würde ich sowieso nicht mehr lange damit abspeisen können, dass die ganze Aufregung am Morgen nur wegen eines gestohlenen Autos gewesen war. Am Abend würde er auf den Anruf seines Vaters warten, den dieser noch nie ausgelassen hatte, wenn er auf Geschäftsreise gewesen war.

Und Johanna? Sie hatte sich längst etwas zusammengereimt. Das war die einzige Erklärung für ihren undurchsichtigen Blick vom Morgen, als ich sie abgesetzt hatte. Ich hoffte, sie zuerst abzupassen, obwohl ich keine große Erleuchtung darüber erwartete, was in ihrem Kopf vorging. Aber da war ja auch noch ihr unsäglicher Kommentar, mit dem sie ihren Bruder zum Idioten gestempelt hatte. Ich wollte mir gar nicht vorstellen, wie sie Marc unsanft eintrichterte, was sich ihrer Meinung nach hinter dem Autodiebstahl verbarg.

Ich reihte mich in die Kolonne ein, die jeden Mittag die Straße rund um Marcs Schule verstopfte. Dann stemmte ich mich im Sitz hoch, um über die anderen Autodächer hinweg den verabredeten Treffpunkt sehen zu können, an dem Johanna auf Marc warten sollte. Aber ich entdeckte weder sie noch Marc in der Traube, die sich durchs Schulhoftor drängte.

Mein Handy klingelte. Nach einem kurzen Blick aufs Display am Armaturenbrett nahm ich das Gespräch an. »Danke, dass du zurückrufst!«

»Es klang dringend.« Caners Bassstimme vibrierte aus den Lautsprechern. »Was ist mit Daniel?«

Noch vom Büro aus hatte ich Daniels besten Freund zu erreichen versucht. Einem leisen Funken Hoffnung folgend, dass Daniel seine Not, die mich aus der E-Mail auf den zweiten Satz hin angesprungen hatte, wenn schon nicht mit mir, dann vielleicht mit ihm geteilt hatte. Caners Mailbox hatte mich jedoch dezent daran erinnert, dass der noch seinem Dasein als Sportlehrer nachging.

»Wann hast du zuletzt mit ihm gesprochen?«

»Wieso? Ist irgendwas passiert?«

»Wie kommst du darauf?«

»Du klangst nicht nur, als sei es dringend, Eva, sondern auch besorgt. Was ist los?«

»Er ist weg«, antwortete ich und umriss meinen Vormittag knapp bis zu dem Moment, in dem mir die Polizistin gesagt hatte, Daniel hätte womöglich jemand Neues.

»Daniel?« Caners Lachen fuhr mir in die Knochen.

Ich schrumpfte auf Handtaschengröße, während ich mir wünschte, in der Rheinaue ebenso reagiert zu haben. Mich erneut im Sitz zu strecken, um nach Johanna und Marc Ausschau zu halten, gelang mir nicht mehr so mühelos. Ich erspähte eine grüne Jacke, wie Marc sie trug. Aber sie gehörte zu einem anderen Jungen. Von Johanna weiterhin keine Spur.

»Eva, das ist so was von lächerlich. Die Kinder und du, ihr seid alles, was für ihn zählt.«

»Ich möchte das jetzt nicht diskutieren«, bremste ich Caner aus, bevor ich noch in die Minitasche einer Jeans gepasst hätte. »Ich will nur wissen, was dir dazu einfällt.«

Ich hörte Caner durchatmen.

»Ihr seht euch doch jeden Mittwoch. Hat er irgendwann mal etwas von Problemen erwähnt? Etwas, wovon ich nichts wissen soll?«

»Du machst es mir nicht leicht. Ich hoffe, das ist dir bewusst.«

Volltreffer!, dachte ich. »Caner, das ist mir egal.«

Das, was nun aus den Lautsprechern drang, hätte ein Räuspern sein können, ebenso gut aber ein Stöhnen. »Ich hab ihn schon seit gut zwei Monaten nicht mehr gesehen«, setzte Caner an, machte eine kurze Bedenkpause und fuhr dann fort.

Daniels wichtigster Versicherer, den er vertrat, kündigte großflächig Verträge mit Vertretern, um sein Kerngeschäft ins Netz zu verlegen. Zwei Lebensversicherer taten es ihm nach und verschlankten sich, weil ihnen nach jahrelanger Niedrigzinspolitik schlicht Kapital fehlte und die Abwicklung drohte. Vor Wochen hatte Daniel sich daher an einen Finanzmakler gewandt und mit ihm einen Rettungsplan erarbeitet. Caner glaubte sogar, dass Daniel mit diesem zusammen seine Tätigkeitsfelder erweitern wollte. Synergieeffekt habe er es genannt.

»Knaup heißt der Mann. Sie haben sich dreimal die Woche getroffen«, schloss Caner.

»Verstehe«, war alles, was ich genuschelt über die Lippen brachte. Daniels Versicherungsagentur stand vor dem Aus!

»Er wollte dich nicht beunruhigen, ohne dir gleich eine Lösung präsentieren zu können. Das hat er jedenfalls gesagt.«

Im Augenwinkel nahm ich eine grüne Sportjacke wahr, die auf der anderen Straßenseite vorbeihuschte. Bevor ich den Kopf richtig wenden konnte, war mein Sohn auch schon vorbeigerannt. Ich sprang aus dem Wagen, streckte einen Arm in die Luft und rief ihm nach: »Marc! Hier bin ich!«

Ich hatte kaum ausgesprochen, da wetzte Marc blindlings über die Straße in den Verkehr. Reifen quietschten. Ein rotes Monster von Auto tauchte bei seinem Bremsmanöver tief in die Federn ein und raste trotzdem weiter auf Marc zu. Ich konnte hören, wie der Reißverschlusszipper seiner flatternden Jacke gegen den Scheinwerfer knallte. Dann verschwand Marc hinter einem geparkten Transporter am Straßenrand.

Ich hatte gar nicht realisiert, dass ich ihm längst nachrannte, als ich »MARC!« schrie. Angst und Panik trieben meine Beine an. »BLEIB STEHEN! MARC!«

Er verschwand, ohne sich umzusehen, hinter den Bäumen am Kurvenrand.

»MARC!«, bellte ich ihm nach. Mein Magen wurde sauer und Wut mischte sich in meine Rufe. Ich war sicher, dass Johanna ihm bereits beigebracht hatte, was sie hinter dem Diebstahl meines Volvos vermutete. Ich verfluchte sie innerlich.

»Herrgott, warte!«, presste ich atemlos hervor, als ich ihn so weit eingeholt hatte, dass ich ihn zumindest wieder sehen konnte.

Erneut rannte er über die Straße, erneut konnte ihm ein Auto gerade so ausweichen. Aber er schien mich gehört zu haben. Bevor er in den kleinen Stadtwald abbog, sah er sich zu mir um.

Nie zuvor hatte ich ihn so angsterfüllt gesehen. Die Augen

weit aufgerissen. Das Gesicht verzerrt zu einer Fratze. Als würde er mich nicht erkennen. Als wäre ich der Horror in Person.

Dann wurde mir von hinten hart gegen die linke Schulter geschlagen. Ich taumelte. Und während eine Gestalt an mir vorbeiflog, rammte mein Becken einen eisernen Begrenzungspoller am Bordstein. Mein Kopf raste zu Boden. Gleichzeitig hoben meine Beine ab. Ich überschlug mich und landete hart auf dem Steinpflaster.

Meine Orientierung war weg. Ein Stechen pulsierte durch meinen rechten Ellbogen, ein Knie und mein Becken und verschwand wieder. Während ich mich am Poller aufrappelte, spürte ich eine feuchte Wärme auf meiner Stirn. Ich wischte mit dem Handrücken darüber. Er war rot.

Ich blute, dachte ich noch, als ein schwarzes SUV aus derselben Richtung kam, aus der ich gerannt gekommen war, und mit sirrenden Reifen in die Seitenstraße parallel zum Stadtwald abzweigte.

Mein Sohn!, war alles, was ich denken konnte. *Das war ein Mann!*, erinnerte ich mich als Nächstes an die Schemen, die mich umgestoßen hatten.

Dann rannte ich weiter.

***

Rennen trifft es nicht so ganz.

Ich weiß es nicht mehr. Solche Details sind weg. Mein Herz pumpte mehr Adrenalin als Blut durch meinen Körper. Ein wildfremder Mann jagt meinem verängstigten Sohn nach. Da setzt alles aus. Ich glaube, das versteht jeder.

Und dann noch dieser schwarze Geländewagen.

Damals hab ich nicht sofort begriffen, dass es derselbe war, den Marc morgens überall gesehen hatte. Diese Männer muss-

ten den ganzen Tag an uns dran gewesen sein. Ohne dass ich es gemerkt hatte.

Ich hätte uns so vieles erspart, wenn ich nur besser auf Marc gehört hätte. Wir standen da morgens mit der Polizei und ich hätte nur sagen müssen: »Bitte schauen Sie mal nach dem Wagen da. Er verfolgt uns.« Mehr nicht.

Eine falsche Entscheidung.

Nur eine.

***

Die Welt vor mir wirkte bei jedem Schritt, als würde sie aus den Angeln gehoben und wieder absacken, als ich dem SUV in die Seitenstraße nachhastete. Meine Augen sprangen immer wieder von ihm zum Waldrand und zurück. Ich sah die grüne Sportjacke zwischen den Bäumen. Gleich darauf hechtete Marc aus dem Wald hervor, eine graue Gestalt unmittelbar hinter sich.

Der kahl rasierte Mann in Jeans und grauer Jacke packte Marc am Kragen und hob ihn mühelos in die Höhe. Seine Beine wirbelten in der Luft, als hätten sie den Verlust des Bodens unter sich noch nicht bemerkt.

»MARC!«, schrie ich hysterisch und rannte noch schneller.

Das SUV hielt und die hintere Tür schwang auf. Der Kahlrasierte bugsierte das strampelnde und sich windende Bündel auf den Einstieg zu, bekam dessen umherfliegenden Fäuste und Unterarme an Kopf und Hals und zuckte nicht einmal.

»Bleib weg!«, kläffte er stattdessen mit osteuropäischem Akzent in meine Richtung.

Ich rannte an einem Haufen Astschnitt und trockenen Reisigs vorbei und griff blind nach etwas, das mich fast aus dem Gleichgewicht brachte. Ich erkannte erst, dass es ein schwerer Ast war, als ich ihn dem Kahlen aus vollem Lauf heraus überzog. Der Mann prallte gegen die offene Tür und Marc plumpste zu Boden.

Mein eigenes Tempo riss mich fast mit. Ein älterer Mann, der aus dem Nichts kam, fing mich auf. Mein Gesicht stoppte direkt vor seinem. Seine Augen schlossen und öffneten sich langsam. Dann packte er mich an den Oberarmen, drehte mich um und zeigte auf Marc.

Ich fiel vor meinem Goldschatz auf die Knie und vergrub ihn unter mir.

Gleichzeitig rammte der ältere Mann den Kahlrasierten mit der Schulter ins SUV und knallte die Tür hinter ihm zu. Das SUV preschte mit quietschenden Reifen davon.

»Geht es dir gut?«, fragte ich und begann, Marc abzutasten. »Bist du verletzt?«

Marc murmelte unverständlich.

Ich nahm sein Gesicht in beide Hände. »Hat dieser Mann dir wehgetan?«

»Nein.« Marc wand sich quengelnd aus meinem Griff und besah seinen linken Handballen.

Er war aufgeschürft und schmutzig. Vermutlich vom Sturz. Ich packte sein Handgelenk, küsste die verletzte Stelle und sog gleichzeitig den Dreck heraus.

»Das heilt wieder, Kleiner.« Der Fremde, der uns geholfen hatte, ging neben uns in die Hocke. Er hatte ein knorriges Gesicht, das noch Spuren einer schlimmen Jugendakne trug. Erste braune Altersflecken breiteten sich von seiner Stirn über die Halbglatze aus. Seine langen weißen Brauen hatten die Form von ausgebreiteten Flügeln. Die grauen Augen unter den hängenden Lidern wirkten wie ein Beruhigungsmittel, dem besonders Marc sich anscheinend nicht entziehen konnte.

Trotzdem schmiegte er sich an mich.

»Geht es Ihnen gut?«, fragte der Mann mich.

»Ja«, antwortete ich immer noch atemlos. »Danke!«

»Wissen Sie, was die von Ihrem Sohn wollten?«

»Was?«

»Diese Kerle. Wissen Sie, wer das war? Kennen Sie diese Männer?«

»Wer sind Sie?«, fragte ich noch, wartete die Antwort aber nicht ab. Stattdessen drehte ich Marcs Gesicht zu mir. »Warum bist du nicht bei deiner Schwester?«

»Sie war nicht da«, knatschte er.

Herrgott, Johanna!, fluchte ich innerlich. Doch die anschwellende Schimpfkaskade fiel gleich wieder in sich zusammen. Eine schreckliche Gewissheit fiel mich unversehens an, als ich dem längst entschwundenen SUV nachstarrte.

»Wo ist sie?«, fragte ich zittrig, als würde ich die Antwort bereits kennen.

2

Terra incognita

»Haben Sie ein Mädchen gesehen?«, fragte ich ängstlich den Mann – ich schätzte ihn auf Ende fünfzig –, der über mir stand. Ich hockte noch immer auf dem Gehsteig, wo er mir geholfen hatte, Marcs Entführung zu verhindern, und hielt meinen kleinen Engel fest umschlossen. Alles zitterte und bebte und ich konnte nicht sagen, ob dieses Zittern von Marc ausging, von mir oder einem Grubeneinsturz tief im Boden unter uns.

Der Fremde hatte sich breitbeinig neben uns aufgebaut, die Hände in die Hüften gestützt, und schirmte uns gegen den Stadtwald ab, während er gleichzeitig die Straßen nicht aus dem Blick ließ. »Ein Mädchen?« Er runzelte die Stirn.

»Sie ist dreizehn. Fast so groß wie ich. Lange blonde Haare. Ihre Augenbrauen …« Es wollte mir nichts anderes einfallen als: *Sie sehen furchtbar aus.* »Sie ist ausgesprochen hübsch«, sagte ich stattdessen.

»Ihre Tochter?«

Ich nickte und brachte meine nächste Frage kaum über die Lippen. »War sie im Auto?«

»Nur diese üble Mischpoke.« Er bewegte den Kopf gerade genug hin und her, dass ich es als Schütteln durchgehen lassen konnte.

Ich atmete durch, wenn auch kaum erleichtert, und entließ Marc aus meiner Umklammerung. Es schmerzte aus allen Winkeln meines Körpers, als ich mich aufrichten wollte. Ich knickte wieder ein, aber der Mann packte mich und stellte mich mühelos auf die Füße. Verdutzt registrierte ich seine Kraft und durch den Stoff meines Ärmels wähnte ich, wie hart seine Hände waren.

»Danke! Auch für die Hilfe vorhin.« Ich streckte die Hand nach meinem Sohn aus. Marc hatte sich noch nicht entschieden, ob er starr vor Schreck sein oder weinen sollte. Immerhin ließ er sich hochhieven und er schmiegte sich an meine Hüfte. Ausgerechnet an die Stelle, mit der ich einen gusseisernen Gehwegpoller hatte umrennen wollen, als ich ihm und dem Fremden nachgejagt war. Ich zog Luft durch die Zähne.

»Sie haben keine Ahnung, wer diese Mischpoke war?«, fragte der Mann und kratzte sich am Unterkiefer.

»Nein. Gar nicht«, antwortete ich, etwas verwundert über seine Wortwahl.

Er ging vor Marc in die Hocke und hielt sich dabei die Knie, als müsste er die Kniescheiben daran hindern, herauszuspringen. »Und du, tapferer kleiner Kerl?«

Marc bearbeitete meinen Oberschenkel, als suchte er nach einer Stelle, an der er hineinkriechen konnte.

»Schon gut, Schatz.« Ich strich ihm durchs Haar und hoffte, seine Bedenken so zu zerstreuen. Gleichzeitig schob ich ihn ein bisschen aus dem Areal des Pochens, Ziehens und Stechens rund um meine Hüften.

»Weißt du, was die Männer von dir wollten?«

Marcs Augen flackerten über das Gesicht des Alten. Er antwortete nur, indem er den Kopf hängen ließ.

Ich rang mit dem Drang, ihn auf den Arm zu nehmen. Wohl wissend, dass die Stiche, die sich durch meinen Körper arbeiteten, uns gleich wieder zu Boden gezwungen hätten, ging ich freiwillig auf ein Knie und zog ihn an meine Schulter. »Du musst jetzt keine Angst mehr haben.« Ich küsste ihn ins Haar. »Es ist vorbei.« Ich küsste ihn erneut und hätte ewig so fortfahren können.

»Und du bist weggerannt, weil dein Schwesterchen nicht da war?«, fragte der Fremde.

***

Ich hätte es in dem Moment wissen müssen, als er nach Johanna fragte. Vielleicht hätte ich es dann überblickt. Nicht alles und bis zum Ende. Aber wie groß und furchteinflößend es noch werden sollte.

Ich glaube sogar, für einen kurzen Augenblick lagen mir einige Fragen auf der Zunge: Woher war er so plötzlich gekommen? Warum hatte er sich eingemischt? Woher nahm er diese Ruhe, ja fast schon Gelassenheit angesichts von Geschehnissen, die man höchstens aus Filmen kennt?

Doch dafür erging ich mich viel zu sehr in Glück und Sorge. Ein erschreckender Cocktail, der beinahe alles klare Denken betäubt.

***

»Weißt du denn, wo dein Schwesterchen sein könnte?« Der Mann stöhnte leicht, als er ein Knie auf dem Boden aufsetzte. Dann klapste er Marc kumpelhaft auf die Schulter. »Hm?«

»Sie sollte am Tor warten«, antwortete Marc kaum hörbar aus meiner Umarmung und drückte seine Stirn gegen meine Halsschlagader.

»Am Schultor?«

Marc nickte. »Da war sie aber nicht. Und als ich sie gesucht hab, war überall dieser Mann.« Sein Bauch zuckte unter seiner aufgeblähten Brust.

Ich küsste seine Hand, drückte ihn und kurz darauf flossen die Tränen. Was er sagte, spürte ich mehr an meinem Hals, als dass ich es hörte.

»Er ist mir nachgelaufen. Hat gewinkt und gerufen. Und geschimpft. Und dann hatte er mich fast am Tornister …«

Der Rest war nur noch Schluchzen, das mein Schlüsselbein wie eine Stimmgabel zum Schwingen brachte.

»Haben Sie ein Handy?«, flüsterte ich unserem Helfer zu.

»Wozu?«

»Ich will die Polizei rufen. Meins ist im Auto.« Ich deutete ungefähr in die Richtung, aus der ich gekommen war.

»Hm.« Der Fremde kaute Luft und schnalzte durch die Schneidezähne. »Ist das eine gute Idee?«

»Wie bitte?« Mir entgleisten die Gesichtszüge.

»Haben Sie sich das Kennzeichen gemerkt? Ich nicht.«

»Da ziehen ein paar Kinderschän…« Ich verschluckte die letzte Silbe. Ich wusste nicht, ob Marc über die Entführung hinausdachte. Was die Männer von ihm hätten wollen können. Und wenn, ob er überhaupt schon eine Vorstellung davon hatte, was Kinderschänder waren. Falls nicht, hätte ich es gern vermieden, ihm erklären zu müssen, was solche Männer von kleinen Jungs wollten. Also setzte ich neu an: »Da sind Männer, die Kinder suchen und entführen. Das ist was für die Polizei!«

»Nicht böse sein.« Der Fremde streckte seinen Arm nach mir aus, berührte mich aber nicht. »Die Polizei könnte nur nach einem schwarzen Geländewagen suchen. Ich glaube, es war ein amerikanischer, aber sicher weiß ich das auch nicht. Abgesehen davon, dass dieses Pack inzwischen wer weiß wo ist, so einen Wagen fährt doch heute jeder Dritte. Das ist aussichtslos. Und schauen Sie sich Ihren Sohn an.«

Musste ich nicht. Das Bündel in meinen Armen hatte sich aufgelöst und war gleichzeitig unendlich schwer geworden.

»Sie sollten ihm etwas Zeit lassen, bevor Fremde ihn durch die Mangel drehen.«

»Die könnten meine Tochter haben!«

»Sie könnte überall sein. Vielleicht ist sie einer Freundin

begegnet und mit ihr mitgegangen. Sie sagten, sie ist dreizehn, da sehen Kinder doch nur sich und was ihnen gerade im Kopf rumspukt. Ich glaube, das ist wahrscheinlicher.«

»Und Sie kennen meine Tochter woher?«

»Vielleicht hat sie Ihnen oder Ihrem Sohn was übel genommen und rächt sich gerade mit Abwesenheit.« Er überging meine Frage. »So sind sie in dem Alter.«

»Bekomme ich jetzt Ihr Handy oder nicht?« Ich hielt bereits Ausschau, ob uns noch jemand beobachtet hatte, den ich nach seinem Handy fragen konnte. Aber außer einigen vorbeifahrenden Autos am Ende der Straße war niemand zu sehen.

Der Fremde seufzte regelrecht. »Ich würde es Ihnen geben, wenn ich eins hätte.«

»Nicht so schnell, Mama.« Marc stolperte hinter mir her. Ich zog ihn immer wieder am Arm in die Höhe, wenn er hinzufallen drohte. Insgesamt gaben wir sicherlich ein armseliges Bild ab, wie wir zurück zum Auto hasteten. Ich krumm vor Schmerzen und humpelnd. Marc, der sich mühte, mit mir Schritt zu halten, während sich seine Beine ständig ineinander verhedderten.

Die Elternblechlawine in der Straße vor Marcs Schule hatte sich längst wieder aufgelöst. Hier und da parkte noch ein leeres Auto neben unserem. Ein paar Teenager rotteten sich zusammen, die Innenstadt zu okkupieren, unter denen ich erfolglos Johanna zu erhaschen suchte. Eine Handvoll Mädchen in ihrem Alter machten sich über das verheulte Würmchen in meinem Schlepptau lustig, als sie ihre Augen kurz vom Smartphone hoben. Mein böser Blick perlte rückstandslos an ihnen ab.

Endlich am Auto angekommen, ging mir die Puste aus. Mit letzter Kraft öffnete ich die hintere Beifahrertür, verstaute Marc im Kindersitz und verschnürte ihn, bis ein stummes »Aaauu« sein Gesicht verzerrte.

»Tut mir leid, Schatz!« Ich küsste ihn auf die Wange und registrierte erleichtert, dass er es sich anstandslos gefallen ließ.

Anschließend öffnete ich die Beifahrertür und bückte mich in den Wagen, um mein Handy aus der Halterung zu nehmen. Noch immer stach jeder Atemzug, als ich registrierte, dass Caner mich zu erreichen versucht hatte. Ich hatte ihn grußlos in der Leitung zurückgelassen, als ich Marc nachgehetzt war. Er würde warten müssen.

Die zwei Worte in der nächsten Benachrichtigung dagegen bohrten sich wie ein Spieß in mein Herz: *Nix Polizei!*

Mein Finger zitterte so stark, dass ich mehrmals das Passwort für die Bildschirmsperre eintippen musste.

Ein Video ploppte auf und trieb meinen Puls in ungeahnte Höhen. Meine Beine gaben nach und ich konnte mich gerade noch am Wagen abstützen.

»Mama?« Marcs Unterlider vibrierten.

»Alles gut.« Ich sandte ihm ein Lächeln, das sich aber missraten anfühlte. »Da geht's um die Arbeit«, log ich. »Ich muss mich kurz darum kümmern.«

Ich schubste die Tür wieder ins Schloss und ging zur Rückseite des Wagens.

Reiß dich zusammen, schalt ich mich gedanklich und schluckte erfolglos gegen einen trockenen Kloß in meinem Hals an. *Dein Sohn verlässt sich auf dich! Keine Schwäche!*

Ich lehnte mich gegen die Heckklappe, legte den Kopf in den Nacken und atmete mühsam durch.

Einmal.

Ein zweites Mal.

Ein drittes.

Dann startete ich das Video und umrahmte es mit zittrigen Händen.

Die wackelige Aufnahme war aus einem fahrenden Auto gemacht worden. Es hielt an einer Art Park. Ich konnte Bäume erkennen und einen Fluss, vermutlich den Rhein. Noch mehr Bäume. Wiesen. Auf der gegenüberliegenden Uferseite ragten Kühltürme in den Himmel und langsam gewann ich Gewissheit, dass es sich bei dem Park um die Rheinaue in Friemersheim handelte.

Der Ort, an dem sich die Spur meines Manns verlor.

Dann plötzlich wurde gezoomt, das Bild scharf gestellt und ich sah: mich!

Mein bildschirmeinnehmendes Gesicht.

Bleich.

Leer.

Verstört.

Es war der Moment, an dem die Polizistin mir am Morgen beizubringen versucht hatte, Daniel sei vermutlich mit einer anderen Frau durchgebrannt.

Dann folgte ein Schnitt.

Ich sah unser Haus. Grüne Schimmer an den Bildrändern verrieten, dass die Aufnahme aus einem Gebüsch oder Ähnlichem gemacht worden sein musste. Einige Sekunden tat sich nichts. Dann plötzlich ging die Tür auf und Marc rannte mit schaukelndem Tornister zu unserem Auto. Gleich darauf folgte ich, eine Hand in die Höhe gestreckt und offenbar etwas rufend.

Nicht so schnell, Marc, ergänzte mein Gedächtnis den fehlenden Ton vom Morgen.

Johanna erschien in der Tür und zog sie schwungvoll hinter sich zu. Wütend wie so häufig in letzter Zeit, seit sie beschlossen hatte, ein Morgenmuffel zu sein. Als gehörte dies zum Erwachsenwerden dazu. Vielleicht aber auch nur, um meine ermahnenden Worte zu hören, die es ihr endgültig erlaubten, von mir genervt zu sein.

Dann wieder ein Schnitt.

Wieder Johanna. Schemenhaft. Hinter der Glastür am Eingang ihrer Schule wartend. Ein Schwenk auf mich verriet, dass ich sie gerade abgesetzt hatte, ich nun in der Straße wendete und wieder davonfuhr. Johanna trat langsam aus dem Gebäude. Vorsichtig. Sah sich um. Lugte in die Richtung, in die ich verschwunden war. Dann rannte sie los.

Letzter Schnitt.

Die Kamera schwebte durch einen voll besetzten Bus, streifte meine Tochter, die am Fenster saß. Sie stützte den Kopf mit einer Hand und starrte hinaus. Erschüttert. Ihr Körper wippte im Takt des fahrenden Busses. Die Kamera rutschte in die Sitzreihe hinter ihr, senkte sich langsam.

Eine Hand, eine widerwärtig schwarz behaarte, muskulöse Hand mit silbern beringten Fingern, schob sich ins Bild.

Und griff nach Johannas Schulter.

***

Es ist nicht mal lange her, da sagtest du, ich hätte dich niemals so lieb gehabt wie deinen Bruder. Du warst zornig. Und ich viel zu beschäftigt damit, diesen Vorwurf runterzuwürgen. Der Moment war flüchtig und du warst längst auf dein Zimmer gerannt, bevor ich etwas erwidern konnte.

Ich erinnere mich an etwas, als du fünf warst. Die anderen Kinder hingen auf dem Spielplatz im Klettergerüst, schaukelten, backten Sandkuchen. Du nicht. Du beäugtest das alles nur skeptisch und ich erschrak regelrecht, wie erwachsen du in deiner Kindergestalt wirktest.

Dann kam der Regen. Du hast ihm dein Gesicht entgegengestreckt und gelächelt. So versonnen. Die anderen Kinder rannten zu ihren Eltern und ich hätte dich längst einsammeln müssen. Aber ich konnte meinen Blick nicht von dir nehmen.

Es heißt: Manche Menschen fühlen den Regen, andere werden nur nass.

Ich hielt das immer für eine kitschige Pseudolebensweisheit. Bis ich dich da gesehen habe. Bis dahin warst du ein Teil von mir, als hätte es die Trennung bei der Geburt nie gegeben. Ich kannte dich bis in die letzte Faser deines Seins. Ich spürte jeden Kratzer an deinem Knie, wenn du hinfielst, auf meiner Haut. Spürte deinen Ekel vor Blumenkohl in meiner Magengegend. Kannte deine Gedanken lange vor dir.

Damit war ganz plötzlich Schluss.

Von da an warst du das Mädchen, das den Regen fühlt. Ich sah, wie wunderschön du bist. Und das alles, was mich in Wahrheit mit dir verbindet, Liebe ist.

Ich würde alles dafür geben, dir das von Angesicht zu Angesicht zu sagen.

***

Des dramatischen Effekts wegen hätte ich die dünne Blutspur vom Sturz nicht wegwischen sollen. Dachte ich wenigstens, tränkte dann aber doch einen Taschentuchzipfel mit Spucke und säuberte meine Stirn vorm Schminkspiegel der Sonnenblende bis in den Haaransatz hinein.

Obwohl die Botschaft des Videos eindeutig gewesen war, war ich zur nächsten Polizeiwache in Hamborn aufgebrochen und hatte in einer Seitenstraße neben dem roten Klinkerbau gehalten. Ich war nicht willens, mich einschüchtern zu lassen. Meinen Sohn hatte ich mit viel Glück noch vor dem Schlimmsten bewahren können. Meine Tochter hingegen war da draußen völlig auf sich allein gestellt. Dem Bösen ausgeliefert, das sich hinter der Kamera versteckte.

Dreimal hatte ich versucht, die Nummer des Absenders zu erreichen, und war von einer Ansagerin in einer mir unbekannten, wohl osteuropäischen Sprache empfangen worden, bevor die Leitung jeweils abbrach. Dazwischen und danach hatte ich wieder und wieder Johannas Smartphone angewählt und war nur auf ihre Unerreichbarkeit hingewiesen worden. Ich hatte gleich mehrere Nachrichten per WhatsApp geschickt, obwohl ich wusste, dass sie mich dafür hassen würde, weil ich damit in ihr merkwürdig öffentliches Konstrukt von Privatsphäre eingriff. Ich hatte mich sogar erdreistet, ihre beste Freundin Alina nach ihr zu fragen, hatte aber nur die Antwort bekommen, dass Johanna seit dem Morgen irgendwie abgetaucht sei.

»Normal schreibt sie immer aus Chemie, was der Elementekasper wieder verkackt … Äh, das sollte ich wohl nicht erzählen.«

»Aber heute nicht?« Den für Eltern wenig erfreulichen Teil der Mitteilung hatte ich übergangen.

»Nein. – Ich hab das übrigens nur gesagt, weil sie immer so lustig schreibt. Sie kann total gut mit Worten.« Alina hatte sich noch an Johannas Ehrenrettung versucht, bevor ich sie abgewürgt hatte, um mich um das Blut auf meiner Stirn zu kümmern.

Ich strich die letzten Krümel von Kruste aus meiner Augenbraue und betrachtete den Kratzer am Haaransatz im Spiegel. Er war nicht tief, es würde nichts zurückbleiben. Narben störten mich ohnehin nicht. Aber diese Art von Erinnerung an heute musste ich mir wirklich nicht jeden Morgen im Bad anschauen.

»Wollen wir?« Schließlich wandte ich mich zu Marc um.

Er knibbelte am Stoff der Sitzwangen herum.

»Schatz?«

Seine Lider flatterten.

»Rede mit mir.«

Marcs Lippen zuckten, bis er endlich mit der Sprache rausrückte: »Haben die Jo?«

Sollte ich lügen oder nicht?

Wie viel Angst konnte ich dem Kinderherz noch zumuten?

»Das glaube ich nicht.« Ich entschied mich gegen meine wahren Befürchtungen. »Deine Schwester ist klug. Sie weiß, wie man Gefahren aus dem Weg geht.«

Aber das schien ihn nicht zu beruhigen. Der Stoff der Sitzwangen gab reißend nach.

»Der Mann war stark. Wie Papa. Wenn der mit uns kämpft, lässt er Jo immer nur gewinnen. Sonst hätte sie nie eine Chance.«

Die sonntäglichen Zu-Bett-geh-Kämpfe. Johanna hatte sich erst jüngst als zu alt für dieses Ritual deklariert. Trotzdem gingen doch noch die Kinderpferdchen mit ihr durch, wenn sie Marc und Daniel bei einer dieser Raufereien überraschte. Der Gedanke daran filetierte hauchdünne Scheibchen von meiner Herzwand.

»Dazu hätte der Mann sie ja erst einmal kriegen müssen. Das hätte er nie geschafft. Du weißt, wie schnell sie ist.«

Aus Marcs Perspektive war zwar jeder schnell, der ihn etwas überragte. Aber in Johannas Fall stimmte das tatsächlich – als auserkorener zukünftiger Sprintstar unseres örtlichen Leichtathletikvereins.

»Aber sie könnte nach mir gesucht haben und deswegen hat sie ihn nicht kommen sehen. Nur weil ich weggerannt bin.« Auf seinen Unterlidern formierte sich ein nasser Rand.

Er gab sich die Schuld. Für das Schlimmste, was Johanna hätte zugestoßen sein können, gab mein Sohn sich die Schuld.

»Weißt du, was ich glaube?« Ich hob meine Stimme an, damit sie nach Heiterkeit klang.

Tatsächlich glaubte ich jedoch, dass ich seit unserer Rückkehr zum Auto so ziemlich alles falsch gemacht und wertvolle Zeit verschwendet hatte, falls Johanna wirklich in den Händen dieser Männer war. Ich hatte meiner Angst und Fahrigkeit erlaubt, das Ruder zu übernehmen, anstatt sofort die Polizei zu rufen.

Wie hätten diese Ungeheuer schon davon erfahren sollen? Nachdem wir Marcs Entführung verhindert hatten, hatten sie sich mit lautem Motorengeheul auf und davon gemacht.

»Ich glaube, sie ist in diesem Laden in der Stadt. Wo es die Kostüme gibt, die sie immer so gern trägt. Darüber hat sie mal wieder alles andere vergessen.«

Marc schob die Unterlippe hoch. Er glaubte mir meine vermeintliche Unbekümmertheit nicht. »Warum sind wir dann nicht dahin gefahren?«

»Weil das hier jetzt wichtiger ist. Na komm, schnall dich ab und ich lass dich raus«, sagte ich und zog am Türöffner.

»MAMA!«, schrie Marc plötzlich auf.

Ein schwarzes Ungetüm schob sich grollend an uns vorbei. Der Außenspiegel verabschiedete sich mit einem Knall, als wäre die Tür abgerissen worden.

Ich warf mich vor Schreck auf die andere Seite. Der Hand bremshebel bohrte sich in meine Rippen. Ich glaubte es knacken zu spüren, stemmte mich in den Polstern des Beifahrersitzes in die Höhe und sah gerade noch ein schwarzes SUV um die Straßenecke verschwinden.

»Geht es dir gut?« Mit zittriger Stimme drehte ich mich zu Marc um.

Er nickte mit weit aufgerissenen Augen.

Haben Sie sich das Kennzeichen gemerkt? Die Frage des fremden Mannes geisterte wieder durch meine Gedanken.

Natürlich nicht. Aber ich musste nur meinen schockstarren Sohn ansehen, um zu wissen, dass er dasselbe SUV bereits aus nächster Nähe kannte. Und weniger als einen Atemzug später vermeldete mein Handy den Eingang einer Nachricht, über deren Absender ich keinerlei Zweifel hegte.

Obwohl die Lautsprecher zum Schnarren neigten, war das Dröhnen des Motors im Video klar herauszuhören. Er klang dumpf und unruhig. Willig, jederzeit seine Kraft in die Welt hinauszuheulen. Noch ruhte darüber, was von der schwarzen Haube aus dem Wageninneren zu sehen war.

Eine geteerte Stimme fragte auf Russisch etwas durch blaue Rauchschwaden hindurch und erhielt eine anscheinend wodkageölte Antwort.

Ein Armaturenbrett erschien bildfüllend. Die Kamera war wohl abgestürzt. Und als sie wieder auftauchte, hantierte eine widerwärtig schwarz behaarte Hand mit silbern beringten Fingern mit einem Radmutternschlüssel vor dem Seitenfenster.

Der Motor grollte auf. Das Bild wackelte. Die Welt bebte.

Das Fenster fuhr herunter. Die Hand hielt den Radschlüssel hinaus, holte aus – und drosch im Vorbeifahren auf meinen Außenspiegel ein.

Ich schaltete das Video ab, das ich mit den Worten *Letzte Warnung!* erhalten hatte und schob mein Handy auf dem Beifahrersitz unter meine Tasche.

Ich hatte das Video nicht gebraucht, um die Botschaft des Angriffs auf meinen Spiegel zu verstehen. Noch bevor zwei Polizisten, sicherlich aufgeschreckt durch den Lärm vor ihrer Wache, Marc und mich hatten erreichen können, hatte ich mein Auto dazu gebracht, aus der Parklücke zu bocken, ihre Handzeichen geflissentlich ignoriert und wir waren um die nächste Ecke verschwunden.

Bis wir auf der A 40 in Richtung Essen ankamen, war mein Herz zwar wieder auf sichere Distanz zur Infarktgrenze gegangen, meinen Händen fiel es aber noch immer schwer, die Spur zu halten, egal, wie sehr sich meine Finger ins Lenkrad krallten.

Ich hatte kein festes Ziel vor Augen. Ich wollte lediglich in Bewegung bleiben. Getragen von der Hoffnung, dass es mir so leichterfallen würde, das SUV zu entdecken, sollte es uns erneut folgen.

Hinter uns fuhren ein mit viel Plastik aufgepeppter mintgrüner Kleinwagen, ein silberner Familienkombi, ein roter Kleintransporter und dahinter ragte schon die Front eines Lkws auf.

»Kannst du es sehen?«, fragte ich Marc über den Rückspiegel.

Er schaute durch die Rückscheibe und hielt seinen Kopf so verdreht, dass ich jederzeit ein lautes Knacken erwartete.

»Er ist nicht da.«

»Bist du sicher? Schau genau hin!«

»Er – ist – nicht – da!«

»Pass trotzdem auf, ja?«

Er nickte und strich sich gleichzeitig über den Nacken. Es durchfuhr mich kalt.

Ich zog das Handy wieder unter meiner Tasche hervor und tippte eine Antwort an den Absender des Videos: *Es tut mir leid! Ich hatte Angst und wusste nicht, was ich tat. Haben Sie meine Tochter?*

Ich schaffte es nicht, die Sendetaste zu drücken. Je mehr ich es wollte, desto stärker zitterte mein Daumen.

»Mama?«

Meine Hand zuckte. Die Nachricht ging raus. »Siehst du es?«

»Nein.«

Ich schaute erneut in den Rückspiegel. Mein Sohn zog die Augenbrauen so fest zusammen, dass ich kaum noch sagen konnte, wo seine Nase aufhörte und wo die Stirn anfing. Um die Augen herum färbte sich alles weiß, als trüge er eine Maske.

»Was ist denn, mein Schatz?«

»Warum machen die das?«

Ich atmete durch. Seit dem Morgen rotierten meine Gedanken wie unsere alte Waschmaschine im Keller und das Poltern und Surren und Scheppern hatte alles andere übertönt.

Ich hätte Marc allerhöchstens eine halb gare Antwort geben können und auf seine – garantierten! – Nachfragen wäre mir vermutlich nichts mehr eingefallen. Bevor ich mich um Kopf und Kragen redete und Marc endgültig in heillose Angst trieb, entschied ich mich, zu lügen. »Schatz, es gibt einfach böse Menschen. Und man versteht nicht, wieso sie so etwas tun. Wichtig ist, dass man sie es nicht tun lässt. Und das haben wir geschafft. Oder?«

Marc schien wenig überzeugt. »Können wir nicht Papa anrufen?«

Das möchte ich auch, dachte ich, sagte es aber nicht. Dafür meldete sich eine weitere Stimme in mir. Mit der Wirkung eines Färbemittels im Hauptwaschgang.

Es gab furchtbare Tage. Tage, an denen alles, aber auch wirklich alles schieflief und sich die ganze Welt gegen einen verschwor. Bestenfalls beließ man es bei dieser Erklärung, zog den Kopf zwischen die Schultern und saß es schlichtweg aus. Doch wie wahrscheinlich war es, dass an ein und demselben Tag der Ehemann verschwand, man seinen wichtigsten Job abschreiben musste, die eigenen Kinder entführt werden sollten und – wohlformuliert – halbseidene Gestalten einen verfolgten?

Es handelte sich nicht um Zufälle. Das konnte einfach nicht sein. Womöglich gehörte es nicht in die Reihe, dass Peter Averdunk mich unausgesprochen von meinen Aufgaben als sein Public Image Consultant entbunden hatte. Doch wie verhielt es sich mit den übrigen Ereignissen? War Daniels Verschwinden der Ausgangspunkt für sie alle gewesen?

»Ist er das?« Marc stürzte sich in meine Gedanken und klammerte sich an der Kopfstütze des Beifahrersitzes fest.

Erst jetzt realisierte ich, dass mein Handy klingelte, und nahm es vom Beifahrersitz. Der Anrufer hatte seine Nummer unterdrückt.

»Still«, antwortete ich lediglich und nahm das Gespräch an. »Ja bitte?«

»Spreche ich mit Frau Bellheim?« Eine weibliche Stimme. Nüchtern, aber freundlich. Fast schon zuvorkommend.

»Ja.«

»Ich rufe wegen Ihrer Tochter an.«

Franka Auer erwartete mich mit einer Gartenschere vor dem rotbraunen Bungalow in einer Seitenstraße im geldschweren Röttgersbach. Gerade mal eine Hausnummer entfernt von der Grünoase Revierpark Mattlerbusch. Ich schätzte sie auf Ende zwanzig – trotz ihres Gartenarbeitsoutfits für altersversöhnte liebe Tanten in einem Pilcher-Film. Selbst der Strohhut wirkte auf dem im Nacken zusammengefassten kastanienbraunen Haar deplatziert.

Ich wandte mich an Marc. »Du bleibst im Auto. Die Türen bleiben abgeschlossen. Und Finger weg hiervon.« Ich wies auf den Schalter am Armaturenbrett, mit dem sich die Türen von innen entriegeln ließen.

»Sie sieht aber doch nett aus.«

»Tut sie«, bestätigte ich, wenn auch nur um Marcs willen. »Trotzdem.«

Marc nickte, verzog aber enttäuscht den Mund.

Ich warf einen langen Schulterblick die Straße entlang und erst als ich überzeugt war, dass kein schwarzes SUV an uns vorbeischießen würde, stieg ich aus und sperrte die Tür ab.

Franka Auer kam mir auf halbem Weg entgegen. Nicht mal ihre Bewegungen passten in die Gärtnerklamotte. Ihr Gang war bestimmt und gleichzeitig leichtfüßig grazil, als wäre eine Ballerina versehentlich beim Militär gelandet.

»Haben Sie gut hergefunden?«, begrüßte sie mich mit hell leuchtenden smaragdgrünen Augen.

»Wo ist meine Tochter?«

»Ich sagte ja, sie wartet im Büro auf Sie.«

»Da lang?« Ich zeigte auf den Klinkerbau und wollte mich an ihr vorbeidrängen.

»Nicht bei mir.« Auer wies zum nächsten Grundstück an der Straßenecke. »Im Haus Ihres Mannes.«

***

Sie hatte es schon einmal gesagt: das Haus meines Mannes. Ich hatte es nur nicht realisiert.

»Es geht ihr gut«, hatte sie gesagt. »Machen Sie sich keine Sorgen. Sie ist heute Morgen hier aufgetaucht und war auf der Suche nach Ihrem Mann. Ich hab sie dann ins Haus gelassen. In das Ihres Mannes.«

Ich hatte dem keine Bedeutung geschenkt. Ich hatte nicht mal versucht, mir darauf einen Reim zu machen. Ich war beinahe besinnungslos vor Sorge und nachdem ich wusste, wo sie war, wollte ich nur noch dorthin. Und genauso, wie ich vorher jedes Tempolimit ignoriert hatte, machte ich es auch mit Auer.

***

Ich rannte die Straße runter zu dem modernisierten taubenblauen Haus aus den 1950ern, entlang am weißen, in Ornamenten geschwungenen Gartenzaun, packte das Edelstahlgeländer und schwang mich herum auf die flache Außentreppe. Der Schnapper der Haustür gab auf leichten Druck hin nach und mich erwartete ein Klaustrophobie auslösender Schlauch von einem Zimmer. Fünf Freischwinger reihten sich an der Wand entlang. Die handbreithohen Fenster unter der Decke waren aus Milchglas. Ebenso die Tür, die in den nächsten Raum führte. Ich stieß sie so heftig auf, dass sie umgehend zurückschnellte und mich beinahe rücklings wieder aus dem Zimmer beförderte.

»JOHANNA?« Ich registrierte eine schwarze Ledersitzgruppe vor einer roten Wand. Die Fenster auf der anderen Seite waren mit bodentiefen weißen Lamellenvorhängen verschlossen. Über den weißen Fliesenboden ging es nach rechts zu einem Durchgang in den nächsten Raum.

Dann endlich sah ich sie!

Sie saß am Kopfende eines meterlangen Konferenztisches mit ausreichend Platz für ein Dutzend Hochlehner und bearbeitete die dunkle Holzplatte mit einem Stift.

»Johanna!« Mir versagte fast die Stimme.

Die ganze Fahrt über hatte ich mir ausgemalt, wie ich in diesem Moment reagieren würde. War wütend gewesen, weil das leichter war, als die Besorgnis zu ertragen. Wollte vorwurfsvoll sein, damit sie nie wieder ausbüxen würde. Und hatte mich schließlich für beherrscht und streng entschieden.

Alles Makulatur.

Ich wollte meinen blonden Engel nur noch fest in meine Arme schließen.

»Oh mein Gott«, stieß ich hervor, ließ meine Tasche fallen und stürmte auf sie los.

Ohne aufzusehen, schnellte Johanna auf, rannte zu einer Wendeltreppe in der Zimmerecke und die Stufen hoch in den ersten Stock. Nur der feine Sanddorngeruch des Parfums, das sie jeden Morgen in ihr Haar massierte, blieb zurück.

Die Lehne des umgeworfenen Stuhls tippte noch auf den Boden, als meine Beine dort erlahmten, wo Johanna noch vor Sekunden gesessen hatte.

»Seien Sie gnädig mit ihr«, hörte ich Auer hinter mir sagen.

Sie stand im Durchgang, während Marc sie umrundete und ebenfalls flugs über die Wendeltreppe entschwand.

»Er hat's nicht mehr ausgehalten«, fügte Auer an und hob die Schultern. »Darf ich reinkommen?«

»Sind Sie das nicht längst?« Ich stellte den Stuhl wieder auf und schob ihn an den Tisch. Dann las ich, was Johanna mit so viel Nachdruck in Keilschrift in die Platte geritzt hatte: *LÜGNER!!!*

»Ich sagte Ihnen ja bereits am Telefon, dass sie sehr aufgebracht ist. Mir war nur nicht klar, wie sehr.«

Ich nickte, noch immer überfordert. »Kann man wohl nichts machen.«

»Lassen Sie ihr Zeit, sie beruhigt sich schon wieder.«

»Ist das so?«, fragte ich Auer, während ich mich selbst fragte, woher sie das wissen wollte.

»Sie ist noch so jung. Sie … Ach, kommen Sie, wir waren auch in dem Alter. Das ist das reine Chaos.«

Mir fehlte gerade jegliche Erinnerung daran, wie diese Zeit bei mir abgelaufen war. Ich fasste mir an die Stirn, als könnte ich so für etwas mehr Klarheit sorgen. Aber es kamen nur neue Fragen auf. »Was macht sie überhaupt hier? Was ist das hier? Und wer sind Sie?«

»Wo soll ich anfangen?«

Ich hob lediglich die Schultern.

Auer begann damit, dass sie erst nur eine Nachbarin gewesen war, die sich aber seit gut drei Monaten um den Garten kümmerte und den Briefkasten leerte, wenn Daniel mehrere Tage nicht vor Ort war. Er hatte das Haus vor einem Dreivierteljahr angemietet, weil er die wirtschaftlichen Schwierigkeiten seiner Agentur nur zu lösen können glaubte, indem er eine Dependance errichtete. Sich neue Kundschaft erschloss. Röttgersbach atmete Geld und schwitzte Dividende. Der Platzhirsch in Sachen Versicherungen hatte sich auf sein Anwesen auf Mallorca zurückgezogen. Daniel hatte die Chance gesehen, ein reiches Feld gewinnbringend zu beackern.

Zunächst nur versuchsweise, wie er betont haben sollte, weswegen er – entgegen Auers Rat – alles vor uns geheim hielt.

Auer hatte Johanna in den letzten Wochen einige Male ums

Haus schleichen sehen, aber bis dahin nicht gewusst, dass es sich um Daniels Tochter handelte. Das hatte sie erst am Morgen erfahren, als Johanna Auers Garten lautstark mit der Frage »Wo ist mein Vater?« eingenommen hatte.

»Ich habe versucht, sie zu beruhigen. Aber …« Auer lachte verhalten und machte eine entschuldigende Geste. »Na ja. Immerhin konnte ich sie dazu bringen, dass sie Ihre Telefonnummer rausrückt.«

»Sie wusste hiervon?« Ich beschrieb mit der Hand einen unbestimmten Kreis in der Luft.

»Sie ist Ihrem Mann irgendwann hierhergefolgt. Sie hatte wohl schon länger einen Verdacht, was Sie und Ihren Mann …« Auer unterbrach sich und blickte kurz zu Boden. Dann atmete sie durch. »Ich glaube, das klären Sie am besten untereinander.«

Wieder fiel mir nichts anderes ein, als geistlos zu nicken.

Es hätten Stunden sein können, in denen ich wie benommen vor dem in den Tisch geritzten Schandmal gehockt hatte, seit Auer gegangen war. Zwischendurch hatte ich staunend die Einrichtung betrachtet. Manchmal unmotiviert gelacht. Darauf waren mir die Tränen gekommen. Dann wiederum hatte ich fassungslos den Kopf geschüttelt, tief Luft geholt, um etwas zu sagen, und doch nur wieder ausgeatmet.

Ich fühlte mich wie das naive Cliquenmitglied, das seine Anwesenheit auf der wichtigsten Party an Silvester nur dem Umstand verdankte, dass es der Begleit-Nerd war, über den sich die Coolen lustig machten. Ich war die Außenseiterin in meinem eigenen Leben.

In weniger als zwölf Stunden hatte ich meinen Mann abgeurteilt und wieder begnadigt. Ich hatte mich verführen lassen, ihm eine Affäre zu unterstellen, und es wieder verworfen. Ich hatte mir eingeredet, dass ich den Ort würde finden müssen, an dem er sein heimliches Ich pflegte. Glaubte, ihn in einer Abstellkammer gefunden zu haben.

In einer Scheiß-*Abstellkammer*!

Stattdessen saß ich nun in einem überteuerten Häuschen, in dem sich irgendein mittelbegabter Innenarchitekt ausgetobt hatte, der selbst nur beifallklatschende Staffage bei Preisverleihungen war. In der Pommesbude drei Straßenecken weiter. Ausnahmslos alles, was heute geschehen war, drehte sich in irgendeiner Form um Daniels Existenz und die unserer Familie. Sein bester Freund war eingeweiht. Seine Quasinachbarin ebenso.

Nur ich war die ganze Zeit über das Dummchen gewesen, das auf der Fensterbank hockte und jubelnd vorbeifliegende Schmetterlinge zählte.

Ich hätte mir fortwährend vor die Stirn schlagen können, wäre da nicht die tiefe und wachsende Besorgnis gewesen. Ich verstand immer deutlicher, dass etwas aus dem Ruder gelaufen sein musste, von dem ich noch gar nichts wusste. Der Kern allen Übels, der alle Ereignisse des heutigen Tages überhaupt erst hervorgebracht hatte.

***

Ich erinnere mich an etwas, das Peter bei seiner Amtseinführung als OB seiner Fraktion ins Stammbuch schrieb: »Bei Sturm holt man nicht alle Segel ein. Man bleibt hart am Wind. Ein Auge auf dem Kompass, alle Hand in Hand. Sonst säuft man ab.«

Oder: »Das Gute an Konflikten ist, dass sie nicht einfach weggehen. Man kann sie verschieben und bis zu ihrer Austragung gemeinsam eine Menge erreichen.«

Klingt wie aus einem Gratis-E-Book. »Mitarbeiterführung für Dummies«. Oder so.

Aber, ja, diese Sätze schwirrten mir auch damals durch den Kopf. Vielleicht nicht genau diese, aber so was in der Art.

Ich wusste nur, ich musste diesen Rest, dieses Überbleibsel Familie, irgendwie zusammenhalten. Einen störrischen, auf Krawall gebürsteten Teenager, einen kleinen Jungen, der vermutlich traumatisiert war, es aber gut versteckte, und ihre aufgelöste, kopflose, überforderte Mutter.

Unterm Strich fragte ich mich nur eines: Wie sollte das gehen?

***

Schnarrende Musik aus Handylautsprechern leitete mich durch den weiß gefliesten, bilderlosen Flur im ersten Stock. Die Stimmen meiner Kinder mischten sich darunter. Sie klangen besorgt, angespannt, aber ich nahm auch eine ungewöhnliche Harmonie wahr, die ich zwischen den beiden vermisst hatte, seit es sich für Johanna bei Jungs nicht mehr nur um reine Spielkameraden handelte. In einer anderen Zeit hätte diese Harmonie gereicht, um glücklich zu sein.

Zu lauschen hasste ich mindestens so sehr, wie belauscht zu werden. Aber ich konnte nicht widerstehen. Es war verführerisch wie eine Palette Schokolade nach sechs Monaten Diät. Ich wollte gar nicht wissen, worüber sie sprachen. Ich brauchte nur ein wenig Trost und wem konnte es schon schaden, wenn ich ihn mir ohne ihr Wissen bei ihnen abholte?

Geräuschlos schob ich mich an der Wand entlang. Ihre Stimmen wurden deutlicher. Plastik knirschte unter meinem Fuß und ich hielt den Atem an. Ich hatte den Stift zertreten, mit dem Johanna den Konferenztisch bearbeitet hatte. Aber die beiden schienen es nicht gehört zu haben.

»Warum sollte Papa das tun?« Marc schien zwischen Erstaunen und Sorge zu schwanken.

»Wegen Eva«, antwortete Johanna desillusioniert.

Ich musste leise schmunzeln. Sie nannte mich immer nur beim Vornamen, wenn sie ärgerlich war und annahm, dass ich es nicht mitbekam.

»War Mama böse zu ihm?«

»Das verstehst du noch nicht.«

»Dann erklär's mir. Du hast gesagt, du bist ab jetzt immer für mich da!«

Einen Moment lang blieb es still. Ich hörte das Knarzen von Möbeln. Das Rascheln einer Decke.

»Sie war böse, oder? So, wie wenn ich mein Zimmer aufräumen soll, aber ich mach's nicht?«

»Nein, das macht dich nur zum nervigen Zwerg. Was ich meine, ist … Schau mal, Eva kennt seit Monaten nichts anderes mehr als diesen Wahlkampf. Bürgermeister hier, Bürgermeister da. Was Peter wieder Tolles gesagt hat, Tolles gemacht hat und so weiter.«

»Na und? Ich mag Peter.«

»Du! Papa aber nicht. Ich hab's selbst gehört.«

»Was?«

»Mahaaan … Aua! Knuff mich nicht!«

»Wenn du blöd zu mir bist.«

»Du bist ja auch blöd!«

»Sag das nicht immer. Das stimmt gar nicht!«

Es würde Streit geben. Ich hätte mich schon längst bemerkbar machen sollen. Leise hob ich den zerbrochenen Stift vom Boden auf.

»Okay, tut mir leid. Magst du dich hier hinlegen?« Wieder knarzte und raschelte es. »Gut so?«

»Mhm.«

»Papa hat gesagt, dass Peter nichts in ihrem Bett verloren hat! Jetzt zufrieden?«

Ich glaubte, Marcs Augen unschuldig klimpern zu hören.

»Schläft Peter bei uns?«

»Oh Mann, echt ey ...« Johanna schnaubte laut. »Du verstehst echt gar nix. Ist auch egal. Jedenfalls hab ich Papa später mit der Frau von nebenan gesehen. Sie kam hier raus und hat ihm an die Wange gefasst. Genau so.«

»Das macht Mama auch bei mir.«

»Ja, aber bei Großen ist das was anderes.«

Ich konnte nicht länger warten. Ich schmiss den Stift in Richtung Treppe. Er prallte gegen das Metallgeländer und zersprang endgültig.

»Still! Hast du das gehört?«, fragte Johanna.

Ich hielt mir die Hand vor den Mund, um meine Stimme zu dämpfen, und drehte den Kopf weg von der Tür. »Johanna? Marc?«

Ich zählte bis drei, dann folgte ich wieder der Musik.

Die beiden lagen im Schlafzimmer im Doppelbett – einem Träumchen aus der Boxspringbetten-Sonderausgabe eines Lifestylemagazins. Marc hatte sich unter die weiße Satindecke verkrochen. Nur sein Kopf und ein Arm lugten auf Johannas ausgestreckten Beinen hervor. Johanna lehnte, gestützt von einer weißen Kissenarmada, am braunen samtenen Kopfteil und empfing mich mit einem Blick, der umgehend Eisblumen auf jedes Fenster hätte zaubern können.

Das Mädchen, das den Regen fühlen konnte, aber noch nicht wusste, was es da fühlte.

»Darf ich?« Ich zeigte auf die Bettkante.

Johanna schob Marc von ihrem Schoß und zog die Beine an. Mehr Zeichen der Erlaubnis würde ich nicht bekommen, also setzte ich mich ans Fußende. Außerhalb ihrer Schnappweite.

Ihr Smartphone lag griffbereit neben ihr. Drapiert auf einem kleinen braun-weiß karierten Kissen.

»Hast du Papa erreicht?« Ich fragte eher aus Verlegenheit, da ich die Antwort schon kannte.

Johanna entlarvte mich postwendend mit dem Hochziehen ihrer gemalten Augenbrauen.

»Ich will jetzt nicht mit dir kämpfen. Dafür fehlt mir die Kraft«, gestand ich und registrierte eine flüchtige Reaktion: Im Bruchteil einer Sekunde wanderte Johannas Blick an mir hinab und wieder hinauf. »Ich hätte euch von Anfang an die Wahrheit sagen müssen. Aber ich wollte euch nicht beunruhigen. Ich wusste ja selbst nicht, was los ist.«

»Und jetzt weißt du's?«

Parallel zu Johannas Frage streckte Marc den Kopf in die Höhe.

»Ich weiß, dass heute ganz viele schreckliche Dinge passiert sind. Und dass ich nicht für alles eine Erklärung habe.« Ich atmete durch, um mir eine kurze Pause zu verschaffen, weil ich unsicher war, wie viel Wahrheit meine Kinder ertragen würden. Dann begann ich mit der Notlüge vom Diebstahl des Autos in der Rheinaue. »Es sieht so aus, als hätte euer Vater sich dort mit jemandem getroffen und es einfach stehen lassen. Mehr ist bisher nicht erwiesen.«

Dann erzählte ich ihnen, wie ich von Daniels geschäftlichen Schwierigkeiten erfahren hatte, insbesondere Johanna vom Entführungsversuch und abschließend, dass ich von diesem Haus, Daniels Dependance, nicht das Geringste gewusst hatte.

»Ich wünschte, ich könnte euch sagen, wo euer Vater ist. Oder wie all diese Dinge zusammenhängen. Aber mehr als Vermutungen kann ich euch nicht anbieten.«

»Papa ist an ein paar schräge Typen geraten«, folgerte Johanna überraschend sachlich.

Mir lag die nächste beschwichtigende Lüge bereits im offenen Mund. Ich schob sie beiseite. »Das kann ich nicht ausschließen.« Ich beließ es so allgemein wie möglich. Obwohl ich dabei recht konkret an den Finanzmakler dachte, mit dem

Daniel neues Terrain erobern wollte. Ihn zu erwähnen hätte aber nicht geholfen, da mir nicht mal mehr sein Name einfiel.

»Dann müssen wir zur Polizei!«, forderte Johanna.

»Das geht nicht.« Ich holte mein Handy aus der Tasche und rief das Video auf, das ich am Morgen erhalten hatte.

Johanna nahm es in beide Hände. Ihre Mimik blieb kryptisch bewegungslos. Einzig daran, dass sie das Handy zunehmend von Marc wegdrehte, erkannte ich, dass sie sich der Brisanz der Bilder durchaus bewusst zu sein schien.

Als das Video geendet hatte, warf sie das Handy vor mir aufs Bett. Ihre Augen waren riesig und voller Schrecken. Sie zog Marc an sich, senkte seinen Kopf mit leichtem Druck wieder auf ihren Schoß und ließ ihre Finger durch sein Haar gleiten.

»Wir sind auf uns allein gestellt«, sagte ich und richtete meinen Blick speziell auf Johanna. »Ich brauche jetzt eure Hilfe.«

***

Sie hörten meine Bitte an und entließen mich mit einem Nicken. Aber ich hatte auch nicht erwartet, dass sie mit lautstarken Solidaritätsbekundungen hinter mir stehen würden.

Johannas Misstrauen mir gegenüber saß tief. So tief, dass sie unbedingt in Daniels Dependance bleiben wollte. Es hätte ja sein können, dass er wider Erwarten oder besser wider meine Darlegungen doch wiederauftauchen würde. Und da sie immer noch von einem Ehedesaster ausging, erschien es ihr logisch, dass er zunächst hierher zurückkehren würde.

Natürlich stimmte ich zu. Ich musste den Heißsporn doch wieder einfangen. Also zeigte ich mich kompromissbereit.

Ich musste Johanna ja nicht auch noch auf die Nase binden, für wie gefährlich ich die Rückkehr in unsere heimischen vier Wände hielt. Sicher, wir waren unseren Verfolgern entwischt.

Zumindest zeitweilig. Aber ich war eben überzeugt, dass sie uns zu Hause erwarteten.

Es klingt komisch und es fühlte sich auch komisch an, aber ich wähnte uns in diesem schiefen Orkus tatsächlich sicherer.

***

»Vertrag zwischen Josef Dubin, im Folgenden Auftraggeber genannt, und der HardCash IBC, im Folgenden Auftragnehmer genannt, vertreten durch Daniel Bellheim.«

Ich saß an der Quelle. Ich verstand sie nur nicht.

Ich war eines der acht Zimmer nach dem anderen durchgegangen. Die meisten standen leer oder, wenn sie eingerichtet waren, schienen zumindest unbenutzt zu sein. Selbst die Küche war nur mit dem Notwendigsten ausgestattet: Kühlschrank, Kaffeemaschine, Mikrowelle.

Auch das Büro im Erdgeschoss glänzte lediglich mit einer Noteinrichtung: einem wackeligen Pressspanschreibtisch, einem durchgesessenen Bürostuhl und einer ganzen Reihe millimetergenau an der Wand ausgerichteter Aktenkartons.

Josef Dubins Akte war die vierte, die ich bis Einbruch der Nacht herausgezogen hatte, und sie ähnelte den anderen in einem wichtigen Punkt: Dubin hätte noch vier Jahre gehabt, bis seine Privatrente fällig geworden wäre. Er hätte auswählen können: eine Monatsrente oder eine Einmalzahlung von rund fünfundvierzigtausend Euro. Für fünfzigtausend Euro hatte er den Vertrag an die HardCash IBC mit Sitz in St. Vincent abgetreten. Dubin machte somit einen vorgezogenen Gewinn von gut elf Prozent. Den er laut seiner Akte auch dringend nötig hatte. Ein Unwetter hatte den Kleinhausbesitzer in finanzielle Schwierigkeiten gebracht.

HardCash dagegen machte nach meiner laienhaften Rechnung genau dieselbe Summe Miese.

Ich verstand zu wenig von diesen Vorgängen. Aber warum sollte eine Firma das tun?

Ich steckte die Akte zurück und zählte die übrigen durch. Je zwanzig Akten in dreizehn Kartons. Wenn ich auf Basis der Unterlagen, die ich mir bislang angeschaut hatte, einen Mittelwert errechnete, saß ich in einem Raum mit mehr als einer Million rot geschriebener Euros.

Und was ich bei all dem Überschlagen überhaupt nicht verstand: Wenn das Daniels neues Geschäftsmodell sein sollte, woher bezog er seine Provision?

Ich schloss den Karton und setzte mich zurück an den Schreibtisch unterm Eckfenster. Bei Tageslicht hatte ich von diesem Platz aus einen großartigen Blick in den Revierpark gehabt. Vor dem Fenster stand eine Buche. Auf der anderen Straßenseite Eichen und Ahorn. Uralter Baumbestand. Der Garten hinterm Haus hätte für zwei weitere Häuser gereicht. Ein Wandelpark mit Teich, einem schmalen Bachlauf mit Brücken und Kiesrundweg. Ich war kein Immobilienprofi, aber ich schätzte, dass man für die Halbjahresmiete auch einen voll ausgestatteten Kleinwagen bekam.

Wie hatte Daniel das alles finanzieren können, wenn er schon im Normalbetrieb Engpässe hatte?

Ratlos starrte ich mein Spiegelbild an, das sich im Fenster gegen die Nacht abhob und mir die nächste Frage aufdrängte: Wie hatte mir all das entgehen können?

War es so, wie Johanna gesagt hatte? Hatte ich wirklich nur noch Peter und seinen Wahlkampf im Kopf gehabt? Und fußte die Entzweiung, die Johanna zwischen mir und Daniel entdeckt haben wollte, womöglich doch nicht nur auf ihrer Einbildung?

Zu meinem Spiegelbild gesellte sich ein vorbeihuschendes Gespenst. Ich drehte mich zur offenen Zimmertür um und nahm kurz darauf den Geruch von Sanddorn wahr. Dann hörte ich, wie die Kühlschranktür in der Küche geöffnet wurde, und folgte dem Geräusch.

Johanna musterte den Inhalt von Wasser- und Champagnerflaschen.

»Soll ich uns eine Pizza bestellen?«, fragte ich vermittelnd.

Johanna schüttelte desinteressiert den Kopf und begnügte sich mit Wasser. Die Flasche zischte beim Öffnen. »Kein Hunger.«

»Aber dein Bruder vielleicht.«

»Schläft schon.«

Ich hob kurz das Kinn, um zu zeigen, dass ich verstanden hatte.

Johanna setzte die Flasche an, stockte und ließ sie wieder sinken. »Sonst noch was?«

»Findest du …«, setzte ich an, musste aber erst noch nach den passenden Worten suchen. »Findest du, ich hab mich in der letzten Zeit zu wenig um euch gekümmert?«

»Definiere ›in der letzten Zeit‹.«

»Seit ich mit dem Wahlkampf beschäftigt bin.« *War*, korrigierte ich mich gedanklich, beließ es aber dabei.

Johanna formte ihre Augen zu Schlitzen.

»Ich weiß, dass ich da vielleicht zu viel … Energie reingesteckt hab. Dein Vater hat es mir schon einmal recht direkt vorgehalten. Weil ich selbst beim Schlafengehen noch davon gesprochen habe.« Ich hoffte, dass Johanna verstand, worauf ich anspielte. Sie hatte Daniels mehr als deutliche Ansage, Peter habe nichts in unserem Bett verloren, gründlich missverstanden. Dennoch wagte ich es nicht, sie direkt darauf anzusprechen. Unser kleiner Waffenstillstand schien mir zu fragil, als dass ich hätte offenbaren können, dass ich sie belauscht hatte.

Johanna schraubte die Flasche wieder zu. Langsam, beinahe bedächtig. Bis sich ihre Knöchel weiß färbten. Ihre Nasenflügel weiteten sich und ihre Lippen wurden zu einem schmalen Strich.

Ich konnte sie offenbar nicht an der Nase herumführen.

Kurz vor ihrer Explosion klingelte jedoch mein Handy im Büro.

»Geh nur«, sagte sie lediglich auf mein kurzes Zucken hin.

Ich würde nichts mehr aus ihr herausbekommen, geschweige denn sie über die wahre Bedeutung von Daniels Worten aufklären können. Also eilte ich durch den Flur zurück ins Büro.

In der Tür rutschte ich fast aus, schlingerte zum Schreibtisch und nahm das Gespräch an, ohne vorher aufs Display zu sehen.

Eine hohe Frauenstimme meldete sich, die durch die Nase sprach. »Am I talking to Eva Bellheim?«

»Am Apparat«, antwortete ich zuerst auf Deutsch und korrigierte mich sofort. »Yes, it's me.«

»Hallo«, grüßte mich die Frau auf Englisch. »Mein Name ist Iris Woodrow von der australischen Zollbehörde in Sydney. Sind Sie die Ehefrau von Daniel Bellheim?« Sie fügte seinen Geburtstag und unsere Adresse an.

»Ja, aber –«

Sie unterbrach mich, bevor ich überhaupt zu meiner Frage ansetzen konnte. »Frau Bellheim, in unserem Gewahrsam befindet sich ein Mann, der vorgibt, Ihr Ehemann zu sein.«

3

Grenzlinien

Das Handy rutschte aus meinen Fingern und fiel auf den billigen Schreibtisch. Es tanzte auf einer Ecke und wirbelte auf den graublauen Hochflorer am Boden.

Ich rutschte vom Stuhl auf die Knie, nahm es zwischen Mittelfinger und Daumen und hielt es hoch in die Luft. Der letzte Empfangsbalken flackerte. Der schlechte Empfang ließ die hohe Stimme der australischen Zollbeamtin metallisch und abgehackt klingen.

»Ms. Bellheim? Do you hear me?«, fragte Iris Woodrow.

»Yes«, antwortete ich und einigte mich mit ihr darauf, dass ich sie zurückrufen würde, um sicherzugehen, dass ich auch tatsächlich mit dem australischen Zoll sprach und nicht irgendeinem Betrüger aufsaß.

Ich marschierte durchs Erdgeschoss und trug mein Handy auf der Suche nach dem Ort mit dem besten Netz vor mir her wie eine Monstranz. Ich fand ihn im Konferenzraum, ausgerechnet dort, wo Johanna das Wort *LÜGNER!!!* in den Tisch geritzt hatte. Mich begleitete ein mulmiges Gefühl, als ich das Handy direkt darüber ablegte und mich zu Iris Woodrow durchstellen ließ.

»Brauchen Sie einen Übersetzer?«, fragte Woodrow auf Englisch.

Mein Englisch war nicht perfekt, aber gut genug, um eine angeregte Konversation zu meistern. Nur das Umschalten zwischen Mutter- und Fremdsprache fiel mir bisweilen schwer. Und dass die Beamtin behauptete, mein verschwundener Mann säße gerade vor ihr in Sydney, machte es auch nicht einfacher.

»Ich verstehe Sie sehr gut«, antwortete ich auf Englisch. »Kann ich mit ihm reden?«

»Ich hätte da zunächst eine Reihe von Fragen.« Die Beamtin wartete mein Einverständnis gar nicht erst ab. »Ihr Mann hat bei seiner Einreise angegeben, Verwandte besuchen zu wollen.«

»Wen?«, plapperte ich dazwischen, wurde aber überhört.

»Leider können wir unter der angegebenen Adresse keine … einen Moment …« Ich hörte das Blättern von Papier. »Knaup. Wir können keine Anja Knaup finden. Können Sie uns da möglicherweise mit einer anderen Adresse oder Telefonnummer weiterhelfen?«

Ich durchforstete mein Gedächtnis, ob Daniel jemals Verwandte in Australien erwähnt hatte. Cousin, Cousine. Angeheiratet oder x-ten Grades.

Fehlanzeige.

»Bedaure, nicht, dass ich wüsste.«

»Des Weiteren hat er ein touristisches Visum beantragt. Als seinen Beruf gibt er Berater an. Er führt eine größere Summe Bargeld mit sich, was aus unserer Sicht Fragen aufwirft bezüglich seines tatsachlichen Aufenthaltsgrunds. – Ich muss Sie an dieser Stelle darauf hinweisen, dass die wahrheitsgemäße Beantwortung dieser Fragen durch ihren Mann sowie die Kooperation mit unserer Behörde maßgeblichen Einfluss auf weitere Maßnahmen und daraus resultierende rechtliche Folgen haben können. Haben Sie das verstanden?«

»Natürlich«, antwortete ich, obwohl ich keinen blassen Schimmer hatte, was sie meinte.

»Fein. Frau Bellheim, ist Ihnen bekannt, ob Ihr Mann in Australien Geschäftskontakte unterhält?«

»Er ist Versicherungsvertreter.«

»Ist das ein Ja?«

»Ich würde sagen, ein Nein.«

»Es gäbe also keinen Anlass, große Summen Bargelds mit sich zu führen?«

»Von wie viel reden wir denn?«

»Darüber kann ich Ihnen keine Auskunft geben.«

»Mein Mann nimmt auf Reisen nur das Nötigste mit. Geht immer alles auf Kreditkarte.«

»Hm.«

»Kann ich ihn sprechen, bitte? Ich bin hier fast umgekommen vor Sorge.« Ich erzählte der Beamtin, dass ich über Daniels Australienreise nicht informiert war und wie ich stattdessen mit seinem wortlosen Verschwinden zu kämpfen hatte. Die Beamtin sprach zwischendrin beiläufig von »domestic problems«, als würde sie sich vorsagen, was sie notierte.

»Ich verstehe«, sagte sie nüchtern nach meiner Erklärung. »Natürlich bedaure ich Ihre persönliche Situation. Darf ich Ihnen einen Vorschlag machen?«

»Sicher.«

»Halten Sie es für möglich, dahin gehend auf Ihren Mann einwirken zu können, dass er uns bei der Aufklärung der ganzen Angelegenheit hilft?«

»Dazu müsste ich mit ihm reden!«

Eine zweite Stimme mischte sich im Hintergrund dazu, dann folgte nur noch dumpfes Gemurmel. Das Mikrofon wurde zugehalten, bis ich hörte, wie jemand »All right!« sagte.

»Ich habe mich mit meinem Vorgesetzten besprochen und wir sind einverstanden. Voraussetzung ist, dass ich bei diesem Gespräch anwesend bin. Zudem muss ich Sie darauf hinweisen, dass die Unterhaltung aufgezeichnet wird. Zu möglichen Beweiszwecken.«

»Was wollen Sie denn beweisen?«, fragte ich ungeduldig.

»Ich sagte Ihnen ja bereits, dass wir unschlüssig sind über den Grund seiner Einreise. Basierend auf der unangemeldeten Einfuhr einer erheblichen Menge von Devisen unbekannter Herkunft, die zudem über der Freigrenze liegt, und aufgrund der Fragwürdigkeit seines Reiseziels. Möglicherweise erweitern sich die Vorwürfe noch, sodass die Angelegenheit Gegenstand für Ermittlungen der Strafverfolgungsbehörden werden könnte.«

»WAS?«

»Weitere Informationen darf ich Ihnen nicht geben. Können wir dennoch mit Ihrer Kooperation rechnen?«

Meine Gedanken schlugen in Reihe Rad, als machten sie Werbung für eine Zirkusvorstellung. Ich bekam keinen von ihnen zu fassen und stimmte schließlich zu.

Ich musste Daniel hören.

Um jeden Preis der Welt!

»Bevor ich das Gespräch ins andere Zimmer lege«, sagte die Beamtin, »gäbe es da noch eine Anforderung, die mein Vorgesetzter an das Gespräch stellt: Er besteht auf die Anwesenheit eines Übersetzers, es sei denn, Sie beide erklären sich einverstanden, so zu kommunizieren, dass wir jederzeit über den gesamten Inhalt Ihrer Unterhaltung informiert sind und gegebenenfalls eingreifen können.«

»Was heißt das?«

»In englischer Sprache, bitte. Wir sind angehalten, allen Möglichkeiten zu einer eventuellen Strafvereitelung entgegenzuwirken.«

Ich fragte mich, was Woodrow glaubte, was ich vorhatte. Daniel durchs Telefon aus Australien wegzuzaubern?

Das hier grenzte zunehmend an Folter. Langsam mischte sich Wut in meine Verzweiflung, als hätte man mir den lebenserhaltenden Knochen einmal zu oft vor die Nase gehalten und im letzten Moment wieder weggezogen. Ich stützte die Ellbogen auf den Tisch, ballte die Fäuste und presste meine Stirn dagegen. »In Ordnung. Ich tue alles, was Sie wollen.«

»Dann lege ich das Gespräch jetzt ins andere Zimmer«, sagte die Beamtin und schon setzte die Warteschleife ein.

Eine Computerstimme erklärte mir ein Dutzend Mal, dass ich mit dem Zoll in Australien verbunden war und bitte in der Leitung bleiben solle, die noch immer schrecklich rauschte. Aber ich wagte nicht, das Handy zu bewegen, aus Furcht, die Verbindung könnte völlig zusammenbrechen. Mit jeder Sekunde schlug mein Herz schneller und mein rechter Fuß wippte unaufhörlich.

»HERRGOTT!«, fluchte ich vor Ungeduld und schlug mit der Faust so fest auf den Tisch, dass das Handy einen Satz machte.

»Frau Bellheim?«, tönte es im selben Moment.

»Ja!«, antwortete ich etwas zu laut und etwas zu vehement.

»Sie sind jetzt verbunden mit Ihrem Mann. Sie können reden.«

Ich stützte meine Arme rechts und links vom Handy auf dem Tisch ab. Kroch regelrecht in das Gerät. Lauschte auf jedes noch so kleine Geräusch, damit mir nur Daniels erste Worte nicht entgingen.

Aber ich hörte nicht mal jemanden atmen. Bis ich mich endlich überwand und den ersten Schritt tat. »Daniel?«

***

Ihr wolltet einmal wissen, wie ich euren Vater kennengelernt habe. Wir haben euch gesagt, es sei zufällig im Urlaub gewesen. Was auch stimmt. Nur war es etwas anders, als wir es euch erzählt haben.

Ich bekam mein Abiturzeugnis an einem Dienstag. Am Mittwoch, gleich morgens, entgegen allem Bitten, Betteln und Drohen, brach ich auf in die »freie Welt«. Ich wusste nicht, für wie lange und wohin. Ich wusste nur, ich musste raus.

Irgendwo da draußen war ICH. So, wie ich glaubte, wie ich wirklich sei. Wie ich sein sollte. Und ich war gespannt, wen ich finden würde, wenn ich nur endlich mehr sein dürfte als der durchreglementierte, überwachte und getriezte Beziehungskitt meiner Eltern.

Ich wollte mich treiben lassen und alles ausprobieren, was meinen Weg kreuzen würde. Selbst wenn ich die Entsetzensschreie meiner Eltern bis ans Ende der Welt hören würde. Selbst wenn ich mich dabei zerstören würde. Was immer daraus entstehen würde, es würde besser sein als das, was ich bisher gewesen war.

Manches tat ich sogar. Manchmal nur, um diesem quälenden Monster namens »schlechtes Gewissen« eins reinzuwürgen. Doch sosehr ich mich auch bemühte, schlecht zu sein, danach erschien nie mein wahres Ich. Im Gegenteil. Je weiter ich mich von zu Hause entfernte, desto stärker zog es mich zurück. Ich wollte wieder die brave Tochter sein. Ich wollte um Verzeihung bitten. Wollte jede Strafe auf mich nehmen und wieder die sein, die allen Zorn auf sich zieht.

Ich war bereit.

Dann hörte ich von einem Camp in Südfrankreich. Althippies, Alternative, Buddhisten, solche Leute. Sie hatten ein Ritual, das sie Rebirthing nannten. Man kroch durch einen Schlauch und galt als neugeboren. Als unbeschriebenes Blatt, dessen einzige Aufgabe es ist, seine Persönlichkeit neu zu entdecken und zu entfalten.

Ich hatte furchtbare Angst dadrin. Dachte, ich würde ersticken. Mein Herz raste. Ein ums andere Mal fürchtete ich, das Bewusstsein zu verlieren. Und das Einzige, was mir Halt gab, mich durch diesen dunklen Tunnel leitete, war eine Stimme, die aus dem Singsang der anderen herausstach. Sie war es, der ich folgte.

Stück um Stück. Die Angst verschwand. Mein Puls verfiel in Winterschlaf und gleichzeitig begann jede Zelle in mir zu vibrieren.

Die Stimme gehörte eurem Vater. Niemals würde ich ihren Klang verwechseln.

***

Das Schweigen war reinste Marter. Das Verlangen, Daniel zu hören, und die Unfähigkeit, ihm ein Wort zu entlocken, brachten mich schier um den Verstand. Meine Hände verkrampften sich zu Fäusten und meine Füße wippten vollkommen außer Kontrolle unterm Konferenztisch. Ich war so bemüht, nicht die Fassung zu verlieren, dass ich fast schon bettelnd klang. »Rede mit mir, Daniel. Bitte!«

In mir reihte sich eine Kaskade an Fragen in Stellung. Nur eine einzige davon zu stellen hätte eine Flut weiterer ausgelöst. Warum war er in Australien? Warum hatte er mich nicht eingeweiht? Wie hatte er mir und den Kindern das antun können?

»Kann er mich hören?«, fragte ich schließlich die Zollbeamtin.

»Wir verstehen Sie ausgezeichnet.«

»Warum antwortet er dann nicht?«

»Sie haben Ihre Frau gehört. Möchten Sie ihr nicht ein paar Dinge erklären?«

Ich hörte Gemurmel, wie wenn jemand durch die Hände vor dem Gesicht spricht.

»Was sagt er? Ich verstehe ihn nicht.«

»Er möchte Sie allein sprechen. Aber das kann ich leider nicht gestatten.«

»Und wenn uns das irgendwie voranbringt?«

»Wir haben diesbezüglich bereits alle Richtlinien sehr weit ausgedehnt.«

Niemals, seit wir uns kannten, hatte Daniel sich mir derart verweigert. Diese Seite kannte ich nicht an ihm. Im Gegenteil: Manchmal, wenn wir stritten, war ich diejenige, die sich schmollend zurückzog, wenn mir die Argumente ausgingen. Und er derjenige, dem das wehtat. Mehr als der Streit.

Er wusste sehr genau, was er mit seinem Schweigen erreichte.

»Ich habe den Walkman gefunden«, sagte ich, bevor ich darüber nachdenken konnte. »Marcs Drohne, die du repariert hast. Und ich sitze …« Ich stockte, weil ich nicht wusste, wie ich seine Dependance bezeichnen sollte.

»In English, please.« Die Beamtin nutzte meine kurze Pause. »We'd appreciate that a lot.«

Ich war mir gar nicht bewusst gewesen, dass ich wieder auf Deutsch gesprochen hatte. Also fuhr ich auf Englisch fort. »Du hast ein Haus angemietet. Da bin ich gerade mit den Kindern.«

»WAS?« Eine neue Stimme dröhnte durch die Leitung. Sie war kratzig. Zu hoch und gequält, als strengte das Reden den Sprecher an. Ich war sicher, sie noch nie gehört zu haben.

»Sir, in English, please!« Die Woodrow wurde eindringlicher.

»Entschuldigung, wer ist da noch bei Ihnen?«, fragte ich.

»Nur Ihr Mann.«

»Aber da hat doch gerade noch jemand gesprochen.«

»Ja. Ihr Mann.«

»Das war nicht mein Mann.«

»Wie darf ich das verstehen?«

Täuschte ich mich? Verfremdete die schlechte Signalqualität Daniels Stimme so sehr, dass ich sie nicht wiedererkannte? Das da war ein Tenor. Daniel ein Bariton. Unterlegt mit rauem Timbre, ganz besonders, wenn er müde war. »Vielleicht liegt es an der Verbindung«, überlegte ich laut.

»Wie meinen Sie das?«

Oder war es der Stress? Daniel musste unter enormem Druck stehen. Die Umstände, unter denen er in die Fänge des Zolls geraten war, suggerierten, dass sein wie auch immer geartetes Vorhaben alles andere als astrein war. Er war erwischt worden und was wusste ich schon, was ihm als Strafe drohte. Noch dazu wurde er seiner Frau vorgeführt, der er gleich eine ganze Reihe von Erklärungen schuldete.

Entgegen allen Zweifeln beschloss ich, meinem stummen Gegenüber noch eine weitere Chance einzuräumen. »Johanna hat das Haus gefunden. Sie ist dir gefolgt. Sie glaubt, dass wir uns trennen. Und sie will das Haus – dein Haus! – nicht verlassen, bis du wieder da bist. Was sage ich ihr jetzt?«

Schweigen.

Knistern.

Das Mikrofon am anderen Ende schien sich ein-, aus- und wieder einzuschalten.

»Ihr könnt dort nicht bleiben«, mahnte die fremde Stimme. »Wenn sie das herausfinden … Ich nehme das nicht auch noch auf mein Gewissen. Verschwindet da! In aller Herrgotts Namen! Verschwindet!«

»Was soll das bedeuten?«, fragte ich, erhielt aber keine Antwort mehr. »Ich weiß nicht, wer da vor Ihnen sitzt, aber dieser Mann ist nicht *mein* Mann!«

»Sein vorläufiger Reisepass weist ihn aber als solchen aus.«

»Wann ist mein Geburtstag?«, fragte ich den Fremden. »Johannas Geburtstag? Marcs? Wissen Sie überhaupt, von wem ich spreche?«

»Ihr müsst da weg«, kam es nur kleinlaut erneut zurück.

»Ich sage Ihnen, das ist nicht mein Mann! Beschreiben Sie ihn mir. Von mir aus die Augenbrauen.«

Daniels Brauen waren zur Nase hin schmal und dunkelbraun, fächerten sich nach außen hin auf und wurden immer heller. Jetzt im Sommer reichten zwei Tage Gartenarbeit an der Sonne aus, um sie zur Schläfe hin dunkelblond wirken zu lassen.

»Er hat nur einige dünne helle Härchen. Nicht ungewöhnlich bei Kahlköpfigkeit.«

Ich lachte laut auf. Fast schon hysterisch. Daniel hatte volles dunkelbraunes Haar. Schlimmer noch, Glatzen lösten in ihm ein mulmiges Gefühl aus. Er hätte sich ganz sicher nicht selbst eine verpasst.

»Das ist doch absurd.« In mir regte sich Protest. »Wo ist mein Mann? Und wer sind Sie?«

»Ich unterbreche das an dieser Stelle, Frau Bellheim«, hörte ich Woodrow noch sagen, dann setzte ein furchtbares Getöse und Geschrei ein. Ich glaubte Möbel umfallen zu hören. Den Ruf nach weiteren Beamten. Es folgten Schmerzensschreie des Fremden. Und darin eingeflochten: »Warren! Timothy Warren! Haben Sie das verstanden? Timothy Warren. Und jetzt hauen Sie da ab!«

Dann wurde die Leitung unterbrochen.

Immer und immer wieder versuchte ich, Iris Woodrow erneut zu erreichen. Meist endete ich jedoch in der Warteschleife, nachdem man mich durchgestellt hatte, oder landete bei einem Kollegen, der mir nicht weiterhelfen konnte oder wollte. Und während ich nebenbei die Wände hochging, stieß ich gedanklich wüste Drohungen aus, was alles passieren würde, wenn diese verfluchte Beamtin nicht endlich ranging. Als sie es schließlich doch tat, krallte ich meine Finger in die Platte des Konferenztischs.

»Frau Bellheim, die veränderte Sachlage erlaubt es mir leider nicht, Ihnen weitere Informationen zu geben.« Woodrow lehnte es ab, auch nur die geringste meiner Fragen zu beantworten, da ich mit dem Mann, der sich nun offenbar Timothy Warren nannte, weder verwandt noch verschwägert sei.

Sie ließ sich auch nicht davon erweichen, dass ich ihr noch einmal vorbetete, dass mein Mann ohne jeden Hinweis auf seinen Verbleib verschwunden war, die Kinder und ich Verfolgern ausgesetzt waren und dieser Warren bisher das Einzige war, was der Andeutung einer Spur zu meinem Mann gleichkam.

»Ich dachte, mein Mann ist aus eigenem Antrieb auf und davon. Aber was, wenn ich das nur glauben sollte? Was, wenn ihm etwas angetan wurde?«, rutschte es mir heraus.

Ein kaltes Gefühl überkam mich und packte mein Herz. Bislang hatte ich so weit noch gar nicht gedacht. Vielleicht, weil die Ereignisse des Tages zu schnell aufeinandergefolgt waren. Oder auch, weil ich diese Möglichkeit gar nicht sehen wollte. Jedenfalls war sie über alle Maßen angsteinflößend.

Doch Woodrow wies mich wieder zurück. »Damit müssen Sie sich an Ihre staatlichen Organe wenden.«

»Das geht nicht. Das habe ich Ihnen doch gerade erklärt.«

»Wenn Sie verantwortungsvoll handeln wollen, wenden Sie sich an Ihre Polizei.«

»Dieser Warren hat den Ausweis meines Mannes bei sich.« Verzweifelt versuchte ich, doch noch etwas aus ihr herauszubekommen. »Irgendwie muss er ihn doch in die Finger gekriegt haben.«

»Das Dokument ist ein kürzlich ausgestellter vorläufiger Reisepass. Darin werden keine biometrischen Daten aufgenommen. Es bestehen große Mängel bei der Fälschungssicherheit solcher Pässe.«

»Also ist er eine Fälschung?«

»Die Möglichkeit ziehen wir in Betracht.«

»Dann muss dieser Mann irgendwie an die Daten gekommen sein. Außerdem weiß er, wo ich mich aufhalte. Folglich kennt er auch meinen Mann. Er muss etwas wissen!«

»Frau Bellheim, mir geht Ihre Geschichte sehr nah. Deswegen habe ich Ihnen bereits mehr gesagt, als ich darf. Ich kann Ihnen nichts weiter mitteilen. Außer vielleicht, dass Ihre Annahme bezüglich Ihres Mannes, ihm könnte etwas angetan worden sein, nur aufgrund eines gefälschten Reisepasses nicht zwingend begründet ist, wenn Sie das beruhigt. Für alles andere wenden Sie sich an Ihre Polizei.«

Nach diesem dritten Verweis auf Freund und Helfer wickelte Woodrow mich schleunigst ab, wünschte mir nur das Allerbeste und ließ mich mit einem teerigen Klumpen Angst in meiner Brust allein.

Kaum hatte sie aufgelegt, kroch beklemmende Stille aus allen Ritzen des Zimmers. Blinzelte mich wie ein Tier an, rieb sich an meinem Bein, machte einen Satz auf den Tisch und peitschte ihren buschigen Schwanz hin und her. Wie bei einer allergischen Reaktion bekam ich Atemnot.

Ich entdeckte die mit kleinen Perlen besetzte Strippe, mit der man die Lamellenvorhänge zum Garten hin öffnen konnte. Ich riss daran und noch während die Lamellen in Wellen auspendelten, hatte ich den Hebel an der Terrassentür nach unten gedrückt und sie aufgeschoben. Gierig sog ich die kühle Luft ein.

Der Nachthimmel in Duisburg war nie gänzlich schwarz. Meist war er voller gelber und weißer Irrlichter und Schemen, die finstere Gestalten ins Firmament zeichneten, insbesondere wenn es wolkenverhangen war. Und doch war er mir niemals so düster erschienen wie jetzt. Tiefdunkle Schatten lauerten im Garten. Mir war, als blickten sie mich aus Tausenden seelenlosen Augen an.

Und ohne jede Vorwarnung ereilten mich mit Wucht noch einmal Warrens Worte: *Ihr könnt dort nicht bleiben. Wenn sie das herausfinden ... Verschwindet da!*

Wie in Zeitlupe wich ich zurück, während Warrens Stimme Kreise um mich zog und er dem Grauen und Ungewissen einen unbestimmten Namen gab. Ich spürte, wie sich die Haare an meinen Armen aufstellten. Ich hätte schreien können, als ein fetter schwarzer Käfer hereingebrummt kam. Aus Reflex schlug ich nach ihm und traf ihn so, dass er schneller wieder draußen war, als ich tatsächlich sehen konnte. Dann schnappte ich mir den Türflügel, rammte ihn wieder zu und verschloss ihn. Ich suchte nach weiteren Schlössern oder Riegeln, entdeckte aber lediglich ein kaum mehr als stiftgroßes weißes Plastikkästchen oben am Rahmen, an dem eine Leuchtdiode rot blinkte.

Ich kannte mich in solchen Sachen nicht aus, aber es konnte ein Einbruchsmelder sein. Oder wie auch immer man diese Dinger nannte.

Gleich darauf erkannte ich, dass auf gleicher Höhe an der Außenseite des Hauses ein Bewegungsmelder hing. Auch an ihm blinkte ein rotes Lämpchen. Ebenso in jeder Ecke des Gartens, wie ich nach und nach entdeckte.

Waren sie Teil einer Alarmanlage?

Hektisch suchte ich alle Zimmer ab und kontrollierte dabei Fenster und Türen. Aber erst im Keller wurde ich fündig. In einer Art Technikraum stand ein großes Pult mit vier Monitoren, einem Bedienboard und einem Joystick. Darüber hingen eine kurze Bedienungsanleitung und eine Liste, auf der alle Zimmer mit den dazugehörigen Kameras verzeichnet waren, an der Wand. Ich versuchte daraus schlau zu werden, während ich einen wackligen Bürostuhl zurückzog und mich auf die ungepolsterte Holzfläche setzte. Nach einigem Probieren fand ich die Schalter für die Monitore.

In Schwarz-Weiß konnte ich beide Straßen überblicken, die am Haus vorbeiführten. Auf dem linken Bildschirm zog eine alte Dame einen Hund in halbem Handtaschenformat hinter sich her an Auers Haus vorbei. Auf dem zweiten stahl sich ein händchenhaltendes Pärchen in den Revierpark. Auf dem dritten konnte ich den Garten überblicken. Der letzte zeigte meine Kinder im Schlafzimmer. Sie schliefen in Löffelchenstellung und obwohl das Bild grobkörnig war, sah ich, wie Johanna im Schlaf Marcs Schulter kraulte.

Seit den ersten Sonnenstrahlen gaben die Monitore farbige Bilder wieder. Bis auf eine streunende Katze, die einen Bewegungsmelder ausgelöst hatte, war alles ruhig geblieben und ich hatte meine ganze Konzentration auf Daniels Laptop fokussieren können, den ich aus dem Büro geholt hatte, um mich beschäftigt zu halten und die Nacht zu überstehen.

Ich war weit davon entfernt gewesen, zwischen all den Notizen über Banken und Firmennamen einen vernünftigen Zusammenhang herzustellen. Noch war es mir gelungen, den Laptop mit dem Internet oder meinem Handy zu verbinden. Also hatte ich den Rest der Nacht damit verbracht, Fotos von allem zu machen und sie an Ellie zu schicken. Bevor sie 2014 in die Lokalredaktion Duisburg gewechselt war, hatte sie über Wirtschaftsthemen berichtet. Ich hoffte, dass es ihr leichterfallen würde, einen Sinn in dem Konstrukt zu erkennen, das Daniel zusammengezimmert hatte. Eine Antwort hatte ich bisher nicht erhalten.

Meine Augen brannten, mein Nacken war furchtbar verspannt und ich gähnte unaufhörlich. Mein Körper lechzte schon seit Stunden nach absurd starkem Kaffee, der aber im ganzen Haus – bei der minimalistischen Vorratshaltung von ausschließlich Wasser und Champagner – nicht zu finden war.

Ich drückte auf dem Bedienungsboard den Schalter für die Kamera, die meine Kinder beobachtete. Johanna und Marc schliefen noch. Sie lagen mit abgespreizten Armen und Beinen auf dem Bett, als wären sie geradewegs vom Himmel in die Laken gestürzt, und bescherten mir damit das erste Lächeln des Tages.

Gleich neben dem Monitor leuchtete ein rotes Lämpchen auf. Der Bewegungsmelder vor dem Hauseingang war angesprungen. Ich suchte und drückte den Schalter für die zugehörige Kamera.

Franka Auer streckte den Finger nach der Klingel aus.

»Stopp!«, sprach ich noch rechtzeitig ins Mikrofon, bevor sie sie erreichte, eilte nach oben und öffnete die Tür. »Die

Kinder schlafen noch und ich möchte sie nicht wecken.« Kaum hatte ich ausgesprochen, musste ich schon wieder gähnen.

Auer schmunzelte. Diesmal trug sie ausgeblichene enge Jeans und ein Tanktop in Tarnfarben. Das Haar war lose am Hinterkopf zusammengebunden. »Sie haben die Überwachungsanlage gefunden.«

Ich nickte nur mit weit offenem Mund.

»Ich habe einen Freund vermittelt, der sie eingebaut hat. Er vertreibt Sicherheitssysteme«, erklärte Auer und wechselte das Thema, indem sie die Straße hinunterwies. »Ich habe Ihr Auto draußen stehen sehen und mir gedacht, Sie möchten vielleicht zu mir zum Frühstück kommen. Ich kenne ja die Verhältnisse hier.«

»Sie kennen sich gut aus«, sagte ich, da mir eine Bemerkung von Johanna einfiel, die ich belauscht hatte: *Sie hat ihm an die Wange gefasst.* Eine Beobachtung, die Johanna offenbar genügt hatte, um mehr als nur nachbarschaftliche Bande zwischen Daniel und Franka Auer zu sehen.

»Ich bin sozusagen der Haussitter, wenn Ihr Mann nicht da ist.«

Ich nickte wieder nur, bevor ich erneut gähnte.

»Herrje.« Auer strich mir mehrfach sanft von der Schulter über den Oberarm. »Ihre Augen sind ganz rot. Sie könnten sicher einen starken Kaffee vertragen.«

Ich war ein wenig perplex über die Distanzlosigkeit, mit der sie mich berührte, ahnte aber auch, dass diese der Grund für Johannas Beobachtung gewesen war.

»Ihr Mann hat nichts dagegen?«, fragte ich vorbereitend, damit meine Ablehnung nicht zu unhöflich klingen würde.

»Kein Mann.«

»Frau?«

»Weder – noch. Aber ich würde mich sehr über Gesellschaft freuen.«

»Wir kommen!«, tönte es überraschend von hinten.

Johanna hatte sich in meinen Rücken gestohlen. So zerzaust ihr Haar vom Schlaf auch sein mochte, ihr sphinxhaftes Lächeln geriet perfekt.

»Ist es möglich, dass ich das Bild kenne?« Ich stand in Auers Flur, der auch eine spartanisch eingerichtete Eingangshalle hätte sein können, wären die Decken nur etwas höher gewesen. Der Kaffee in meiner Hand betörte meine Nase mit einem Hauch Zimt. Behaglichkeit wollte dennoch nicht aufkommen. Auf dem überlebensgroßen gerahmten Foto an der Wand kauerte ein abgemagerter, halb nackter Junge in Marcs Alter. Dem Hintergrund nach in der Sahara oder zumindest nahe dran. Er stocherte mit einem verdorrten Zweig in einem Kleiderbündel, aus dem sich ihm eine leblose graue Hand entgegenreckte.

»Das mit dem Jungen?«, rief Auer aus der Küche, als gäbe es im Flur noch ein weiteres. Gleichzeitig hörte ich Klackern und Klimpern von Besteck auf Geschirr. Johanna und Marc hielten sich beim Frühstück nicht zurück. Auer kam mit einem Brotkorb aus der Küche und bot mir Croissants an.

»Danke«, sagte ich und wies sie mit einer Hand zurück. Es kam mir angesichts des Fotos makaber vor, auch noch in knusprigen Blätterteig zu beißen.

»Das habe ich während des Bürgerkriegs in Mali gemacht. Schaffte es aufs National-Geographic-Cover. Meine erfolgreichste Arbeit.« Auer wirkte alles andere als glücklich darüber.

»Das ist …« Ich hielt inne, weil ich sagen wollte: *Erschütternd. Traurig. Fürchterlich.* Stattdessen aber meinte ich nur zurückhaltend: »Gut! – Wissen Sie, was aus dem Jungen geworden ist?«

»Nein, es gibt quasi Regeln im Fotojournalismus. Eine lautet, sich nicht direkt einzumischen.« Auer sah den Jungen an. Sie wirkte mitgenommen. »Natürlich vor allem zum Selbstschutz. Aber dafür bin ich nicht die Richtige. Es war mein letztes Foto dieser Art.«

»Sie fotografieren gar nicht mehr?«

»Noch für den Hausgebrauch. Und der Rest wird sich beizeiten offenbaren.« Auer setzte ein Lächeln auf, von dem ich mir nicht sicher war, ob es echt war. Ihre Mundwinkel konnten sich für keine eindeutige Richtung entscheiden. Ich verstand lediglich, dass sie kein weiteres Wort darüber verlieren würde.

Mein Handy vibrierte in der Hosentasche. Ich entschuldigte mich und Auer ging zurück in die Küche.

»Was ist das?« Ellie sparte sich jede Begrüßung. Sie hatte ganz offensichtlich alle Bilder durchgesehen, die ich ihr in der Nacht geschickt hatte.

»Das habe ich auf Daniels Computer gefunden. Aber ich kriege die Informationen nicht vernünftig zusammen. Können wir uns treffen?«

Ellie blies kräftig durch die Nase aus, direkt ins Mikrofon. »Liebelein, ich sollte gerade nicht mit dir reden. Du weißt, wir sind an deinem OB-Spezi dran. Und die Geschichte wird minütlich größer. Wenn du dich jetzt mit mir blicken lässt, fällt dir das nur auf die Füße. Es wird heißen, du bist unsere Quelle.«

»Ich weiß doch gar nichts.«

»Genau das macht dich zum perfekten Sündenbock, Herzelchen. Leute, die was wissen, aber keine Ambitionen haben, sind gefährlich, weil man sie nicht steuern kann, also hegt und pflegt man sie. Leute, die keine Ambitionen haben und nichts wissen, müssen dafür bluten. Das solltest du bei deinem Ausflug in die Politik doch inzwischen verstanden haben.«

»Ellie, du musst mir helfen.« Ich konnte ihr nicht sagen, in welchen Schwierigkeiten ich steckte. Ich kannte Ellie gut genug, um zu wissen, dass sie sich aus einer pseudomütterlichen Verpflichtung umgehend an die Polizei gewandt hätte.

Also rückte ich lediglich mit einer Variante heraus, die ich mir des Nachts für sie überlegt hatte: »Daniel hat dieses Kooperationsangebot bekommen. Er sagt, das ist so alles in Ordnung. Mir kommt's aber irgendwie nicht koscher vor. Und ich will nicht, dass er sich da in etwas reinreitet.«

»Ich dachte, bei euch läuft's gut. Wozu ein Risiko eingehen?«

»Er sagt, der Markt verändert sich und er muss jetzt aktiv werden. Bevor es zu spät ist.«

»Hm«, hörte ich Ellie nur brummen.

»Kann ich auf dich zählen?«

Ellie pustete erneut ins Mikrofon. »Ganz kurz und auf die Schnelle. Richtig anschauen kann ich es mir erst heute Abend. Hast du die Fotos vor dir?«

»Nein.«

»Na gut, also. Ich hab einen Blick auf die Firmennamen geworfen. Die Worker's Choice Limited haben vor Jahren in Großbritannien im großen Stil Betriebsrenten von insolventen Firmen aufgekauft und – legal! – zu Spottpreisen liquidiert. Ein Verlustgeschäft, nur um Steuern zu sparen. Die Versicherten gingen leer aus. Alles Eingezahlte war futsch. War ein Riesenskandal. – Moment mal, ich muss kurz was nachschauen. Bleib dran.«

Es klackerte aus dem Handy. Ellie hatte ihren Hörer auf den Tisch gelegt.

Ich bemerkte, wie still es in der Küche geworden war. Auer summte zwar eine Melodie vor sich hin, aber das Klappern von Geschirr und Besteck hatte aufgehört. Ich ging einige Schritte rückwärts, bis ich durch den türlosen Rahmen meine Kinder sehen konnte. Johannas wachsamer Blick traf mich.

Natürlich hatte sie gelauscht.

Ebenso wie Marc, der mit vollen Backen langsam abgehackte Kaubewegungen machte, während er zwischen Johanna und mir hin- und herschaute.

Auer winkte mich wortlos herein und wies anschließend zur Seite. Ich folgte ihrer Geste und machte mich durch die Küche auf den Weg ins benachbarte Zimmer.

Johanna gönnte sich derweil demonstrativ Nachschlag aus der Schale mit Rührei, obwohl sie in der Vergangenheit Tausende Male betont hatte, wie abscheulich sie Rührei fand.

Ich ließ ihre Provokation unbeantwortet, zog mich ins Zimmer zurück und schloss die Tür. An den Wänden hingen weitere Fotos, die aber alle nur Gebäude aus ungewöhnlichen Perspektiven zeigten. Ansonsten stand lediglich eine Zweisitzercouch mitten im Raum herum. Das berühmte schwedische Standardmodell für die erste eigene Wohnung.

Im Flur war es nur ein diffuser Eindruck gewesen, aber auch in diesem Raum fehlte mir das Gefühl, dass er bewohnt war. Ich vermisste Bücher. Eine Stehlampe. Ein Tischchen. Oder wenigstens einen vergessenen benutzten Becher. Doch bevor ich richtig greifen konnte, was mich darüber hinaus noch an der Einrichtung oder genauer gesagt an deren Fehlen störte, riss mich erneutes Klackern aus dem Handy aus meinen Gedanken.

»Weiß dein Mann, worauf er sich da eingelassen hat?«, meldete Ellie sich zurück.

Ich bog die Wahrheit ein wenig zurecht. »Er arbeitet mit einem seriösen Finanzberater zusammen.«

»Eva …« Ellie begann ihre Sätze nur mit meinem Vornamen, wenn es ihr richtig ernst wurde. »HardCash IBC, die Firma, in deren Namen dein Mann die Verträge abwickelt – ich wusste, dass ich davon schon einmal gehört habe.« 2014 hatte Ellie über den Geldwäscheskandal »Russischer Waschsalon« in Großbritannien berichtet, bei dem Gelder in Höhe eines mittleren Staatshaushalts durch aller Herren Länder geschleust worden waren. Die meisten dazu notwendigen Scheinfirmen und Banken waren zerschlagen worden oder standen unter behördlicher Aufsicht. »Diese HardCash ist auf Umwegen eine

Tochter der SbornaBank, die wiederum die Rechtsnachfolge der Popow und Partner angetreten ist. Popow und Partner waren damals eine der zentralen Banken, die in das Ganze verwickelt waren. – Also noch mal: Weiß dein Mann, auf wen er sich eingelassen hat?«

Bei der SbornaBank hatte es bei mir geklingelt. Aber nicht so laut, dass mir sofort eingefallen wäre, wieso. »Ja«, antwortete ich zuerst, gab dann aber zu: »Ich weiß es nicht.«

»Okay, gib mir doch mal den Namen von diesem Partner, den er sich da angelacht hat. Ich hab noch ein paar Kontakte, vielleicht finde ich etwas über ihn raus.«

»Ich denke, er heißt Warren. Timothy Warren.«

Einen Moment lang hörte ich nichts. Nicht mal ein Atmen, das Kratzen eines Stifts auf Papier oder das Klappern einer Tastatur. Dann meldete Ellie sich zurück. Ich konnte vor mir sehen, wie sie die Augenbrauen hochgezogen hatte und sich mit einer Hand an den Kopf fasste. »Das halte ich für ziemlich ausgeschlossen.«

***

Ich kann den Horror ermessen. War ich doch in der gleichen Lage. Sie hatten mich in diesem verschimmelten Loch allein gelassen. Mein rechtes Bein war angekettet. Sie hatten gesagt, dass sie ein Polster um den Ring an meinem Fußgelenk gemacht hatten, damit das Eisen mich nicht verletzt. Wenn sie mich gehen ließen, sollte ich keinen Schaden davontragen.

Oder zumindest keinen weiteren.

Das sollen sie auch bei Warren gesagt haben. In einem Blog hatte gestanden, dass das eine Methode ist, jemanden in der Sicherheit zu wiegen, dass er überlebt. Sie soll Vertrauen aufbauen. Wer Vertrauen hat, redet leichter. Nachdem man ihm zuerst Todesangst eingejagt hat.

In dem Blog hatte auch gestanden, dass sie seine Familie, seine Frau und die zwei kleinen Söhne, hereingebracht und einen nach dem anderen bestialisch vor seinen Augen ermordet haben. Danach haben sie gewartet, bis er vor Kummer, Schmerz und Verzweiflung wahnsinnig wurde. Sie haben ihm eine Waffe in die Hand gedrückt und auf den Schuss geharrt. Mehr mussten sie nicht tun. Nur noch ihre Spuren beseitigen, die Ketten, und alles für die offizielle Version inszenieren: erweiterter Suizid.

Verflucht, warum hatte ich das gelesen?

Dummes Kind! Dummes, dummes Kind!

Die ganze Zeit lauschte ich auf jedes Geräusch. Starrte auf die Tür, die winselte wie ein kleiner getretener Hund, wenn man sie öffnete. Ich wollte, dass sie sich öffnete. Dass ein vertrautes Gesicht erschien und sagte: Lass uns gehen. Dann wieder fürchtete ich es. Wohl wissend, was noch alles durch diese Tür kommen konnte. Ich hatte es gelesen. Das ist der Horror.

***

Das Tagesschau-Video auf YouTube, zu dem mir Ellie den Link geschickt hatte, neigte sich dem Ende zu. Ellie moderierte ihren Beitrag vor einem Bild vom Westminsterpalast inklusive Big Ben. Zuvor war ein Foto von Warren zu sehen gewesen, auf dem er bei Nacht ein Londoner Luxusrestaurant verlassen hatte. Ein Mann, der sich morgens mit Smartness und Schmierigkeit Gesicht und Haar lackierte.

»Die Todesumstände von Timothy Warren und seiner Familie erschüttern nicht nur die Londoner Immobilienwelt. Warren galt als Big Player im Luxusimmobiliensegment, aber auch bei der Privatisierung ganzer Sozialbaukomplexe. Dass gleich eine ganze Reihe dieser Immobilien nun in Zusammenhang mit dem sogenannten ›Russischen Waschsalon‹ zu stehen scheinen, lässt offizielle Stellen zwar nicht an der Version des erweiterten Suizids zweifeln, unter der Hand aber mehren sich Stimmen, die eine intensivere Untersuchung seines Todes fordern.«

Ich schloss den Videoplayer und steckte das Handy in die Hosentasche. Gelächter drang durch die Küchentür, allem voran Johannas helle Stimme. Also blieb ich vorerst in dem Raum, der einzig durch die Couch als Wohnzimmer identifizierbar war.

Müde schleppte ich mich in den Erker zum Garten hin und hockte mich auf das schmale Holzbrett an der Seite, das mehr Fenster- als Sitzbank war. Mein Körper sehnte sich nach Schlaf. Der Kaffee hatte lediglich mein Hirn auf Hochtouren gebracht, in dem noch immer Ellies Einwand umherspukte, der Mann in Australien könne unmöglich Timothy Warren sein. Die Wahrscheinlichkeit, dass mein Mann mit denselben Spielern in den Ring stieg, die 2014 am »Russischen Waschsalon« beteiligt gewesen waren, und gleichzeitig wieder ein Mann in diesem Umfeld auftauchte, der Timothy Warren hieß, war schlicht zu gering. Ganz gleich, wie viele Timothy Warrens es in der Welt auch geben mochte.

Der Fremde am Telefon hatte mir also nicht seinen Namen genannt, er hatte mir eine Botschaft mitgegeben.

Wer auch immer dieser Mann war, er hatte nicht nur die Warnung ausgesprochen, die Dependance schnellstmöglich zu verlassen. Er hatte mir klargemacht, worauf alles hinauslief. Daniels Verschwinden, die Leute, in deren Namen er Geschäfte machte, unsere Verfolger – das alles formte sich langsam zu einem sinnvollen Bild. Und der Fremde wollte nicht, dass der Tod einer Familie wie der der Warrens auf seinem Gewissen lasten würde.

Er hatte mir das Ende aufgezeigt.

Das verstand ich jetzt.

»Oh mein Gott.« Ich schlug meinen Hinterkopf gegen die

Holzverkleidung in meinem Rücken und schloss die brennenden Augen.

***

Es war merkwürdig. Und vor allem dumm. Vielleicht lag es an der Müdigkeit. Aber sosehr ich die Bedrohung auch spürte, ich kam nicht auf die Idee, Johanna und Marc einzupacken und mich mit ihnen zu verziehen. Meinetwegen ans Ende der Welt.

Andererseits hätte ich damals nicht gewusst, wohin.

Oft denkt man ja zuerst an seine Eltern. Aber unser Kontakt hatte sich auf Glückwünsche zu Geburtstagen und Weihnachtskarten eingedampft. Mein Vater war ein narzisstischer Hasardeur, der es vermutlich nicht mal mitbekommen hätte, falls seine Enkelkinder plötzlich nicht mehr da waren. Wenn er damals überhaupt gerade im Lande gewesen wäre und sein Ingenieurwissen nicht in den Dienst eines in seiner Darstellung meist gigantischen Bauprojekts gestellt hatte.

Meine Mutter war viel zu sehr mit dem alkoholischen Betrauern eines Lebens beschäftigt gewesen, das sie für diesen Mann weggeschmissen hatte. Sie hätte bereits die Gegenwart der Kinder kaum registriert, wie hätte sie da ihre Abwesenheit und Entführung bemerken sollen?

Und für alle anderen?

Wer vorgehabt hätte, uns in einer groß angelegten Inszenierung zu töten, hätte wohl kaum vor ein paar weiteren Leichen zurückgeschreckt. Es erschien mir aussichtslos, bei wem auch immer unterzutauchen.

Vielleicht habe ich deswegen nicht ernsthaft genug darüber nachgedacht.

***

Ich hob die Lider wieder und sah in der Hoffnung auf etwas Ablenkung hinaus in den Garten. Ein Etagenspringbrunnen aus Granit versprudelte Beschaulichkeit inmitten eines Arrangements aus rosa blühendem Zwergflieder, weißem Bauernjasmin und violettem Hibiskus. Eine grau-weiße Taube landete in einer Fichte am Grundstücksende.

Welch friedliebende Idylle, dachte ich und fragte mich, ob Daniel diesen Ausblick ebenfalls kannte.

Irgendjemandem musste er sich anvertraut haben. Er war nicht der Typ Mensch, der alles mit sich selbst ausmachte. Er konnte es ja noch nicht mal für sich behalten, wenn er im Baumarkt zwanzig Kreuzschlitzschrauben für zehn Cent weniger geschossen hatte. Ich erinnerte mich daran, wie er mir bei einem Abendessen voller Stolz davon erzählt hatte, dass er in der fünften Verpackung von vorn im Regal einen kleinen Riss entdeckt und deswegen einen Rabatt ausgehandelt hatte. Und ebenso daran, wie ich ihn desillusioniert mit offenem Mund angestarrt hatte, weil mir damals klar geworden war, dass mein Mann eine ziemliche Marotte mit sich herumtrug.

Ich hätte gelacht, hätten meine Mundwinkel es vor Müdigkeit nicht vorgezogen, nur schlaff herabzuhängen. Noch bevor ich sie eines Besseren belehren konnte, schwenkten meine Gedanken schon wieder um.

Ich konnte kaum mehr abstreiten, dass Daniel sich bis über beide Ohren in etwas verstrickt hatte, das mit »Schwierigkeiten« nicht mehr zu umschreiben war. Es war ganz sicher etwas Kriminelles. Ich brauchte keine fünf Finger abzuzählen, um das zu erkennen.

Hatte er das von Anfang an gewusst?

Ich schüttelte den Kopf. Daniel hätte uns nicht wissentlich derart in Gefahr gebracht, davon blieb ich felsenfest überzeugt. Er ahnte womöglich nicht mal, dass wir jetzt in Gefahr waren. Ebenso wenig befand er sich in den Händen von Verbrechern.

Denn auch dann hätten diese alles darangesetzt, der Kinder und meiner habhaft zu werden. Sie hätten uns nicht nur verfolgt und dann verloren und bedroht.

Nein, Daniel war da draußen. Er hatte Angst. Er versteckte sich. Er suchte nach einer Lösung, die für uns alle …

Ich verlor den Faden. Ich realisierte, dass ich mich kaum mehr an etwas erinnern konnte, was mir nur Sekunden zuvor durch den Kopf gegangen war. Wie die aneinandergeknoteten bunten Tücher, die Kindergeburtstagszauberer aus ihren Ärmeln zogen, tauchten meine Gedanken auf und verschwanden gleich wieder. Alles, was blieb, war der fade Beigeschmack, dass die Farben nicht zueinanderpassten. Was mir wohl bedeuten sollte, dass mein Denken derzeit nicht unbedingt durchweg logisch war.

»Scheiße!« Ich rieb mir mit beiden Händen durchs Gesicht. »Wo bist du?« Ich richtete die Worte an Daniel gen Himmel.

Die Taube stieg wieder aus der Fichte auf. Sie flog kurz schwungvoll nach oben und schoss dann plötzlich im Sturzflug hinab.

Direkt auf mich zu.

Obwohl ich sie nicht aus den Augen ließ, zuckte ich zusammen, als sie mit voller Geschwindigkeit gegen die Fensterscheibe prallte und danach zu Boden fiel. Es dauerte nicht mal einen Wimpernschlag und dennoch hatte ich mehrere Dutzend Standbilder zurückbehalten, wie zuerst ihr Schnabel auftraf, ihr Hals vom restlichen Körper platt aufs Glas gedrückt wurde, die Flügel gegen die Scheibe klatschten und das ganze Tier wieder zurückschleuderten. Im selben Moment drohte ein infernalisches Schrillen meine Trommelfelle zu zerreißen. Ich duckte mich intuitiv und hielt mir die Ohren zu.

Die Erlösung kam in Person von Auer, die amazonengleich hereinstürmte, als wollte sie sich auf einen Eindringling stürzen, um dann doch kurzerhand den Alarm mit ihrem Smartphone abzustellen.

Auf ihre Frage hin, was passiert sei, stammelte ich abgehackt von der Taube und zeichnete mit der Hand ihre Flugbahn vor der Begegnung mit dem Fenster nach.

»Die Viecher werden einfach nicht klüger«, kommentierte sie das Ganze und versicherte anschließend dem Sicherheitsdienst, der nur Sekunden später anrief, dass es sich um einen Fehlalarm gehandelt hatte.

»Der Vorbesitzer war dement oder so und dachte, das Zimmer sei sein Brieftaubenstall von früher«, erklärte sie mir und zeigte auf verschiedene Stellen auf dem Boden. »Er hat sie hier drin angefüttert. Es war alles voll ...« Sie grummelte nur, anstatt auszusprechen, was sie vorgefunden hatten. »War auf jeden Fall viel Arbeit.«

»Rennpferde des Bergmanns«, brabbelte ich nur vor mich hin und schaute an mir hinab. Es hätte mich nicht gewundert, mein Herz durch die Kleidung hindurch schlagen zu sehen.

»Alles in Ordnung?« Auer studierte mein Gesicht, ging vor mir in die Hocke und umfasste meine zittrigen Hände.

»Ganz und gar nicht«, antwortete ich und hörte meine Kinder erschrocken in der Tür flüstern.

»Jetzt nehmen Sie erst einmal das hier.« Auer drückte mir im Bad eine Shampooflasche, Duschgel und einen Pack Handtücher in die Hände und zog den Duschvorhang beiseite. »Danach fühlen Sie sich wie ein neuer Mensch.«

Ich saß neben der Dusche auf dem Badewannenrand inmitten von grauen Natursteinfliesen und betrachtete überfordert meine Waschutensilien.

»Das ist ein Gästepaket«, sagte Auer. »Alles neu und unbenutzt, falls Ihnen das Sorge bereitet.«

Tat es nicht. Ich war nur ausgelaugt und Auers Bemutterung gab mir das Gefühl, noch schwächer zu sein. Sie hatte Johanna und Marc einzig mit einer Handbewegung in die Küche zurückverwiesen, mich dann durch einen Nebenraum in den Flur, in den ersten Stock und ins Bad manövriert und ich hatte mir alles willfährig gefallen lassen.

Dass ich aufstand und die Sachen auf dem Hocker neben der Dusche deponierte, kam mir wie meine erste selbst gesteuerte Aktion seit dem gescheiterten Taubenflug vor.

»Na also«, sagte Auer und ging zur Tür. »Lassen Sie sich Zeit. Ich halte Ihre Kinder beschäftigt. Johanna wird um die paar Minuten nicht böse sein.«

»Wie meinen Sie das?«

»Wenn ich sie richtig verstehe, versucht sie wohl herauszufinden, ob ich was von Ihrem Mann will.«

Ich spürte, wie meine Gesichtszüge entgleisten.

Auer lachte lauthals auf. »Das war nicht schwer zu erraten. Auch wenn ich nicht weiß, wie sie darauf kommt.«

Ich wollte gern in ihr Lachen einstimmen, aber im großen Kristallspiegel gegenüber wirkte meine Mimik eher, als wollte ich darüber hinwegtäuschen, in einen Nagel getreten zu sein.

Auer stutzte. »Sie hat das doch nicht von Ihnen?«

Ich schüttelte den Kopf. Aber es war genauso glaubwürdig wie mein Lachen zuvor.

»Das ist absurd. Mein Leben ist etwas unstet im Augenblick und damit habe ich alle Hände voll zu tun. Ich kann mir keine wie auch immer gearteten Umstände vorstellen, unter denen ich mich mit der Hypothek eines Ehemanns belasten würde, der seine Frau und seine Kinder abgöttisch liebt.«

Vermutlich war ihr nicht bewusst, dass ihre Aufzählung ausräumbarer Hindernisse nicht dazu geeignet war, jemanden zu beschwichtigen, der in Sorge um seine Ehe war. Mir allerdings fehlte schlicht die Kraft, das auseinanderzupfriemeln. Wieder versuchte ich mich an einem Lächeln – es geriet zwar müde, aber offensichtlich befriedigend.

Auer blies erleichtert die Backen auf.

»Entschuldigung. Für Johanna«, sagte ich.

»Merkwürdig, dass jede Generation neu lernen muss, dass nicht jede Frau ständig darüber nachdenkt, wie sie einen Mann an ihre Seite bekommt, oder?«, sagte Auer und ließ mich allein.

Kurz darauf war das Badezimmer erfüllt von Dampf. Heißes Wasser perlte von meinem Scheitel über den Nacken und die Schultern. Ich spürte die Lebensgeister zurückkehren, wenngleich ich mich deswegen nicht wie versprochen wie ein neuer Mensch fühlte. Letztlich hätte dies wohl auch meine Kleidung vom Vortag vereitelt, die den Geruchstest nur mit Abstrichen bestand. Auer um frische Leihunterwäsche zu bitten wäre aber auf jeden Fall zu viel des Guten gewesen.

Ich wischte mit einem Ärmel den Beschlag vom Spiegel und richtete mein feuchtes Haar notdürftig mit den Fingern. Nur um zu bemerken, dass ich mir ein Haargummi würde borgen müssen. Was mir ebenfalls nicht behagte.

Eine durchwachte Nacht reichte inzwischen für tiefe Augenringe aus, musste ich feststellen und zog an meinen Lidern. Das Weiß um meine Iris hatte Feuer gefangen. So desolat hatte ich zuletzt vor acht Monaten nach einem wodkareichen Abend unter patriarchalischen Testosteronschleudern ausgesehen – während eines Kurztrips zum Kulturaustausch zusammen mit Peter Averdunk nach Perm, der russischen Partnerstadt Duisburgs. Anfangs hatte ich noch diverse Hände von meinem Schoß schieben und Schlüssel zu Hotelzimmern zurückweisen müssen. Am nächsten Morgen waren die Annäherungsversuche dann meinem zerstörten Äußeren entsprechend etwas zurückhaltender ausgefallen. Insbesondere der Vertreter der SbornaBank, des Hauptsponsors für Peters Reise, Michail Iljin, hatte sein überschwängliches Interesse an mir schlagartig verloren, als ich mich im Hotelfoyer zu ihm umgedreht hatte.

Die SbornaBank.

Da war sie wieder.

Plötzlich verstand ich, wieso die Erwähnung durch Ellie etwas bei mir hatte klingeln lassen.

Ich mied meinen gemieteten Stellplatz im Parkhaus gegenüber vom Rathaus und stellte meinen Wagen stattdessen in einem zwei Querstraßen weiter ab. Ich rechnete nicht damit, dass meine Verfolger mir ausgerechnet dort auflauern würden. Aber was wusste ich schon? Sie hatten mich schon einmal aus dem Nichts überrascht und ich wollte kein Risiko eingehen. Für den Fall, dass sie doch bereits auf mich warteten, kaufte ich mir im angeschlossenen Kaufhaus ein Kopftuch und eine stark reduzierte Jacke, die aus der Mode gefallen war. Wochentags und vormittags gehörte dies zur unauffälligsten Kleidung in der Fußgängerzone.

Ich bat die Verkäuferin, die Schilder abzuschneiden, verstaute meine mitgebrachte Jacke in einer Einkaufstasche, legte meine Neuerwerbungen vor einer Spiegelsäule an und erschrak herrgottsallmächtig, als ich von der Seite angesprochen wurde.

***

Eigentlich darf man es niemandem erzählen. Aber ich habe tatsächlich mal ein windiges Seminar mit dem Titel »Asozial werden in fünf Schritten« besucht. Es sollte so eine Art Selbsttherapie werden, weil ich das Gefühl hatte, ich trete in meinem Leben auf der Stelle, weil ich ständig zu nett und zu höflich bin. Aber der Besuch war nur für eine Anekdote gut, von der fast niemand weiß.

Das Seminar hätte auch besser »Selbstbewusst werden in fünf Schritten« geheißen, aber sie brauchten wohl diesen konfliktträchtigen Titel. Für harte Fälle wie mich halt, denen Höflichkeit über alles geht.

Es war rausgeschmissenes Geld. Mit der Zeit lernte ich ein-

fach, nett und höflich zu sein, ohne ständig in die Röhre zu gucken. Und da im Kaufhaus hatte es sogar einen dieser Momente gegeben, in denen ich von Glück sagen konnte, dass ich war, wie ich war.

Hm … Oder wer weiß …

***

André Müller, ein schlanker, hochgewachsener Anfangsechziger, der in, wie ich fand, typischer Verkäufermanier sein Sakko vorn auseinanderzog und die Hände in die Hüften stützte, gab mir eine Kurzzusammenfassung der letzten zwölf Monate seines Berufslebens. Dabei hatte es, nachdem er mich an der Spiegelsäule angesprochen hatte, ganz unverfänglich mit den üblichen Fragen nach der Familie begonnen.

Es drängte mich zwar, meinen Weg zum Rathaus fortzusetzen, aber Müller war eine Redemaschine, die man nicht unterbrechen konnte, ohne sie zutiefst zu brüskieren. Also ließ ich mir ungeduldig lächelnd davon erzählen, wie Peter Averdunks ehemaliger Stammverkäufer seinen Job bei einem kleinen luxuriösen Herrenausstatter verloren hatte, weil die kleinen Läden ja gegen das Internet überhaupt keine Chance mehr hatten. Aber er hatte Glück gehabt und für seine letzten drei Arbeitsjahre noch Anstellung gefunden. Leider hatte er praktisch alle früheren Stammkunden verloren. Auch Peter, den er just gestern einige Male anzurufen versucht hatte, weil er etwas reinbekommen hatte, das ihm hätte gefallen können.

»Ich lande immer nur noch bei einem Jaeschke«, beschwerte Müller sich abschließend.

»Sein Stellvertreter«, klärte ich Müller auf. »Er schirmt ihn jetzt vermutlich ein bisschen ab.«

»Ah!« Müller hob verstehend den Kopf. »Ein scharfer Hund, oder?«

Ich schmunzelte seine Bemerkung weg und drückte ihn kurz am Oberarm. »Ich muss los. Tut mir leid«, entschuldigte ich mich und machte mich auf den Weg zum Ausgang.

Müller rief mir nach: »Ist das, weil Peter den hier gemacht hat?«

Ich sah mich zu ihm um und bekam gerade noch mit, wie Müller etwas Unsichtbares aus der Luft grapschte und es in die Hosentasche steckte. Gleichzeitig glaubte ich in einer Spiegelsäule ein bekanntes Gesicht draußen vor den Glastüren am Eingang zu erkennen. Als ich mich aber umwandte, war es bereits verschwunden.

Ich eilte zum Ausgang, stieß eine Tür auf und trat in die Fußgängerzone. Das bekannte Gesicht bog um die nächste Häuserecke.

Was für ein Zufall, dachte ich und wollte dem Mann, der mir geholfen hatte, Marcs Entführung zu vereiteln, nachgehen, um mich noch einmal bei ihm zu bedanken. Und um ihn nach seinem Namen zu fragen, damit ich ihm vielleicht eine Kleinigkeit zukommen lassen konnte. Bis mir ein seltsames Detail aufstieß.

Am Tag zuvor, als ich ihn um sein Handy gebeten hatte, um die Polizei zu rufen, hatte er gesagt, er besitze gar keines. Jetzt aber hatte er eine Hand am Ohr gehabt und mit jemandem gesprochen. Er hatte eindeutig mit jemandem telefoniert.

Verdutzt brach ich mein Vorhaben ab und orientierte mich wieder Richtung Rathaus. Bis ich es erreichte und die schwere verzierte Pforte öffnete, hatte ich mich etliche Male umgedreht und nach dem Fremden Ausschau gehalten. Stets begleitet von der Frage, wieso er mir zuletzt den Anruf bei der Polizei verweigert hatte.

Erst auf der Treppe in der Eingangshalle gelang es mir, meine Irritation einigermaßen abzuschütteln. Ich sputete mich die Treppe hoch ins mit seinen Säulen und Deckenbogen schlossgleiche Foyer und wäre beinahe in einen untersetzten Mann mit schütterem Seitenscheitel und roter Knollennase gerannt.

»Sorry!« Anstatt wie gewollt Burkhard Jaeschke zu umkreisen, landete ich in seinen ausgestreckten Armen.

»Wohin?«, fragte er nur einsilbig.

»Zu Peter. Es geht um die SbornaBank. Er muss mir bei etwas helfen.«

»Sborna, ja«, grummelte Jaeschke. »Moment.« Er schob mich zurück zur Treppe, zog gleichzeitig sein Handy aus einer Gürteltasche und tippte mit klobigem Daumen eine Kurzwahl.

»Was ist? Ist er nicht oben?«, fragte ich.

»Das will ich ja gerade …«, setzte Jaeschke an, widmete sich dann aber doch dem Handy. »Ja, ich brauche euch hier am Eingang. Eva Bellheim ist da.« Jaeschke nickte die Antworten ab, als könnte er sein Gegenüber sehen.

»Kommt er? Warum kann ich dann nicht zu ihm hoch?«

»Wir wissen jetzt, woher die undurchsichtigen Zahlungen an Peter stammen.« Jaeschke ging nicht auf meine Fragen ein. »Und wir wissen auch, wer dafür verantwortlich ist.«

»Das ist ja großartig!«

»Nicht für dich. Du gehst jetzt bitte wieder.«

»Was?«, brachte ich nur hervor und hörte plötzlich die Pforte hinter mir auffliegen und Getrampel.

Zwei wuchtige, breitschultrige Männer in schwarzer Uniform mit der Aufschrift *Security* auf der Brust stürmten auf mich zu.

Gleichzeitig schob Jaeschke mich ihnen entgegen die Treppe hinunter. »Das hat dein Mann ja richtig toll eingefädelt.«

4

Aussichtslos

Ich ließ einige Seiten eines Strategiepapiers über meinen Daumen gleiten, das ich als Peter Averdunks Public Image Consultant entwickelt hatte. Es gab die Marschrichtung vor, wie wir ihn als Oberbürgermeister zum netten Typen von nebenan und gleichzeitig zu dem Kämpfer für die Verbindung von Tradition und Moderne machen konnten, den Duisburg brauchte. Burkhard Jaeschke hatte die Unterlagen zusammen mit allem, was sich in den letzten drei Jahren von mir so angesammelt hatte, in einen weißen Karton für Kopierpapier packen lassen. Darunter auch eine zu einem Viertel volle Packung Verveine – meine Lieblingsteesorte. Beim Anblick der im Wasser schwebenden Blätter konnte ich jederzeit meine Gedanken loslassen und Inspiration tanken.

Ich hob die Verpackung aus braunem Papier mit zwei Fingern und gestrecktem Arm in die Luft. »Ehrlich jetzt?«, sagte ich und ließ sie wieder fallen.

Peter fuhr sich übers Gesicht und hielt sich die Augen zu. »Bitte, Eva. Mir fällt das auch nicht leicht.«

Wir saßen im Sitzungssaal mit der denkmalschutzwürdigen Holzvertäfelung am offenen Ende der zu einem Hufeisen angeordneten Tische. Ich vor Kopf, Peter zu meiner Rechten, so tief im groben braunen Stoff des Kurzlehners versunken, dass die Tischkante fast bündig mit den Achseln abschloss.

Jaeschke hatte mich von zwei Mitarbeitern eines privaten Sicherheitsdienstes aus dem Rathaus eskortieren lassen wollen, kaum dass ich es betreten hatte, und mir den Karton ausgehändigt. »Verräterin«, hatte er mich betitelt und war dabei so wütend gewesen, dass er nicht in der Lage gewesen war, mir den Grund dafür zu nennen, ohne sofort japsen zu müssen.

Auf der Treppe zum Haupteingang war ich ins Stolpern geraten und mehr oder weniger unsanft in Peter Averdunks Armen gelandet, der mit einiger Verspätung seinen Dienstbeginn aufgenommen hatte. Er hatte schützend einen Arm um meine Schultern gelegt, während er die Security-Leute weggeschickt und Jaeschke zusammengestaucht hatte. Unter seiner Führung werde nicht mit Kanonen geschossen, ganz gleich, ob auf Spatzen oder Katzen. Dann hatte er uns ins Sitzungszimmer neben dem Ratssaal geführt.

»Aber es sieht doch so aus«, sagte Peter und strich die Ärmel seines hellblauen Businesshemds runter. »Dein Mann taucht auf der Liste von Spendern für meinen Wahlkampf auf, die das Geld dafür augenscheinlich aus China erhalten haben.«

Er meinte die Hausbank der ChiLong, des chinesischen Unternehmens, das von der Stadt Duisburg damit beauftragt worden war, die gesamte Verwaltung und die Tochterunternehmen unter ein digitales Dach zu bringen. Da Peter höchstpersönlich in die Sache involviert gewesen war, war es aufgrund des neu nachgewiesenen Geldflusses auf sein Wahlkampfkonto nicht schwer gewesen, in den Vorgang Korruption hineinzuinterpretieren.

»Das …«, setzte ich an und brach ab. Ich wollte das Ganze als Blödsinn abtun, aber es wollte mir nicht über die Lippen kommen.

»Es muss ein ziemlicher Schlag ins Kontor für dich sein. Ich verstehe das. Ich habe Daniel sogar noch vor den anderen verteidigt.« Peter kratzte sich am Kinn, obwohl von Bartwuchs nichts zu sehen war. »Aber wir haben einige Spender kontaktiert. Was ich jetzt sage, ist inoffiziell. Ich weiß nicht, wie es sich verhält, wenn es zum Gerichtsverfahren kommt. Dann muss man das wohl neu beurteilen.« Peter richtete sich im Stuhl auf, rieb sich erneut durchs Gesicht und ächzte abschließend. »Zwei der Spender sagten uns unter der Hand, dass sie Geschäfte mit Daniel gemacht haben. Sie haben irgendwelche Verträge verkauft, was weiß ich. Er hat ihnen Topkonditionen angeboten plus ein kleines Extra, das sie an mich weiterleiten sollten. Alles abgewickelt über die HardCash IBC in Hongkong.«

Eine Tochter der SbornaBank, zitierte ich Ellie in Gedanken, die selbst wiederum die Tochter einer Bank war, die in einen globalen Geldwäscheskandal verwickelt gewesen war. Und die auf unserer Russlandreise als Sponsor für verschiedene Veranstaltungen für Peter aufgetreten war.

Ich hatte Peter nur aufgesucht, weil ich von seinen Kontakten zu dieser Bank wusste. Vielleicht aus Übernächtigung hatte ich mir eingebildet, er könnte sie spielen lassen und mir damit helfen, Licht in Daniels neue dubiose Geschäfte zu bringen. Womöglich eine Erklärung für sein Verschwinden zu finden. Oder bestenfalls: die leise Andeutung auf einen kleinen Hinweis auf so etwas Ähnliches wie eine Spur zu ihm.

Aber was ich zu hören bekam, war so ernüchternd und – schlimmer noch – plausibel, dass ich mir die Fragen sparte. Immerhin regte sich in mir jedoch noch der Widerstand, das alles einfach so zu glauben. »Und warum sollte Daniel das tun?«

»Rufen wir ihn doch an und fragen.«

Ich setzte ein Lächeln auf und blickte demonstrativ zur Decke, um seinen Vorschlag als abstrus abzutun. Ich hatte nicht vorgehabt, Peter den wahren Grund dafür, warum ich seine Hilfe in Anspruch nehmen wollte, offenzulegen. Nicht, nachdem er mich quasi auf Verlangen seiner Anwältin und der Fraktion vor die Tür gesetzt hatte. Ich wollte die gleiche Geschichte vorschieben, die ich schon bei Ellie benutzt hatte: dass ich mir Sorgen machte, Daniel könnte auf einen Blender als Partner hereinfallen. Wenn ich überhaupt auf Peter würde zählen können, so hatte ich spekuliert, dann vielleicht aufgrund eines Rests Verbundenheit oder Loyalität. Selbst ein Schuldgefühl hätte mir genügt.

Peter griff nach meiner Hand. »Ich verstehe, dass du beleidigt bist. Das wäre ich an deiner Stelle auch.«

»Tatsächlich?« Ich zog meine Hand zurück und ließ ihn ins Leere greifen.

»Ich hab das gestern mit dir nicht gut gemanagt. Ich hätte mich durchsetzen müssen. Aber dafür ist es ja noch nicht zu spät.«

»Wie darf ich das verstehen? Möchtest du mich wieder dabeihaben?«

»Zuerst sollte Daniel die Verantwortung für die Angelegenheit übernehmen.«

»Ach, du bildest dir ein, wenn Daniel behauptet, er stecke hinter dem Spendenbrimborium, dass hier alle jubeln und sagen: ›Holen wir doch seine Frau wieder ins Boot!‹«

Peter sah mich einen Moment lang an. Er lächelte einseitig und stand auf. »Evchen, Evchen.«

Ich hatte Peters Verniedlichung meines Namens schon immer als abwertend empfunden. Obwohl unser professionelles Verhältnis im Laufe der Zeit freundschaftliche Komponenten gewonnen hatte, nannte ich ihn ja auch nicht Peterchen.

Getragenen Schritts wandelte er zu einem Tisch in der Zimmerecke und kehrte mit einer Wasserflasche und zwei Gläsern zurück. Er schenkte uns ein, als wäre es teurer Wein oder Whisky. »Habt ihr Probleme?«, fragte er mit samtweicher Stimme.

»Wie kommst du darauf?«

Peter studierte mein Gesicht und zog dann eine Grimasse. »Ich habe es einmal gewagt, deinen Mann anzugreifen. Ist mir nicht gut bekommen.« Er lachte verhalten, um anzudeuten, dass er einen Scherz gemacht hatte. »Das lässt du normalerweise keinem durchgehen.«

»Alles gut.« Meine Antwort kam einen Tick zu schnell, wie ich fand, und ich rieb mit dem linken Fußrücken meine rechte Wade. Das Lügen gelang mir für meinen Geschmack etwas zu mühelos, wenn auch vermutlich nicht überzeugend.

Peter nahm sein Glas, stieß damit gegen meines und wartete ab, ob ich es ebenfalls erhob. Ich tat ihm den Gefallen allerdings nicht, also stürzte er sein Wasser runter und knallte das Glas anschließend so hart auf den Tisch, dass ich unwillkürlich zusammenzuckte.

»Wir müssen das bis zur Wahl am Sonntag ad acta legen. Also lass uns das so machen: Wir behaupten, dein Mann sei eifersüchtig auf deinen Erfolg gewesen. Deswegen die ganze Intrige. Großes, großes Ehedrama, Frauenrechte, das volle Pipapo. Kommt alles in den Einkaufswagen und ab damit an die Presse.«

Ich konnte Peter nur aus großen Augen ansehen. Ich war so überrascht, dass ich zu widersprechen vergaß.

Peter stützte sich breitarmig auf den Tisch und beugte sich zu mir herab, bis sein Gesicht vor mir den ganzen Raum verdeckte. »Denk zur Abwechslung mal an *deine* Zukunft. Und daran, was aus deinen Kindern werden soll. Man wird in der Schule mit den Fingern auf sie zeigen. Die Nachbarn werden euch meiden. Und wie sich das mit Freunden in der Not verhält, muss ich dir bestimmt auch nicht erläutern. Ganz abgesehen davon, was ein beschädigter Ruf für dich beruflich bedeutet. Wer sollte sein Image noch von dir aufpolieren lassen wollen? Und das verdankst du alles Daniel!«

In all den Jahren war mir nie aufgefallen, wie leblos und kalt Peters Augen hinter der lustigen runden roten Brille sein konnten. Mich fröstelte und ich erwartete, dass sein und mein Atem jeden Moment Nebelschwaden bilden würden.

»Er hat dein Leben kaputt gemacht. Alles, was du je erreicht hast. Aber du kannst den Kopf noch aus der Schlinge ziehen. Ich helfe dir. Ich werde dich nicht alleinlassen. Es wird so lauten, dass *du* die Angelegenheit aufgedeckt hast. Das verspreche ich dir!« Peter streckte mir seine Hand entgegen.

Die Sonne hatte eine große Lücke im himmlischen Einheitsgrau gefunden und bearbeitete meine Verkleidung, als ich am Lifesaver-Brunnen saß. Das Kopftuch wurde zur Wärmehaube und die graue Jacke sehnte sich in ihre Zeit eines unterkühlten Frühjahrs zurück.

Ich sah einem Mann dabei zu, wie er seine Kinder beim Spielen im Brunnen beobachtete.

Unter dieser meterhohen absurden Skulptur eines bunt bemalten Adlerwesens, dem Lifesaver, an den sich – natürlich! – eine schwache Frau klammerte, stampften seine gerade mal oberschenkelhohen Söhne durchs Wasser, plumpsten hin und rappelten sich wieder auf. Alles unter den zur Vorsicht mahnenden Worten ihres Vaters, der sich immer wieder abwandte, damit sie nicht mitbekamen, wie er mit verkniffenem Gesicht sein Lachen verbarg.

Daniel hatte so gelacht, erinnerte ich mich.

Johanna hatte die erste Klasse mit Bravour bestanden und ihrem kleinen Bruder einen Herzenswunsch erfüllen wollen und einen Moment unserer Unaufmerksamkeit ausgenutzt. Als wir realisiert hatten, dass die beiden von unserer Seite gewichen waren, saß Marc längst unter dem Lifesaver und schlug lauthals lachend aufs Wasser ein, während Johanna schockstarr danebenstand und hinter einer Grimasse des Entsetzens begriff, was sie sich da eingebrockt hatte. Marc hatte sie in Sekunden pudelnass gespritzt.

Noch beim Zubettgehen hatte Daniel durch die vorgehaltene Hand gelacht und mir, damit Johanna sich nicht bloßgestellt fühlte, zugeflüstert: »Das Gesicht! Hast du das Gesicht gesehen?«

Ich spürte eine Träne meine Wange runterkullern und wischte sie weg. Dann klemmte ich mir den Karton unter den Arm, nahm meine Tasche mit der Jacke und stand auf.

»Aufpassen!« Ein Teenager raste auf einem Skateboard an mir vorbei und verfing sich nur wenige Meter weiter in einer Frau vom Ordnungsamt. Sie zeigte auch auf mich, aber ich drehte mich weg, bevor sie annehmen konnte, dass ich ihre Geste wahrgenommen hatte, und marschierte in Richtung Düsseldorfer Straße.

Ich wollte keine Aufmerksamkeit auf mich ziehen. Einerseits wähnte ich meine Verfolger noch immer irgendwo in der Nähe, auch wenn ich sie nicht sehen konnte. Andererseits rang ich mit zu vielen widerstrebenden Gefühlen und in dieser Verfassung hatte ich garantiert kein Bedürfnis, mich in die Ahndung einer unbedeutenden Rüpelei hineinziehen zu lassen.

Das Brunnenintermezzo hatte mir vor Augen geführt, wie sehr ich Daniel und unser Familienleben vermisste. Gleichzeitig hatten Peters Worte tief geschnitten und einen Kern getroffen, der knisternd glühte wie ein in Brand geratenes Kohleflöz in der Erde.

Im Sitzungssaal hatte ich Daniel noch in Schutz genommen. Ich hatte mir weder Bedenkzeit erbeten noch überhaupt erwogen, Peters Angebot anzunehmen. Die Dimension des Verrats, den Daniel an mir begangen haben sollte, war mir viel zu groß erschienen, als dass auch nur ein Fünkchen Wahrheit daran sein konnte. Ich hatte alles als Hirngespinst zurückgewiesen und Peter die wildesten Ambitionen unterstellt. Insbesondere, dass sein einziges Augenmerk dem Sieg bei den bevorstehenden Wahlen gelte und er dafür eine Inszenierung ins Leben rufe, die jeder Grundlage entbehre. Kalt und brutal hatte ich ihn genannt, weil er bereit sei, die Köpfe Unschuldiger und von Freunden vor dem Rathaus aufzuspießen, nur damit er innendrin sein warmes Plätzchen behalten könne. Vor allem hatte ich ihm klar und deutlich ins Gesicht gesagt, dass weder Daniel noch ich die Rolle des Sündenbocks übernehmen würden.

Aber meine Barrikaden fingen an, in sich zusammenzufallen, da hatte ich nicht mal den Ausgang erreicht.

Peter hatte sich abgesichert. Er hatte mir Mitschnitte von Gesprächen mit den Spendern, die Daniel belastet hatten, auf seinem Handy vorgespielt, die seine Aussagen belegten.

Mein Mann hatte sich nicht unabsichtlich in etwas Ungesetzliches verstrickt und uns, die Kinder und mich, damit unwillentlich in Gefahr gebracht. Letzteres musste ihm bewusst gewesen sein. Er hatte es in Kauf genommen. Das erkannte ich jetzt.

***

Ich hätte mir die ganze Zeit mit Begeisterung vor den Kopf schlagen können, bis mir meine Gutgläubigkeit und meine Vertrauensseligkeit aus den Ohren geblutet wären. Eine Närrin war nichts im Vergleich zu mir.

Genau so dachte ich.

So etwas vorzubereiten kostet doch Zeit. Wochen. Ach, was sag ich … Monate!

Monate des Hintergehens. Monate des Neben-mir-Schlafens. Monate des Mit-mir-Schlafens. Und gleichzeitig des Suchens nach geldschweren Partnern. Nach Leuten, die ihre Verträge veräußern würden und bereit waren, diesen perfiden Spendentrick mitzumachen. Ganz zu schweigen davon, überhaupt erst auf einen solchen Plan zu kommen.

Je länger ich darüber nachdachte, desto wütender wurde ich. Nicht nur auf Daniel. Nicht nur auf meine schier endlose

Blindheit, darauf, dass ich nichts bemerkt hatte. Sondern auch darauf, dass ich Daniel tief in mir drin immer noch in Schutz nahm. Dass ich ihn immer noch als Werkzeug sehen wollte. Dass ich mir einredete, er sei nur in eine Falle getappt, die jemand ausgelegt hatte, weil er von der besonderen Querverbindung über mich ins Rathaus wusste.

Jemand, der uns opfern würde.

Würde ich einen solchen Betrug an jemandem planen, ich könnte ihm nicht ansatzweise in die Augen sehen. Ich könnte nicht bei ihm liegen und ihm zuflüstern, wie sehr ich ihn liebte, ohne dass er meine Unehrlichkeit hören würde. Was für ein Mensch musste ich also sein, dass ich umgekehrt nichts davon wahrgenommen hatte?

Hatte ich es womöglich nur überhört? Oder gar nicht gehört? Und was sagte das über die Tiefe und Ehrlichkeit meiner Verbindung zu meinem Mann aus?

Wütend zu sein ist leicht. Leichter, als enttäuscht von sich selbst zu sein.

***

Ich sollte sofort zurückgehen und Peters Angebot annehmen, grollte ich und kickte ziemlich halbstark eine Coladose aus dem Weg. Sie verteilte ihren Restinhalt in braunen Tropfenbogen, die nur knapp eine alte Frau verfehlten. Sie erschrak ob des vermeintlichen Granatgeschosses derart, dass sie trotz Gehhilfe kurz ins Straucheln geriet und ihre spärlichen Einkäufe aus dem Rollatorkörbchen kippten.

»Entschuldigung!«, platzte ich pflichtschuldig hervor und biss mir anschließend auf die Unterlippe, während ich alles Zu-Boden-Gegangene aufsammelte – angedetschtes Obst und einen Kopfsalat mit fingerbreiten braunen Rändern sowie eine Dose Matjes in Tomatensoße mit rotem Rabattaufkleber. Nur der fast abgelaufene Joghurt zum halben Preis war nicht mehr zu retten.

Mit den Worten »Es tut mir wirklich leid« packte ich die Sachen zurück in den Korb. »Ich weiß nicht, wo ich grade mit meinen Gedanken war.« Als Letztes hob ich den geplatzten Joghurtbecher mit Daumen und Zeigefinger hoch. »Den ersetze ich Ihnen natürlich.«

»Seh ich aus, als hätt ich das nötig?«, giftete die Alte zurück, obwohl sie für meine Begriffe leider tatsächlich so aussah. Die Ärmelsäume ihrer Herbstjacke neigten stark zum Ausfransen und sie verströmte einen gewissen ranzigen Geruch.

»Das wollte ich damit nicht sagen. Aber es war ja meine Schuld.«

Die Alte antwortete, indem sie mir die offene Hand entgegenstreckte.

Ich zückte mein Portemonnaie, hatte aber nur Münzen im Wert von wenigen Cent darin. Also hielt ich ihr einen Fünfeuroschein hin.

Die Dame platzierte ihre Hand wieder auf dem Rollator. »Das kann ich nicht wechseln.«

»Ich hab's aber nicht anders. Nehmen Sie's einfach, bitte.«

Sie beäugte mich skeptisch und rollatorte schließlich davon. »Furchtbar. Wirklich. Ich, ich, ich. Immer nur ich, ich, ich.«

Verdattert sah ich der verrückten Alten nach und bemerkte gar nicht, wie mein Kleingeldfach aufklappte und die Kupfermünzen herausfielen.

»Jaaa, schmeiß nur weg, das Arme-Leute-Geld.« Im Gehen warf die Alte mir einen bösen Blick zu, den sie stundenlang vor dem Spiegel in ihrem Lebkuchenhaus geübt haben musste.

Ich spürte, wie mein Gesicht vor Scham rot anlief, noch bevor ich mich nach dem Geld bückte. Ich fühlte mich vor den anderen Passanten derart kompromittiert, dass ich noch einen zweiten und dritten Blick über das Pflaster wandern ließ, nur um sicherzugehen, dass ich keine Münze übersah.

Was ich aber dadurch beinahe übersehen hätte, war ein Gesicht mit Augenbrauen wie Schwingen und einer Halbglatze, das sich im Schaufenster einer Bäckerei spiegelte. Doch bis ich es realisiert hatte und herumgewirbelt war, war es bereits verschwunden.

Ich spähte die Fußgängerzone in beide Richtungen hinunter. Sah in die Eingänge und Fenster der Geschäfte auf der anderen Straßenseite.

Ich musste mich getäuscht haben. Wahrscheinlich hatten meine Sinne mir aus Übermüdung einen Streich gespielt. Auch wenn ich nicht verstand, wieso sie dazu den Mann hervorgezaubert hatten, der mir geholfen hatte, Marcs Entführung zu verhindern. Womöglich, weil ich ihn auf dem Weg zum Rathaus in der Nähe gesehen hatte.

Alles gut, sagte ich mir, *du bist einfach nur fertig.*

Trotzdem heftete sich ein mulmiges Gefühl an meine Fersen, als ich mich wieder auf den Weg zum Parkhaus machte. Verunsichert musterte ich jedes Gesicht, das mir entgegenkam – einen Tick zu lang, um unauffällig zu sein. Ich zuckte auf jedes ungewöhnliche Geräusch hin zusammen. Ein Türenschlagen hier. Die Bremse eines Fahrrads dort. Der Alarm an einem Kaufhauseingang. Und je weiter ich ging, desto mehr glaubte ich, fragende, manchmal sogar böse Blicke zu ernten.

»Nicht starren!«, hörte ich eine Mutter ihren Vorschulsohn anzischen, während sie ihn am Arm aus meinem Strahlungsradius zog und mit der anderen Hand die Scheibenwischergeste andeutete. »Wir wissen nicht, was mit der Frau ist.«

Heilfroh, den anschwellenden Menschenstrom verlassen zu können, bog ich in den gut überschaubaren Salvatorweg mit seinen Schuhgeschäften und der kleinen Schneiderei ab. Eisenpoller trennten die Gehwege von der Fahrspur aus Kopfsteinpflaster. Ich beeilte mich, die kurze Sprintstrecke bis zur Parkhauseinfahrt in der nächsten Querstraße schnell hinter mich zu bringen.

Doch kaum bog ich um die Häuserecke, wollten meine Beine mir augenblicklich den Dienst versagen.

Ich glaubte, die Impulse durch meine Nerven schießen zu fühlen, die befahlen: *Lauf! Lauf weg!* Aber sie blieben irgendwo in meinen weichen Oberschenkeln hängen.

Nur wenige Schritte vor mir bleckte ein pechschwarzes SUV seinen chromglänzenden Kühlergrill unter abgedunkelten Scheiben. Es grollte. Drosch wummernd in einem Takt auf mein Herz ein, der meinen Pulsschlag hochjagte, als hätte ich einen Marathon hinter mir.

Und das Einzige, was ich noch tun konnte, als es auf mich zuschoss, war, alles fallen zu lassen und meine Hände schützend vor mein Gesicht zu halten.

Ich wusste nicht, wie, aber sie hatten mich gefunden!

Ich würde keinen Widerstand leisten können, wenn jetzt zwei brutale Typen herausspringen und mich ins Auto zerren würden. Ich würde vermutlich nicht einmal schreien können.

Doch dann schoss das SUV an mir vorbei und drehte mit quietschenden Reifen im Wendehammer hinter mir um. Die verdunkelten Scheiben glitten herunter und ich entdeckte nur zwei johlende Frauen, eher Mädchen, auf dem Rücksitz und einen jungen Mann hinterm Steuer, der mit der Faust rhythmisch in die Luft schlug.

Sie brausten davon. Auf der Heckklappe prangten zwei Aufkleber: *Fuel up Your Life*, hieß es auf dem einen, *Hauptschulabschluss 2015* auf dem anderen. Gleich daneben grinste ein Smiley.

***

Ihr habt mich gefragt, wann sich in mir etwas verändert hat. Wenn ich es auf einen bestimmten Moment zurückführen müsste, dann auf diesen.

Ich meine, ich zitterte wie Espenlaub auf Speed.

Kann man das so sagen? Hm.

Ich weiß nicht, ob das der Schock war. Aber ich war wie gelähmt. Also trotz des Zitterns. Und ich fand mich furchtbar. Unerträglich.

Ich konnte mich in einem der Schaufenster beobachten. Ein völlig eingeschüchtertes Wesen in Graue-Maus-Verkleidung. Ich dachte wirklich, diesen Menschen kenne ich nicht. Und ich wandte mich ab, weil ich ihn auch nicht kennen wollte. Hätte dieser Mensch mir Hallo sagen wollen, wäre ich weitergegangen und hätte so getan, als hätte ich es nicht bemerkt.

Herrje, ich war eine Mutter!

Ich bin! Ich bin eine Mutter!

Mütter rennen nicht umher wie ein Huhn, dem gerade der Kopf abgeschlagen wurde. Mütter sind eine Instanz. Festung und letzte Zuflucht, wenn die Welt in Chaos versinkt.

Kein Wunder, dass ihr kein Vertrauen zu mir hattet …

Es ist schon ein bisschen her. Marc hatte über Nacht vierzig Grad Fieber bekommen und bei eurem Vater lagen die Nerven restlos blank.

Ich war diejenige, die die Ruhe bewahrte. Die es so aussehen ließ, als wäre das keine große Sache. Obwohl ich innerlich schier überkochte.

In der Folgenacht sahen wir uns so einen dummen Kriegsfilm an, einfach nur zur Ablenkung. Einer der Männer darin sagte, dass der Skipper auf einem U-Boot eine mächtige und furchteinflößende Gestalt sei und immer vorangehen müsse. Und dass er immer wisse, was zu tun sei. Ob er nun recht habe oder nicht.

Euer Vater sah mich an und sagte: »Der redet von dir.«

Dort musste ich wieder hin. Dieser Mensch musste ich wieder werden. Ich konnte nur hoffen, dass das ausreichen würde.

***

Zutiefst gedemütigt, schälte ich mich aus meiner Verkleidung, schmiss sie auf den Beifahrersitz und streckte meine Hände vor mir aus. Das Zittern war fast vorüber. Also legte ich sie einfach aufs Lenkrad und wartete, bis auch mein restlicher Körper sich beruhigt hatte.

Ein Kälteschauer überkam mich. Draußen hatten die spätsommerlichen Temperaturen um die zwanzig Grad gependelt, je nachdem wie Wolken und Sonne sich miteinander arrangiert hatten. Im Parkhaus kam es mir dagegen eisig vor. Doch das schrieb ich einerseits meiner Müdigkeit zu. Andererseits glaubte ich gelesen zu haben, dass Frieren zu den Anzeichen oder Folgen eines Schocks gehörte. Wie auch immer, ich startete den Wagen und drehte die Heizung auf. Anschließend schaltete ich das Radio ein.

Uncle Kracker singsäuselte: »Follow me, everything is alright …«

Oh nein, seufzte ich genervt in Gedanken. Daniels Lieblingssong, den er in unserer Anfangszeit selbst dann noch fast täglich vor sich hin gebrummt hatte, als der Ohrwurm längst alle Ohrmuscheln ausgeleiert hatte.

Ich tippte auf die nächste Stationstaste und landete beim Jingle von Radio Duisburg. Daniels Haussender.

Ich wollte schon die nächste Taste drücken, als mich plötzlich auch noch sein Aftershave einlullte.

Panisch sprang ich aus dem Wagen, presste mich rücklings und mit erhobenen Händen gegen das Auto nebenan und starrte ins Wageninnere. Beugte mich vorsichtig vor, bis ich die Rücksitzbank ganz einsehen konnte. Den Kofferraum.

Fehlalarm.

Niemand befand sich in meinem Wagen.

Daniels Wagen, korrigierte mich meine innere Stimme. *Nicht deiner!*

»Nicht meiner«, wiederholte ich halblaut, bevor mir klar wurde, dass ich es tatsächlich ausgesprochen hatte.

Ich beugte mich vor und schnupperte durch die Tür. Was mir wie eine Wolke vorgekommen war, war in Wirklichkeit nicht mehr als eine flüchtige Restnote des Dufts, die ihren Ursprung in der Kopfstütze und dem Lenkrad hatte. Meine Sinne hatten mir erneut einen Streich gespielt.

Ich richtete mich wieder auf, legte meine Unterarme aufs Auto und lehnte meine Stirn gegen die Dachkante. Ich hatte mal über Menschen gelesen, die wegen Schlafmangels übergeschnappt waren. Es begann meist mit Halluzinationen.

Mach dich nicht verrückt, dachte ich und atmete durch, während der nächste Jingle aus den Boxen klang.

»Ihr hört Radio Duisburg«, setzte die Radiomoderatorin ein. »Und ich habe News für euch, die dem einen gefallen werden und, na ja, dem anderen vielleicht nicht so. In den Spendenskandal um unseren OB kommt Bewegung. In knapp einer Stunde will Peter Averdunk mit einer Erklärung vor die Presse treten und wir werden live dabei sein. Kleines Vorab-Bonbon: ›Der Fisch stinkt nicht vom Kopf her, es sind die Putzerfische‹, kommentierte eine Stimme, die nicht genannt werden will. Also wir dürfen gespannt –«

Ich würgte die Sprecherin ab, indem ich den Schlüssel abzog. Dann holte ich meinen Karton aus dem Wagen und knallte die Tür zu.

Ich bereute meine Kurzschlusshandlung, die eigentlich ein Befreiungsakt hatte werden sollen, kaum dass ich in Röttgersbach aus dem Bus stieg und müde die Straße entlang zu Daniels

Dependance trabte. Ich nahm die Ironie wohl wahr, dass ich den Wagen im Parkhaus hatte stehen lassen, um Abstand zwischen mich und dieses unentwirrbare Knäuel von Verrat zu bringen, und nun genau dorthin zurückkehrte.

Den Skandalstream aus dem Rathaus hatte ich nicht verfolgt. Ich wusste ja, was Peter der Welt zu verkünden hatte. Der Ehemann einer Mitarbeiterin, nämlich von mir, habe mit großer Akribie das Ziel verfolgt, Peter reinzureiten. Und vermutlich war ich selbst dabei auch nicht besonders gut weggekommen.

Mein Körper fühlte sich lahm an. Mechanisch setzte ich einen Fuß vor den anderen und stolperte beinahe in einer Einfahrt, weil ich an einer leichten Schwelle im Boden hängen blieb. Inzwischen gesellten sich auch Rücken- und Nackenschmerzen hinzu und, ob ich es wollte oder nicht, ich sehnte mich danach, in das fremde Bett meines Mannes fallen zu können.

Auch spielte ich mit dem Gedanken, Johanna und Marc weiterhin in Franka Auers Obhut zu lassen. Johanna hatte sich geweigert, die Dependance zu verlassen. Und egal, was ich gesagt hatte, es war sowieso nur auf Protest gestoßen. Was sollte sich inzwischen daran geändert haben?

Ich hatte keine Kraft mehr für Diskussion und Auseinandersetzung. Und gute Mutter hin oder her, manchmal musste man auch loslassen, redete ich mir ein, als ich auf die lang gezogene Treppe der Dependance einbog.

Stimmen wehten durch die Büsche aus Auers Garten herüber. Es war nicht gleich eine Kakofonie, aber ein heilloses Durcheinander von Auer und meinen Kindern. Zunächst glaubte ich auch Gelächter darunter zu hören. Aber der Ton wurde schnell schärfer. Auer brüllte regelrecht, erteilte Befehle. So viel erkannte ich, wenn ich die Worte auch nicht verstand.

Ich zögerte, obwohl ich den Schlüssel bereits in der Tür hatte. Es wollte mir nicht gefallen, dass jemand so mit meinen Kindern sprach. Wäre ich nur nicht so unsagbar müde und erschöpft gewesen. Zudem – diese Nickeligkeit meldete sich auch leise – fand ich, dass Johanna es sich irgendwie selbst zuzuschreiben hatte, wenn ich nicht einschritt.

Leise stöhnte ich vor mich hin. Ich hatte einfach keine Lust, den starken Elternteil raushängen zu lassen.

Zumindest nicht, bis ich auch Johanna schreien hörte: »MARC! HILFE! HIIIILFEE!«

Gleich darauf fiel mein weißer Karton zu Boden.

Auer hielt Johanna im Würgegriff eng an sich gepresst. Halb unter sich begraben. Johanna wand sich wie ein verletztes Tier in einer Falle, aber es gab kein Entkommen. Die Muskeln des Arms um ihren Hals spannten wie Stahlseile unter der Haut.

Noch während ich »AUFHÖREN!« brüllte, streckte ich in vollem Lauf die Arme aus, um Auer an den Hals zu gehen und Johanna zu befreien.

Mein Fuß traf ein ferngesteuertes Auto, das sich entschieden hatte, meinen Weg zu kreuzen. Ich verlor das Gleichgewicht und schraubte mich durch die Luft an zwei erstaunten Gesichtern vorbei. Noch im Fallen sah ich, dass die dazugehörigen Augenpaare meinen Sturz verfolgten. Dann vollzog ich auf dem Rasen etwas, das als Purzelbaum in der Grundschule nicht benotet worden wäre. In der letzten Drehung erkannte ich Marc mit einer Fernbedienung im Fenster im ersten Stock, wie er sich auf die Unterlippe biss und die Augenbrauen kräuselte. Dann traf mich die unterste Etage des Springbrunnens im Rücken und mir blieb die Luft weg.

In Windeseile kniete Auer vor mir und fasste mir schützend in den Rücken, als könnte sie meinen Aufprall noch abdämpfen. »Oh, verdammt. Sie haben sich wehgetan.«

»Weg!« Ich stieß sie von mir und setzte mich auf, obwohl bereits weiße Sterne meine Sicht bekränzten. »Was ist hier los?«

»Training«, klärte Johanna mich knapp auf.

Der Brunnen musste einen meiner Wirbel getroffen haben. Es fühlte sich an, als wäre er verrutscht. Ich streckte den Rücken durch, um wieder frei atmen zu können.

»Kommen Sie, ich helfe Ihnen auf.« Auer erhob sich und hielt mir eine Hand entgegen.

Ich beachtete sie nicht. »Was soll das heißen? Was trainiert ihr?«

Von Johanna erhielt ich nur ein Schulterzucken. Also sah ich Auer an.

»Selbstverteidigung.«

»Und dazu erwürgen Sie sie?«

Johanna zog die Oberlippe hoch. »Erstens war es nicht fest und zweitens wäre ich da locker rausgekommen.«

»Sie hätte mir auf den Fuß und gegens Schienbein treten sollen. Aber sie hat sich nicht getraut.«

»Ich will nicht, dass Sie meine Tochter noch einmal anfassen.« Ich ging auf alle viere, stand auf und bekam gerade noch mit, wie Johanna die Schultern hob und den Schlafzimmerblick auflegte.

»Franka hat eine Ausbildung.«

Franka also. Sie nannte sie schon beim Vornamen.

»Das stimmt«, bestätigte Auer und verwies Johanna gleichzeitig ins Haus. »Lässt du uns mal kurz allein? Ich erklär's deiner Mutter.«

Johanna machte eine Grimasse, fügte sich aber und ging ins Haus.

»Hol deinen Bruder und wir gehen«, rief ich ihr nach, erhielt aber keine Reaktion.

Dafür erklärte mir Auer, dass das, was Johanna Ausbildung nannte, jahrelanges Training in einer Technik namens Krav

Maga war und dass die wenigen Tricks, die sie Johanna gezeigt hatte, lediglich dazu dienen sollten, sich aus brenzligen Situationen zu befreien. »Dieses Video, das Sie ihr letzte Nacht gezeigt haben, von diesem Verfolger im Bus, das hat ihr ziemlich zugesetzt.«

»Sie hat es Ihnen erzählt«, stellte ich fest. An meinem Mageneingang regte sich etwas Saures. Die überfreundliche Nachbarin und Fotografiekünstlerin war jetzt auch noch die Auserwählte meiner Tochter zum Balgen und Reden. Keine zwölf Stunden nachdem Johanna ihr noch unterstellt hatte, sich an ihren Vater ranzumachen.

Im Augenwinkel nahm ich Marc wahr, der das ferngesteuerte Auto einsammelte und sich wieder ins Haus stahl.

Auer hatte die Herzen meiner Kinder ganz offensichtlich im Sturm erobert und Eifersucht stichelte in meiner Brust.

»Eigentlich wollte ich ihr nur verdeutlichen, dass sie meine Beziehung zu Ihrem Mann falsch einschätzt«, sagte Auer. »Aber das schien sie nicht zu erleichtern. Deswegen habe ich ein bisschen gebohrt und sie hat mir erzählt, was seit gestern alles vorgefallen ist.«

Ich nickte nur und rief gleichzeitig: »Johanna! Marc! Kommt ihr?«

Auer fasste mich an, als wollte sie verhindern, dass ich weglief. »Frau Bellheim, ich kann Ihnen helfen.«

»Ach ja? Mit ein bisschen Würgen vielleicht?« Ich wand mich aus ihrem Griff und marschierte zur Terrassentür.

Johanna lehnte am Küchentisch und verschränkte demonstrativ die Arme, als sie mich sah. Marc stellte zwar das Auto auf dem Tisch ab und legte die Fernbedienung ordentlich ausgerichtet daneben, blickte aber ansonsten nur zwischen Johanna und mir hin und her.

»Wir gehen. Zwingt mich nicht, es noch mal zu sagen.«

»Und wenn doch?«, erwiderte Johanna.

Gleichzeitig erschien Auer neben mir. »Tut schon, was eure Mutter sagt.«

Die vermittelnde Wärme in ihrer Stimme schnürte mir den Hals zu. Aber nicht genug, um ein allerletztes Bellen zu verhindern. »Los jetzt!«

Mein kurzer Ausbruch war so nachhaltig, dass er meine Kinder die Straße runterscheuchte. Auch wenn Johanna so tat, als wäre sie unbeeindruckt, und sich von Marc an der Hand hinterherziehen ließ. Gute fünf Meter vor mir, die ihr ausreichten, die Tür der Dependance aufzuschließen, ins Haus zu gehen und dabei meinem Karton, dessen Inhalt sich bereits zur Hälfte über der Treppe bis hin zur Straße verteilt hatte, noch einen Fersentritt mitzugeben, bevor auch ich ankam.

»Johanna!«, keifte ich zwar, aber mein schnell gefasster Vorsatz, sie mir wegen ihres trotzigen Kleinkindverhaltens vorzunehmen, fiel genauso schnell wieder in sich zusammen.

Ich hab einfach keine Kraft dafür, dachte ich und machte mich daran, alles wieder einzusammeln. Die Packung Verveine, das Strategiepapier für Peters Wahlkampf und den Rest der losen Blättersammlung.

Marc brachte mir den Karton, hielt mir dazu einen ungeöffneten Umschlag hin und flüsterte: »Tut mir leid, Mama!«

»Schon gut, Schatz.« Ich breitete die Arme aus in der Hoffnung, dass die Nähe zu ihm meine waidwunde Seele wenigstens ein bisschen trösten würde.

Aber er machte nur eine gequälte Grimasse, drückte mir den Karton und den Brief in die Hände und rannte Johanna nach.

Ich konnte fühlen, wie der kurzzeitige Schub, den mein Ärger und meine Wut ausgelöst hatten, aus meinen Adern gewaschen wurde. Zurück blieben Schlaffheit, Müdigkeit und das Gefühl, der einsamste Mensch der Welt zu sein, als ich mit meinen Kindern zur Verhandlung zusammensaß.

Johanna und Marc hatten sich rechts und links ans Ende des Konferenztischs gesetzt und wohl erwartet, dass ich den Platz zwischen ihnen einnehmen würde, der mit dem Wort *LÜGNER!!!* markiert war. Ich hatte ihnen den Gefallen aber nicht getan und mich stattdessen ans andere Ende gesetzt, mit vier Stühlen Abstand.

Es war ein schweigendes Gericht, was womöglich daran lag, dass nicht ganz eindeutig war, wer Angeklagter und wer Richter war. Weswegen auch niemand das erste Wort ergreifen wollte. Johanna saß stocksteif in ihrem Stuhl und starrte die Wand an. Marc beobachtete seine Schwester mit großen Augen und knetete und beugte seine Finger auf dem Tisch. Und ich holte ein loses Blatt nach dem anderen aus meinem Karton und sortierte sie in sinnlosen Stapeln, damit es so aussah, als täte ich etwas Wichtiges.

Der Briefumschlag, den Marc draußen eingesammelt hatte, trug keinen Absender, nur meinen Namen als Empfänger und die Rathausanschrift. Der Poststempel war von gestern.

Normalerweise erhielt ich keine Post von außerhalb auf dem Rathaus. Alles, was mich dort erreichte, war intern und kam in der Regel über den Hausboten. Ich zupfte ein wenig an der Lasche und benutzte meinen Zeigefinger als Brieföffner.

»Mama?« Marc wagte sich zaghaft in die Stille vor. »Franka hat vorhin Pizza zum Mittag bestellt. Extra für uns.«

Ich griff in meine Jackentasche, holte mein Smartphone heraus und ließ es zu ihm über den Tisch gleiten. »Wenn du Pizza haben willst, können wir die auch selbst bestellen.« Ich zog den Brief aus dem Umschlag. Das Papier war offenbar zerknittert gewesen, bevor es gefaltet worden war. Ich legte es auf den Tisch und strich es glatt.

»Was für eine soll ich denn bestellen?«, fragte Marc.

Ich hob den Kopf, atmete tief ein und antwortete schließlich: »Familienpizza.«

»Tsss«, zischte Johanna.

»Noch sind wir ja eine«, sagte ich scharf. »Auch wenn die Meinungen darüber auseinandergehen.«

»Ein Scheiß sind wir.«

Kaum hatte Johanna es ausgesprochen, schob Marc das Smartphone auch schon wieder weg. »Ich glaub, ich hab gar keinen Hunger.«

»*Glaubst* du?«, hakte ich nach. »Ob man Hunger hat oder nicht, weiß man.«

»Oh, echt ey«, presste Johanna hervor und wollte aufstehen.

»Bleib hier!«, mahnte ich, erreichte damit aber nur, dass sie sich noch schneller vom Stuhl wand und Richtung Ausgang trabte. »Ich sagte, du bleibst hier!«

Johanna schlug einen Bogen um mich, als erwartete sie, dass ich nach ihr greifen würde.

»Johanna!«

Im letzten Moment schien sie sich der Gefahr bewusst zu werden, die ihr Vorhaben mit sich brachte. Sie bog zur Wendeltreppe ab und verschwand in den ersten Stock.

Ich hielt die Luft an und schluckte trocken gegen eine Unzahl despotischer Flüche und Drohungen an. Dann funkelte ich Marc an.

Er stand ebenfalls auf, trug das Smartphone zu mir, legte es vorsichtig neben den Brief und eilte Johanna nach.

Noch während ich seine Schritte in meinem Rücken hörte, kamen mir die Tränen. Ich nahm knisterndes Rascheln von Papier wahr und registrierte, dass ich den Brief zu einer Kugel geknüllt hatte. Ich wischte mir die salzige Brühe mit den Handrücken aus den Augen und strich ihn erneut glatt.

Das Schreiben eines Stromanbieters.

Erhöhung der Preise.

Adressiert an meinen Mann unter der Adresse der Dependance.

Was sollte ich damit? Wer schickte mir das?

Unmotiviert wendete ich das Blatt – und blickte auf eine Handschrift, die mir nur allzu bekannt vorkam.

Johanna kauerte auf dem Bett und tippte mit ihren Daumen, deren Beweglichkeit und Flinkheit eine nächste Stufe der menschlichen Evolution vorausdeuteten, auf ihrem Smartphone herum, als ich ins Schlafzimmer kam. Ich sah kurz zu Marc, der auf der Fensterbank hockte, in Auers Garten starrte und dabei leise Töne eines fahrenden Autos imitierte. Ich nahm geradewegs Kurs auf Johanna und riss das Ladekabel aus der Steckdose.

»Was soll das?«, protestierte Johanna erwartungsgemäß.

Ich machte eine fordernde Handbewegung in Richtung ihres Handys. »Gib mir das!«

»Nein! Du hast sie wohl nicht alle.« Johanna verbarg ihr Smartphone hinter ihrem Rücken.

Ich ignorierte ihre Ausdrucksweise, obwohl sie kurzzeitig meinen Puls beschleunigte. »Ich will nur das Ladekabel haben.«

»Wozu?«

Ich zog Daniels Handy aus der Gesäßtasche und zeigte es ihr. »Papas ist leer. Und mein Kabel passt nicht.«

Johanna stutzte nur.

Ich reichte ihr den Brief, aber sie ignorierte ihn geflissentlich. »Marc.« Ich wedelte damit in seine Richtung.

Nachdem er über das halbe Bett gekrochen war, nahm er den Brief und sah mich an.

»Lies ihn vor«, bat ich.

Marc zwängte seine Beine umständlich in den Fersensitz und hielt das Blatt hoch. »Ist der von Papa?«

Johannas Blick zuckte zu Marc.

»Lies bitte«, antwortete ich nur.

»Meine Eva.« Marc studierte das Papier, als müsste er jedes

einzelne Wort zuerst dechiffrieren. »Ich schicke dir diesen Brief ins Büro …«

»Welche Überraschung«, wisperte Johanna vor sich hin.

»… weil ich glaube, dass jemand unseren Briefkasten überwacht.«

Johanna kräuselte die Stirn.

»Du musst mein Handy finden. Du findest alles Wichtige in einem Ordner, der heißt … Ich kann das nicht lesen.« Marc hielt mir den Zettel hin.

»Uncle Kracker – Follow Me«, sprang ich ein.

»Ich warte auf dich und die Kinder. Ich werde jede Mitternacht dort sein, wo du mich gefragt hast, wie das mit uns weitergeht. Und ich sagte: ›Wir werden heiraten, zwei Kinder haben und das Leben wird wunderbar sein.‹«

Ich musste mir erneut eine Träne wegdrücken, obwohl ich mir vorgenommen hatte, es nicht so weit kommen zu lassen. Als ich die Augen wieder öffnete, streckte Johanna mir den Anschlussstecker des Ladekabels entgegen.

Die Funzel im Dachhimmel des Wagens zeichnete Gespenstisches in Daniels Gesicht. Seine gehetzten Augen rahmten dunkle Schatten. Seine Wangen wirkten in dem spärlichen Licht ausgemergelt.

»Ich habe nicht viel Zeit – und ich weiß auch nicht, was ich sagen soll. Ich …« Daniel wandte den Blick über die Schulter und wieder nach vorn. »Ich hätte so viel zu sagen, aber ich weiß nicht, wo ich anfangen soll … Der Brief! Du hast den Brief. Ja, du musst ihn inzwischen haben. Tu, was ich dir geschrieben habe. Und bring dieses Handy mit. Ich versteck's unterm Beifahrersitz.« Er stockte und massierte sich die Nasenwurzel. »Das macht ja gar keinen Sinn. Du hast es ja schon gefunden, wenn du dieses Video siehst.« Er fasste sich an die Stirn. Sah erneut über die Schulter. »Auf dem Handy sind die

Buchungsbestätigungen für vier Flüge nach Australien. Wenn ihr mich nicht antrefft, fliegt ohne mich. Ich schaffe es schon irgendwie zu euch. Ich liebe euch!« Sein Gesicht wurde kleiner. Eine Hand erschien auf dem Touchscreen und verschwand wieder. »Eine Sache noch, bevor ich sie vergesse: Ich habe hierauf Fotos abgespeichert. Ihr dürft diesen Menschen nicht vertrauen. Sie spielen alle ihr eigenes Spiel. Das habe ich zu spät erkannt.«

Im Hintergrund heulte ein Motor auf. Den Innenraum des Wagens trafen Scheinwerfer.

Dann brach das Video ab.

Ich saß auf der Bettkante und hielt Daniels Handy so, dass Johanna und Marc es rechts und links von mir ebenfalls gut sehen konnten.

»Mach die Fotos auf«, sagte Johanna und wollte mit dem Zeigefinger auf den Bildschirm tippen. Ich spürte, wie sie meine rechte Flanke berührte und wieder wegzuckte.

Ich schloss den Videoplayer und öffnete das erste Foto. Es zeigte einen glatzköpfigen alten Mann, den keiner von uns kannte. Ebenso die nächsten. Irgendwann erschien der Widerling, der versucht hatte, Marc ins SUV zu zerren.

Ich hörte Marc aufseufzen und ich fühlte förmlich, wie sich sein Körper verspannte.

»Wer ist das?«, fragte Johanna.

»Er gehört zu denen, die deinen Bruder entführen wollten.« Ich wechselte zum nächsten Bild.

»Und der hat uns geholfen!«, platzte es aus Marc heraus. Er tauchte unter meinem Arm durch und stützte sich mit der anderen Hand auf meinem Oberschenkel ab.

»Er verfolgt uns seitdem. Mich«, ergänzte ich, während ich überhaupt erst begriff, warum ich den Mann mit den schwingengleichen Augenbrauen mehrmals in der Fußgängerzone in der Innenstadt erspäht hatte.

Johanna deutete auf die zweite Person auf dem Foto – eine Frau, die sich gerade erst Johannas Vertrauen erschlichen hatte. »Aber das ist Franka!« Sie und der Fremde standen in Frankas Garten. Der Perspektive nach zu urteilen, musste die Aufnahme von diesem Zimmer hier aus gemacht worden sein.

Ich sah Johanna an. Ihre Wangen waren blass vor Entgeisterung und ich konnte erkennen, wie ihr Gedankengebäude einstürzte, als ich sagte: »Sammelt eure Sachen ein. Schnell!«

***

Es mag merkwürdig klingen. Aber besonders meine Süße tat mir furchtbar leid. Sosehr es mich auch wurmte, dass sie sich – unter anderem, um mir eins auszuwischen – Franka so schnell zugewandt hatte, so wenig mochte ich sie nun deswegen verletzt sehen.

Marc steckte es gut weg. Ich glaube, für ihn war Franka eher eine Spielgefährtin. Man kann gut miteinander, solange man zusammen im Sandkasten sitzt. Aber wenn die Förmchen eingesammelt werden und die Kindergartenglocke läutet, ist es vorbei.

Aber bei Johanna war es mehr. Es ist ohnehin untypisch, dass sie jemandem gestattet, in sie hineinzusehen. Nicht, dass sie verschlossen ist. Sie ist wie das Meer. Unendlich reich. Man kann an der Oberfläche schwimmen und ständig etwas Neuem begegnen. Fischschwärme unter sich entdecken. Wale beobachten, wie sie aus dem Wasser springen. Und das mit einem tiefen Einblick in ihre Gefühlswelt verwechseln. Aber Franka hatte es eigentümlicherweise geschafft, weiter in Johanna vorzudringen.

Ich meine gelesen zu haben, dass Eltern in einem bestimmten Alter abgelöst werden. Teilweise. Von Mentoren. Wir zeigen, wie das Leben innerhalb der Familie funktioniert. Mentoren sind der Draht zum Außen. Und Kinder brauchen sie, um die Welt besser geordnet zu bekommen.

Johanna hatte ein zartes Band zu Franka geflochten. Es reißen zu sehen ... Nein, das war kein Triumph.

***

»Bleib neben uns«, wies ich Johanna an. Mit hängendem Kopf hatte sie sich auf dem schmalen Fußweg zurückfallen lassen, der die Märker Straße und die Röttgersbachstraße zwischen rückwärtigen Mehrfamilienhausgärten verband. Ich ging mit Marc voraus. Johanna schloss mit einigen schnellen, patschenden Schritten auf und ergriff Marcs andere Hand.

»Wir bleiben zusammen, bis wir im Bus sind«, fügte ich an und erhielt Johannas stumme Zustimmung. Gleichzeitig schlossen sich Marcs Finger noch fester um meine.

Erneut bereute ich, den Wagen im Parkhaus stehen gelassen zu haben. Ich hatte noch keine Vorstellung, wie unser nächstes Ziel aussehen würde. Alles, was ich vorläufig wollte, war, schnellstmöglich so viel Abstand wie nur denkbar zwischen uns, die Dependance und Auer zu bringen. Eine Busfahrt erfüllte diese Vorgaben nur teilweise. Und auch zu Fuß wie auf dem Präsentierteller durch Reihen von zwei- und dreigeschossigen Häusern zu trotten schien mir nicht gerade vorteilhaft.

»Warum hast du uns bei ihr gelassen?«

Ich konnte Johanna kaum hören. Aber ich verstand, dass sie leise sprach, weil ihre Gedanken sich noch immer ordneten. Ich musste ihr nicht vorhalten, dass sie diejenige gewesen war, die derart fasziniert von Auer gewesen war, dass ich sie höchstens mit roher Gewalt von ihr hätte reißen können. Auch nicht, dass mir durchaus bewusst war, dass diese Faszination eigentlich nur gegen mich gerichtet gewesen war. Seit wir die

Dependance verlassen hatten, hatte Johanna schuldbewusst meinen Blick gemieden.

»Weil ich keine Ahnung hatte«, gab ich daher zu und erhielt dafür ein zurückhaltendes Nicken, in dem Verstehen und wohl auch Dankbarkeit lagen und das meinen müden Rücken deutlich aufrichtete.

Den längsten Teil der Strecke bis zur Bushaltestelle hatten wir bereits hinter uns gebracht. Wir mussten nur noch aus der Sackgasse raus und knappe hundert Meter die Straße runter. Doch mit jedem Schritt fing mein Herz stärker an zu pochen, als würden wir uns einer verbotenen Tür nähern und dabei jeden Moment erwischt werden. Und als würde er es genauso empfinden, wurde Marc an meiner Hand immer schwerer.

Ich schlenkerte unsere Arme in weitem Bogen, weil das sein Gemüt meist zuverlässig aufhellte.

Aber er versuchte dagegenzuhalten. »Mama, was heißt ›Ankel‹?«

»Ankel?«, fragte ich, weil es mich, nach dem, was wir gesehen hatten, überraschte, womit sein Kinderverstand beschäftigt war.

»Der Ordner auf dem Handy hieß so. Ich weiß, was ›Follow Me‹ bedeutet. Und ›Kracker‹ sind Kräcker. Aber was ist ›Ankel‹?«

»Das heißt Onkel.« Ich lachte, wenn auch angeschlagen.

»Ein Onkel von uns?«

»Nein, das ist nur ein Sänger, der sich so nennt.«

»Kenn ich nicht.«

»Den kennt niemand«, meldete sich Johanna dazwischen. »Nur alte Leute.«

»Mittelalt«, wandte ich ein und glaubte ein Lächeln über Johannas Lippen huschen zu sehen. Es war wie der erste Sonnenstrahl nach einem langen Winter.

Gleichzeitig hörte ich ein Grollen wie das eines ersten Frühlingssturms, das sich durch die Schlucht am Ende der Straße wälzte. Es war nicht mehr als eine dieser Vorahnungen, für die man keinen echten Anlass hat. Die sich einfach formieren und von denen man später nur sagen kann, man habe es gewusst.

Eine dunkelblaue Limousine bremste quietschend, vollzog eine abrupte Drehung und schob ihre Nase langsam in unsere Richtung, bis sie endlich stehen blieb.

Ich ließ Marc los und machte einen Schritt vor meine Kinder.

Die Tür ging auf und jemand stieg aus. Braunes Haar, tarnfarbenes Tanktop, Jeans. »Können wir reden?«

»Das ist grade unpassend«, wich ich aus.

»Krasse Scheiße«, nuschelte Johanna in meinem Rücken.

»Ich will Sie auch nicht lange aufhalten.« Auer kam uns ein Stück entgegen und zeigte mir die Wagenschlüssel. »Wie wär's? Damit kommen Sie schneller voran.«

»Wie haben Sie uns gefunden?«

Auer streckte den Zeigefinger an uns vorbei. »Edwin.«

Am Ende des Fußwegs wartete der Mann mit den Brauenschwingen. Er hob eine Hand zum Gruß und Marc drückte sich enger an mich.

Ich deutete an, dass ich um ihre Verbindung wusste. »War ja nicht anders zu erwarten.«

»Ich bitte vielmals um Verzeihung. Aber es schien uns die beste Lösung, wenn Sie nicht wissen, dass wir ein schützendes Auge auf Sie haben.«

»Haben Sie das?«

»Ihr Sohn ist immer noch bei Ihnen, oder nicht?«

»Und warum macht ihr das?«, wagte sich Johanna vor und stellte sich ihrerseits halb vor Marc.

»Dein Vater hat sich in eine sehr schwierige Lage gebracht. So haben wir uns kennengelernt. Er hat mich darum gebeten.«

»Hat es lange gedauert, den Spruch zu üben? Oder was ist der Grund dafür, dass du das nicht gleich gesagt hast?«

Auer schmunzelte und legte den Kopf schräg. »Dein Vater und ich hatten eine Abmachung: Ich helfe ihm und er hilft mir mit Informationen über die Leute, die ihn so in Schwierigkeiten gebracht haben. Aber dann war er plötzlich weg und ich wusste nicht mehr, wie ernst es ihm mit unserer Abmachung ist. Hätte doch sein können, dass ihr nur auf ihn wartet, um gemeinsam zu verschwinden. Deswegen war ich etwas vorsichtig.«

»Und jetzt denkst du das nicht mehr?«

»Eigentlich schon nicht mehr, seit wir geredet haben«, sagte Auer und sah anschließend zu mir.

»Wer sind Sie?«, fragte ich.

»Ich, also wir …«, Auer deutete erneut auf Edwin, »arbeiten für eine Organisation, die sich Center nennt. Wir sammeln Informationen über organisierte Kriminalität und leiten diese an Behörden und Medien weiter.«

Marc drückte sich zwischen Johanna und mich. »Du bist eine Spionin!«

»Ähhh, nein.«

»Gehörst du zur Polizei?«

»Auch nicht. Wir helfen der Polizei.«

Marc nickte, als wüsste er genau, worum es geht.

Ich schob ihn wieder etwas zurück und sah kurz zu diesem Edwin hinüber. »Und woher weiß ich, dass Sie die Wahrheit sagen?«

Auer zog eine Brieftasche aus ihrem hinteren Hosenbund und warf sie mir zu. »Darin finden Sie so was wie meinen Betriebsausweis. Kontakte der Organisation. Und auch von einigen Behörden. Rufen Sie sie an.«

Ich drehte die Brieftasche mehrmals um, öffnete sie aber nicht. Ich hatte selbst eine Menge Ausweise in meinem Leben gesammelt. Laut einem war ich sogar Nachwuchsinspektor beim Scotland Yard. Ich hatte ihn eigenhändig aus einem Jugendmagazin ausgeschnitten und in ein Lederetui gepackt.

»Oder aber Sie fragen Ihre Freundin Ellie Wenger.«

»Sie kennen Ellie?«

»Wir haben sie mit Informationen versorgt. Damals, als sie aus London berichtet hat. Erwähnen Sie den Fall Warren. Es wird ihr etwas sagen.«

Timothy Warren. Der Immobilienmakler, der mitsamt seiner Familie ermordet worden war, weil er zum »Russischen Waschsalon« gehört hatte.

Ich nickte verstehend. Ich wollte ihr nicht sagen, dass ich schon mit Ellie darüber gesprochen hatte. Auer musste nicht wissen, was ich bereits wusste. »Was wollen Sie von uns?«

»Eigentlich möchte ich, dass Sie in unserer Obhut bleiben. Aber wenn ich Sie mit guten Worten nicht aufhalten kann …« Auer hielt wieder die Wagenschlüssel hoch.

Festen Schritts ging ich zu ihr und nahm sie ihr ab, bevor ich ihr zuflüsterte: »Wissen Sie, wo mein Mann ist?«

Auer senkte den Blick und atmete kurz durch. »Frau Bellheim, die Leute, auf die er sich eingelassen hat, sind hochgefährlich. Sie und die Kinder bedeuten ihm alles. Dass er sich nicht bei Ihnen meldet, sagt meiner Erfahrung nach einiges aus.«

»Sie denken an den Fall Warren.«

Auer sah überrascht wieder auf.

»Ja, ich weiß, was passiert ist. Wollten Sie *ihm* auch helfen?«

»Wir haben es versucht. Aber er hat ein doppeltes Spiel gespielt.«

»Und was, glauben Sie, hat mein Mann jetzt vor?«

»Ich denke, Sie sollten nicht hoffen, ihn lebend wiederzusehen.«

5

Eckstein, Eckstein

»Siehst du ihn?«, fragte ich Marc, während ich Zentimeter für Zentimeter auf die rechte Spur der A 3 wechselte. Mittlerweile gondelten wir seit mehr als zwei Stunden ziellos in Auers Wagen durch die Gegend. Immer wieder tastete ich auf dem Beifahrersitz nach Johannas Hand und stellte zufrieden fest, dass sie sie nicht wegzog. Marc hatte ich angewiesen, nach dem silbergrauen französischen Kleinwagen Ausschau zu halten, mit dem Auers Kollege Edwin uns in der Stadt gefolgt war, bis ihn eine rote Ampel von uns getrennt hatte.

»Marc?«, hakte ich nach, als ich keine Antwort erhielt.

Im Rückspiegel konnte ich sehen, wie Marc nach einem kurzen Schulterblick müde den Kopf schüttelte

»Nichts?«, fragte ich erneut.

»Da gibt's nichts zu sehen, weil da nichts ist«, ächzte Johanna und ging für eine Wortklauberin bemerkenswert locker damit um, dass sich um uns herum eine bunte Schlange in den Feierabend wälzte. »Und wann verrätst du uns endlich, wohin du überhaupt willst?«

»Zu deinem Vater.«

»Selbstredend!«, erwiderte Johanna zynisch. Ich erwischte sie gerade noch beim Augenrollen.

»Ich versuche, in Bewegung zu bleiben, bis wir zum Treffpunkt können.«

Johanna blinzelte mich von der Seite an, bevor ich mit der Sprache rausrückte.

»Entenfang.« In dem Video, das Daniel auf seinem Smartphone gespeichert hatte, hatte er den Entenfang, einen See an der Grenze zu Mülheim, nicht explizit genannt, sondern ihn nur umschrieben, doch er hatte mir deutlich gemacht, dass er dort jeden Tag um Mitternacht auf uns warten würde.

»Ach, Mama …«

»Du hast es selbst gesehen.«

Johanna warf Marc einen Blick zu, der ausdrückte: *Hab ich's nicht gesagt?* Seine Antwort waren zerknautschte Mundwinkel.

»Wir haben euch gehört. Wir konnten jedes Wort verstehen.« Johanna spielte darauf an, dass ich Auer, bevor wir deren Auto genommen hatten, abseits meiner Kinder leise gelöchert hatte, was ihrer Meinung nach mit Daniel geschehen war.

»Ist Papa wirklich tot?«, kam es beklommen von der Rückbank.

»Nein, Schatz! Das darfst du nicht einmal denken.«

Johanna rollte schon wieder mit den Augen. »Hat Franka aber gesagt.«

»Sie hat auch gesagt, dass sie uns zuerst nicht getraut hat. Weil sie geglaubt hat, Papa ist nur abgetaucht, um unsere Flucht vorzubereiten. Unsere gemeinsame.«

»Und damit hatte sie ja wohl auch recht. Wenigstens mit dem Planen.«

»Euer Vater ist nicht tot«, insistierte ich und hoffte, dass ich die nötige Überzeugung in meine Worte gelegt hatte.

***

Hatte ich Zweifel daran, dass Daniel noch lebte? Ich weiß nicht. Mein Mann war zu diesem Zeitpunkt seit … Er war seit gut fünfundvierzig Stunden – wie sagt man im Polizeijargon? – abgängig.

Was für ein furchtbar harmloses Wort. Es klingt eher wie: aushäusig essen.

Ich hatte die Videonachricht und die Bestätigungen für vier

Flugtickets, die mir sagten, es würde alles gut werden. Meine Kinder hatten dagegen Frankas Aussage, Daniel sei vermutlich tot.

Vielleicht wollte ich meine Zweifel nur nicht sehen. Weil nicht sein konnte, was nicht sein durfte. Ich hatte diese zwei wunderbaren Wesen bei mir. Was hätte ich ihnen denn sagen sollen?

Sie brauchten jemanden, der stark war. Für sie. Und ich war willens, ihnen das zu geben. Auch wenn ich mich dafür an den letzten kleinen Funken Hoffnung klammern musste, der tief in einem Haufen Asche glomm.

***

In Daniels Armen schmolzen die Ängste in meiner Brust und sickerten durch meine Rippen, als gäbe es dazwischen kein Fleisch. Sein Atem an meinem Hals verhieß sehnsüchtig erwartete Wärme und ich spürte das Verlangen, Daniel komplett in mir aufzusaugen.

»Du musst gehen«, wisperte er in mein Ohr.

»Wohin?«, flüsterte ich zurück und rieb meine Wange an seiner.

»Du weißt, wohin.«

»Ich will nicht weg.« Ich umfasste sein Kinn und schob es behutsam vor meines, bis unsere Lippen sich berühren mussten. Etwas irritierte mich und ich versuchte, die Augen zu öffnen.

Doch er hielt seine Hand über meine Lider. »Nicht.«

Ich versuchte sie wegzuziehen. »Was ist mit dir?«

»Mir wird kalt. Ich fühle sie bereits. Die Ewigkeit.«

»Was?« Ich wehrte mich gegen die Finger auf meinem Gesicht. Doch je mehr ich mich davon freistrampeln wollte, desto fester wurde sein Griff. Meine Augäpfel drohten zu platzen.

»Es ist zu spät, hörst du?«, wisperte er.

»Wofür? Was haben sie dir angetan?«

Aus dem Nichts hörte ich Johanna völlig emotionslos sagen: »Sie schneiden Verrätern die Lippen ab.«

Marc atmete entsetzt ein. »Glaub ich nicht.«

»Doch! Ist wahr.«

Endlich gelang es mir, Daniels Hand abzuwehren. Doch ich sah nur noch, wie sich seine entstellte Fratze und die durch ein blutiges Loch schimmernden blanken Zähne auflösten wie weggepusteter Rauch.

Dann schnellte ich im Fahrersitz hoch.

Die Dämmerung griff nach der Welt. Ströme von Regen verzerrten alles jenseits der Fensterscheiben. Es trommelte über mir. Ich saß noch in Auers Wagen.

Wir hatten einen kleinen geschotterten Parkplatz gefunden, der von Büschen vor neugierigen Blicken abgeschirmt war. Ein Schild an der Einfahrt mahnte zwar, dass jeder, der kein Anwohner war, abgeschleppt werden würde, aber der Platz war praktisch leer, also hatte ich angenommen, dass man sich nachsichtig mit uns zeigen würde.

Johanna steckte sich lustlos eine in Mayonnaise getunkte Fritte in den Mund. »Wieder wach?«

»Was ist passiert?«, murmelte ich, noch immer auf der Suche nach Orientierung.

»Du bist eingeschlafen.«

»Johanna sagt, Verrätern schneidet man das Gesicht ab«, meldete Marc sich von der Rückbank.

»Ich sagte, die Lippen.« Johanna war kaum zu verstehen, wie sie auf ihrer Fritte herumbiss.

Ich blinzelte einige Male und fragte mich, wie lange Johanna und Marc schon über solche abscheulichen Dinge sprachen. Auf jeden Fall hatten sie damit in meinen Traum eingegriffen.

»Wie kannst du deinem Bruder solche Horrorstorys auftischen?« Ich zeigte nebenbei auf zwei braune Papiertüten und schob nach: »Und woher ist das Essen?«

Johanna wies durch die Frontscheibe auf das verwaschene gelbe M eines Fast-Food-Restaurants, das sich dem Himmel entgegenreckte. »Hab's grad noch so vor dem Regen geschafft.«

Sofort regte sich Ärger in mir, weil Johanna gegen mein Verbot verstoßen hatte, das Auto nicht zu verlassen. Ich schluckte die Ermahnung runter. Sie hatte Essen besorgt, was meine Aufgabe gewesen wäre, hätte ich der Müdigkeit nur länger widerstehen können. Ich zupfte kurz an den Rändern der Tüten, um hineinsehen zu können. Abseits der Pommes frites und der Mayonnaisetütchen entdeckte ich Salate und las das Wort *vegan*. In Anbetracht der Möglichkeiten hatte Johanna sich eigentlich ein Lob verdient.

»Ist da was für mich dabei?« Ich setzte ein halbseitiges Lächeln auf.

Johanna griff in die Tüte und hielt mir eine einzelne Fritte hin.

Mehr nicht?, wollte ich sagen, bevor ich verstand, worauf sie hinauswollte.

In der dritten Klasse war Johannas erste große Liebe zerbrochen. Es war diese Art Beziehung gewesen, die ich im gleichen Alter auch erlebt hatte. Sie begann in Klasse eins mit der Frage: »Willst du mit mir gehen?«, beinhaltete Besuche an Geburtstagen und den gelegentlichen Austausch von kleinen Geschenken sowie mit Herzen bemalten Zettelchen. Nichts, was ich als tiefgehend bezeichnet hätte. Für Johanna musste es aber mehr Bedeutung gehabt haben; zumindest legte das dramatische Ende dieser Beziehung dies nahe. Ihr war eine Zahnspange in den Mund montiert worden und der hässliche kleine Zwerg, dessen Namen ich aus Solidarität gegenüber Johanna nie wieder aussprechen sollte, hatte sie den ganzen Tag verfolgt und lauthals ausgelacht. Die Demütigung wog so schwer, dass sie noch in der Nacht versucht hatte, die »Schneekette« aus ihrem Mund zu entfernen. Daniel und mir war schier das Herz zerbrochen, sie so leiden zu sehen, zumal jeder Versuch, sie dazu zu bewegen, darüber zu reden, völlig scheiterte. Bis Daniel sich ein Spiel hatte einfallen lassen, das späterhin ein Ritual in kritischen Familienmomenten werden sollte: Jeder durfte auch das Unangenehmste fragen und um eine Antwort kam man nicht umhin. Es war jedoch erlaubt, zu lügen. Woraufhin man eine Fritte mit extrascharfem Senf essen musste und mit dieser Selbstbestrafung jede Nachfrage ausschloss. Sagte man die Wahrheit, konnte man zwischen Ketchup und Mayo wählen.

Johanna wedelte mit der kalten Fritte vor mir herum. »Du kennst die Regeln.«

»Das ist jetzt nicht der richtige Zeitpunkt.«

»Ihr habt uns beigebracht, dass die Familie über alles geht, du und Papa. Aber mit eurer Heimlichtuerei habt *ihr* sie zerstört. Ich finde, du schuldest uns das.«

Um Marc besser sehen zu können, drehte ich mich im Sitz. Er unterstützte seine Schwester mit beinahe kreisrunden Augen.

Ich streckte die Hand aus, konnte mich aber nicht entschließen, die Fritte zu nehmen.

»Ich weiß nicht, was noch passieren wird. Aber es wird garantiert einfacher ohne das Nörgeln und Zögern und Quengeln deiner Kinder.«

»Das ist Erpressung, Johanna.«

»Wir fordern nur unsere Rechte ein.«

Ich massierte mir die Nasenwurzel. Es gab diese Momente, in denen ich uneins mit mir selbst war, ob eine deutlich autoritärere Erziehung, wie ich sie genossen hatte, nicht zweckdienlicher gewesen wäre, und in denen ich all diejenigen, die riefen: »Macht eure Kinder stark!«, gern zum Teufel gewünscht hätte.

Widerwillig nahm ich die Fritte und deutete mit dem kleinen Finger auf das Dipschälchen mit dem goldfarbenen Inhalt auf der Mittelarmlehne. »Das sieht nicht sonderlich scharf aus.«

»Senf gab's nicht. Das ist süßsaure Soße mit elf Tütchen

Salz drin.« Johanna zog die Lippen nach innen. Sie hatte die Mischung offensichtlich schon probiert.

»Also los«, ächzte ich.

Johanna und Marc stupsten sich die erste Frage zu wie zwei Seehunde einen Ball auf ihren Nasen, bis sie schließlich aus Marc herausplatzte: »Hast du die Wahrheit gesagt, dass Papa nicht tot ist?«

»Ich weigere mich, das zu glauben.« Entschieden tunkte ich in die Mayonnaise und biss ab.

Johannas Augen wurden zu schmalen Schlitzen. »Das beantwortet die Frage nicht.«

»Ich würde es spüren. Das kann man nicht erklären.« Wieder tunkte ich in die Mayonnaise. »Ich glaube, dass Papa einen Plan hatte, der in letzter Sekunde durchkreuzt wurde. Aber ich bin felsenfest davon überzeugt, dass er am Entenfang auf uns wartet.« Ich kaute besonders deutlich.

Marc zog sich mit einem Ruck zwischen die Vordersitzlehnen. »Ist Papa ein Verbrecher?«

»Er wusste nicht, worauf er sich einließ.«

»Das ist schon wieder keine Antwort.« Johanna hielt mir das Süßsauer-Salz-Schälchen hin.

Ich atmete durch. Der Satz blieb mir fast im Hals stecken und klang entsprechend kratzig, als ich die nächste Fritte in die Dipmixtur tunkte. »Ich weiß es nicht.«

Es schmeckte furchtbar. Die Salzkörner knirschten zwischen meinen Zähnen. Es brannte im Rachen. Ich griff nach der Wasserflasche im Getränkehalter, spülte mir den Mund aus, spuckte alles aus dem Fenster und räusperte mich.

Johanna stellte das Schälchen ganz langsam wieder ab. Sie verzog die Mundwinkel. Sie hatte eindeutig verstanden, dass ich ihnen ausgewichen war, weil ich nicht aussprechen wollte, was ich dachte. »Gut, nehmen wir nur mal einfach so an, er wäre ein Verbrecher. Trotzdem verlangst du von uns –«

»Er hat es für uns getan«, fiel ich Johanna ins Wort. »Bevor er wusste, was überhaupt gespielt wird. Davon bin ich fest überzeugt und deswegen gilt, dass wir niemanden in der Familie hängen lassen.«

Ich erzählte ihnen von den Plänen, die Auer mit Daniel gehabt hatte. Nachdem sie mir gegenüber bezweifelt hatte, dass Daniel noch leben würde, und ich ihr vorgeworfen hatte, dann an seinem möglichen Tod Mitschuld zu tragen, hatte sie mir offenbart, dass Daniel für eine Aussage über die illegalen Machenschaften, in die er sich selbst mit hineinmanövriert hatte, mit den Vorteilen der Kronzeugenregelung belohnt worden wäre. Möglicherweise wäre er sogar völlig straffrei davongekommen. Für sie war daher die Tatsache, dass er keine Aussage gemacht hatte und stattdessen verschwunden war, ein Indiz, dass er nicht mehr lebte. Für mich war das Ganze noch mehr Grund, Daniel nicht aufzugeben.

Über die Rathaus-Komplikation, wie ich sie mittlerweile nannte, schwieg ich. Wenn ich deswegen wütend und enttäuscht war, wollte ich gerade vielleicht auch einfach nicht sehen, was Daniel womöglich bewusst getan hatte? Ich wollte, dass er sich maximal schuldlos schuldig gemacht hatte. Dass man ihn gezwungen hatte, Peter und dadurch auch mich hinzuhängen. Nicht mal so sehr meinetwegen. Ich fürchtete mich vielmehr davor, wie Johanna und Marc es verkraften würden, Kinder eines Verbrechers und Betrügers zu sein. Auch wenn diese Denkweise mein Handeln irrational machte.

»Vertraust du dieser Auer?«, fragte ich Johanna.

Sie atmete ein. Aber die Antwort ließ zunächst auf sich warten. Bis sie schließlich alle Luft wieder ausblies. »Keine Ahnung.«

Es war kein Nein. Aber auch kein Ja. Vermutlich stritten gerade Herz und Verstand.

Ich raschelte mit der Papiertüte. Johanna nahm sich eine

Fritte heraus, tunkte sie in den salzigen Dip und zögerte. Dann entsorgte sie sie in einer Serviette, griff sich eine neue und zog sie durch die Mayonnaise. Anschließend aß sie sichtlich erleichtert. »Ich sollte nicht. Aber irgendwie tue ich es doch.«

»Ich nicht.« Ich schüttelte den Kopf. »Zumindest, was ihre Ambitionen angeht. Aber wenn es stimmt, was sie sagt, dass euer Vater den Schaden, den er angerichtet hat, wiedergutmachen will, dann dürfen wir ihn nicht alleinlassen.«

Johanna und Marc blickten sich an, als könnten sie Gedanken austauschen. Johanna zuckte kurz mit den blanken Augenbrauen. Marc rümpfte die Nase.

»Fliegen wir dann nicht nach Australien?«, fragte er.

»Ich weiß es noch nicht«, antwortete ich und starrte in zwei abwartende Mienen. »Was?«

Marc langte zwischen uns hindurch und schnippte gegen die Papiertüte.

Ich nahm eine Fritte und tunkte sie in Mayonnaise, bevor ich sie mir in den Mund stopfte. »Zufrieden? – Aber wenn das der einzige Ort ist, an dem wir drei in Sicherheit sind, dann womöglich ja.«

Offenbar kamen die beiden überein, eine Schweigeminute einzulegen. Marc beobachtete Johanna und wartete sichtlich auf eine Reaktion von ihr. Aber Johanna betrachtete nur die Regenschlieren auf der Windschutzscheibe.

»Ich weiß, dass das zum Teil verrückt klingt«, setzte ich überfordert an, wurde aber sofort von Johanna unterbrochen.

»Wusste Papa das schon, als er mit uns die Pässe machen war?«

***

Ich wusste gar nicht, dass mein Mann meine Unterschrift derart gut beherrscht. Rund ein halbes Jahr vorher hatte er mit einer gefälschten Vollmacht Reisepässe für die Kinder beantragt. Er hatte den Kindern – und das äußerst erfolgreich! – eingebläut, mir ja nichts davon zu verraten, weil es zu den Vorbereitungen einer Reise gehöre, mit der er mich überraschen wolle.

Surprise, surprise …

Natürlich war mir der Zynismus nicht entgangen. Ich hätte schreien können vor Wut. Andererseits aber hatte ich eine Entscheidung getroffen. Und es wird behauptet, dass ich so wenig von etwas abzubringen bin, wie eine Lawine immer nach unten abgeht.

Okay … Daniel hat das behauptet. Während eines Skiurlaubs, als ich mir eingebildet hatte, auch noch den fünften Hüttentee zu vertragen. Trotz Medis gegen Erkältung.

Gott, hatte ich danach eine furchtbare Nacht gehabt.

Wie auch immer, ich war jedenfalls nicht bereit, meine Entscheidung erneut zu hinterfragen. Ich hielt dieses Hin und Her nicht mehr aus. Ich hämmerte den weiteren Beleg seines Betrugs ans Schwarze Brett seiner Verfehlungen und verpackte meine Wut vorerst wie einen Springteufel in einer schönen bunten Schachtel.

Ich denke, ich ahnte bereits, dass ich die ihr innewohnende Kraft noch brauchen würde, als ich zu dem einzigen Ort fuhr, an dem wir damals nicht auftauchen sollten. Nach Hause.

***

Die Fontäne spritzte bis aufs Dach des Wagens am Straßenrand. Der Regen hatte abgenommen und nadelte nur noch in die Frontscheibe, aber auf dem nassen Asphalt hatte ich nicht erkannt, wie tief die Pfütze war, und war einfach durchgerauscht.

»Wow«, staunte Marc aus dem hinteren Seitenfenster.

»Pfütze: eins – Eva: null«, kommentierte Johanna.

»Hab ja nur ein Auto getroffen«, tat ich es ab und erfreute mich an Johannas zartsüffisantem Lächeln, bevor wir wieder ins Schweigen gerieten.

Ich hatte ihnen zwar nicht beantworten können, ob ich wirklich bereit war, mit ihnen nach Australien zu flüchten. Aber wenn ich zumindest die Möglichkeit bewahren wollte, brauchten wir die Pässe der Kinder, die Daniel in Johannas Obhut hinterlassen hatte. Daher musste unsere kleine Odyssee zwangsweise an unserem Haus vorbeiführen.

Das Wahrheit-Lüge-Spiel hatte immerhin die Eisblumen auf unserem Familien-Teilporträt schmelzen lassen. Als ich Musik eingeschaltet hatte, war für einen kurzen Moment sogar so etwas wie Normalität eingekehrt. Auch wenn sie sich nur im Zank zwischen den Kindern über die Playlist geäußert hatte, als Johanna ihr Handy mit dem Radio verbunden hatte. Der Moment war sofort verflogen, als die beiden mir die Erleichterung an einem kurzen Schmunzeln angesehen hatten. Er war nicht lang gewesen, aber es hatte mir genügt. Ich hatte auch geglaubt, auf Johannas Gesicht eine ähnliche Empfindung wie die meine abzulesen, als ich die Musik, wie ich es sonst auch getan hätte, schlicht abgeschaltet hatte.

Ich bremste den Wagen vor der Bodenschwelle runter, hinter der fünfhundert Meter weiter unsere Straße abzweigte. Das Auto hob und senkte sich.

»Bodenschwelle: null – Eva: eins«, konstatierte ich und lachte kurz auf Johannas gespieltes Schnarchen hin.

»Licht aus«, kam es gleichzeitig von der Rückbank.

Meine Hand zuckte unwillkürlich zur dunklen Deckenleuchte.

»Die Scheinwerfer! So machen sie das auch immer im Film, wenn sie nicht auffallen wollen.«

»Sag mal, was für Filme guckst du eigentlich?«, fragte ich nach einer kurzen Denkpause. Ich dachte an den gestrigen

Morgen, als Marc ausführlich ein CSI-Szenario beschrieben hatte, nachdem ich ihn hatte glauben lassen, dass Daniel das Auto gestohlen worden war.

Jeder Fremde, der Marc im Rückspiegel gesehen hätte, wäre zu der Überzeugung gelangt, dass er kein Wässerchen trüben konnte.

»Wir hatten Regeln, was Fernsehen angeht. Wie kommst du an solche Filme?«

Marc stupste Johanna wiederholt an der Schulter, bis sie nach seinen Fingern schlug und sie nur knapp verfehlte. »Ich hab ihn das sehen lassen«, gab sie zu.

»Wie kannst du nur?«

»Reg dich ab. Ist doch grad total unwichtig.«

»Sie hat's mich gucken lassen, wenn sie zu Alina ist. Damit ich nicht petze.«

Johanna stöhnte auf und schlug beide Hände vors Gesicht. »Danke schön!«

Alina war Johannas beste Freundin, die in der Parallelstraße wohnte. Ich nahm an, dass Marc die wenigen Abende meinte, an denen Johanna das Brudersitting übernommen hatte.

»Also wirklich ...« Ich reduzierte meinen Vorwurf auf zwei Worte und bog in unsere Straße ein.

»Das Li-icht«, mahnte Marc erneut.

»Schatz, hör auf damit«, bat ich ihn.

»Aber da vorne ist das SUV!« Sein Zeigefinger wedelte gleich neben mir.

»Welches ...«, setzte ich noch an, obwohl es kaum einen Zweifel darüber gab, welches SUV er meinen konnte, und entdeckte es gleich darauf selbst. Das schwarze Ungetüm, das uns gestern verfolgt hatte, reckte seine Schnauze zwischen den parkenden Fahrzeugen schräg gegenüber unserem Haus hervor.

Marc tauchte unter die Fensterlinie ab, während Johanna mich irritiert ansah. »Sind das diese Penner?«

»Ich fürchte«, antwortete ich gerade laut genug, um das Pochen meines Herzens zu übertönen, und visierte die Querstraße an, die kurz vor unserem Haus abzweigte. Der Wagen ruckelte, weil mein Fuß auf dem Gaspedal zitterte. Ich spannte alle Muskeln an, bis sich ein nahender Krampf in meiner Fußsohle bemerkbar machte. Ich verbrauchte alle Beherrschung, um die PS unter der Haube nicht ungezügelt loszulassen, und irgendwie schaffte ich es in die Querstraße. Aber unauffällig ging definitiv anders.

»Folgen sie uns?« Johannas Stimme vibrierte.

»Ich glaube nicht.« Dennoch ließ ich den Rückspiegel nicht aus den Augen, bis ich erneut abbiegen konnte.

»Was machen wir jetzt?« Auch in Marcs Tonlage mischte sich kaum zu überhörende Ängstlichkeit.

Ich drückte das Gaspedal durch. »Wir müssen hier weg.«

»Nein!« Johanna machte eine Geste, die mir bedeuten sollte, das Tempo zu drosseln. »Halt da vorne bei Alina.«

Minuten später schnarrte Alinas Stimme aus Johannas Smartphone. »Ey, deine Mutter ist, glaub ich, krass sauer auf dich.«

»Wann nicht?« Johanna gab sich so normal wie möglich, während sie das Gerät vor ihren Mund hielt wie ein Pizzastück vor dem Abbeißen.

Wir standen mit dem Wagen vor dem Grundstück von Alina Buschkowskis Eltern, das als einziges im Viertel von hohen Mauern umgeben und nur durch ein schmiedeeisernes Tor aus den Glanzzeiten des Stahls zu betreten war. Johanna hatte gestanden, dass sie einen Schleichweg auf der Rückseite kannte, der zwischen mehreren Gärten hindurchführte, welche Buschkowskis Grundstück mit unserem verbanden. Nicht nur während des Brudersittings, sondern auch ab und an, wenn wir sie längst im Bett wähnten, war sie darüber zu ihrer Freundin ausgebüxt.

Ich ersparte uns jedweden Kommentar zum Thema Heimlichkeiten und lauschte stattdessen, wie Johanna Alina versprach, ihr alles am nächsten Tag in der Schule zu erzählen, und sie bat, kurz das Tor zu öffnen, damit sie durchschlüpfen und sich zu unserem Haus durchschlagen konnte.

»Wo finde ich die Pässe?«, fragte ich Johanna, kaum dass sie aufgelegt hatte.

Sie schnallte sich ab und langte nach dem Türöffner. »Ich komme mit.«

»Das ist zu gefährlich. Und es muss jemand bei deinem Bruder bleiben.«

»Ich kann auch mitkommen.« Marc befreite sich umgehend aus seinem Kindersitz.

Ich streckte die Finger und betrachtete meine Hände, als hätte ich mir gerade die Nägel lackiert. »Können wir irgendwann an den Punkt zurückkehren, an dem wir diese Eltern-Kinder-Sache machen? Ihr tut einfach mal, was ich sage, weil ich einen guten Grund dafür habe, den ihr nicht kennt?«

Johanna imitierte übertrieben meine Geste. »Und können wir vielleicht einwenden, dass wir, wenn diese Typen uns hier entdecken, etwas sind, das man, nur ganz allgemein gesprochen, in etwa so nennt: total am Arsch.«

Ich hätte ihr gern widersprochen. Schon aus Prinzip und um mich durchzusetzen. Aber es stimmte. Kämen die Entführer auf die Idee, dass wir uns über die Rückseite des Grundstücks Zugang zum Haus verschaffen könnten, würden sie die Neben- und Seitenstraßen checken und die Kinder in einem Präsentierkorb ohne Cellophan und Schleifchen vorfinden.

»Wie gut ist Buschkowskis Tor gesichert?«, fragte ich Johanna.

»Wenn jemand so reinkommen will, ist im Garten richtig Kirmes.«

An Johannas Mimik konnte ich erkennen, dass es sich dabei nicht nur um Hörensagen handelte.

»Okay.« Ich gab Marc mit einer Geste zu verstehen, dass er sich abschnallen sollte. »Dann versteckt euch auf der anderen Seite und wartet auf mich, bis ich wieder da bin. – Diskussionslos bitte!«, fügte ich hinzu, bevor Johanna der nächste kluge Einwand einfallen würde, und ließ mir auf dem Weg zum Tor erklären, wo sie die Pässe verborgen hielt.

Johanna sandte Alina eine Nachricht per WhatsApp und die Leuchtdiode an einem Kästchen im Torrahmen sprang von Rot auf Grün. Gleichzeitig ging die indirekte Bodenbeleuchtung auf dem endlos langen Kiesweg zum Haus an. Um Lärm zu vermeiden, legte ich beide Hände ums Schloss, bevor ich das Tor aufdrückte. Dann wies ich Johanna und Marc an, sich außer Sichtweite der Straße hinter der Mauer zu verstecken.

Johanna streckte die Arme seitlich aus. »Du musst mindestens so weit vom Rand wegbleiben. Da ist ein Streifen, den die Bewegungsmelder wegen dem Wachhund nicht abdecken.«

»Welcher Wachhund?«

»Ein Rottweiler.« Johanna legte eine kurze Pause ein. »Den gibt's aber schon lange nicht mehr. Nur noch das Drahtseil, an dem die Leine geführt wurde. Bleib einfach darunter.«

»Na toll.« Ich sah nach oben, wo sich aber kein Seil unter dem dunklen Wolkenhimmel abzeichnete. »Sonst noch was, das ich wissen muss?«

»Die Webers – diese Seite das dritte Grundstück – haben einen neuen Dackel, der sich gern unterm Zaun durchgräbt. Ist aber nicht gefährlich, nur dämlich und notgeil.«

»Was ist ›notgeil‹?«, fragte Marc prompt.

»Ein anderes Wort für hungrig«, antwortete ich schnell, weil mir spontan einfach nichts Besseres einfiel. »Das benutzen wir aber nicht.«

Schon auf halbem Weg gab die Imprägnierung meiner Schuhe auf und jeder Tropfen Regen breitete sich kalt auf meiner Haut aus, sobald ich ihn von dem knöchelhohen Gras abgestreift hatte. Meine Schritte schmatzten auf dem glitschigen Boden. Anfänglich konnte ich den von Johanna beschriebenen Grundstücksrand in Form einer efeubewachsenen Wand noch im Restschimmer der Kieswegbeleuchtung erkennen, doch auch dieser verlor sich alsbald in der Finsternis. Mir blieb nur das Erspüren der unheimlichen Kälte, die von der Mauer ausging, um mich zu orientieren, bis sich vor mir ein kleiner Schuppen abzeichnete.

Ich tastete mich an der glatten Lackierung der Holzwände entlang bis in die Ecke des Grundstücks, ging auf alle viere und kroch durch ein Loch in der Hecke, das es vermutlich nur noch aufgrund des regen Durchgangsverkehrs zweier Dreizehnjähriger gab. Ein Zweig verfing sich in meinem Haar und riss mir fast eine Strähne raus. Ich befreite sie mit lehmigen Fingern, woraufhin sie mir dreckschwer an den Hinterkopf klatschte. Weniger als eine Handbreit neben mir raschelte es und meine Gänsehaut jagte mich strampelnd vorwärts, bis ich mich endlich auf einem Trampelpfad wiederaufrichten konnte. Gleich darauf huschte ein hamstergroßer Schatten an meinen Füßen vorbei und ich unterdrückte einen Aufschrei mit dem Gedanken, dass es wirklich nur ein Hamster gewesen sein konnte.

Ein großer Hamster.

Geziert mit einem langen nackten Schwanz.

Mit einem ehrlichen Hoch auf deutsche Gründlichkeit schob ich mich den millimetergenau geschnittenen schmalen Gang zwischen weiteren Hecken hindurch. Hier und da glimmerte Licht durch Rollladenritzen. Die Straßenlaternen jenseits der Häuserreihen zeichneten die dunklen Einfamiliengiebel in den Nachthimmel. Unterwegs hörte ich leises Knurren und Graben und beeilte mich, weiterzukommen, bis der Pfad in Geäst und Zweigen endete.

Ich zwängte mich in den dahinterliegenden Garten, der

umgehend in Flutlicht getaucht wurde, und überwand noch eine hüfthohe Hecke, bis ich endlich hinter der Garage ankam, die wir zu Daniels Agentur umgebaut hatten.

Ich machte mich klein und wollte mich zur nächsten Garagenecke vorschleichen, bis ich die Tür auf der Rückseite ertastete. Von drinnen würde ich durch die Fensterfront den gesamten Garten und auch die Einfahrt überblicken können. Also änderte ich meine Route ein wenig und schloss leise die Tür auf. Im Büro stolperte ich über den Karton, in dem ich meinen reparierten Walkman gefunden hatte, und erstarrte. Lauschte, ob sich draußen, aufgeschreckt durch mein Poltern, etwas tat.

Ich blickte durch die bodentiefen Fenster. Durch die Einfahrt zwischen den Häusern schimmerte Straßenlicht. Genug, dass ich erkennen konnte, dass der Weg frei war. Das SUV musste so geparkt haben, dass ich es nicht sehen konnte.

Aber das bedeutete auch, dass sie mich ebenso wenig sehen konnten.

Ich ging zur Vordertür und schloss auf. Dann, ohne sagen zu können, warum, ging ich zurück zum Karton, holte den Walkman heraus und steckte ihn ein. Anschließend schlich ich mich durch den Garten in Richtung des Kellereingangs unseres Hauses.

Ich erschrak, als ich unweit hinter mir ein hohes, kehliges Kläffen vernahm. Ich rannte die restliche Strecke, sprang die fünf Stufen zur Kellertür hinab, fummelte meine Schlüssel aus der Tasche, verlor sie, fing sie in der Luft, suchte im Dunklen den passenden Schlüssel, hörte das Kläffen näher kommen, fand den Schlüssel, schloss auf, schlüpfte durch einen schmalen Spalt hinein, drückte die Tür wieder zu, presste meinen Rücken dagegen – und vernahm den dumpfen Schlag eines dagegenprallenden kleinen Körpers.

»Schhh!«, zischte ich nach draußen. »Aus!«

Aber der Dackel hatte sich offenbar einiges vorgenommen. Seine Krallen kratzten fiebrig auf dem Beton.

Vorsichtig schob ich den Schlüssel wieder ins Schloss, als Licht durch das Fenster unter der Decke drang. Die Strahler in der Durchfahrt waren angegangen.

Gleich darauf vernahm ich Schritte.

Der Dackel ließ von mir ab. Schnaubte die Nase frei von meinem Geruch. Rannte die Treppe hoch. Dann folgte ein russisch klingender Fluch, ein Jaulen, hämisches Gelächter und plötzlich war alles still.

Ich presste ein Ohr an die Tür, hörte aber nur das Rauschen meines Bluts.

Der Schein im Kellerfenster erlosch. Vorsichtig führte ich meine Finger wieder zum Schlüssel, wagte aber nicht, ihn auch umzudrehen. Schon vor Wochen hatte ich mir vorgenommen, das Schloss zu ölen. Es quietschte, wenn man abschloss, und der Riegel sprang nur mit lautem Klacken heraus.

Die Schritte kamen näher.

Die Treppe runter.

Mein Herz schlug so laut, dass mich auf einem Volksfest jeder mit geschlossenen Augen gefunden hätte. Ich schluckte trocken und hatte das Gefühl, meine Zunge nicht mehr aus meinem Hals zu bekommen. Würgte und konnte das dazugehörige Husten kaum noch unterdrücken.

Dann wurde die Klinke nach unten gedrückt und an der Tür gerüttelt.

***

Es ist unvorstellbar, wie viele Gedanken einem in einer solchen Situation gleichzeitig durch den Kopf schießen. So als säße man in einem Kino mit mehreren Leinwänden.

Auf Leinwand eins reicht ein starker Ruck gegen die Tür und ich fliege rücklings in die Waschküche. Werde an den Haaren gepackt, durch den Garten auf die Straße gezerrt und ins SUV geworfen. Mit nichts als dem Flehen auf den Lippen, meine Kinder zu verschonen.

Auf Leinwand zwei schnappe ich mir den Spaten, der grundsätzlich nie weggeräumt ist und lehmig neben dem Eingang steht, reiße die Tür auf, ziehe dem Fremden den Spaten über, ramme ihn aus dem Weg, renne Richtung ehemaliger Garage, werde von einem harten Gegenstand getroffen und gehe zu Boden. Werde an den Haaren gepackt, durch den Garten auf die Straße gezerrt und ins SUV geworfen. Mit nichts als dem Flehen auf den Lippen, meine Kinder zu verschonen.

Auf Leinwand drei lasse ich von der Tür ab, rase durchs Haus in die Küche, schnappe mir das lange Messer von der Magnetleiste an der Wand neben dem Herd, schaffe es, meinen Angreifer am Arm zu verletzen, werde aber letztlich doch an den Haaren durch die Vordertür gezerrt und ins SUV geworfen, mit nichts als dem Flehen auf den Lippen, meine Kinder zu verschonen.

***

Der schlaffe Dackelkörper landete unsanft im Kofferraum des SUVs. Mein unfreiwilliger Helfer hatte mit seinem Leben bezahlt. Ich hatte mich gegen die Kellertür gestemmt und das erste Rütteln ausgehalten, als er sich laut bellend erneut auf den Fremden in grüner Bomberjacke und Jeans gestürzt hatte. Doch diesmal war sein Jaulen nach den russischen Flüchen nicht nur einfach verstummt. Es war abgerissen. Ich verstand, wieso, als ich hinter der Gardine im Fenster auf dem Treppenabsatz zum ersten Stock mitansehen konnte, wie unnatürlich abgeknickt sein Kopf war.

Genickbruch.

Das konnte sogar ich erkennen.

Der geschorene Barbar, der schon Marc ins SUV hatte zerren wollen, schlug die Heckklappe zu, ging zum Seitenfenster und diskutierte mit jemandem, den ich nicht sehen konnte. Mehrfach deutete er durch die Einfahrt in den Garten, zuckte mit den Schultern und machte schließlich eine wegwerfende Handbewegung. Er bekam etwas an den Kopf, das nach einer zerknüllten Bäckertüte aussah, und blieb zurück, als das SUV davonfuhr.

Er zündete sich eine Zigarette an, schnippte sie aber gleich dem SUV hinterher, bevor er auf die andere Straßenseite wechselte und die Beifahrertür an einem zweiten parkenden Wagen öffnete, den ich zur Abwechslung sogar mal benennen konnte. Ein 3er BMW. Oder 5er. Auf jeden Fall eine Limousine.

Der Mann legte beide Arme aufs Dach und sein Kopf tauchte dazwischen ab. Ich versuchte zu erkennen, wer noch im Wagen saß, und schob meine Nase tief in die Gardine. Wich aber umgehend zurück, als der Barbar seinen Kopf wieder hob und direkt in meine Richtung blickte.

Meine Halsschlagader pochte notarztreif, während ich mich langsam zurückzog, bis ich den Rand einer Stufe unter meinem Fuß erfühlen konnte. Ich griff nach dem Geländer neben meiner Hüfte.

Der Barbar starrte – und ich wartete.

Fixierte ihn.

Wagte nicht, mich auch nur einen Millimeter weiterzubewegen, um mich nicht zu verraten.

Wagte nicht einmal zu atmen.

Dafür schien das Haus zum Leben erweckt. Der Kühlschrank in der Küche sprang an und jagte Bläschen durch seinen Kühlkreislauf. Die Wanduhr in meinem Arbeitszimmer im ersten Stock zählte die Sekunden. Mit dem auffrischenden Wind, der die Äste der Bäume vor dem Fenster beugte, klapperte die Tür zum Gäste-WC im Erdgeschoss.

Dann endlich verschwand der Kopf des Barbaren wieder im Wagen und mir wurde schwindelig, als ich ausatmete.

Als Gespenst im eigenen Haus schlich ich die Treppe hoch und den Flur entlang in Johannas Zimmer, immer vorsichtig einen Fuß vor den anderen setzend, damit ich nicht wieder gegen etwas trat, das mich möglicherweise verriet. Wie Johannas Konzertgitarre, die sie achtlos im Flur gleich neben der Kellertür hatte stehen lassen und die ich umgestoßen und gerade so hatte auffangen können, bevor sie auf dem Fliesenboden auftreffen und wie ein modernes Infernalorchester ertönen konnte.

Ich öffnete die unterste Schublade des Schreibtischs und gab mir Mühe, das Allerheiligste darin zu ignorieren. Dann widmete ich mich dem Standfuß des Containers – darin war ein Hohlraum, den Johanna als Geheimfach benutzte –, ertastete zwei Pappheftchen und zog sie heraus.

In einem der anderen Gärten leuchteten Scheinwerfer auf. Ich wechselte ans Fenster und nutzte das spärliche Licht der Flutlichtanlage, die ich zuvor schon passiert hatte, um die glänzenden Bundesadler und die Aufschrift *Kinderreisepass* zu entziffern, bevor ich die Ausweise einsteckte.

Ich wusste, dass ich mich schnellstmöglich wieder auf den Rückweg machen sollte. Aber ich konnte mich eines sentimentalen Anflugs nicht erwehren, als ich verstand, dass dies womöglich mein letzter Moment im Monument eines perfekten Lebens war, an das ich geglaubt hatte. Das ich so akribisch und voller Herzblut mit aufgebaut hatte. Und um das ich hinterhältig betrogen worden war.

Auf Johannas Bett harrte der Korb mit frischer Wäsche, der vor vier Tagen den Weg vor ihre Zimmertür gefunden hatte. Den ich später auf ihrem Schreibtisch platziert hatte und gestern Morgen letztlich auf dem Bett, mit einer kurzen Tirade über Ordnung und häusliche Pflichten und das Sicheinbringen in die Familie.

Das Bild verschwamm und ich wischte mit einem Ärmel meine Augen trocken.

War ich bislang nur hektisch von einer Gemeinheit zur nächsten Hinterhältigkeit getrieben worden und hatte ich bislang nur versucht, mich und meine Kinder durch alle möglichen Gefahren zu lavieren, wurde mir nun mit Macht die Bedeutung meines Verlusts bewusst. Sie schlug mir mit voller Wucht auf die Brust. Jagte Nägel durch die Adern in Armen und Beinen.

Ich stützte mich auf die Fensterbank. Und während ich noch nach Atem rang und kurz bevor die Strahler im fremden Garten wieder ausgingen, erkannte ich zwei kleine Gestalten, die von der Garage zur Kellertür rannten.

In derselben Sekunde ertönte ein chaotisches Gitarrenkonzert aus dem Erdgeschoss.

»Wo willst du hin?« Der Barbar erwischte mein Handgelenk und im nächsten Moment rauschte ich an ihm vorbei die Flurtreppe runter. Ich stolperte auf der letzten Stufe, segelte mit den Armen voraus zu Boden und rutschte über die Fliesen bis in den Rahmen der Küchentür.

Mein Stöhnen blieb mir im Hals stecken, während sich eine Flutwelle an Schmerz durch meinen Körper fraß.

Ich hatte sofort verstanden, dass das Scheppern der Gitarre im Stockwerk unter mir nur bedeuten konnte, dass jemand im Haus war. Anstatt das Fenster in Johannas Zimmer aufzureißen und meine Kinder zu warnen, womit ich sie gleichzeitig verraten hätte, hatte ich laut schreiend den Flur und das Treppenhaus in der Hoffnung gestürmt, dass meine Rufe Johanna und Marc davon abhalten würden, aus dem Keller zu kommen, und dass ich die Aufmerksamkeit des Barbaren allein auf mich lenken würde. Bis ich ihm auf der Treppe praktisch in die Arme gelaufen war.

Ich glaubte ein fahles Gesicht im offenen Spalt der Kellertür zu entdecken, mahnte es: »Weg! Weg!«, und schob mich mühsam in die Küche. Ein grobstolliger Absatz traf mich im Schritt und mich packte die Panik, mein Schambein könnte in Millionen Stücke gesprengt worden sein und ein armdicker Spieß sich durch meinen Bauch und das Herz bis in meinen Hals gerammt haben. Noch während ich mich auf dem Boden krümmte und meine Hände meinen Körper abtasteten, packte mich der Barbar im Rücken an meiner Jacke, hievte mich auf die Beine und presste mich mit seinem vollen Gewicht auf den Küchentresen.

Mit einem »Jaaa« schraubte er meine Hand zwischen seinen Fingern fest und schob sie meine Seite entlang. »Fass dich an. Du weißt, was mir gefällt.« Er lachte mir direkt ins Ohr. Dann ließ er mich los, erhob sich von mir und rammte mir seine Faust direkt in die Nieren. Sie traf mich wie ein Messer. Mein Atem stockte. Mir wurde schwarz vor Augen.

Der bringt dich um, blitzte die Erkenntnis in mir auf und ich hoffte, dass meine Kinder meine Worte richtig interpretierten: »Weg! Weg!«

»Ich geh nicht weg.« Der Mann kam wieder auf mir zum Liegen. »Wegen dir hab ich Mascha seit ewig nicht gesehen. Meine Mascha. Kleine, süße Mascha.« Seine rauen Hände strichen mein Haar vom Ohr. »Willst du kleine Mascha sein? Dein Arsch ist wie ihrer!«

»Bitte nicht«, ächzte ich lediglich, während er mit seinem Becken eindeutige Stöße gegen mich richtete.

Er lachte erneut und im nächsten Moment wurde ich in die Luft gerissen und rücklings gegen die Wand geschleudert. Meine Schläfe verfehlte nur knapp den Heizungsregler.

»Wo hast du Kinder?« Er ging vor mir in die Hocke und zog aus dem Hosenbund in seinem Rücken eine Pistole.

»Weg«, bekam ich lediglich heraus.

»Weg. Weg. Weg. – Du und Scheißmann. Nichts als Lügen. Wo sind sie?«

Ich musste Zeit schinden. Ich hoffte, flehte innerlich, dass Johanna und Marc meine Anweisung, zu verschwinden, befolgten. Ich wartete darauf, dass das Flutlicht den Weg in die dunkle Küche fand, als Zeichen, dass die beiden entkommen waren. »Sie kennen meinen Mann? Wo ist er?«

Der Barbar lachte künstlich und fuchtelte mit seiner Waffe vor meinem Gesicht herum. »Oh, ihr seht euch schon bald wieder. Ich schwöre.«

»Bitte! Ich weiß nicht, was Sie von ihm wollen. Ich weiß nicht mal, wo er ist. Ich weiß überhaupt nichts.« Eigentlich musste das Flutlicht langsam angehen, wenn mein Zeitgefühl noch einigermaßen richtiglag.

»Kleines Täubchen. Weißt du nix …« Er setzte den Pistolenlauf genau auf meine linke Brust und tatschte mir mit der anderen Hand immer wieder an den Kopf. »Da ist irgendwo drin, was ich wissen will. Werd ich aufschneiden. Stück für Stück. Und rausholen. Kinder?«

»Sie sind weggelaufen. Mein Sohn war verstört nach dem, was Sie ihm gestern antun wollten. Die Entführung. Meine Tochter ist sauer auf mich, weil sie denkt, ich hätte die Familie zerstört. Sie hat ihren Bruder mitgenommen. Ich weiß nicht, wohin.«

»Du lügst!« Er griff mir brutal in den stechenden und pochenden Schritt. Anschließend hielt er sich die Hand vors Gesicht und beschnüffelte seine Finger. »Ich kann riechen. Ich kann immer riechen, ob lügen.«

Warum nur ging dieses verdammte Flutlicht nicht an?

»Du willst das?« Ich änderte meine Strategie und fuhr mit dem Mittelfinger über den Reißverschluss meiner Hose, bis ich den Zipper zu fassen bekam. »Du willst, dass ich deine Freundin bin? Deine Frau? Deine Mischa? Ich bin deine Mischa!«

»MASCHA!« Seine Ohrfeige ließ beinahe mein Trommelfell platzen. »MASCHA IST HURE! DU WILLST SEIN HURE?«

Er packte meine Fußgelenke und riss meine Beine in die Luft, sodass ich an der Wand abrutschte und mein Hinterkopf auf die Heizungsrohre knapp über dem Boden knallte. Das Eisen seiner Pistole bohrte sich in meinen Knöchel. Meine Beine plumpsten wieder zu Boden. Der Barbar zerrte an meiner Hose, bis der Knopf endlich nachgab.

Ich starrte nur an die Decke. Wartete auf den erlösenden Schein aus dem fremden Garten. Versank in mir. Schloss die Augen und riss sie wieder auf vor Angst, nicht mitzubekommen, ob mein bevorstehendes Martyrium meine Kinder begnadigen würde.

Dann hörte ich den vertrauten Schall einer Gitarre, die sich auf dem Boden drehte, weil jemand darübergestolpert war, wie es so ziemlich jedem in der Familie schon einmal passiert war.

Der Barbar zuckte herum – just in dem Moment, in dem ihn ein lehmverklebter Spaten mit voller Wucht im Gesicht traf.

Durch sein Röcheln hörte ich, wie Holz und Metall auf den Boden knallten, und gleich darauf erschien über mir ein fahles, tränenüberströmtes Gesicht mit gemalten Augenbrauen.

Ich fasste Johanna unters Kinn und hob es an. »Hast du mich verstanden? Wie öffnet man dieses Tor?«

Wir hatten es zurück bis auf Buschkowskis Grundstück geschafft. Schon während ich Marc und Johanna mal durch den Heckengang gezogen, mal vor mir hergeschoben und sie ständig mit »Lauft!« oder »Schneller!« traktiert hatte, war mir Johanna in eine Parallelwelt abgeglitten und sie hatte ständig ihre zittrigen Hände angestarrt, als wären sie mit eigenem Willen ausgestattete Transplantate.

»Schatz! Das Tor!« Hektisch strich ich ihr Haar zurück

und bemerkte, dass ihre Kunstbrauen nur noch dunkle, verschmierte Flecken auf ihrer Stirn waren.

Ihr Blick ging einfach durch mich hindurch. »Ich hab ihn umgebracht.«

Tatsächlich hatte der Barbar sich einigermaßen schnell wieder berappelt, nachdem die Überraschung ihn entlassen hatte. Das Blut war ihm nur so aus der Nase geschossen, als er nach der Pistole tastete, die er bei Johannas Angriff verloren hatte. Johanna hatte da schon unter Schock gestanden. Ich hatte sie beiseitegeschoben, mich nach dem Spaten ausgestreckt und im Liegen immer wieder auf den Barbaren eingedroschen, bis er sich nicht mehr bewegt hatte. Danach hatte ich meine schluchzende Tochter vom Boden aufgesammelt und war mit ihr durch den Keller entschwunden, in dem ich noch ein Häufchen Fassungslosigkeit aufgelesen hatte.

»Nein, hast du nicht«, versicherte ich Johanna.

Wenn überhaupt, dann hab ich den Scheißkerl kaltgemacht, dachte ich, sagte es aber nicht. »Aber wir müssen jetzt da durch.« Ich lenkte ihren Blick zum Tor und erhielt nur ein abwesendes Nicken.

»Ich weiß!« Marc stürmte plötzlich auf die Wand los, grub sich dort durch einen Efeuvorhang, musste sich ordentlich recken, um auf ein kleines Kästchen einzuschlagen, und ein Riegel klackte laut. »Kommt!« Marc winkte Johanna und mir, damit wir ihm zum Ausgang folgten.

Willfährig ließ Johanna sich hinter mir herziehen. Erst als ich das Tor packte und daran zog, stieß sie hervor: »Nicht!«

Aber es war bereits zu spät und ich verstand, warum Johanna den Alarm als »Kirmes« bezeichnet hatte. Von überallher leuchteten Strahler das Grundstück bis in den letzten Winkel aus, selbst unter den drei riesigen Tannen, die das Haus beinahe vollständig verdeckten. Dazu blinkten Notfallleuchten rechts und links der Einfahrt. Eine Sirene heulte auf.

Spätestens jetzt also durften der Barbar und sein Kumpan unsere Spur wiedergefunden haben.

»Schnell jetzt!« Ich schob Johanna vor mir her zum Wagen und hievte sie wie ein Kleinkind in den Beifahrersitz. Marc klemmte bereits zwischen den Vordersitzen, nahm mir den Gurt ab und schnallte sie an.

Ich stützte mich kurz auf dem Dach ab. Die Nachwirkungen meiner Misshandlung setzten ein. Das Stechen in meinem Bauch kehrte zurück und ich schluckte gegen die Übelkeit an, die an meinen Kehlkopf klopfte.

Sekunden später stemmte ich mich so tief ins Gaspedal, dass es mich fast aus dem Sitz drückte.

»Was hat Jo?« Marc hatte schon im Heckengang mehrmals gefragt. Zum Glück hatte er den Horror in der Küche nicht miterleben müssen.

»Das wird schon wieder. Mach dir keine Sorgen«, war alles, was ich antworten konnte. »Was hattet ihr überhaupt im Haus verloren? Ich sagte doch, ihr sollt warten.«

»Das hat so lange gedauert. Und dann hat Johanna gesagt, dass du vielleicht in Gefahr bist.«

»Ihr hättet trotzdem nicht nachkommen sollen.«

»Aber Johanna hat auch gesagt, dass wir keinen in der Familie hängen lassen.«

Meine Worte.

Es waren meine verdammten Worte gewesen, die sie veranlasst hatten, mir zu folgen und den Barbaren anzugreifen. Nur deren wegen hatten sie sich in Gefahr gebracht und gleichzeitig verdankte ich womöglich nur ihrem Einschreiten mein Leben.

»Wir haben das doch gut gemacht, oder?«

»Nein.«

Marcs schuldbewusster Blick zu Boden zerriss mich innerlich. Die Wahrheit war, dass ich froh und dankbar war, dass sie nicht auf mich gehört hatten. Aber ich wollte nicht riskieren, dass sie sich erneut derart in Gefahr bringen würden, sollte etwas Ähnliches noch einmal geschehen. Ich wollte, aber ich konnte sie nicht auch noch dafür belohnen.

»Tut das nie wieder!« Ich ergriff Johannas Hand. Sie war eiskalt. Hilflos begann ich, ihre Knöchel zu massieren.

»Aber er hätte dich … Er hätte …« Johanna stammelte sich vermutlich um Begriffe herum wie »vergewaltigt« oder »getötet«.

Ich zog ihre Finger an meinen Mund und küsste sie. »Das ist nicht wichtig. Solange ich weiß, dass es euch gut geht, ist das nicht wichtig.«

Johanna schaute mich an. In der Dunkelheit war es mir unmöglich zu erkennen, ob sie schockiert war oder mir nicht glaubte. Ich konnte nur das Glänzen in ihren Augen sehen, in denen sich Wasser sammelte.

Dass ich achtlos über eine Kreuzung rauschte, bemerkte ich lediglich, weil Scheinwerfer das Wageninnere kurzzeitig taghell ausleuchteten. Trotzdem hielt ich den Fuß auf dem Gaspedal. Auch als die Bodenschwelle am Rand unseres Wohnviertels durchschlug, als wollte sie das Auto in Stücke reißen, und ich mit dem Scheitel gegen den Wagenhimmel prallte.

Der dazugehörige Schmerz im Nacken ließ nicht lange auf sich warten und gesellte sich zu der Übelkeit und dem Gefühl, als arbeitete sich ein Sortiment an Nagelscheren stückchenweise durch meinen Unterleib.

Das Auto, das wir an der Kreuzung passiert hatten, fuhr uns nach. Mein Tacho wies über siebzig km/h in der Dreißigerzone aus, dennoch vergrößerte sich der Abstand zwischen uns und den Scheinwerfern nicht. Auch nicht, als wir an der Radarfalle vorbeirauschten, die ihn mittels Rotblitz vorwarnte.

Ich musste nicht erst eins und eins zusammenzählen, um zu wissen, dass nur der Barbar und sein Kumpan an uns dran sein konnten.

In einer lang gezogenen Rechtskurve verfehlte ich knapp einen Ausparker. Ich riss zweimal am Lenkrad und das Heck schickte sich an, auszubrechen. Millimeterbreit rauschten wir an etwas Schwarzem im Gegenverkehr vorbei, bevor ich uns abfangen und wieder auf Kurs bringen konnte.

»Das war das SUV«, tönte es nervös von hinten.

»*Das* SUV?«, hakte ich nach, als wüsste ich nicht selbst, wovon Marc sprach.

»Mhm.« Die Bestätigung kam prompt.

»Wohin bringst du uns?« Johanna hielt sich mit einer Hand am Griff über der Tür und mit der anderen am Armaturenbrett fest.

»Hauptsache, weg von hier.«

»Du weißt es gar nicht.«

Ich konnte nicht antworten. Mein Unterleib krampfte und ich krümmte mich hinterm Steuer.

Johanna hielt das Lenkrad fest und zeigte auf die herannahende Auffahrt zur A 42. »Da lang.«

Obwohl mich der Schmerz fast betäubte, schaffte ich es, uns auf die Autobahn zu manövrieren, nahm mit wilden Rowdy-Spurwechseln zwischen rollenden Hindernissen wieder Fahrt auf und entdeckte bald im Rückspiegel zwei Nachahmer.

Der kalte Schweiß trat mir auf die Stirn. Ich wollte ihn wegwischen, aber plötzlich setzte die Müdigkeit ein und breitete sich in Wellen in mir aus.

»Wir schaffen es nicht«, stellte Johanna nüchtern fest.

»Sag das nicht.« Mit einem Blick verwies ich sie auf ihren Bruder.

»Franka sagt, dass man manchmal bei einem Kampf keine Schmerzen spürt. Auch danach nicht. Jedenfalls nicht direkt. Bis das Adrenalin nachlässt. Dann setzt der Körper einen schachmatt.«

»Wir lassen keinen in der Familie hängen.« Ich lächelte gequält, obwohl ich deutlich zu spüren bekam, wie recht sie hatte. Ich war keine Hilfe. Ich würde sie nicht beschützen können. Wahrscheinlicher war, dass, wenn uns die Barbaren nicht einholten, ich uns höchstpersönlich umbringen würde. Gefaltet am Heck eines Lkws. Oder als Flipperkugel zwischen den Leitplanken.

Diesmal ergriff Johanna meine Hand. Sie fühlte sich um so vieles stärker an als meine eigene. Insbesondere, als sie meine wieder auf dem Lenkrad platzierte.

Wunderbares, starkes Mädchen, dachte ich, als ich an einem Schild vorbeiraste, das um Verständnis für die Dauerbaustelle zwischen Rheinbrücke Beeckerwerth und Duisburg-Neumühl warb.

»Ich verstehe das nicht«, gab Johanna zu. »Die hätten mich gestern im Bus einkassieren können. Ganz locker. Und bei euch genauso. Wieso jetzt erst? Was ist anders als gestern?« Sie sah mich an und formte tonlos mit ihren Lippen ein einziges Wort: »Papa?«

»Ich weiß es nicht«, flüsterte ich zurück, während mir zwischen den vorbeifliegenden Baustellenbaken die einzige Idee kam, die mir noch aussichtsreich erschien.

Ich raste durch die letzte Bake, bevor eine Leitplanke die befahrbare Spur von der Baustelle trennte. Der Wagen machte einen Satz nach unten und kam hart auf. Splitt und Dreck hagelten gegen den Unterboden. Ich stieg aufs Bremspedal und bekam das Auto neben einem Erdwall zum Stehen.

»Versteckt euch dahinter«, wies ich meine Kinder an und behielt den Verkehr im Spiegel im Auge.

»Und du?«, fragte Johanna.

Ich deutete auf einen Bagger und ein paar Baufahrzeuge einige Hundert Meter voraus. »Ich verstecke den Wagen da und wir treffen uns auf der anderen Seite.« Zeitgleich holte ich mein Handy aus der Tasche und drückte es Johanna in die Hand. »Ruft Tante Ellie an. Sie soll euch abholen.«

»Uns? Nur uns?« Johannas Augen waren kreisrund vor Angst.

»RAUS HIER!«, schrie ich sie an und als meine verschreckten Kinder endlich neben dem Wagen standen, wiederholte ich: »Ruft Ellie an!«

Dann beschleunigte ich so hart, dass es Johanna die Tür aus der Hand riss. Ich schaffte es durch die überstehenden Kanaldeckel hindurch wie durch einen Slalomparcours. Als die Tachonadel sich der neunzig näherte, kostete mich einer der Deckel die Lenkung. Egal, wohin ich wollte, der Wagen fuhr geradeaus. Der nächste zerschlug etwas im Motorraum und alle verfügbaren Warnleuchten sprangen an. Halb bremsend, halb schleudernd, landete ich nur wenige Millimeter neben dem anvisierten Bagger.

Auf der Fahrspur neben mir leuchteten Bremslichter auf, dann bogen zwei Autos in die nächste Baustelleneinfahrt ein und kamen auf mich zu.

Ich blickte noch einmal in den Rückspiegel. Von meinen Kindern war nicht die geringste Spur zu sehen.

Gut!, dachte ich, obwohl ich mir wünschte, ich hätte ihnen etwas Liebevolles mit auf den Weg gegeben, an das sie sich als meine letzten Worte an sie erinnern konnten.

Dann begann ich heillos zu weinen. Ich wusste, ich würde sie nie wiedersehen.

6

Blutgericht

Ich glaube, dass Johanna es verstanden hatte. In dem Moment, als ich sie und Marc aus dem Auto schmiss, ihnen sagte, sie sollen sich verstecken und Ellie informieren. Da wusste sie bereits, dass ich nicht nur vorhatte, das Auto zu verbergen und dann auf einem Umweg wieder zu ihnen zu stoßen.

Vielleicht ging es zu schnell. Oder ich hatte sie zu sehr eingeschüchtert. So oder so, sie konnte gar nicht anders, als zu tun, was ich ihr aufgetragen hatte.

Es ist unfassbar schwer, zu begreifen, dass man seine Kinder nicht beschützen kann. Sie in bester Hoffnung und trotzdem mehr oder weniger aufs Geratewohl allein zu lassen. Irgendwo im Nirgendwo.

Aber ich wusste ja, welches Schicksal mich erwartete. Der Barbar hatte es mir sehr eindrücklich verdeutlicht. Und manchmal ist alles, was man tun kann, die Übermacht an Raubtieren so weit wie möglich von seiner Brut wegzulocken. Auch wenn keine Aussicht besteht, dass man selbst davonkommt.

Jede Minute, die sie brauchen, um das Fleisch von deinen Knochen zu nagen, jeder ihrer Bisse ist eine kleine Chance für das Überleben deiner Kinder.

Das lässt einen alles ertragen.

***

Ihre Scheinwerfer blendeten mich und ich musste mir eine Hand vor die Augen halten. Durch Schlitze zwischen meinen Fingern beobachtete ich, wie der hoch aufragende Kühler des

SUVs unmittelbar vor mir anhielt, und ich glaubte schemenhaft zu erkennen, wie die Türen aufflogen.

Die Beifahrertür von Franka Auers zerstörtem Wagen wurde von einem grobstolligen Reifen des Baggers versperrt. Aber ich hatte sowieso nicht vorgehabt, zu fliehen. Der Weg nach rechts und zurück war tabu, wollte ich die Barbaren, die von vorn herannahten, nicht auf direktem Weg zu meinen Kindern führen. Nach links hätte ich allerhöchstens in den zwar ausgedünnten, aber immer noch fließenden Verkehr laufen können. Vorzugsweise vor einen Lkw. Also blieb ich einfach hinterm Steuer sitzen und versuchte, das Zittern meiner Kiefer irgendwie unter Kontrolle zu bringen.

Schnell war Auers Wagen von Männern umringt. Zuerst wurden die hinteren Türen aufgerissen und die Leuchtkegel von Taschenlampen tasteten jede Naht der Rücksitze ab. Dann folgte meine Tür. Der Gurt wurde zerschnitten, dann packte mich eine Pranke und zerrte mich hinaus.

Ich wehrte mich nicht. Ließ es einfach geschehen. Landete auf allen vieren auf verdichtetem Schotter, weiterhin umringt von Taschenlampen.

»Meine Herren, bitte!«, protestierte eine arrogante weibliche Stimme, die mir zwar bekannt vorkam, die ich aber nicht zuordnen konnte. »Die Anweisungen waren doch sehr deutlich. Herrje, versteht mich denn keiner von Ihnen?« Sie ließ noch einige Sätze folgen, die russisch klangen, bevor ihre knöcherne offene Hand sich zu mir in den Lichtkegel streckte. »Kommen Sie, Frau Bellheim. Greifen Sie zu.«

Ich ließ es und blieb, wo ich war. Meine Finger puhlten nach Steinen, die groß genug waren, um jemanden damit zu erschlagen.

Wieder folgten russische Sätze, die nach Anweisungen und Ermahnungen klangen, und die Taschenlampen wurden alle auf den Boden gerichtet.

Ich erkannte fünf Männer, alle von einem ähnlichen Typ wie der Barbar, der mich im Haus angefallen hatte, sowie eine Frau. Hager. Ein dunkelblonder Long Bob, der seiner Locken wegen fransig wirkte, rahmte ihr migränisches Gesicht.

Dr. Romana Eigen. Peter Averdunks Promianwältin.

»Sie?« Meine Stimme überschlug sich.

»Haben Sie jemand Bestimmtes erwartet?«

Ich konnte nichts Sinnvolles entgegnen. Vielleicht sortierten sich in meinem Kopf irgendwelche Gedanken. Aber ich bekam nichts davon mit. »Ich weiß nicht.«

»Womöglich fiele es Ihnen wieder ein, wenn Sie aufstehen würden. Sowieso empfinde ich es für eine Frau als äußerst unangebracht, zu etwas anderem als zu ihrem Vergnügen auf die Knie zu gehen.« Eigen streckte mir erneut ihre Hand entgegen. »Ein bisschen Selbstachtung, bitte. Sie sind dem Begriff schon begegnet, oder?«

Weniger ihr Kommentar als vielmehr der aufbrodelnde Ärger in meinem Magen brachte mich mühsam auf die Beine. Eigen hatte mich seit jeher abschätzig behandelt. »Schickt Peter Sie?«

»Das hätte was, nachdem er von Ihnen eine Morddrohung bekommen hat.«

»Was?«

»Natürlich schickt er mich nicht. So wenig, wie er meine Finca auf Mallorca bezahlt, die Jacht vor St. Tropez oder die millionenschwere Behandlung meiner Enkeltochter in den USA.« Eigen verzog einen Mundwinkel und kräuselte ihre viel zu dünnen Augenbrauen. »Es ist leider die Crux als Anwältin, dass man sich bisweilen mehr als einen Mandanten leisten muss.«

Ich hielt einen Stein in der rechten Faust und war schwer versucht, ihn einzusetzen. »Was wollen Sie von mir?«

»Sie im Namen meines Mandanten zunächst um Entschuldigung bitten. Er war unpässlich und sich nicht bewusst, wie sehr die Dinge aus dem Ruder gelaufen sind.«

»Warum lassen Sie mich dann nicht in Ruhe? Hauen Sie ab und nehmen Sie diese Typen mit.«

»Ich fürchte, Sie überschätzen meine Befugnisse. Ich habe keinen Einfluss darauf, dass diese Herren den Willen meines Mandanten umsetzen. Lediglich auf das Wie.«

»Und wer ist Ihr Mandant? Und was will er?«

»Vordringlich mit Ihnen sprechen. In einer sehr persönlichen Angelegenheit.«

»Er hätte mich anrufen können. Anstatt meinen Kindern und mir so furchtbare Angst einzujagen.«

»Wie gesagt: aus dem Ruder gelaufen. Aber wie Sie sehen können«, Eigen wies mit der offenen Hand durch die Runde, »weilt der Hauptverantwortliche nicht mehr unter diesen Herren.«

Ich musterte einen nach dem anderen. Der Barbar war tatsächlich nicht mehr unter ihnen. Wesentlich vertrauenerweckender wirkte von den übrigen Männern aber auch keiner.

»Vielleicht begleiten Sie uns besser«, sagte Eigen. »Meinem Mandanten ist sehr daran gelegen, die Vorfälle in jeder ihm erdenklichen Weise, na ja, sagen wir, wiedergutzumachen.«

»Habe ich eine Wahl?«

Ein Kraftpaket im Anzug präsentierte Eigen meine Handtasche und hielt Johannas und Marcs Kinderpässe vor sich wie ein Pokerblatt. Eigen legte den Kopf schief und die Stirn in Falten. Das Kraftpaket schob die Pässe in seine Jackentasche. Dann hielt er mir die Tasche hin und nickte auffordernd.

»Ihre Kinder sind übrigens auch eingeladen. Ich vermute, sie sind hier irgendwo und verstecken sich?« Eigen deutete auf den Erdwall neben der Baustelle, hielt drei Finger hoch und drei weitere Anzüge setzten sich in Bewegung. »Welchen

Grund sollten Sie sonst für diese kleine Farce Ihres Ausritts gehabt haben?«

***

Ich denke, ich konnte ihnen zehn, vielleicht zwölf Minuten verschaffen. Glücklicherweise hatte ich nicht neben den Schallschutzwänden angehalten. Das wäre eine Sackgasse für Johanna und Marc gewesen. Wir mussten auf Höhe der thyssenkrupp Steel gewesen sein. Hauptsächlich Industrie. Also wenig, wo man sich verstecken kann, weil jedes Fleckchen umzäunt ist.

Ganz anders die andere Seite der A 42. Es gibt da eine Unterführung, da landet man in einer alten Zechensiedlung in Beeckerwerth. In meiner Vorstellung hatten Johanna und Marc es bis dahin geschafft. Während diese drei Typen, diese Schergen, noch die Umgebung der Autobahn absuchten, hatten meine Kinder bereits an einer Tür geklingelt und eine freundliche alte Dame oder ein Herr oder eine Familie hatte sie ins Haus gelassen.

Sie waren weg von der Bildfläche und konnten, wie ich es ihnen aufgetragen hatte, Ellie anrufen, die sie abholen würde.

So ist das mit Vorstellungen.

Zu Anfang sind sie ideal.

Idealisiert.

Aber dann kommen all diese kleinen nagenden Ungeheuer, die sich Zweifel nennen.

***

Nur einige schwache Lichtpunkte jenseits der abgedunkelten Scheiben ließen erahnen, dass wir uns noch immer im Stadtgebiet befanden. Eigen hatte immer wieder betont, dass sie nur anwesend sei, um zu gewährleisten, dass mein Transport zu ihrem

Mandanten auch in seinem Sinne ablaufe. Gewaltfrei. Ohne Druck. Und, was mich anging, auf freiwilliger Basis. Trotzdem hatte ich mich gewehrt, bis dem Kraftpaket und seinen Handlangern alles Lamentieren wohl zu viel geworden war, sie Eigen beiseitegeschubst und mich unsanft ins SUV verfrachtet hatten.

Ich verstand die Männer auf den Vordersitzen zwar nicht, aber ihre Gesten und ihr Tonfall machten deutlich, dass sie etwas beunruhigte.

»Die Herren möchten wissen, wie Sie an das Auto gekommen sind«, sagte Eigen neben mir.

»Geliehen«, antwortete ich knapp.

Einen Moment lang sah sie mich einfach nur an. Ohne erkennbare Regung in ihrem Gesicht. Dann folgte ein kurzes Zucken ihrer Nasenspitze. »Kommt da noch mehr?«

Ich schüttelte den Kopf und Eigen übersetzte für das Kraftpaket. Sie erhielt ein Grollen als Rückmeldung.

»Die Herren sorgen sich, dass vielleicht noch mehr Personen in die Angelegenheit involviert sein könnten.«

»Sie sind Anwältin. Gibt es da kein Berufsethos? Sollten Sie nicht die Polizei informieren?«

Eigen atmete tief ein, um mir eine lange, ausführliche Antwort zu präsentieren, sagte dann aber nur: »Das wollen Sie nicht.«

»Will ich nicht?«

»Das nicht.«

»Was will ich dann?«

»Meinen Mandanten treffen.«

»Und warum will ich das?«

»Weil er die Lösung Ihrer Probleme darstellt.«

»Vielleicht stehe ich auf Probleme.«

»Frau Bellheim, ist das wirklich der Moment, um kindisch zu werden?« Dass Eigen einen schärferen Ton anschlug, gab dem Kraftpaket offenbar Anlass, über die Schulter nach dem

Rechten zu sehen. Eigen sagte etwas auf Russisch und drehte sich dann wieder mir zu. »Wenn Sie das Bedürfnis verspüren, sich abreagieren zu müssen, dann lasse ich die Herren anhalten und wir verschaffen Ihnen Gelegenheit dazu. Andernfalls schlage ich in Ihrem eigenen Interesse vor, dass Sie sich beruhigen, wenn Sie möchten – und das möchten Sie! –, dass mein Mandant Sie respektiert.«

»Möchte ich das?«

»Glauben Sie mir.«

»Und was passiert, wenn er das nicht tut?«

»Von diesen Dingen habe ich keine Kenntnis.« Eigen richtete ihren Blick aus dem Seitenfenster, als könnte sie dadurch irgendetwas sehen.

Nach einer Weile verließen wir die Autobahn. Vor der Frontscheibe bauten sich schemenhaft alte Industrieanlagen auf.

»Was wird jetzt aus mir?«

»Was ich weiß, habe ich Ihnen gesagt.«

»Wer ist Ihr Mandant?«

»Die Zeitschrift Forbes veröffentlicht jährlich eine Liste mit den reichsten Menschen der Welt. Die an der Spitze könnten sich ihren eigenen Staat leisten. Denken Sie an jemanden in dieser Größenordnung. Aber er legt sehr viel Wert auf Diskretion. Deswegen taucht er auch nicht auf dieser Liste auf.«

»Deswegen oder weil er ein Krimineller ist?«

Eigen wandte sich wieder mir zu und ließ ihre Augen an mir ab- und aufwandern. »Haben Sie als Kind Fingernägel gekaut? Sich eine Zeit lang geritzt oder halb zu Tode gehungert? Irgend so was Selbstschädigendes? Ist das Ihr Fetisch?«

»Warum tun Sie das? Warum arbeiten Sie für so einen Mann?«

»Tja, warum tun Mütter manchmal Dinge, die absolut niemand nachvollziehen kann?« Eigens Blick fiel zu Boden. Sie verschränkte die Arme vor der Brust. Offenbar war ihr Kokon angeritzt. »Aus gutem Grund, würde ich sagen.«

Das Kraftpaket drehte sich erneut um und ließ einige ernst klingende Worte fallen, denen er auf Deutsch die Ermahnung folgen ließ: »Still. Alle!«

Ich erinnerte mich an Eigens Erwähnung einer Enkeltochter, deren Behandlung gegen was auch immer in den USA Unsummen verschlang. Vielleicht war es auch nur eine ironische Spitze gewesen. Aber ich fand, einen Schuss ins Blaue war es wert. »Sie haben Kinder?«, hakte ich daher nach.

Aber mein Zugriff auf sie war bereits verflogen. Das SUV bog auf eine Schotterpiste ein. Äste und Blätter von Büschen griffen ins flüchtige Licht der Scheinwerfer.

Eigen straffte die Schultern und sah nach vorn. »Wir sind da.«

***

Zweifel kommen nicht auf leisen Sohlen und mit Trippelschritten. Sie fragen nicht, ob man ihnen zuhören will oder nicht. Sie bevorzugen das Prinzip Keule. Schlagen einfach mit aller Macht und gern auch hinterrücks zu.

So auch in meinem Fall, als das Kraftpaket auf dem Beifahrersitz telefonierte und die Namen meiner Kinder nannte.

Johanna.

Marc.

Ich hörte gebannt zu, obwohl mein Herzschlag praktisch jedes seiner Worte übertönte. Bis mich plötzlich und unaufhaltsam Bilder und kurze Filmschnipsel überfielen.

War ich gerade noch überzeugt gewesen, Johanna und Marc hätten es bis nach Beeckerwerth geschafft, ereilte mich nun die Gewissheit, dass das reines Wunschdenken gewesen war. So, wie Johanna im Haus nicht auf mich gehört hatte und nicht abgehauen war, als der Barbar mich angegriffen hatte, hätte sie es auch nicht auf der Baustelle getan.

Aus einem familiären Pflichtgefühl heraus.

Deswegen hatte sie sich mit Marc vielleicht einfach nur versteckt. So, dass sie uns beobachten konnte. Wahrscheinlich direkt hinter dem Erdwall neben der Baustelle. Und womöglich so, dass sie nicht sehen konnte, dass die Handlanger sich ihnen von der Rückseite näherten. Ich spürte regelrecht die Panik, die sie ereilt haben musste, als sie die Schritte gehört hatten. Es war für die Flucht längst zu spät gewesen.

Ich hoffte, betete, dass Johanna noch rechtzeitig geschaltet hatte und mit ihrem Bruder über die Leitplanke geklettert und die Böschung runtergerutscht war, um sich vielleicht hinter einem Busch zu verbergen. Hinter Holzstämmen. Bauwagen. Was auch immer sich in der Nähe der Baustelle befand.

Ich redete mir ein, dass Johanna ein kluges Mädchen war. Dass ihr schon etwas einfallen würde, wie sie sich und ihren kleinen Bruder beschützen konnte. Gleichzeitig ertönte das Wimmern meines Sohnes aus einem schattigen Winkel meines Kopfes. Dazu gesellte sich einer dieser Filmschnipsel. Der Leuchtkegel einer Taschenlampe, wie er durch Geäst und Büsche fällt und auf zwei verängstigte kindliche Augenpaare trifft.

Oh verdammt …

***

Die Ecken und Kanten der Deckplatte waren von jahrzehntelanger Abnutzung rund geschliffen und Lackmonde und öliger Ruß bedeckten die schier endlose Werkbank in der Mitte der verlassenen Industriehalle. Der Dreck auf dem profilierten Metallboden knirschte unter meinen Schuhen, als mich das Kraftpaket und ein Handlanger unter speckigen Glühlampen hindurch ans Ende der Werkbank eskortierten und in einen wackeligen Holzstuhl drückten. Es roch nach ranzigem Schmierfett und rostigem Eisen.

Zwei weitere Männer bauten sich rechts und links am Schiebetor auf, durch das ich zuvor hereingebracht worden war, und kurz darauf erschien Eigen zusammen mit einem properen, seitengescheitelten Mittdreißiger, der in der Linken einen schwarzen Arztkoffer mit sich trug und über den rechten Arm einen weißen Kittel geworfen hatte. Eigen gab ihm mit einem Fingerzeig zu verstehen, dass ich seine nächste Patientin war, und fuhr sich anschließend mit demselben Finger über ihre Wange.

»Dr. Frerichs wird sich um Ihre Verletzungen kümmern.«

»Verzichte«, antwortete ich lediglich.

»Ich fürchte, das ist unumgänglich.« Eigen tappte dem Arzt auf die Schulter und er setzte sich in Bewegung. »Mein Mandant möchte sicherstellen, dass Sie unversehrt sind. Ihm liegt sehr viel an Ihrer Gesundheit. Auch wenn Sie das im Augenblick nicht glauben wollen.«

»Warum verraten Sie mir nicht endlich, wer Ihr Mandant ist?«

Eigen sah mich ausdruckslos an. Dann lächelte sie abschätzig und wandte sich einem Handlanger zu. Sie sprach zu leise, als dass ich sie hätte verstehen können, und wies immer wieder durch das Tor nach draußen, bis der Handlanger verschwand.

Unterdessen hatte der Arzt seinen Kittel übergestreift und bat mich, ihm meine Verletzungen zu zeigen. Als ich nicht reagierte, griff das Kraftpaket in meinem Rücken in mein Haar und drehte mein Gesicht dem Arzt zu. Ich glaubte, auf dessen Lippen das Wort »Entschuldigung« lesen zu können, bevor er mit einer Handlampe die Gesichtshälfte inspizierte, in die der Barbar mich geohrfeigt hatte. Er fragte mich, ob ich Schmerzen hätte, aber ich verneinte. Tatsächlich pochte und zog es noch immer in meinem Schambein, aber ich wollte nicht ausprobieren, was geschehen würde, wenn ich es zugab.

Zum Ende seiner Wundbeschau bot der Arzt mir Schmerzmittel an, weil er fand, dass meine Wange wehtun musste oder es zumindest bald würde. Doch ich wies sie mit der einfachsten Formel der Welt zurück: »Verpissen Sie sich.«

»Contenance, bitte.« Eigen winkte den Arzt an sich vorbei Richtung Ausgang und bewegte sich auf mich zu. Bei jedem Schritt klackerten ihre hohen Absätze, obwohl sie wie bei Eisesglätte vorsichtig Fuß um Fuß aufsetzte. »Ich weiß, die Umstände sind außergewöhnlich. Es wäre das Einfachste, sie zu akzeptieren.«

Mir lag eine unwirsche Erwiderung auf der Zunge, die aber noch in meinem Mund verdorrte. Durchs offene Schiebetor zerrten zwei Handlanger, deren Auswüchse an Schulterpaketen und Oberarmen in grauen Anzugsstoff gequetscht waren, einen mir allzu bekannten Mann herein und packten ihn wie einen Sack voll nasser Wäsche auf den Stuhl am anderen Ende der Werkbank.

Ich spürte meine Mandeln beim Schlucken.

Sein Gesicht war verquollen. Von Blutergüssen unterlaufene Platzwunden zierten die tamponierte Nase und die Augenpartie. Das hässliche Grinsen offenbarte mehrere fehlende Zähne im Oberkiefer. Das T-Shirt war vom Hals bis zum Bauch blutschwarz eingefärbt.

Schuldbewusst wandte ich den Blick ab. Obwohl es unmöglich sein konnte, dass all die Verletzungen, die der Barbar davongetragen hatte, daher rührten, dass ich ihn in unserer Küche traktiert hatte.

»Verrückte Schlampe«, lallte er und kassierte von einem der Muskelberge neben ihm einen Schlag, der sein Haupt herumschlenkern ließ wie den einer Wackelkopffigur.

Als Nächstes betraten zwei schlanke Kerle in Maßanzügen die Halle, die ein mehr als fülliger Mann hereinbegleitete, den ich von einem der Fotos wiedererkannte, die Daniel mir mit der Überschrift hinterlassen hatte, keinem der darauf gezeigten Menschen zu vertrauen. Ich schätzte ihn spontan auf um die siebzig. Sein hellbrauner Übergangsmantel spannte um den Kugelbauch. Trotz der unnatürlichen Solariumbräune wirkte sein kahler Schädel blass und kränklich. Seine Augen lagen in tiefen Höhlen und sein Gang war schleppend. Dennoch beachtete er seine Begleiter nicht, die ihm stützende Arme anboten.

Mit einer knappen Handbewegung ließ er sich den Stuhl mittig zwischen mir und dem Barbaren zurechtrücken und legte seine Unterarme erst auf der Werkbank ab, als einer der Maßanzüge ein weißes Tuch darauf vor ihm ausgebreitet hatte.

Ich fühlte mich an Bilder aus Gerichtsverhandlungen erinnert, die ich aus den Nachrichten oder Filmen kannte. Ein Richter, ein Opfer und eine Angeklagte, der wohl kaum lediglich eine Geldstrafe oder Gefängnis drohte.

Der Nagel meines Zeigefingers bohrte sich in das Nagelbett meines Daumens und ich verschmierte das austretende Blut zwischen den Fingerkuppen.

Der Richter bestellte Eigen mit einem kurzen Nicken an seine Seite. Seine Augen mochten glasig sein, aber sein Blick war fest und unnachgiebig. Nicht mal die ausgefallenen Brauen konnten etwas daran ändern. Seine Stimme war wie sein Atem krächzend, als er Eigen auf Russisch ansprach und anschließend auf den Barbaren und mich deutete.

»Mein Mandant möchte wissen, wie es zu der Auseinandersetzung zwischen Ihnen und dem Herrn gegenüber gekommen ist.«

»Mein Name ist Eva Bellheim«, stellte ich mich vor, während mir das Herz fast aus dem Hals sprang. Ich bemerkte, dass ich vor Anspannung mit dem rechten Fuß auf meine linken Zehen trat.

Der Richter atmete schwer ein und schnaubte lachend wieder aus. Es folgte ein Seitenblick zu Eigen, bei dem seine Lider sich wie in Zeitlupe schlossen und wieder öffneten.

»Darf ich vorstellen? Vladimir Olschenko.«

Olschenko also. Der Mann, in dessen Auftrag meine Kinder und ich verfolgt und beobachtet worden waren. Und wie ich wohl annehmen durfte, steckte er auch hinter den dubiosen Geschäften, in die Daniel sich hatte reinziehen lassen. Und wenn ich schon dabei war, heftete ich ihm auch noch ans Revers, dass er jahrelang ganze Staaten genarrt hatte, indem er Millionen an Schwarzgeld verschoben hatte. Dass er Menschenleben wegwarf wie Pfandflaschen in einen Altglascontainer.

Mir wurde bewusst, dass ich ihn mir anders vorgestellt hätte – wenn überhaupt. Düsterer. Bedrohlicher. Mit der Ausstrahlung von Macht und Brutalität.

Vielleicht hatte dieser Mann einmal so ausgesehen. Aber nun war er nur noch ein ausgemergelter Schatten seiner selbst. Tief in seiner ungesunden Körperfülle schien das Tragwerk ermüdet zu sein.

»Könnten Sie bitte Herrn Olschenkos Frage beantworten?« Eigen riss mich aus meinen Gedanken und fügte mit gesenkter Stimme an: »Und ich persönlich empfinde es als durchaus unhöflich, jemanden mit offenem Mund anzustarren.«

Ich nickte nur abwesend, bis ich Eigens Worte endlich vollkommen realisiert hatte. Dann schloss ich den Mund und schluckte trocken. Meine Zunge rieb am Rachen. »Entschuldigung!«, brachte ich kaum hörbar hervor und räusperte mich.

»Die Frage.« Eigen beschrieb ungeduldig mit dem Zeigefinger einen Kreis in der Luft.

»Versteht er mich?« Ich wollte meine Unterlippe kneten, ließ jedoch gleich wieder davon ab.

Eigen blinzelte. »Weitestgehend. Aber ich übersetze trotzdem.«

Ich behielt Olschenko fest im Blick, während ich ihm erzählte, wie der Barbar mich in unserem Haus überrascht, getreten, geschlagen und sogar zu vergewaltigen versucht hatte.

»Heißt das, dass das«, Eigen deutete auf den Barbar und dann in ihr eigenes Gesicht, »nur ihrer Verteidigung entsprungen ist?«

»Es hätte vielleicht nicht ganz so viel Verteidigung gebraucht.« Ich wunderte mich selbst über die Ruhe und Bestimmtheit in meiner Stimme. Alles andere an mir wollte nur noch zittern und weglaufen.

Olschenko sprach mit dem Barbaren, der immer wieder auf mich zeigte, Hände und Schultern hob und wieder fallen ließ. Und auch wenn ich nichts verstand, so bedeutete dessen Tonfall mir, dass ihm noch andere Begrifflichkeiten für mich einfielen als sein eingehendes »Verrückte Schlampe«.

Nach einem Moment des Schweigens ging Olschenkos schwerer Atem wie ein Urteil durch die Halle. Ein Wort an die Muskelberge neben dem Barbaren genügte und sie schleppten ihn an mir vorbei durch eine schwere Eisentür, die in die nächste Halle führte, wobei der Barbar diverse Flüche in meine Richtung schickte, begleitet von Spuckattacken.

Eigen intervenierte auf Russisch und verstummte erst, als Olschenko den Zeigefinger vom Tisch anhob.

Nicht die Hand oder den ganzen Arm.

Nur den Zeigefinger.

Wie ich mir vorgestellte hatte, dass diese Diktatoren es getan hätten.

Die Farbe wich aus Eigens Wangen und ich konnte ihren Kehlkopf mehrmals hüpfen sehen.

»Ich bedaure sehr dieses …« Olschenko unterbrach sich und rieb sich über das Gesicht. Er fuhr fort, ohne mich anzusehen. »… dieses Intermezzo. Wie ich auch sehr bedaure, was vorgefallen ist zwischen Ihnen.«

Eigen murmelte etwas vor sich hin, das ich nicht verstand. Aber ihre Falten um Augen und Mund sagten: *Ich sollte nicht hier sein. Sollte ich einfach nicht.*

»Still!«, bellte Olschenko sie an.

Eigen schwieg augenblicklich und knetete stattdessen ihre Fingerknöchel.

Olschenko presste die Lippen aufeinander. »Der Mann, der Ihnen hat angetan das, heißt Lew. Ich kannte Lews Vater. Wir sind groß geworden zusammen. Waren bei Marine auf gleiche U-Boot. Ich hab ihm versprechen müssen, auf seinen Sohn aufzupassen.« Er legte offenbar eine Gedenkpause ein. Kniff die Augen zu und als er sie wieder öffnete, sandte er einen Blick gen Himmel. Dann nahm er mich ins Visier. »Kein Mann hat einen Sohn verdient, der ihn verrät. Verstehen Sie das, Eva Bellheim? Und verstehen Sie dann auch, warum Sie hier sind?«

***

Bis etwa zu diesem Zeitpunkt war es mir gelungen, jeden Gedanken an meine Kinder zu eliminieren. Doch dann ereilte mich hinterrücks eine Frage: Warum riefen sie mich eigentlich nicht an?

Die Kinder wussten, dass ich Daniels Handy bei mir hatte. Es war unwahrscheinlich, dass Ellie, sobald die Kinder sie informiert hätten, nicht umgehend Rückfrage bei mir gehalten hätte. Was umgekehrt nur bedeuten konnte: Sie hatten sie nicht informiert.

Wie ich bereits sagte, Zweifel kommen plötzlich. Und gern durch die Hintertür.

Ich versuchte, mich schnell damit zu beruhigen, dass sie immer noch auf der Flucht waren. Ich wusste ja, wie das war. Als ich in der zweiten Klasse gewesen war, hatten mir Rowdys aufgelauert. Sie hatten meinen Tornister geplündert und mir furchtbare Dresche angedroht. Ich hatte einen unachtsamen Moment ausgenutzt und war geflohen. Quer durch die Stadt bis zu meinen

Großeltern. Beinahe vier Stunden hatte ich gebraucht und war nur gerannt und gerannt und gerannt vor Angst.

So sah ich meine Lieben vor mir. Rennend. Immer weiter und weiter. Sie hatten Ellie nicht angerufen, weil sie gleich ohne Umwege zu ihr gerannt waren.

Ich gab mir alle Mühe, mich in diese Hoffnung hineinzusteigern, um mir Sicherheit zu geben. Die nötige Ruhe.

Und doch blitzten immer wieder Bilder auf, wie meine Kinder schreiend unter den Armen dieser Handlanger festklemmten. Wie sie in den Kofferraum geworfen wurden und ihre Köpfe dabei haltlos baumelten wie der des Dackels, den der Barbar getötet hatte.

Ich tat, was ich konnte, nicht diesem Horror zu erliegen. Während ich gleichzeitig erwartete, dass jederzeit das Schiebetor unter lautem Getöse geöffnet werden würde und ihre leblosen Körper hereingetragen wurden.

***

»Soll ich mir jetzt etwas zusammenreimen?« Wider Erwarten lag nicht das geringste Zittern in meiner Stimme, als ich Olschenko darauf antwortete, ob ich verstand, warum man mich in dieser Halle an diese verdreckte Werkbank gesetzt hatte. Dafür bebten die Muskeln in meinen Beinen unablässig.

Olschenko schaufelte mit seiner Pranke in der Luft. »Tun Sie's. Reimen Sie.«

»Nach allem, was ich bisher weiß, hat sich mein Mann auf dubiose Geschäfte eingelassen. Mit Verbindungen nach Russland. Sie *sind* Russe. Insofern ich Ihre Sprache richtig zuordne.«

»Und Russe sein ist böse sein?«

»Böse sein ist böse sein. Russe sein ist, glaube ich, in jeder Hinsicht neutral.«

Olschenkos Schmunzeln jagte mir einen Schauer über den Rücken. Nicht weil es mich ängstigte. Es wirkte vielmehr merkwürdig vertraut. Ohne dass ich es an etwas Bestimmtem festmachen konnte. »Sagen Sie mir doch einfach, warum ich hier bin. Ich habe nämlich keine Ahnung von den Dingen, die meinen Mann mit Ihnen verbinden.«

»Verrat. Alles beginnt mit Verrat und es endet mit Verrat. Es ist immer dasselbe, Eva Bellheim.«

Warum nur betonte er meinen Namen so? War es eine russische Eigenart, Leute nicht mit der Kombination aus Herr oder Frau und dem Familiennamen anzusprechen? Oder enthielt das irgendeine versteckte Botschaft? Wenn es eine Drohung sein sollte, verfehlte sie ihr Ziel. Nein, es klang eher, als stellte er jedes Mal aufs Neue meinen Namen fest.

»Ist das Ihre Sicht auf die Welt? Ist es das, worum es hier geht? Denken Sie, mein Mann hat Sie verraten?«

»Das hat er.« Olschenko senkte die Stimme. Wohl, um mir seine persönliche Enttäuschung zu demonstrieren.

»Dann verstehe ich nicht, was Sie von mir wollen. Oder von meinen Kindern. Mein Mann bindet weder sie noch mich in seine Geschäfte ein. Bis Sie uns verfolgt haben, hatten wir keine Ahnung, dass es Sie gibt. Außerdem ist mein Mann verschwunden. Aber ich vermute, das wissen Sie bereits.«

Olschenko wandte mir zwar den Kopf zu, seine Augen aber blieben auf die Werkbank gerichtet. Dann folgte wieder dieses Schmunzeln, das mir so bekannt vorkam. Bei dem die Spitzen seiner Mundwinkel nach unten abknickten und sich gleichzeitig das Kinn runzelte.

»Sie wissen auch, *wieso* er verschwunden ist. Habe ich recht?« Meine Pulsfrequenz machte einen neuerlichen Sprung nach oben.

Aber die Antwort ließ auf sich warten. Die Muskelberge kehrten ohne den Barbaren zurück. Einer rieb sich die Fingerknöchel mit einem Taschentuch. Erst auf den zweiten Blick erkannte ich, dass er sie und die Fingerzwischenräume von Blut befreite. Auch seine Ärmel, das Sakko und die Hosenbeine waren davon besudelt. Der andere Muskelberg nickte Olschenko zu und machte die Kopf-ab-Geste.

Ich musste schlucken. Aber mein Hals war so trocken, dass ich davon beinahe würgen musste. »Haben Sie das … War das meinetwegen?«

»Schluss!« Olschenko schlug mit der flachen Hand auf die Werkbank und massierte anschließend seine Zornesfalte aus dem Gesicht. »Ich möchte, dass Sie verstehen«, sagte er nach einer kurzen Pause. »Sie müssen verstehen. Denn am Ende treffen Sie Wahl, Eva Bellheim.«

Ich schwieg. Auch, weil mich einer der Muskelberge musterte, als wäre ich sein nächster Auftrag.

»Ich erkläre«, setzte Olschenko an. »Da ist Junge in kleine Dorf. Vater ist ehrbarer Mann, weil in ruhmreicher Sowjetarmee gekämpft und ist Politkommissar. Und da ist Mädchen. Ihr Vater ist kein so ehrbarer Mann, weil er mit deutschen Wurzeln kein ehrbarer Mann sein kann. Aber das kümmert Junge und Mädchen nicht. Sie wollen nur spielen und treffen heimlich. Sie werden groß und Spiel ändert sich.« Olschenko ließ seinen Blick in eine Ferne jenseits der Hallenmauern schweifen.

Auch diesen Blick kannte ich. Auch er jagte mir einen Schauer über den Rücken. Weil er mich mit Wärme erfüllte.

»Aber Väter können nicht miteinander und so können auch Kinder nicht zusammen sein. Trotzdem schwören sich Treue, bis Väter nicht mehr sind. Junge geht zur Armee. Macht …« Olschenko unterbrach sich und ließ sich von Eigen das richtige Wort einflüstern. »Er macht Karriere. Dann sterben Väter. Junge denkt, jetzt ich heirate Mädchen. Aber Mädchen ist fort. Gegangen nach Deutschland. Unerreichbar hinter Vorhang aus Eisen.«

»Eiserner Vorhang«, korrigierte Eigen ihn und entschuldigte sich umgehend dafür mit einer Geste.

Olschenko drückte seinen Rücken aufrecht in die Lehne, ging aber nicht darauf ein. »Dann Vorhang fällt, Sowjetunion … fällt. Junge sucht nach Mädchen. Doch Mädchen ist lange tot.« Olschenko unterbrach sich erneut. Er stützte sich auf die Ellbogen und krümmte sich mit schmerzverzerrtem Gesicht.

Ich hätte es nicht haben sollen. Ich verstand auch nicht, woher es kam. Aber aus irgendeiner Ecke fiel mich Mitgefühl an. Ich kniff mir, so fest ich konnte, in den Oberschenkel, um es zu vertreiben. »Eine herzzerreißende Geschichte, zugegeben.« Ich gab mir Mühe, nicht zynisch zu klingen. »Aber mir ist entgangen, was ich daran verstehen soll.«

Mit aller Behäbigkeit der Welt zog Olschenko aus der Innentasche seines Mantels eine abgewetzte Lederbrieftasche, klappte sie auf und zupfte nach und nach etwas heraus, das wie ein altes Foto aussah. Er betrachtete es sentimental und ließ es dann zu mir über die Werkbank schlittern.

Ich patschte mit der Hand darauf, damit es nicht zu Boden segelte.

»Schauen Sie an. Dann Sie verstehen.«

Finger um Finger hob ich meine Hand vom Foto. Die Ränder waren ausgeblichen, fast weiß. Wie auch die Gesichter der drei Erwachsenen, die hintereinander aufgereiht auf einem Sofa saßen. Nur die Züge eines etwa siebenjährigen Kindes zu ihren Füßen waren zu erkennen, das unleidig in die Kamera blickte, weil man es von seinem Spielzeug ablenkte.

»Das kann nicht sein.«

***

Alles, was ich bis dahin über Daniels Mutter wusste, war Folgendes: Kaum dass Daniel volljährig gewesen war, war sie von einem Bus erfasst worden und an den Verletzungen gestorben. Einige Zeugen hatten sie unachtsam auf die Straße treten oder stolpern sehen, andere wollten beobachtet haben, wie jemand sie gestoßen hatte.

Es war eine andere Zeit gewesen. Es hatte kaum Videoüberwachung oder Handys mit Kameras gegeben. Vielleicht bei Luxusgeräten.

Aber weil die Zeugenaussagen in so unterschiedliche Richtungen gegangen waren und niemand die Person gesehen hatte oder beschreiben konnte, die Daniels Mutter vor den Bus gestoßen haben sollte, wurde ihr Tod letztlich als Unfall eingestuft.

Von ihr gesprochen hat Daniel nur selten, und wenn, dann auch nicht viel. Das Trauma saß zu tief. Und ich fand immer, dass ich nicht das Recht hatte, es wieder aufzuwühlen.

Ich hatte Daniel als den lebensfrohesten Menschen kennengelernt, der mir je begegnet war. Schwierigkeiten waren für ihn nur eine Möglichkeit, die Ärmel hochzukrempeln und neue Wege zu erkunden. Darin erschien er mir von Anfang an unerschütterlich. Hätte ich ihn nur meiner Neugier zuliebe dessen berauben sollen?

Wenn er doch mal von ihr sprach, dann mit viel Liebe und Respekt. Davon, wie sie ihn und sich mit einer Vielzahl von schlecht bezahlten Jobs über Wasser gehalten hatte. Weswegen er manchmal mehr Zeit bei der Familie seines Freundes Caner verbracht hatte als daheim. Wie sie lieber ihre eigene Kleidung zum x-ten Mal geflickt und gestopft hatte, nur damit er passende Schuhe an seinen ständig wachsenden Füßen tragen konnte. Wie sie ihn immer wieder angehalten hatte, in der Schule aufzupassen, damit aus ihrem kleinen Prinzen ein ehrbarer Mann werden würde, und nicht selten bis in die Nacht hinein mit ihm gelernt hatte.

Eine dieser überidealisierten Aufopferungsmütter eben. Aus den ach so kleinen Verhältnissen.

Ich sollte nicht so abschätzig über sie sprechen. Denn das meiste ist vermutlich sogar wahr.

Aber niemals, nicht ein einziges Mal, hat Daniel erwähnt, dass sie aus Russland stammte. Ich bin mir letztlich nicht einmal sicher, ob er es wusste.

***

»Das bin ich«, sagte Olschenko. »Sieben Jahre alt.«

Ich hielt das Foto nur mit den Fingernägeln der rechten Hand, als wollte ich vermeiden, mir darüber eine böse Infektion einzufangen. Meine Linke dagegen krallte sich tief in meinen Oberschenkel und wollte nicht loslassen.

Es gab eine Ähnlichkeit zwischen dem Jungen auf dem Foto und Olschenko. Auch wenn sie sich nach mehr als sechzig Jahren nur auf den gequälten Ausdruck in seinen Augen beschränkte – zumindest bis Olschenko das Gesicht genauso verzog. Er schob die Unterlippe vor und zog die Nasenspitze so weit runter, dass es aussah, als zeigten seine Nasenlöcher zur Seite. Die herabgezogenen Brauen legten einen Schatten über seinen Blick, als trüge er eine Mütze mit einem ausladenden Schirm.

Ich fühlte einen Stich in meinem Herzen.

Es war keine zwei Monate her, dass ich eine ähnliche Aufnahme gemacht hatte. Anderer Hintergrund; moderner. Andere Kleidung; modischer. Anderes Spielzeug, digital statt analog. Aber der Junge, den ich fotografiert hatte, hatte meine Aufforderung, doch endlich mal von seinem PlayStation-Controller zur Kamera aufzusehen, mit fast identischem Blick quittiert.

»Sie ist unverkennbar, die Ähnlichkeit mit Ihrem Sohn. Habe ich recht?« Olschenkos Stimme fiel mich aus allen Winkeln der Halle an.

Ich drehte das Foto mit Marcs ausgeblichener Geisterversion zu ihm um. »Woher haben Sie das?«

»Aus Familienalbum.«

»Blödsinn!« Ich schüttelte unablässig den Kopf und hinderte damit womöglich mein Gehirn daran, einen logischen und akzeptablen Schluss aus dem zu ziehen, was es übermittelt bekommen hatte. »Das ist eine Fälschung. Gut gemacht, aber eine Fälschung. Wo … Sie haben das … Im Internet, richtig? Da kann man das …« Ich unterbrach mich nur zum Luftholen und hätte endlos so weiterstammeln können.

»Sie wollen Beweis?« Olschenko nickte Eigen zu, die ohne Zögern einen Umschlag aus ihrer Tasche hervorholte und vor mir auf die Werkbank legte.

»Ihr Mann hat einem Test zugestimmt. Dieser besagt, dass Herr Olschenko mit der gesetzlich anerkannten Wahrscheinlichkeit von neunundneunzig Komma neun Prozent sein Vater ist.«

Ich starrte Eigen an. Gefühlte Minuten lang. Dann schloss und öffnete ich die Lider. Abblende. Aufblende. Fokus auf Olschenko.

»NEIN!« Ich fegte den Umschlag vom Tisch.

Das Kraftpaket hinter mir hob ihn umgehend auf und wollte ihn Eigen reichen, aber sie zeigte nur auf mich und der Umschlag landete wieder vor mir.

»Falls Sie das gerade emotional überfordert …«, sagte Eigen. »Das bedeutet selbstverständlich auch, dass er der Großvater Ihrer Kinder ist. Wobei sein Augenmerk insbesondere auf Ihrem Sohn Marc liegt.«

Ich wusste, dass ich Eigen und Olschenko nur wie eine Idiotin anglotzte. Aber ich war unfähig, daran etwas zu ändern.

»Herr Olschenko wünscht sich eine engere Bindung zu seiner Familie. Auch wenn das nach so langer Zeit überraschend für Sie sein muss.«

Etwa so überraschend, wie von einer Dampfwalze mit Tempo zweihundertfünfzig überrollt zu werden, dachte ich. Aber der Großteil meines Verstandes stand derart neben sich, dass er sich in vermittelnde Ratschläge flüchtete, die ihm selbst Zeit zur Verdauung verschaffen sollten. »Dann hätte er es vielleicht zuerst einmal mit einem Brief versuchen sollen. Fragen, ob er erwünscht ist. Eine Begegnung organisieren. Mit Geschenken für die Kleinen.«

»Das habe ich«, setzte Olschenko an, aber ich winkte ihn sofort mit beiden Händen ab, weil mein Verstand doch noch einen klaren Gedanken einstreute.

»Das alles wäre besser gewesen, als uns tagelang durch die Stadt zu jagen. Zu versuchen, Marc einfach zu entführen. Und vor allem besser, als meinen Mann …«, ich griff nun doch nach dem Umschlag und riss ihn hektisch auf, »also Ihren Sohn, in Ihre Machenschaften zu verwickeln.«

Eine fett gedruckte Zahl sprang mich aus dem Schreiben an: *99,9999 %*. Dazu Daniels und Olschenkos persönliche Daten und das Logo wie auch Name und Adresse eines DNA-Labors. Ich zerknüllte das Papier zwischen meinen Fäusten.

Dann sah ich wieder zu Olschenko auf. »Wo ist er? Wo ist mein Mann?« Und als ob ich mich selbst davon überzeugen müsste, die richtigen Fragen gestellt zu haben, rollte ich gedanklich noch einmal alle Schlüsse vor mir aus, die ich seit Daniels Verschwinden gezogen hatte: dass Daniel uns angesichts einer solchen Bedrohung nicht freiwillig im Stich gelassen und uns selbst überlassen hätte. Dass Ellies Andeutungen über den Fall Timothy Warren und Auers Annahme, Daniel wäre bereits tot, sich zu sehr überschnitten, um etwas anderes anzunehmen. Zudem hatte ich ja gerade erst miterlebt, wie Olschenko mit Menschen umging, denen er Verrat unterstellte. Ich wagte dennoch nicht, es auf den Punkt zu bringen. »Was haben Sie mit ihm gemacht?«

»Das kann Ihnen mein Mandant nicht beantworten, weil er davon keine Kenntnis hat«, intervenierte Eigen und erhielt dafür von Olschenko ein tiefes Grummeln.

»Sagte ich doch, dass mir um Ihre Sicherheit geht«, wandte er sich anschließend an mich. »Und die von Kindern. Warum glauben Sie mir nicht? Warum holen wir sie nicht her?« Er presste die Lippen aufeinander und blinzelte, als wollte er einen unsichtbaren Tränenfilm wegwischen.

»Warum lassen Sie mich nicht einfach gehen und uns alle in Ruhe?«

Olschenko lächelte einseitig. Dann strich er das Tuch vor sich glatt und legte den linken Arm ab. Mit der rechten Pranke griff er in die Luft und ballte sie zur Faust, als versuchte er, etwas äußerst Widerspenstiges festzuhalten, bevor er betonte: »Ich möchte ja Ihrem Wunsch entsprechen. Aber ich kann nicht! Daniel hat Problem beschworen ...«

»Heraufbesch–«, wollte Eigen ihn korrigieren, verstummte aber auf eine kaum sichtbare Kopfbewegung Olschenkos hin.

»Haben Sie mit ihm deswegen das Gleiche gemacht wie mit dem Sohn Ihres Jugendfreundes?« Ich zeigte auf die Metalltür hinter mir und fragte mich gleichzeitig, woher ich den Mut nahm, Olschenko derart entgegenzutreten.

»Bah!« Olschenko machte eine Geste, mit der er meine Frage förmlich von sich warf. »Was immer Daniel geschehen ist, er hat sich selbst zuzuschreiben. Er kam zu mir! Zu seinem Vater und sagte, er braucht Hilfe.«

Olschenko erklärte mir, dass er nicht überraschend aus dem Nichts aufgetaucht war, sondern Daniel vor gut drei Jahren angeschrieben hatte, um sich ein erstes Mal mit ihm zu treffen. Aber diese Begegnung war so gar nicht nach Olschenkos Vorstellung verlaufen. Daniel hatte ihn zum Teufel gewünscht und ihn davor gewarnt, sich mir und den Kindern jemals zu nähern. Doch dann war seine Agentur in Schieflage geraten und er hatte Olschenko als letzten Rettungsanker aufgesucht. »Also habe ich geholfen. Ich habe gute Geschäfte vermittelt. Sagt man *gute*?«, vergewisserte er sich bei Eigen.

»Ich denke, Sie meinen ›rechtlich unbedenklich‹.«

Olschenko nickte. »Aber er wollte mehr. Brauchte mehr. Für Frau und Kind. Wie hätte ich Nein sagen sollen?«

»Also haben Sie aus ihm einen … Wie nennen Sie das? Einen Schwarzgeldagenten gemacht? Wie aus diesem Engländer? Diesem Warren? Timothy Warren?«

»Daniel wusste, welche Geschäfte ich mache. Und er wollte guter Sohn werden. *Mein* Sohn.« Olschenkos Unterkiefer bebte. Er stieß mehrmals den Atem aus. Wie jemand, der glaubt, dadurch sein Weinen unterdrücken zu können. »Ich hatte Bedenken, aber war ich blind vor Stolz. Sonst hätte ich gesehen, dass er nur kommt im Auftrag von einer Frau.«

Ohne dass er einen Namen nannte, ahnte ich, welche Frau er meinte. Es konnte nur Franka Auer sein.

»Dass er nur will mich ausspionieren. Aber glauben Sie, ich würde meinem eigen Fleisch und Blut Haar krümmen? Sehen Sie mich an! Bin ich Mann von Ehre.«

Eigen schob ihre linke Schulter zwischen mich und Olschenko. »Herrn Olschenko steht nur noch eine begrenzte Zeit zur Verfügung. Dass er sich für diese einen engen Kontakt zu seiner Familie wünscht, dürfte jeder Unterstellung, er könnte Ihrem Mann etwas angetan haben, entgegenstehen.«

»Ich habe Brüder, zwei. Wenn ich sterbe, alles geht an sie. Sie sind nicht erfreut, dass ich plötzlich habe Sohn und Enkel. Ich denke, sie wissen, wo Daniel ist. Oder was von ihm übrig ist. Aber sie werden Ihnen nicht sagen. Sie werden Sie töten. Johanna töten. Marc töten. Sagen Sie, wo Kinder sind, Eva Bellheim, und kommen Sie mit mir. Nach Russland. Nur ich kann Sie beschützen. Sie wollen doch leben?«

»Es gäbe da aber noch eine Kleinigkeit«, setzte Eigen an,

verstummte aber auf ein tiefes Brummen Olschenkos hin. Sie beugte sich zu ihm hinab und ich vernahm nur noch einzelne gewisperte Brocken wie »Daten«, »jetzt« und »unausweichlich«. Bis Olschenko schließlich von ihr zu mir deutete und Eigen sich wieder zu mir wandte. »Nach unserer Kenntnislage hat Ihr Mann erhebliche Mengen an Daten über die geschäftlichen Belange meines Mandanten gesammelt. Wir müssen sicherstellen, dass diese Daten keine Verbreitung finden.«

Ich sah Eigen nur unschuldig fragend an, übertrieb es aber wohl.

»Der Rehblick. Verstehe.« Eigen seufzte. »Entgegen seinen Gepflogenheiten hat Herr Olschenko Ihren Mann nicht überwacht. Ausgehend von der IP-Adresse, die in seiner Kommunikation auftaucht, wissen wir aber, dass er seinen Aufträgen nicht von Ihrer, na ja, Garage aus nachgegangen ist. Wo bewahrt er die Informationen also auf?«

»Das weiß ich nicht.«

Olschenko lachte halbseitig, beugte sich Eigen zu und flüsterte ihr etwas auf Russisch zu.

Eine Marschmelodie plärrte auf.

Olschenko zog sein Handy aus der Mantelinnentasche und wies, dem Ton nach zumindest, den Anrufer an, zu warten, beendete seine Rede an Eigen und verließ uns.

Eigen setzte sich gleich neben mir auf die Ecke der Werkbank und stützte sich mit beiden Händen auf ihrem Knie ab. »Frau Bellheim, Sie erwähnten den Namen Warren und eine gewisse Schwarzgeldthematik. Bemerken Sie nicht selbst, dass Ihre vorgebliche Unkenntnis über den Verbleib der Daten nicht glaubwürdig erscheinen kann? Ist es nicht so, dass Sie nachgeforscht und den Aufbewahrungsort gefunden haben?«

»Und wenn?«

»Sie spielen ein gewagtes Spiel.« Eigen senkte die Stimme

und fasste mich am Handgelenk. »Sie sollten bei alledem auch an Ihre Kinder denken.«

»Tue ich unentwegt.«

»Ich habe mich auf dem Polizeisommerfest kurz mit Johanna unterhalten –«

»Wir haben sie nach der Heiligen benannt, wussten Sie das?«, unterbrach ich sie und schälte ihre Hand von mir. »Sie sollten ihren Namen also nicht in den Mund nehmen. Er könnte darin wirken wie Gift.«

»Gut, dann eben mit *Ihrer Tochter*. Sie schlägt eindeutig nach Ihnen. Idealistisch bis ins Mark. Das ist schön in dem Alter, aber so perspektivlos.«

Ich nickte nur.

»Stellen Sie sich vor, Sie geben Olschenko, was er will. Seine Zeit ist doch fast abgelaufen. Dann schicken Sie Johanna auf die besten Universitäten der Welt. Verschaffen ihr damit Zutritt zu den Kreisen, die wirklich Einfluss haben. Und sehen ihr dabei zu, wie ihr Idealismus die Welt verändert. Alles in allem ein kleiner Schritt mit großer Wirkung.«

»Ist es das, was Sie getan haben? Sich für Ihr Kind verkauft?«

»Meine Tochter lebt in den USA. Sie mag mich nicht besonders. Aber sie nimmt gern das Geld, mit dem die Ärzte ihre Tochter am Leben halten.«

Ich musterte Eigen. Ich mochte sie ebenfalls nicht. Hatte ich nie. In diesem Moment aber glaubte ich echte Betroffenheit in ihrer Mimik zu erkennen. Mehr noch, eine tief sitzende Verzweiflung. Dennoch widerstrebte es mir, Anteilnahme zu heucheln. »Lassen Sie mich gehen und ich frage meine Tochter, wie ihr diese Aussicht gefällt. Sobald sie sich bei mir meldet«, erwiderte ich daher lediglich.

Das Knirschen von überbeanspruchten Ledersohlen auf schmutzigem Blech beendete unser kleines Tête-à-Tête.

Olschenko verharrte am anderen Ende der Werkbank. Er bemerkte, dass er genau im Schein einer ranzigen Schirmleuchte stand, und schritt langsam wieder zurück, um sich in Halbschatten zu hüllen. »Haben Sie über Angebot nachgedacht? Kommen Sie mit mir? Holen wir Ihre Kinder?«

»Nein.«

»Glauben Sie, das ist richtige Entscheidung?« Olschenko grinste, legte sein Handy auf die Werkbank und tippte darauf. »Du kannst sprechen jetzt mit deiner Mutter.«

Ich hörte nur aufgeregtes, zittriges Ein- und Ausatmen. Eine Männerstimme, die Russisch sprach und Befehle bellte.

Dann folgte eine Mädchenstimme. Sie sprach nur ein einziges Wort, aber es war schlimmer als jeder Schlag in die Magengrube.

»Mama?«

***

Ich spürte ihre Angst, als wäre es meine eigene. Jedes »Tut mir leid! Es tut mir so leid!« sickerte in mein Blut und wandelte es in zähen Sirup, der sich quälend durch meine Adern schob. Und ganz gleich, wie oft ich auch sagte »Es ist nicht schlimm!« oder »Mach dir keine Sorgen!«, ich konnte Johanna nicht beruhigen.

Sie hatte gehört, wie Auers Wagen in der Baustelle zu Bruch gegangen war, und anstatt mit ihrem Bruder Reißaus zu nehmen und sich an Ellie zu wenden, hatte sie ihn in der Böschung neben der Autobahn zurückgelassen und war zum Erdwall zurückgekehrt. Sie hatte alles beobachtet. Wie Eigen und die Handlanger mich aus dem Wagen gezerrt und mit ihrem Auto verschleppt hatten. Wie Eigen die Handlanger nach ihnen hatte ausschwärmen lassen. Und dann war sie losgerannt, um Marc wieder einzusammeln.

Die beiden hatten sich nur knapp verpasst. Aus Sorge um

seine Schwester war Marc ihr nachgegangen. Hatte einen falschen Abzweig erwischt und sich verlaufen. Er hatte nicht gewusst, dass die Handlanger nach ihnen suchten. Deswegen war ihm auch nicht bewusst gewesen, dass seine Rufe nach Johanna die Handlanger auf ihre Spur führten.

Was habe ich ihnen nur zugemutet …

***

Olschenko tippte mit gekrümmtem Zeigefinger auf sein Handy, schnitt Johanna das Wort ab und steckte es wieder ein. »Gibt noch etwas zu sagen zwischen uns?«

»Sie wollen die Daten«, sagte ich und wollte aufstehen, aber das Kraftpaket in meinem Rücken presste mich umgehend wieder in den Stuhl. »Ich gebe sie Ihnen. Ich gebe Ihnen alles.«

»Das habe ich doch schon. Johanna ist kluges Mädchen. Viel verständiger als Sie.«

Ich starrte Olschenko mit großen Augen an. Versuchte zu blinzeln. Erfolglos.

»Sagte ich doch, würde ich eigen Fleisch und Blut niemals Haar krümmen.« Olschenko dirigierte mehrere seiner Handlanger nach draußen und tauschte meine Bewacher gegen die Muskelberge, die seinen Ziehsohn abgeführt hatten. »Johanna und Marc geht es gut.«

»Dann bringen Sie mich zu ihnen.«

Olschenko musterte mich prüfend. Er schnalzte dabei durch die Zähne, wie es typisch ist für Leute mit schlecht sitzenden Dritten.

»Ich komme mit Ihnen«, sagte ich kurz entschlossen. »Wohin auch immer Sie wollen. Ich tue alles, was Sie verlangen.«

Olschenkos rechte Gesichtshälfte zuckte, als unterdrückte er ein Lächeln. »Das weiß ich, Eva Bellheim. Also sagen Sie mir: Wem außer dieser Ellie haben Sie noch berichtet?«

»Niemandem!«

Olschenko ließ das Lächeln doch zu. Aber es wirkte nicht amüsiert. Er gab den Muskelbergen Anweisungen per Hand, die ich nicht verstand. Ich sah nur, dass Eigen umgehend blass wurde.

»Das können Sie nicht machen. Das war nicht unsere Verabredung.«

»Was glauben Sie, wer Sie sind?« Olschenko sah meine ehemaligen Bewacher an, schloss die Augen und nickte in Richtung Eigen.

Die beiden packten sie und brachten sie nach draußen. Ihre Füße suchten nach Halt, streiften aber allerhöchstens den Boden.

»Das können Sie nicht machen! Olschenko! Hören Sie auf! – Eva, geben Sie ihm, was er will! Geben Sie es –« Den Rest ihres Satzes nuschelte sie in die Hand, die ein Handlanger ihr auf den Mund presste.

»Furchtbare Frau, nicht wahr?«, sagte Olschenko und sah wieder zu mir.

»Bitte! Was immer Sie jetzt auch mit mir vorhaben«, flehte ich, »ich habe Ellie nur gebeten, mir zu erklären, was ich nicht verstand. Ich habe mit niemandem sonst darüber gesprochen. Lassen Sie mich mitkommen.«

»Haben Sie nicht zugehört? Ich sagte, es geht um Verrat. Dann geht es auch um Vertrauen. Das ist alles, worum es ging. Jetzt werden Sascha und Fjodor«, Olschenko zeigte auf die beiden Muskelberge, »herausfinden, was Ihre Worte wert sind.«

Die beiden zogen mich rücklings über den Stuhl hinweg zur Eisentür, hinter der bereits Olschenkos Ziehsohn sein Leben gelassen hatte.

»Nein! Nein! NEEEIIIN!«

7

Von Bären – auf Eis oder violett

Die Haut in meinem Gesicht brannte und die Wangen spannten von den Schwellungen, welche die fortwährenden Schläge von Sascha und Fjodor hinterlassen hatten. Ich drehte den Kopf vorsichtig nach rechts und links, in der Hoffnung, dass sein Herumschleudern und das Krachen meiner Halswirbel keinen bleibenden Schaden hinterlassen hatten. Es knackte, als wäre ein Wirbel blockiert, und ein Schmerz zog bis tief unter meine Schulterblätter. Ich hatte befürchtet, Olschenkos Muskelberge hätten mir beim Armverdrehen die Schultergelenke ausgekugelt.

Ich hatte ihnen nichts verraten.

Weil ich nichts zu verraten hatte.

Während Olschenko sich mit Johanna und Marc aus dem Staub machte, hatte er Sascha und Fjodor angewiesen, aus mir rauszukriegen, wem außer Ellie ich von seinen »Geschäften« berichtet hatte. Und mit jedem Mal, das ich beteuert hatte, niemandem sonst davon erzählt zu haben, waren ihre Schläge heftiger geworden. Ich hatte sie für meine Ehrlichkeit nicht nur ins Gesicht und auf die Schulterblätter erhalten, sondern, nachdem die beiden mir mit einem Messer alle Kleidung vom Körper geschnitten hatten, auch in die Nieren, in den Bauch und mit großer Hingabe auf meine Brüste.

Ich wusste nicht, warum die Männer plötzlich aus dem schwarz-schimmligen Keller tief im Bauch des verlassenen Industriemonsters gestürmt waren. Ich war nur einfach froh über die kurze Torturpause, in der sie mich allein gelassen hatten.

Teilweise allein.

An der Wand gegenüber lehnte Lew, der Barbar, Olschenkos Ziehsohn. Oder das, was von ihm übrig war. Ich erkannte die ausgestreckten Jeansbeine und die Bomberjacke wieder. Das Gesicht dagegen war nur noch eine unförmige, blutige Masse, aus der mich leere Augen anstarrten.

Vorsichtig schob ich meinen Stuhl etwas vom Tisch zurück, rutschte an die Sitzkante vor, stützte mich mit beiden Armen ab und glitt langsam zu Boden, so weit es meine Schultergelenke zuließen. Dann plumpste ich satt auf mein Hinterteil und meine Kiefer schlugen aufeinander. Ich hielt inne und kontrollierte meine Zähne mit der Zungenspitze auf ihre Vollzähligkeit.

Unter Lews leblosem Blick kroch ich auf allen vieren unter dem Tisch durch. Bei jedem Rasseln der Kette an meinem Fuß erstarrte ich und lauschte, ob sich hinter der Eisentür etwas tat. Dann kroch ich weiter, Millimeter um Millimeter. Ich musste an meine Tasche gelangen, welche meine Peiniger achtlos auf den blutverschmierten Stuhl geworfen hatten, auf dem Lew gesessen haben musste.

Der Dreck schmirgelte in meine Handflächen und Knie. Aber ich kroch weiter. Stück für Stück, bis die Kette um mein Fußgelenk spannte.

Der Schulterriemen meiner Tasche hing fast bis auf den Boden herab. Ich streckte einen Arm danach aus.

Es fehlten nur Zentimeter.

Ich zog und zerrte verzweifelt an der Kette, streckte mich aus – aber die Fingerspitze meines Mittelfingers berührte kaum das nächste Stuhlbein.

Es war aussichtslos.

Es sei denn …

Ich sah zu Lew. Seine nackten Füße waren aufgeplatzt und fürchterlich deformiert, als wären sie mit einem Hammer bearbeitet worden. Aber an seinem Hosenbund steckte noch der Gürtel in den Schlaufen.

Ich atmete durch und spürte schon die Leere in meinem Bauch, die dem Erbrechen vorausgeht. Dann streckte ich mich in Lews Richtung, bekam sein Hosenbein zu fassen und riss ruckweise daran, bis ich den schlaffen, kalten Körper so nah zu mir bewegt hatte, dass ich die Gürtelschnalle lösen konnte. Mit zugekniffenen Augen und rhythmischem Würgen löste ich sie und zog den Gürtel heraus. Dann rollte ich mich eilig von der Leiche weg auf den Rücken und schluckte die aufsteigende Magensäure runter.

Ich drehte mich auf den Bauch, warf das schwarze Leder um ein Stuhlbein und zog daran.

Der Stuhl ruckte, meine Tasche kippte zu Boden und entleerte ihren Inhalt, allem voran Daniels Handy und meinen Walkman.

Ich griff nach dem Handy und drückte auf die Seitentasten. Es leuchtete auf.

Ich wählte die 110, hörte aber nur Rauschen. Erst nach dem vierten Versuch begriff ich, dass es in diesem Verlies keinen Empfang gab.

Mit einem auf der Zunge sterbenden Fluch ließ ich meinen viereckigen Hoffnungsfunken aus den Fingern gleiten, rollte erneut auf den Rücken und breitete die Arme aus.

Ich konnte dem Wahnsinn nicht entfliehen.

***

So ist das Leben nicht. Man geht nicht abends schlafen, nachdem man seinen Mann zu einer Geschäftsreise verabschiedet hat, und erwacht dann in einem Albtraum aus Lügen und Gewalt, weil ebendieser Mann der Sohn eines sterbenden kriminellen russischen Superreichen ist.

So etwas passiert in Filmen. Nicht in einem beschaulichen Duisburger Vorortleben.

Andererseits ... Wohl kaum jemand hätte auf seinem Weg zur Arbeit daran gedacht, dass sein Büro im einundachtzigsten Stockwerk von einem Flugzeug getroffen werden könnte. Auch nicht, nachdem im Nachbarhochhaus gerade erst das Gleiche geschehen war. Kein junges Mädchen denkt daran, dass es von einem Verrückten in ein fensterloses Kellergefängnis entführt werden könnte, in dem er dann mit ihr jahrelang Familie spielt.

Vielleicht lag es an der Müdigkeit. Ich hatte in fast zwei Tagen nicht mal eine Stunde geschlafen. War höchstens eingenickt. Und das Dauerfeuer aus Enttäuschung, Wut, Bedrohung und Misshandlung hatte mich stumpf gemacht. Ich begriff, ich würde dieses Loch nicht lebend verlassen. Und mit jeder Sekunde, in der das Begreifen zu Wissen reifte, besetzte mich ein Fatalismus, der weder Angst noch Furcht zuließ. Ich will nicht sagen, dass ich akzeptierte, was mit mir geschehen würde. Ich habe nur einen Weg gesucht, es zu ertragen.

***

Anders als in Jugendtagen verstanden mein damals liebster Vertrauter und ich uns nicht mehr blind. Erst nach einigem Probieren erinnerte ich mich daran, dass man die Aufnahmetaste drücken und dann leicht verkanten musste, damit sie eingerastet blieb. Der Haltemechanismus des Walkmans hatte unter der jahrelangen täglichen Benutzung damals doch gelitten.

Ich platzierte das kleine Gerät vor mir auf dem Tisch und sah den Zahnrädern zu, wie sie Daniels Geburtstagsnachricht an mich löschten. Dann nahm ich auf, was mir als Erstes in den Sinn gekommen war, als ich noch auf dem Boden gelegen hatte.

Womöglich war dies die letzte Botschaft an meine Kinder. Ich wagte nicht zu hoffen, dass sie sie jemals erreichen würde, aber wenn, dann sollten sie wissen, dass ich nicht wollte, dass sie sich auf die Suche nach mir machten. Mein Schicksal war besiegelt. Für sie, bildete ich mir ein, gab es noch einen Ausweg.

Das Leben mit einem sterbenden alten Mann, den sie nicht kannten und der sich ihnen als Großvater aufdrängte, war sicher keine Aussicht, die ich mir für sie wünschte.

Aber sie würden leben.

Ich tröstete mich mehr schlecht als recht damit, dass Johanna ein unglaublich robustes Wesen besaß und Marc vielleicht noch zu jung war, als dass aus diesen Tagen ein lebenslanges Trauma werden konnte.

Ich redete es mir schön, aber welche andere Zuversicht hätte ich sonst haben sollen?

Ich schaffte es gerade so, die beiden an die Kindergeschichte zu erinnern, in der zwei Spatzengeschwister sich auf die Suche nach ihrer Mutter machen, als ich jenseits der Eisentür Schritte hörte. Ich fummelte die Aufnahmetaste los und verbarg den Walkman, so gut es ging, in meinem Schritt. Trotzdem spürte ich ihn brummen, als ich danach die Beine zusammenpresste. Die Taste hatte sich wohl wieder einmal verhakt.

Die Türscharniere jaulten auf wie getretene Hunde und lähmten augenblicklich jede Regung in mir. Nicht einmal Überraschung wollte sich einstellen, als anstelle der Muskelberge Dr. Romana Eigen im Türspalt erschien.

»Kommen Sie! Schn…« Sie stockte, als sie sah, dass ich nackt war. »Oh mein Gott, diese Tiere.« Sie zog ihren Mantel aus und warf ihn mir zu. »Ziehen Sie das an und kommen Sie.«

Der Mantel traf mich im Gesicht und glitt an mir hinab. Ich ließ es geschehen.

»Worauf warten Sie? Ich habe die zwei oben beschäftigt. Aber sicher nicht für ewig.« Kaum hatte Eigen es ausgesprochen, bemerkte sie die Kette an meinem Fuß. Sie stürzte sich regelecht darauf und zerrte daran. Befingerte hektisch die Schlösser. Doch sie sah die Aussichtslosigkeit ihres Versuchs, mich zu befreien, ein. »Was ist denn nur mit diesen Menschen los?« Eigen hob den Kopf und las in meinen Augen. »Die werden Sie umbringen. Aber das wissen Sie schon.«

Ich lenkte ihren Blick mit der Nase zur anderen Seite des Verlieses.

Eigen stöhnte angesichts Lews Leichnam auf und verzog das Gesicht zu einer angewiderten Grimasse.

»Was wollen Sie hier?«, fragte ich.

»Möglicherweise das Richtige tun.« Eigen erhob sich, ging zur Eisentür und drückte sie unter Einsatz ihrer Schulter und neuerlichem Gejaule der Scharniere zu. »Ich weiß, wem Ihr Mann sich anvertraut hat. Ich habe sie benachrichtigt. Sie kommen.« Sie forderte mich mit einer Handbewegung auf, aufzustehen, nahm den Stuhl und blockierte damit die Tür. »Ich hoffe, sie beeilen sich.« Sie ging um den Tisch herum und zog eine Pistole aus ihrer Aktentasche.

Emotionslos betrachtete ich das silbrig glänzende Todesinstrument.

Eigen legte es auf den Tisch und rieb sich die Finger, als klebten daran noch Krümel. »Für den Notfall. Ich weiß nicht mal, ob das Ding funktioniert.«

Ich brachte etwas zustande, das entfernt an ein Lachen erinnerte, wenn einem das kaum merkliche Zucken meiner Mundwinkel nicht entging. Mir dagegen fiel es mindestens ebenso schwer, Eigens Gesichtsausdruck zu deuten. Entweder lag darin Abscheu oder Mitleid.

»Sie müssen Schmerzen haben.« Eigen griff erneut in ihre Tasche und hielt mir eine satinierte, mit Swarovski-Steinen verzierte Flasche Wasser und einen Streifen Tabletten hin. »Nehmen Sie die. Sie helfen. Ich bleibe mit Ihnen hier, bis diese Auer und ihr Partner kommen. Mehr kann ich nicht für Sie tun.«

»Keine Angst vor Ihrem Herrn und Meister?«

»Machen Sie sich um mich keine Gedanken.« Eigen legte ihr Notfallkit auf den Tisch neben die Pistole. »Sie sollten besser an sich denken. Sie verstehen es immer noch nicht. Männer wie Olschenko werden nicht so reich, indem sie wie Sie einen über vierzig Jahre ausgefeilten Sparkassen-Sparplan verfolgen. Sie gehen Handschlagbündnisse ein. Mit Leuten, denen niemand jemals begegnen will.«

»Weil sie Schlimmeres tun als das?« Ich breitete die Arme aus und präsentierte meinen geschundenen Körper.

»Viel schlimmer.« Eigen räusperte sich und deutete erneut auf die Medikamente und die Flasche.

Ich zögerte, aber ihre wiederkehrenden Verweise auf das Luxuswasser weckten die verdrängten Durstgefühle. Seit dem Pommes-Zwischenstopp mit Johanna und Marc hatte ich keinen einzigen Tropfen mehr zu mir genommen. Meine Kehle fühlte sich mit einem Mal fiebrig ausgedörrt an und mein Kehlkopf war auf der Rückseite rau wie trocken verputzter Wüstensand. Schließlich griff ich doch nach der Flasche, drehte den Verschluss auf und las nebenbei auf dem Tablettenstreifen den Namen eines ordinären Kopfschmerzmittels.

Ich war versucht, jede einzelne Tablette aus dem Blister zu drücken und die ganze Handvoll zu schlucken, konnte mich aber nicht überwinden. Während meines Studiums, als ich nächtelang an der Abschlussarbeit gesessen hatte, hatte die Verbindung von drei Kopfschmerzpillen und einer halben Kanne Kaffee mir einen Rausch beschert, der mich beim Toilettengang koordinationslos von Wand zu Wand hatte torkeln und zweimal vom WC hatte rutschen lassen. Ich fürchtete, meine seitherige Abstinenz von Mittelchen dieser Art könnte einen ähnlichen Zustand in mir auslösen. Was garantiert nichts war, was ich vor Eigen herbeiführen wollte. Irgendetwas sagte mir, dass ich in ihrer Anwesenheit meine sieben Sinne beisammenhalten sollte. Also widmete ich mich allein der Flasche. Ein kurzes Nippen genügte und ich trank gierig Schluck um Schluck.

»Diese Leute, mit denen Olschenko sich umgibt, löschen ganze Familien aus. Sie arbeiten sich Generationen zurück und danach jeden einzelnen Familienzweig wieder vor, wenn es sein muss.«

»Sie reden von der Mafia.« Ich prustete zwischen zwei Schlucken und versuchte, ihren Andeutungen einen Namen zu geben.

Eigen sah mich an und lächelte unergründlich. »Ihre rechtschaffene Welt und der Kosmos dieser Leute koexistieren nicht nur. Die schaffen sich Türchen, durch die sie ein und aus gehen können, wie es ihnen beliebt.«

Außer Atem setzte ich die leere Flasche ab. Ich hätte am liebsten noch den Bodensatz herausgesaugt, entschied mich aber dafür, mir einen Rest Würde zu bewahren.

»Olschenkos Reichtum gründet sich auf der Übernahme einer Kohlemine aus sowjetischem Staatsbesitz. Irgendwann Anfang der Neunziger. Es gab nur ein Hindernis: den damaligen Direktor, der die Verträge als Neueigentümer unterschriftsreif vorliegen hatte. Aber von heute auf morgen wurde er nie wieder gesehen. Olschenko kaufte und verkaufte danach und kaufte immer wieder neu. Immer nur Anteile. So geschickt, dass seine Firmen sich praktisch gegenseitig besitzen. Und kaum jemand kann noch nachvollziehen, was ihm alles gehört.«

Das Wasser lag kalt in meinem Magen. Gleichzeitig kräuselte sich um ihn herum eine merkwürdige Wärme, die meine

Speiseröhre emporstieg und sich rechts und links an meinem Kehlkopf vorbeistahl.

»Warum erzählen Sie mir das?« Ich sperrte den Mund auf, weil sich meine Zunge wie ein Klotz anfühlte.

»Die Leute, die für das Verschwinden dieses Kohle-Direktors verantwortlich sind, sind noch an Olschenkos Seite. Er ist ihr Türchen in die legale Welt. Und sie sind nicht glücklich, dass er Ihrem Mann Einblick in alles gewährt hat. Noch weniger erfreuen wird es sie, wenn er plötzlich mit Erben für sein undurchsichtiges Geflecht an Beteiligungen aufwartet.«

»Mit ›sie‹ meinen Sie Olschenkos Brüder.« In meinem Kopf waren meine Worte vollkommen klar. Nur meine Ohren hatten offenbar eine Fehlfunktion, als steckten in kohlensäurehaltiger Limonade getränkte Tampons darin. Es knisterte und klang dumpf.

Eigen sah mich abwartend an. Nachdem ich auch auf ihren fragenden Blick noch immer keine Regung zeigte, grinste sie breit. »Olschenko ist ein Bär. Angeschlagen in einem Zwinger voll tollwütiger Hunde, die bereits sein Fell verteilen. Was glauben Sie, werden die mit seinen Jungen machen?«

Ich wollte etwas sagen, öffnete aber nur meinen pelzigen Mund und schob die Kiefer, so weit es ging, auseinander und hin und her.

»Macht Ihnen das Angst?«

Ich hörte, dass Eigens Ton sich verändert hatte, konnte ihn aber nicht zuordnen. Ihre Mimik war seltsam verwaschen. Ihre Umrisse bewegten sich fließend und blieben gleichzeitig an Ort und Stelle. Ich spürte, dass ich langsam aus dem Stuhl rutschte. Wie ein Kleinkind am überfüllten Frühstückstisch hielt ich mich mit einer Hand an der Tischkante fest und griff mit der anderen nach der Wasserflasche.

Eigen kippte sie um, schob sie mit einem Finger aus meiner Reichweite und zeigte mir eine leere Ampulle. »Ein irres Zeug, nicht wahr? Ich habe erlebt, wie Herr Olschenko es schon ein-, zweimal sehr erfolgreich eingesetzt hat. Sie könnten Ihren Mann fragen, wenn Sie sich nicht so dumm angestellt hätten.«

***

Ich weiß bis heute nicht, was sie mir eingeflößt hat. Nur, dass ich redete wie ein Wasserfall. Ich beantwortete Gefragtes und Ungefragtes.

»Wem haben Sie alles die Daten gegeben, die Ihr Mann gesammelt hat?«

»Nur Ellie Wenger. Brauchen Sie die Adresse? Gleich um die Ecke ist ein Wahnsinnslibanese. Ich komm da immer raus wie eine Stopfgans.«

»Nur dieser WDR-Tante?«

»Natürlich! Sie hat ihr Schlafzimmer mit lauter Putten verziert. Das ist so schlimm.«

So ging es fort und fort, ich weiß nicht, wie lange. Nur, dass es schließlich damit endete, dass Eigen mir lauter Sachen zum Unterschreiben vorlegte, die sie mit nach Russland nehmen wollte.

»Das hier ist die Sorgerechtsabtretung im Fall Ihres Todes. Die brauchen wir. Und das hier ist fast noch dringlicher: die Sorgerechtsvollmacht für den Urlaub. Sie wissen bestimmt, dass es manchmal allzu pingelige Grenzer gibt. Wir wollen uns ja nicht der Kindesentführung schuldig machen. Ganz besonders ich nicht. Gleich hierneben unterschreiben.«

Ich hätte nur auf das fehlende Knacken des Schraubverschlusses achten müssen. Zum Beispiel. Stattdessen habe ich mich treuselig auf das Wasser gestürzt wie auf das Cocktailglas in der Hand eines Fremden, vor dem man unbedarfte Partygören warnt.

Ich möchte mir heute noch eine Handbrause in den Kopf stecken und jede einzelne Hirnwindung abschrubben.

***

Es war nur eine Messerspitze Kakao im Kaffee. Aber wie jeden Morgen eröffnete sein Duft das Geruchsfestival in der Küche. Ich liebte diesen Moment so sehr, dass ich die Vorbereitung des Frühstücks genießen konnte, obwohl sowohl Daniel als auch Johanna und Marc mich damit im Stich ließen. Aber allein war ich sowieso schneller und deckte den Tisch leichthändig ein.

Danach ging ich in den Flur, rief die Kinder aus ihren Zimmern und stieg in den Keller hinab. Daniel erwartete mich bereits im Büroanzug und fest mit einem orangenen Abschleppseil verschnürt auf der Kartoffelkiste liegend zwischen Vorratsregal und dem Stapel Winterreifen.

»Kommst du frühstücken?«, fragte ich ihn, noch mit einem Bein auf der letzten Stufe.

»Hast du Toast besorgt?«

»Vergessen.« Ich fasste mir theatralisch an die Stirn.

Ich eilte zurück in die Küche und schlüpfte durch die Balkontür in den Brotgang unseres Stammsupermarkts. Ohne mich erst großartig umzusehen, steuerte ich auf die nächste Verkäuferin zu. »Ich suche Toastbrot.«

Franka Auer machte eine Miene, bei der mir nicht ganz klar war, ob sie mich nicht verstanden hatte oder ob sie in einen der herumliegenden Nägel getreten war.

»Toast«, wiederholte ich.

»Hier ist alles verschimmelt. Sie müssen zu uns kommen«, war Auers Antwort, bevor sie im nächsten Gang verschwand.

Genervt stieg ich in ein Bällebad aus Packungen von Knusperaufbackbrötchen, denen unter ihrem grün-weiß-schwarzen

Pelz nur noch dünne Knickbeinchen fehlten. Es schmatzte unter meinen Füßen und fühlte sich feucht an.

»Was zum Henker machst du denn?« Daniel ärgerte sich in meinem Rücken. »Wo sind die Kinder?«

»Gleich. Ich komme zurück.« Ich ruderte mit den Armen, als kraulte ich durch Schlamm. Aber ich fand kein Durchkommen. Stattdessen schluckte ich bei jedem Atemzug Übelkeit erregenden Brei.

»Es gibt kein Zurück. Warum zum Teufel bist du nicht bei ihnen?«

»Wer bin ich schon unter all diesen Monstern?«, blubberte ich.

»Das Licht, dem ich folgen würde.«

Daniels Stimme verlor sich dumpf in dem über mir zusammenschlagenden Glibber aus zerlaufenem schwarzem Teig. Er brannte in meinen Augen und ich presste fest die Lider zusammen, während ich nach oben schwamm. Prustend und spuckend schaffte ich es an die Oberfläche und schlug die Augen auf.

Lichter huschten über einen grauen Himmel, flackerten im Fenster rechts neben mir vorbei. Ich wurde durchgeschüttelt, hörte Motorenlärm und realisierte langsam, dass ich auf dem Beifahrersitz eines Autos lag.

»Da sind Sie ja wieder.« Eine Hand fasste an meinen Unterarm.

Ich drehte den Kopf und erkannte verschwommen, wie Franka Auer den Wagen durch die Nacht steuerte.

Wohin bringen Sie mich?, wollte ich fragen, bekam aber kein Wort heraus. Jeder Schlag, den ich im Kellerloch ausgehalten hatte, meldete sich noch einmal und ich streckte mich im Sitz durch.

»Keine Sorge, wir sind gleich in einem Krankenhaus.« Auer warf mir ein kurzes mitleidiges Lächeln zu.

»Nein«, ächzte ich und wollte sie auffordern, anzuhalten, aber es ging nicht vor Schmerz.

»Diese Typen haben Ihnen was gegeben. Drogen, vermute ich. Als wir Sie fanden, wären Sie beinahe an ihrem eigenen Erbrochenen erstickt. Edwin kümmert sich um das Pack. Aber Sie müssen ins Krankenhaus.«

In meinem Mund lag ein saurer Geschmack. Ich dachte an den ekligen Brei im Bällebad und tastete die Türverkleidung und den Dachhimmel und schließlich meinen Körper ab, um mich zu vergewissern, dass mein Traum wirklich vorüber war. Ich war in eine Decke eingewickelt.

»Johanna hat mir gesagt, dass die Sie haben. Zum Glück hatten Sie Daniels Handy bei sich. Wir haben eine Ortungs-App darauf installiert. Aber das Signal riss vermutlich ab, als man Sie in dieses Verlies gebracht hat. Sonst hätten wir Sie früher gefunden und Ihnen vielleicht einiges erspart.«

Als Olschenko mich hatte Johannas Stimme hören lassen, hatte sie sich Vorwürfe gemacht. Nun verstand ich, wieso. Sie hatte entgegen meiner Anweisung nicht Ellie um Hilfe gebeten, sondern Auer. Obwohl sie wusste, dass ich ihr nicht vertraute.

»Johanna?«, presste ich hervor.

Auer starrte nur geradeaus auf die Fahrbahn. »Ich kümmere mich jetzt erst mal um Sie.«

»Anhalten!«, forderte ich.

»Ich bringe Sie zuerst –«

Bevor Auer aussprechen konnte, bekam ich den Zündschlüssel zu fassen und zog ihn ab. Der Wagen bockte und blockierte. Die Reifen quietschten. Ich rutschte unterm Gurt durch und stemmte mich mit beiden Beinen in den Fahrzeugboden. Auer kreuzte die Unterarme vor dem Gesicht. Mit einem letzten Ruck kam der Wagen zum Stehen.

»Wollen Sie uns umbringen?« Auer grapschte mir den Schlüssel aus der Hand.

»Das werden sie mit meinen Kindern tun, wenn wir sie nicht finden«, antwortete ich und gab anschließend alles wieder, was ich von Eigen erfahren hatte. Insbesondere, dass Olschenkos kriminelle Partner nicht zulassen würden, dass meine Kinder ihn lange überlebten. »Ich bin sicher, die Anwältin weiß, wohin Olschenko sie gebracht hat. Wir müssen zurück.«

»In der Halle war niemand außer Ihnen, diesen beiden Brutalos und einer …«

… *Leiche*, ergänzte ich Auers unvollendeten Satz gedanklich, sagte aber nur: »Sie war auch da. Sie hat mir dieses Zeug verabreicht.«

»Ich weiß. Sie haben es mit so einem alten Kassettenteil aufgenommen. Was glauben Sie, wo sie jetzt ist?«

Meine Gedanken rannten in einem Sportstadion vor leeren Rängen die Tartanbahn entlang, ohne zu wissen, wie lang die Wettkampfstrecke war. Trotzdem holte ich tief Luft, um Auer eine Antwort zu geben. Aber mir schossen nur die Tränen ein.

»Schön austrinken.« Auer hob den Flaschenboden mit einem Finger an und ich schluckte und schluckte und schluckte, bis ich die anderthalb Liter Wasser getrunken hatte.

Ich hustete und rang nach Luft, während ich ihr die Flasche zurückgab.

»Ist unangenehm«, sagte Auer. »Aber wir müssen das Zeug aus Ihnen rausspülen.«

Ich saß in der offenen Wagentür und kämpfte damit, mich nicht gleich wieder zu übergeben. Immerhin hatte ich zuvor bereits die gleiche Menge in meinen Magen gepumpt. »Wo sind wir?«, fragte ich zwischen zwei Atemzügen.

»Wanheimerort.« Auer tauschte die Wasserflasche gegen ein Hemd, eine Cargohose und eine Feldjacke in schwarz-grauer Tarnoptik. »Ziehen Sie das an.«

Ich legte zwar meine Hände an die um mich gewickelte Decke, sah Auer aber zunächst abwartend an.

»Ich habe bereits alles gesehen«, sagte sie und drehte sich weg.

Ich sah mich um. Auer hatte uns auf einen fast leeren Parkplatz gebracht, nachdem sie mir ausgeredet hatte, nach Eigen zu suchen, weil es ihrer Meinung nach aussichtslos war. Vermutlich war sie längst bei Olschenko und mit ihm untergetaucht. Ans Telefon jedenfalls war sie nicht gegangen.

Auf der anderen Straßenseite verliefen Straßenbahnschienen und dahinter strahlte ein gelbes Tankstellenschild in die Nacht. Ich zog die Beine in den Wagen und schälte mich aus der Decke. Der gelbe Schimmer färbte die blauen Flecken auf meinem Körper tiefviolett. An meinen Knien klebten große Pflaster. Der Schmutz aus dem Verlies war verschwunden.

»Ellie wohnt in Wanheimerort«, stellte ich fest.

»Das ist richtig. Sie wäre mein nächstes Ziel gewesen, sobald ich Sie im Krankenhaus abgeliefert hätte.«

»Warum?«

»Sie erinnern sich nicht, oder?« Auer schien sich zunächst umdrehen zu wollen, ließ es dann aber. »Sie hatten auf der Fahrt ein paar lichte Momente. In einem sagten Sie, dass Sie Ihrer Freundin alles übermittelt haben, was Daniel über Olschenko zusammengetragen hat. Und dass Olschenko davon weiß.«

»Nein, wir fahren zurück.« Ich stemmte meinen Hintern aus dem Sitz und zog die Hose darüber. »Diese Typen. Sie wissen, wo Olschenko ist. Und meine Kinder.«

»Diesen Part übernimmt Edwin.«

»Was bedeutet: diesen Part?«

»Dass sie auf höfliches Fragen nicht reagieren und Edwin weiß, wie man mit solchen Situationen umgeht.«

Ich brauchte einen Moment, um ihre Aussage zu verstehen.

In meinem Kopf drehte sich alles, während ich in das Hemd schlüpfen wollte. »Sie meinen Folter!«

»Investigativen Journalismus jedenfalls nicht.«

»Aber das geht nicht. Das ist nicht richtig«, erwiderte ich und wollte einen langen Einwand formulieren, dass die Handlanger zu foltern bedeutete, dass wir uns auf dasselbe Niveau begaben und, politisch korrekt, dass wir nicht in einem Land lebten, in dem man Brutalität mit Brutalität begegnet. Gleichwohl ahnte ich, dass diese Leute unter normalen Voraussetzungen erst über den Verbleib meiner Kinder reden würden, wenn sie nach einer Haftstrafe wegen Körperverletzung zurück in Russland für ihr Schweigen belohnt werden würden.

»Hören Sie.« Auer drehte sich nun doch um und hockte sich vor mir hin. »Das ist auch nichts, was mir gefällt. Obwohl ich glaube, dass diese Typen es durchaus verdient haben. Die hätten Sie getötet, ohne mit der Wimper zu zucken. Und sehen Sie sich an.«

Ich blickte an mir hinab, obwohl ich das Hemd bereits zugeknöpft hatte.

»Mir liegt etwas an Ihrer Familie, auch wenn Sie mir das nicht glauben wollen. Besonders an Johanna und Marc. Und wir werden alles tun – und ich meine alles! –, damit Olschenko nicht mit ihnen abhauen kann. Wenn dazu eine härtere Gangart bei seinen Leuten nötig ist, dann nehme ich das in Kauf.«

»Aber das ist nicht richtig«, wiederholte ich, während ich die Möglichkeiten durchging, die mir sonst noch blieben. Abwarten. Den Polizeiapparat in Gang setzen. Ich sah mich auf einer Wache sitzen, mit einem Uniformierten sprechen, der meine Aussage aufnahm ... Und dann? Was, wenn wirklich nur die Handlanger wussten, wo Olschenko sich aufhielt? Wahrscheinlich würden sie den Polizisten einfach nur ins Gesicht lachen.

»Vertrauen Sie mir?«, fragte Auer.

Ich sah sie an, hatte aber keine ehrliche Antwort. Also wich ich aus. »Johanna tut's, sonst hätte sie Sie nicht angerufen. Vielleicht muss das für den Anfang reichen.«

»Schön! Denn Sie sollten mir glauben, was ich jetzt sage: Edwin weiß, was er tut, und er ist Ihre beste Option. Überlassen Sie das ihm. Ihre Freundin Ellie aber … Ich erreiche sie nicht am Telefon. Und ich kann nur hoffen, dass wir nicht zu spät kommen.«

Der Wagen von Auers Partner Edwin Metzger, ein kleiner, sportlicher silbergrauer Franzose, ratterte so unruhig über das Kopfsteinpflaster in der Markusstraße, dass ich die Uhrzeit im Bordcomputer auf dem Armaturenbrett kaum entziffern konnte. Bereits auf Straßen mit Teerflickwerk oder bei Bahnübergängen vibrierte alles derart, dass mein Gehirn in jedwede Richtung gegen die Lagerschale stieß und mir Übergeben als nichtelektronisches Stabilitätsprogramm vorschlug.

Eine Nachwirkung der mir eingeflößten unbekannten Droge, hatte Auer spekuliert und mir einige Namen und Kürzel genannt, um den Kreis der Verdächtigen einzuengen. Mir hatte nichts davon etwas gesagt. Ich hatte nur Auers diesbezügliche Kenntnisse bemerkenswert gefunden. Allerdings befreit von jeder Art von Bewunderung.

»Es ist kurz vor halb fünf, oder?«, fragte ich.

Auer nickte mir zu. »Immer noch nicht besser?«

»Alles gut«, log ich und zeigte auf ein vierstöckiges Haus, an dem statt der Hausnummer lediglich das Erbauungsjahr 1906 neben der Tür prangte. »Das da ist es. Sie ist im Arbeitszimmer.«

Die doppelflügeligen Erkerfenster im zweiten Stock waren hell erleuchtet, was eigentlich nur bedeuten konnte, dass Ellie noch arbeitete. Sie hatte keinen meiner zahlreichen Anrufe entgegengenommen, trotzdem probierte ich es erneut.

»Hm«, äußerte Auer ihre Skepsis einsilbig, ließ den Wagen langsam die Straße bis zur nächsten Kreuzung runterrollen und spähte dabei in jedes parkende Fahrzeug.

Ich tat es ihr nach. »Sie würde nie in einem leeren Zimmer die Lampen brennen lassen«, sagte ich. Wenn auch mehr, um mich selbst zu beruhigen. Noch immer klang mir Auers Warnung im Ohr, wir könnten womöglich zu spät kommen und Ellie bereits von Olschenkos Handlangern heimgesucht worden sein. »Sie hält es für Lichtverschwendung.«

»Sie meinen, Energie.« Auer drehte den Wagen in der Kreuzung so schwungvoll um, dass ich gegen die Tür gedrückt wurde, und parkte versetzt hinter dem letzten Fahrzeug, sodass sie die Straßen in alle Richtungen überblicken konnte.

»Ich hole sie«, sagte ich und zog am Türöffner. Die Deckenleuchte glomm auf.

Blitzschnell drückte Auer den Knopf gleich daneben und zog mich an der Jacke zurück in den Wagen. »Sie reagiert nicht aufs Telefon. Was, glauben Sie, bringt klingeln?«

Ich hob meine Tasche vom Boden auf, zog meinen Schlüsselbund heraus und blätterte die Schlüssel daran um, bis ich die zu Ellies Wohnung fand. »Ich kümmere mich hin und wieder um ihre Blumen, wenn sie nicht da ist.«

»Ich kann Sie nicht da hochlassen. Was, wenn sie nicht allein ist?«

»Was, wenn Sie sich täuschen?«

Auer sah mich an, als verstünde sie nicht, wovon ich redete.

Ich deutete die Straße hinab. »Olschenko scheint auf schwarze SUVs zu stehen. Ich hab keins gesehen. Und was, glauben Sie, passiert, wenn Sie plötzlich in Ellies Wohnung stehen?« Ich kletterte aus dem Sportsitz auf den Gehsteig. »Ich gehe! Und Sie halten sich bereit.«

»Und wie mache ich mich bemerkbar, falls sich hier unten

was tut? Soll ich hupen? Dreimal kurz, dreimal lang, dreimal kurz?«

Ich stutzte. Wenn ich mich recht erinnerte, war dies der Code für SOS. Was inhaltlich vielleicht angemessen war, aber ganz sicher nicht unauffällig.

Auer schloss die Augen, schüttelte ungläubig den Kopf und hielt mir meine Tasche entgegen. »Oder ich rufe auf Daniels Handy an.«

Ich schnappte die Tasche. »Es ist jetzt kein guter Zeitpunkt, mich zu verunsichern, in Ordnung?«

»Okay«, antwortete Auer. »Aber angenommen, wir sind tatsächlich zu spät: Sind Sie sicher, dass Sie auf das vorbereitet sind, was Sie dann da oben finden?«

Der Türschließer war seit Jahren schon defekt und hämmerte die weiße Eingangstür derart in den Rahmen, dass es bis unters Dach dröhnte. Also schloss ich sie von Hand und schlich Stufe um Stufe hoch, obwohl die ehemaligen Holztritte im frisch geweißten Treppenhaus durch geräuschlosen Kunststoff ersetzt worden waren. Ich stellte mich breitbeinig vor Ellies Tür, weil die Bodendielen davor nicht nur im Treppenhaus, sondern bis in den Wohnungsflur knarzten, wenn jemand darauftrat. Dann zog ich Ellies Wohnungstür an, führte den Schlüssel Klick um Klick ins Schloss und stieg mit einem Ausfallschritt über die Fortsetzung der Knarzstelle unterm Laminat in Marmoroptik hinweg. Ich wollte Ellie rufen, biss mir jedoch nur auf die Unterlippe und lauschte den langen Flur hinab. Einzig der Schein aus Ellies Arbeitszimmer spendete etwas Licht. Aber erst als ich Mausklicken hörte, wagte ich mich dorthin vor.

Ellie, die Ordnungsfanatikerin, saß mit dem Rücken zu mir am Erkerfenster vor ihrem Laptop. Um sie herum und auf dem Boden ausgebreitet mit nur einer einzigen freien Spur zwischen Tür und Schreibtisch lagen Ausdrucke, teils handschriftlich ergänzt, mit Post-its und bunten Papierfähnchen oder verschiedenfarbigen Linien versehen. Darunter einige Listen, die ich wiedererkannte. Ich hatte sie in Daniels Aufzeichnungen gefunden.

»Ellie?« Als sie nicht reagierte, ging ich auf sie zu.

Etwa zeitgleich entdeckten wir mein Spiegelbild in der Fensterscheibe. Ellie wirbelte herum und riss sich die Kopfhörer runter, aus denen es selbst aus drei Metern Entfernung noch hörbar plärrte. In ihrer linken Hand prangte ein großes Küchenmesser.

»Sorry!« Ich schritt sofort zurück und zeigte ihr meine leeren Hände.

»Was soll das?« Ellie trug einen violetten Hausanzug mit weißem Bauch, der eindeutig zu einem Glücksbärchikostüm gehörte. Ihre Augen waren feuerrot und die zwei Gründe dafür reckten auf dem Schreibtisch erhaben ihren Hals: Weinflaschen im dreistelligen Eurobereich das Stück.

Ellie hatte ein halbes Dutzend davon erstanden, damit sie mal die Gäste ihrer Beerdigung würdig belustigen würden.

Auf dem Laptop lief ein Video von Fiepts ersten Schwimmversuchen. An einem Hundestrand in Holland streckte der Golden-Retriever-Mischling seine Schnauze mühsam aus dem Wasser und strampelte in den Nordseewellen um sein Leben Ellies Stimme entgegen.

»Hierher, Fiept. Na komm, du schaffst das! Braver Junge.«

Ellie hatte den Welpen auf einer Tierschutzstation in die Arme gelegt bekommen und Fiept hatte mit dem begonnen, was er die ganzen ersten Wochen getan hatte. Ellie hatte den Tränen nah das abgemagerte Junge im Arm gewogen und zu mir gesagt: »Hör mal, wie er fiept.« Von da an hatte Fiept seinen Namen weggehabt.

Eine tiefe Liebesbeziehung auf den ersten Blick, die in London ein abruptes Ende gefunden hatte.

»Entschuldige. Ich wusste nicht, dass du …«, begann ich zwar, zeigte dann aber nur noch auf das Video.

Ellie musterte meinen Tarnoptikaufzug und kommentierte ihn mit schwerer Zunge. »Gehörst du neuerdings zur Kampfgruppe Duisburg?«

»Ich habe einen furchtbaren Fehler gemacht, Ellie.« Ich überging ihre Bemerkung und zeigte auf die Papiere auf dem Boden. »Ich hätte dir das niemals schicken dürfen. Olschenko wird dich deswegen aus dem Weg räumen. Du musst mit mir kommen.«

Ellie glotzte mich nur entrückt an. Ihre Lider gingen schwer.

»Hast du mich verstanden?« Ich hockte mich vor sie, nahm ihr das Messer ab, ließ es fallen und strich mit beiden Händen über ihre Knie. »Wir müssen weg.«

»Tante Ellie geht nirgendwohin, Liebelein.«

»Sei nicht närrisch und beweg dich.« Ich sprang auf, schnappte mir ihre Handgelenke und wollte sie hochziehen. Aber sie schien nur noch tiefer in den Stuhl zu sinken.

»Ich will nicht mehr weglaufen.« Sie entwand ihre Arme meinen Händen.

»Herrje, Ellie!« Ich packte sie am Kragen. Aber noch bevor ich an ihr reißen konnte, stemmte sie urplötzlich ihren massigen Körper in die Höhe und stieß mich um. Ich landete auf dem Boden und entging nur dadurch einer schallenden Ohrfeige.

Ellie hatte Mühe, von ihrem eigenen Schwung nicht umgerissen zu werden. Wankend deutete sie hinter sich, verfehlte aber den Laptopmonitor um Längen. »Sie haben mir sein Herz geschickt! Sie haben es herausgeschnitten, seinen Kopf abgehackt und es ihm ins Maul gestopft. Mit besten Empfehlungen per UPS.«

»Das wusste ich nicht«, sagte ich, wurde aber nicht gehört.

»Die große Eleonore Wenger. Unsere Korrespondentin in

London. Berichtet heute von einem toten Immobilien-Heinz in Diensten der russischen Mafia. Und morgen geht sie zurück nach Duisburg. Sie hat ja sooo Sehnsucht nach ihrem Zuhause. Nach Geschichten über Schrebergartenzüchter und Hasenvereine.« Ellie stockte mit ausgebreiteten Armen. Sie schien zu bemerken, dass irgendwas in ihrer Formulierung nicht stimmte. Dann aber winkte sie nur ab. »Einen Scheiß hab ich! Angst hab ich! Den Schwanz eingekniffen hab ich!« Ellie griff sich so vehement in den Schritt und rüttelte daran, dass selbst mir davon mulmig wurde. Anschließend wirbelte sie die Papiere auf dem Boden mit Fußtritten durcheinander. »Hinter dieser ganzen Scheiße steckt der Teufel in Person. Und er nimmt deinen Mann so richtig ran.« Ellie, das Glücksbärchi, vollführte eindeutige Hüftstöße in der Luft. »Und deinen Chef nimmt er auch so richtig ran!« Ihre Stöße wurden noch nachdrücklicher. »Der Deal, den dein Oberbürger Averdunk mit den Chinesen eingefädelt hat. Die pachten und bauen auf ehemaligem Stadtgrund, den dein Peterlein für die schwarze Haushaltsnull hat verhökern lassen. An Olschenko.«

»Davon weiß ich nichts«, wandte ich ein, aber Ellie war immer noch nicht zu stoppen.

»Ach, nein? Wer, glaubst du, hat deine ganzen tollen ›Peter ist super!‹-Social-Media-Kampagnen gesponsert?«

»Was?«, plapperte ich dazwischen.

Ellie griff einige Blätter vom Boden auf. Sie kam ins Straucheln, drehte sich um die eigene Achse und landete rücklings in meinen Armen. Zusammen mit ihr wankte ich, bis sie sich rudernd von mir befreite und die Blätter in meine Richtung warf wie Konfetti.

»Es steht alles hier drin! – Willkommen im Klub der Gefickten!« Ellie ließ sich satt in den Bürostuhl fallen und kippte fast damit nach hinten um. Ich kam gerade noch rechtzeitig, um ihre Hand zu schnappen und ihren Sturz zu verhindern.

Ich wusste, ich musste uns langsam aus der Wohnung bringen. Aber ich war viel zu perplex, um einen klaren Gedanken zu fassen. Erst kürzlich hatte ein Boulevardblatt eine Liste der beliebtesten Politiker nicht nach Umfragewerten, sondern nach Follower-Zahlen auf den diversen Kanälen veröffentlicht. Peter rangierte nicht im Bereich der allgegenwärtigen Bundespolitiker, landete aber als Regionalpolitiker einen erheblichen Achtungserfolg knapp dahinter. Natürlich fuhr nicht ich die Lorbeeren dafür ein, obwohl die Verantwortung dafür auf meine Kappe ging. Regelmäßig hatte ich die Profile hinter den Kommentaren und Likes sowie deren zeitliches Auftauchen auf Fakes überprüfen lassen. Doch nie war bisher etwas Zweifelhaftes dabei herausgekommen.

Ellie umfasste meine Hände wie einen wertvollen Schatz und ihre Augen wurden warm und verklärt. Doch es hielt kaum einen Wimpernschlag, bis Traurigkeit und Erschöpfung an selbe Stelle traten. »Ich bin müde. Ich will keine Angst mehr haben. Ich will nicht mehr schlafen gehen und ein Ohr an der Tür haben. Bevor ich ins Bett gehe, verklemme ich einen Besen zwischen Tür und Wand. Wusstest du das?«

»Wusste ich nicht.« Ich strich ihr mit dem Daumen eine Träne aus dem Augenwinkel.

»Ich dachte, es wäre vorbei. Aber das wird es nie sein. Also sollen sie doch kommen.«

»Du bist betrunken und redest Unsinn.« Ich lächelte sie so verständnisvoll an, wie ich konnte, und unterstrich meine Worte mit einem Streicheln ihrer Wange. Gleichzeitig registrierte ich, dass das Handy in meiner Tasche vibrierte. »Ich muss da ran«, sagte ich heiser und nahm das Gespräch entgegen.

»Hier unten stehen zwei schwarze Pseudogeländekarren«, meldete sich Franka Auer. »Ich sehe acht Mann. Ich weiß nicht, worauf sie warten und wieso sie nicht reingehen. Aber lange wird's nicht mehr dauern.«

»Okay.« Ich nahm das Handy vom Ohr und wandte mich an Ellie. »Sie sind da. Wir müssen gehen und ich will, dass du mit mir kommst. Gibt es hier noch einen zweiten Ausgang?«

»Den Balkon im Schlafzimmer. Im Frühjahr wurde eine Feuertreppe drangebaut. Von da musst du nur über die Mauer in den nächsten Hof. Die Tür in der Durchfahrt geht von innen auf.«

»Dann komm jetzt.« Ich zog an ihren Händen, erntete aber Widerstand.

»Geh du.« Ellie schüttelte mich ab.

»Nicht ohne dich!«

»Ich will nicht.«

»Du musst!«

Im Grunde gab es keine Möglichkeit, Ellie jemals zu etwas zu bewegen, was sie nicht wollte. Wenn sie sich etwas in den Kopf gesetzt hatte, saß sie es auch aus. Was ich sonst an ihr mochte, sägte gerade an meinem Geduldsfaden.

»Ganz wie du willst.« Ich kreuzte meine Unterschenkel und ging auf dem Boden in einen Schneidersitz. »Dann warten wir ab, was passiert.«

Ellie fixierte mich, bis sie schließlich durchatmete und in sich zusammensank. »Ich hasse dich«, sagte sie, während das Dröhnen der zuschlagenden Eingangstür durch die Wände drang.

Zum Umziehen war keine Zeit mehr geblieben und so hockte ich breitbeinig auf der Mauer im Garten und hievte ein betrunkenes violettes Glücksbärchi am Fellkragen zu mir empor. Zeitgleich leuchtete Fenster um Fenster von Ellies Wohnung hell auf. Das Handlangerpack hatte das Fünf-Zimmer-Refugium restlos eingenommen.

Mein Plan war aufgegangen. Ellie einzureden, dass sie mit mir kommen musste, um mein Leben zu retten, hatte sie letztlich in Bewegung gesetzt. Sie hatte mich ins Schlafzimmer und auf den Balkon geschoben und von außen mit einem kleinen Haken die Tür arretiert, damit unser Fluchtweg nicht sofort ins Auge stach, und wir waren die Feuertreppe aus Gitterrosten hinabgeschlichen.

Mit einem letzten Ruck an ihrem Fell versuchte ich, Ellie auf die Mauer zu bekommen, und hörte Stoff reißen. Im selben Moment rutschte Ellie auf die Mülltonne unter ihr, die uns als Kletterhilfe gedient hatte.

»Geh!« Ellie ließ ihre Arme sinken, bis sie die Hände vor der Brust wie zum Gebet falten konnte.

»Du bist verrückt.« Ich legte mich auf die Mauerkrone und packte sie erneut am Kragen. »Sie werden dich umbringen.«

»Vielleicht ist eine ermordete Journalistin genau das, was diese Stadt braucht.« Ihre Alkoholfahne schlug mir auf den Magen und Ellie offensichtlich auf das letzte bisschen Verstand.

»Ach, halt den Mund.« Ich zerrte weiter an ihr.

Auer tauchte unvermittelt aus dem Dunkel auf und war mit einem Satz auf dem Mauervorsprung, den ich gerade so mit den Zehenspitzen erreichte. »Ein Plauderstündchen. Darf ich mitmachen?«

Vor Schreck verlor ich das Gleichgewicht und wäre beinahe abgerutscht, hätte Auer mich nicht zu fassen bekommen und wieder hochgeschoben. »Danke!«, sagte ich.

Auer wies nur mit einem Finger über die Mauer und streckte anschließend Ellie ihre Hände entgegen. »Tot nützen Sie uns leider gar nichts, Frau Wenger. Dafür haben wir zu viel in Sie investiert.«

Ellies Miene veränderte sich. Die Müdigkeit und betrunkene Verklärung wichen Ernsthaftigkeit und dazwischen, für einen Wimpernschlag, sah es aus, als hätte sie einen Geist gesehen. »Wer ist ›wir‹?«

»Das Center. Wir haben Sie in London mit Informationen versorgt. Sie erinnern sich.«

Ellie inspizierte Auers Gesicht regelrecht. Ihre Lippen öffneten sich, als wollte sie etwas sagen. Dann aber sah sie zu mir und streckte die Arme nach uns aus. Sie wuchtete sich hoch und krabbelte unbeholfen über die Mauer.

Wir hatten uns gerade alle drei zu Boden gleiten lassen, als Olschenkos Handlanger unseren Fluchtweg entdeckten und gleißende Lichtkegel durch die Hinterhöfe wandern ließen.

»Moment noch.« Auer schob uns gegen die Wand und wartete, bis die Lichtkegel alles vor uns abgesucht hatten. Dann rannte sie zur dunklen Hauseinfahrt. »Los jetzt. Beeilung.«

»Sofort.« Ellie schnaufte übertrieben durch, wie ich fand, und hielt mich am Ärmel zurück, bis sie Auer außer Hörweite wähnte. Und bevor wir ihr nachspurteten, glaubte ich, sie flüstern zu hören: »Ich muss dich allein sprechen. Dringend.«

Die Sehnen an meinem Handgelenk spannten durch die Haut, als ich mich am Griff über der Wagentür festhielt, um nicht zwischen Auer und das Lenkrad geschleudert zu werden. Ellie dagegen verlor jeden Halt auf der Rückbank und kippte auf die Seite, als Auer den kleinen Franzosen um die Ecke in die nächste Nebenstraße jagte.

Die Reifen quietschten und das Heck rasierte zwei Außenspiegel ab. Gleich darauf flog eine bunte Reihe parkender Autos rechts und links an uns vorbei.

Ellie stemmte sich aus den Polstern hoch und warf einen Blick durch die Heckscheibe. »Ich wage zu behaupten, wir haben sie abgehängt.« Ihre Stimme war wieder vollkommen klar. Auers Gegenwart hatte auf ihren Alkoholpegel eine bessere Wirkung gehabt als eine Blutwäsche.

»Mhm«, gab Auer zwar zurück, fixierte aber nur das grüne Licht an der Ampel vor uns und trat noch tiefer ins Gaspedal. Sie erwischte sie noch bei Dunkelgelb und riss das Lenkrad nach links.

Ellie und ich wurden gegen die Scheiben gepresst, als der Wagen auf die Hauptstraße schlingerte.

»Herr im Himmel«, protestierte Ellie. Als sie das blaue Schild vor uns entdeckte, das eine Polizeiwache auswies, verstummte sie jedoch. »Verstehe«, sagte sie dann und atmete durch. Nur um gleich darauf, als wir die Wache passierten, erstaunt zu fragen: »Was wird das?«

Auer nutzte eine Lücke zwischen einem Transporter und einem halb verrotteten Kleinwagen, um beide zu überholen. »Sagen Sie's ihr oder soll ich?«

»Keine Polizei«, sagte ich lediglich.

»Keine Freunde und Helfer? Ah ja ...«

Ellie tippte mir auf die rechte Schulter und ich zog sie weg. »Möchtest du mir nicht sagen, wo es hingehen soll?«

Ich sah zu Auer, die mir nur einen kurzen Seitenblick zuwarf, bevor sie sich wieder dem Verkehr widmete. Sie scherte in eine Lücke auf der linken Fahrbahn ein und passte unser Tempo an.

»Weißt du, was ich mich die ganze Zeit gefragt habe?« Ellie bohrte mit der Fingerspitze in meinen Schultermuskel. »Wieso schickst du mir eigentlich diese ganzen Daten? Und wie kommt Daniel da überhaupt ran? So viel ahne ich inzwischen: Um neue Geschäfte ging es ihm nicht.«

»Es tut mir leid, dass ich dich da reingezogen habe. Hätte ich das vorher gewusst –«

»Daniel ist Olschenkos Sohn«, fuhr Auer mir über den Mund. »Der hat sich jetzt die Kinder geholt und will den liebenden Großvater spielen. Das versuchen wir zu verhindern.«

Ellie wischte mir eine über den Hinterkopf und ließ sich in die Lehne fallen. »Das ist also das große Geheimnis. Gott, oh Gott, oh Gott.«

»War das nötig?«, zischte ich Auer an.

»Offensichtlich«, antwortete sie und breitete anschließend

aus, dass es von Daniel seit nunmehr zwei Tagen keinerlei Spur gab, ich von Olschenkos Handlangern zuerst verfolgt und dann misshandelt worden war und dass wir uns größere Chancen ausrechneten, die Kinder wiederzubekommen, wenn wir die Polizei vorerst außen vor ließen.

»Das reicht«, würgte Ellie Auer ab, griff zwischen Sitz und Tür hindurch und streichelte mich am Oberarm. »Wenn wir also nicht zur Polizei fahren – wohin dann?«

»Zu den Männern, die Frau Bellheim so zugesetzt haben. Mein Partner bewacht sie. Und von ihnen erfahren wir, wie wir Olschenko finden.«

»Und wie stellen Sie das an?«

»Indem wir tun, was nötig ist.«

»Ah ja«, sagte Ellie gedehnt. Ihre Hand verschwand von meinem Arm.

Ich nestelte zum x-ten Mal an der Heizung herum, als könnte sie etwas gegen das Frösteln bewirken, welches das allgegenwärtige Schweigen in mir auslöste, als Auer den kleinen Franzosen ruckartig in eine halb zugewachsene Einfahrt steuerte.

»Wir sind da«, sagte sie und kurz darauf erkannte ich die alte Fabrikhalle wieder.

Mich schauderte. So kalt, dass keine Heizung der Welt dagegen angekommen wäre. Selbst der Sonnenaufgang konnte das Gespenstische an dem Gemäuer nicht wegblenden. Rechts von uns erhob sich das nackte Stahlskelett einer weiteren ehemaligen Halle. Verkrüppelte Gewächse stemmten sich durch den brüchigen Betonboden, die anderswo sicher Bäume geworden wären, hier aber nur das Beste aus ihrer Lage machten.

Auer hielt vor dem großen Schiebetor, stellte den Motor ab und stieg aus. »Hoffen wir auf gute Nachrichten.«

»Du musst mir raushelfen«, sagte Ellie, als ich zum Türöffner griff. »Ich hab mich hier irgendwo verhakt.«

Ich kletterte aus dem Wagen, ging an die Hintertür und zog daran. Nichts rührte sich.

»Wissen Sie, wie die ...«, setzte ich an, Auer zu fragen, aber sie war bereits in den dunklen Schlund der Halle abgetaucht. »Du musst drücken«, wies ich Ellie an und wollte erneut an der Tür rütteln, als sie plötzlich aufsprang. Ich machte einen Satz zur Seite.

Ellie kämpfte sich behände durch den schmalen Ausstieg, stand in Windeseile vor mir und stieß mich so heftig mit beiden Armen zurück, dass ich beinahe das Gleichgewicht verlor. Kaum hatte ich mich gefangen, folgte der nächste Stoß.

»Was glaubst du eigentlich, wer du bist?«, herrschte sie mich an.

Ihr Übergriff kam so unvermutet, dass ich sie nur verdattert anstarren konnte.

Wieder schubste sie mich.

»Glaubst du, du bist so eine Art weiblicher James Bond? Was denkst du denn, was dadrin passiert?«

Es folgte ein weiterer Stoß, den ich diesmal abwehren konnte. »Was meinst du?«

»Ist mir irgendwas entgangen? Steht hier irgendwo der Catering-Truck?« Ellie deutete mit ausladender Geste um sich. »Ah, Frau Bellheim, Schinken im Rührei oder lieber Speck? Den Kaffee mit Milch und Zucker oder ohne? Oder darf's einfach nur ein schlichter Prügel sein?«

Ellie legte ihr ganzes Gewicht in den nächsten Stoß.

»Hör auf!«

»Nein, *du* hörst auf! Und benimmst dich endlich rational und kommst mit mir zur Polizei!«

»Nicht ohne Johanna und Marc.«

»Sind sie dadrin?« Ellie zeigte auf die Halle. Ihr Arm zitterte vor Erregung. »Nein, sind sie nicht. Ich weiß nicht, was genau dadrin vor sich geht. Aber ich weiß, dass dieses Center aus Büroleuten besteht. Die treffen sich mit Informanten allerhöchstens in Cafés. Die verhören nicht und bewachen nicht und befreien auch niemanden. Und ich weiß, dass es dieser Auer nicht um deine Kinder geht. Das ist etwas Persönliches.«

»Woher willst du das wissen?«

»Ich kannte ihren Vater. Er war ein Kollege aus Russland, der sich das Oligarchentum vorgenommen hatte. Insbesondere Olschenko. Er wurde vergiftet. Auf dem Sterbebett hat er mir Fotos von seiner Tochter gezeigt.« Wieder deutete Ellie auf die Halle. Das Zittern hatte sich gelegt. »Er war halb im Delirium und hat nur noch was von Blutrache gefaselt.«

Langsam verstand ich. Ich erinnerte mich an das Handyvideo, in dem Daniel mich vor Personen gewarnt hatte, denen ich nicht vertrauen sollte. Die nur ihre eigenen Interessen verfolgten. Auer und Edwin Metzger waren darunter gewesen.

»Geh Auer nach und du landest in einem nie enden wollenden Kreislauf der Gewalt, den keiner von euch überlebt. Oder komm jetzt mit mir und wir überlassen das der Polizei.«

Ich starrte Ellie nur an. Es rauschte in meinem Kopf wie aus einem alten Radio, das keinen Sender fand.

8

Sturm und Angst

»Du lässt mich jetzt nicht so stehen!« Ich holte Ellie an der übernächsten Kreuzung ein und riss sie zu mir herum. So schwungvoll, dass ich sie ins Wanken brachte und sie sich an mir festhalten musste. Kaum hatte sie sich wieder gefangen, wischte sie meine Hände von ihrem Glücksbärchikostüm wie Kuchenkrümel.

»Und ob ich das tue. Das da«, sie deutete auf eine Reihe wuchernder Büsche, hinter denen sich das düstere Dach der Fabrikhalle erhob, »ist eine wild gewordene Horde. Auer hat es nicht gesagt, aber glaub mir, aus den Leuten, die für Olschenko arbeiten, holt man nichts raus, indem man sie höflich befragt.«

Mit der Horde meinte Ellie Franka Auer und ihren Partner Edwin, die in der Fabrikhalle zwei Handlanger darüber ausquetschen wollten, wo Olschenko sich mit meinen Kindern aufhielt.

»Aber das weißt du doch gar nicht.«

»Ich sage dir, Auer will nur Olschenko. Deine Kinder sind ihr egal. Ich bezweifle, dass sie Olschenko jemals persönlich so nahe gekommen ist oder es je wieder wird. Sie wird nichts auslassen, um ihr Ziel zu erreichen. Nicht umsonst nannte ihr Vater sie eine Besessene.« Ellie befingerte die Knopfleiste meiner Jacke und zog sie schließlich stramm. »Komm mit mir. Vor ein paar Ecken habe ich einen Taxistand gesehen. Da gehen wir hin und lassen uns zur Polizei fahren. Du bist besser als das da.« Sie wies mit der Nase zur Halle.

Ich nickte und schüttelte anschließend den Kopf. In mir lieferten sich Verstand und der Notstand meines Herzens einen unerbittlichen Kampf. Ich konnte mich an Folter und, wie Ellie zuvor gesagt hatte, womöglich Mord beteiligen, mit der vagen Hoffnung, meine Kinder zu befreien. Oder ich konnte moralisch einwandfrei alles doch noch in die Hände der Polizei legen und darauf warten, dass Johanna und Marc so wieder bei mir landen würden.

Wie ich es auch drehte und wendete, ich fand einfach keine Antwort.

***

In einem Punkt hatte Ellie recht: Wer folgte auf die beiden Schläger, wenn sie nicht redeten? Oder nichts wussten? Würden wir uns dann die Nächsten vornehmen? Und die Nächsten und die Nächsten? Wo würde es aufhören?

Wo würde ich aufhören?

Wie sollte ich meinen Kindern jemals wieder in die Augen sehen können, wenn durch meine Hand – oder nur, weil ich sie nicht dazwischengehalten hatte – Menschen zu Schaden kamen oder sogar getötet wurden? Wie sollte ich ihnen erklären, dass manche es verdient hatten, andere aber nicht?

Und wie sollte ich meinen Kindern jemals wieder in die Augen sehen, wenn ich nicht alles getan hatte, um sie zu befreien? War es nicht das, worauf sie sich verließen? Ist es nicht das, worauf ein Kind all seine Hoffnung baut? Dass Mama es immer aus dem Schlimmsten rausholen wird?

***

Entschlossenen Schritts marschierte ich durch die Halle an der Werkbank vorbei, an der Olschenko über mich zu Gericht gesessen hatte, und durch die rostige Eisentür in den nächsten Raum. Das Knirschen von Dreck unter meinen Sohlen penetrierte meine Ohren noch intensiver und das alte Industriefett stank noch ranziger als in dem Moment, in dem die Handlanger mich hier hindurch in den Keller verschleppt hatten. Düstere Erinnerungen nagten an den Wänden meines Magens und bereiteten mir Übelkeit, damit er sie endlich entlassen und sie mich überwältigen können würden.

Ich schluckte trocken dagegen an und stapfte über morsche, wackelige Holzdolen zur Betontreppe, die mitten in der Halle in mein Grauen zurückführte. Mit jeder Stufe wurden meine Knie weicher und ich musste mich am Geländer festhalten, das von einem fiesen und sicher ansteckenden Rostausschlag befallen war. Eine magere braun verfärbte Glühbirne widersetzte sich einer Hundertschaft Spinnen und kämpfte aussichtslos gegen den schwarzen Schimmel an den Wänden und den Moosbesatz, die ihr auch noch das restliche Licht entziehen wollten.

Am Ende der Treppe dann, gefühlte fünfunddreißig, aber tatsächlich nur zwei Stockwerke unter der Erde, als meine Füße in eine ölige Pfütze patschten, war alles Sichwehren vergebens. Die Übelkeit überwältigte mich, mein Herz raste, ich rang nach Luft und taumelte gegen die Wand. Ich stützte meine Hände auf die Knie, öffnete den Mund und ließ der dem Erbrechen vorausschießenden Speichelflut fädrigen freien Lauf zu Boden.

Flashback.

Knappe Fetzen meiner Misshandlungen scheuchten sich gegenseitig durch meinen Geist. Meine Schreie, als sie mir die Kleidung mit einem Messer vom Leib gepellt hatten. Mein Strampeln, als sie mir die schwere Fußkette angelegt hatten. Das Ächzen bei jedem empfangenen Schlag. Ich sah mich selbst, das fortwährende Entsetzen in meinem Gesicht.

Die wie getretene Hunde jaulende Tür am Ende des Durchgangs stand einen Spaltbreit offen. Ich wollte meine Augen an das herausdringende Licht in Form eines spitz zulaufenden Galgens heften, aber sie flackerten in alle Richtungen. Erst jetzt nahm ich die Stimmen Auers und ihres Partners Edwin wahr. Ich versuchte, mich auf sie zu konzentrieren, und schloss die Lider.

»Also, was schlägst du vor? Schläge?«, hörte ich Auer sagen.

»Siehst du die Tattoos hier?«

»Was heißt das?«

»›Lebe in Sünde und stirb mit einem Lachen.‹ So was stechen die sich in Russland im Knast gegenseitig. Das macht sie zu so einer Art Elite. Sein ganzer Körper ist voll von diesem Mist. Mit Schlägen erreicht man da gar nichts. Das sind die armen Schweine von Kindesbeinen an gewöhnt.«

Säure kratzte an meinem Kehlkopf. Ich würgte sie wieder runter und tastete mich an der schmierigen Wand vor.

»Arme Schweine? Spinnst du jetzt völlig? Was ist das hier?«

»Ich denke, das hatten sie für Eva Bellheim vorbereitet.«

»Und wie funktioniert das?«

»Mit Strom.«

»Wie?«

»Die Sonde wird rektal eingeführt und dann kommt Spannung drauf. Eigentlich eine brutale Art der Samengewinnung bei Nutztieren. Geht nur unter Betäubung.«

»Na, da werden sich unsere Freunde hier doch freuen.«

Ich atmete ein letztes Mal durch und rückte Kopf und Schultern zurecht. Durch den Türspalt beobachtete ich, wie Edwin Auer vom Tisch zurückdrängte, während Auer nach einem silbern glänzenden Gerät langte, das stark an einen Vibrator erinnerte, der mit einer Art Trafo verbunden war, der seine Energie direkt aus einer Steckdose bezog.

Beide hielten inne, als ich mich durch die aufjaulende Tür schob. »Hören Sie auf damit!«

Doch meine Worte schienen Auer nur noch mehr aufzuputschen. Sie ruderte sich an Edwin vorbei und wollte sich auf das Gerät stürzen. »Ich mach diese Schweine fertig.«

Ich stolperte mehr, als dass ich einen Satz auf den Tisch zu machte. Aber es reichte, um das Gerät vor Auer an mich zu reißen. »Ich kann das nicht zulassen!«, sagte ich.

»Wollen Sie Ihre Kinder wiedersehen oder nicht?« Einen Moment lang glaubte ich einen lodernden Kranz in Auers smaragdgrüner Iris zu erkennen, der sich aber nur als Spiegelung der runden Neonröhre an der Decke entpuppte.

»Ich werde meine Kinder wiedersehen. Aber nicht so.« Ich entdeckte die beiden Handlanger, die gefesselt auf dem Boden knieten. Gleich neben der Leiche von Lew, dem Barbaren. »Nicht so!«

»Und wie dann?« Als käme ihr etwas in den Sinn, blickte Auer an mir vorbei in den Gang zurück. »Wo ist Ihre Freundin?«

»Auf dem Weg zur Polizei. Sie gibt uns eine Stunde Vorsprung.«

»Vorsprung für was?«, fragte Edwin.

»Frühstück«, antwortete ich lediglich.

***

Man sagt es so daher: »Ich könnte ihn erwürgen.« Oder: »grün und blau prügeln«. Und selbst die Ausführung dessen in Gedanken ist leicht. Aber die Wahrheit ist, ich kann so etwas nicht. Vielleicht, wenn ich mich wehren muss. Okay. So als letzte Rettung. Aber vorsätzlich jemandem wehtun, und das ist in dem Fall ja nur milde umschrieben, da sperrt sich etwas in mir.

Auch wenn ich mich damals gefühlt habe wie eine Versagerin.

Aber ich war auch froh. Ellie hatte mir noch einen anderen Weg eröffnet. In Daniels Unterlagen war sie auf eine Verbin-

dung zwischen Olschenko und, wie sie ihn inzwischen nannte, Oberbürger Peter Averdunk gestoßen. Darunter ein Verweis auf Fotos, die wir in einem versteckten Ordner auf Daniels Handy fanden. Unter anderem Urlaubsfotos, die Peter und Olschenko in dessen Villa am Schwarzen Meer zeigten. Der schmiedeeiserne Torbogen zum Grundstück trug in kyrillischer Schrift das Wort Sehnsucht. *Oder wie die beiden in einer Düsseldorfer Semi-Erotik-Bar, die sich Respublika nannte und den sentimentalen Anstrich eines Relikts der Sowjetunion verpasst bekommen hatte, zusammen feierten. Oder ein netter Grillabend der beiden in Peters Garten. Die beiden waren offenbar etwas, was Ellie Buddies nannte.*

Anstatt mich mit den Handlangern abzumühen, die niemals reden würden, war es aussichtsreicher, mich an Peters Fersen zu heften.

Auch wenn es da ein kleines Problem gab.

***

»Duisburg.« Die Nachrichtensprecherin im Radio kündigte den nächsten Beitrag an. »Politiker aller Parteien haben mit großer Bestürzung auf die Morddrohungen gegen Oberbürgermeister Averdunk reagiert. Wie gestern veröffentlicht wurde, hat sich eine Gruppe, die sich ›Verfechter der Demokratie‹ nennt, zu einem entsprechenden Schreiben in Verbindung mit dem vermeintlichen Korruptionsskandal um Averdunk bekannt. Teil dieser Gruppe soll auch eine ehemalige enge Vertraute des Oberbürgermeisters sein, die –«

Ich drehte der Moderatorin kurzerhand den Hahn ab.

»Reden die von Ihnen?«, fragte Edwin und biss hinterm Steuer seines kleinen Franzosen genüsslich in sein vegetarisches Sandwich.

»Von wem sonst?«, fragte ich zurück. Eigen hatte mir die

Nachricht schon in der Nacht untergejubelt, aber ich hatte sie angesichts meiner Situation – nackt, gefesselt und misshandelt – zunächst fast erfolgreich überhört und dann verdrängt.

»Wie lächerlich. Sie würden noch bis nach Istanbul laufen, wenn es nur da Fallen gäbe, in denen die Maus nicht stirbt.«

»Tja. Ihr Wort drauf?« Ich sah zum Streifenwagen, der vor dem maritimen Restaurant am Rheinstrand in Baerl parkte.

Wir saßen im Wagen am Ende des dazugehörigen Parkplatzes. Hecken versperrten uns teilweise die Sicht, schützten uns aber auch vor den allzu neugierigen Blicken der Beamten.

Ich kannte Peters Terminplan und wusste um seine Gewohnheit, jeden Morgen hier zu frühstücken.

Die Frühsonne verwöhnte ein halbes Dutzend Leute mit Decken auf den Knien. Peter hatte den Tisch gleich neben dem Treppenabgang zur Straße eingenommen und diskutierte lebhaft mit Jaeschke und Christina Petridis, der mit neunzehn Jahren jüngsten Duisburger Stadträtin und in Peters Fraktion Wortführerin für die Bereiche Soziales und Digitalisierung. Am Tisch daneben schlürften zwei kräftige Securitys in schwarzer Kampfuniform Kaffee.

Auer hatten wir am Tisch gegenüber platziert. Irgendwie sollte sie es schaffen, Peter zu separieren und ins Restaurant zu locken. Dort würden Edwin und ich dann dazustoßen und ihn ausquetschen. Es konnte im Grunde nicht so schwer sein. Auer passte perfekt in Peters Beuteschema. Nach außen hin, und dazu hatte ich mit meinen Kampagnen für ihn beigetragen, war er der treu sorgende Familienvater dreier weiterer Köpfe. Affären, so er sie denn hatte, konnte er geschickt verbergen.

Mit aufgestütztem Ellbogen hielt Auer etwas zu Essen hoch, sodass wir es sehen konnten, und schob es sich genussvoll in den Mund.

»Ich halt das nicht aus.« Edwin setzte sein Fernglas ab,

reichte es an mich weiter und stopfte sein Sandwich zurück in die widerspenstige Plastikverpackung.

Wir hatten es in derselben Poser-Szene-Tankstelle gekauft, in der wir glücklicherweise auch die schwarze Strumpfhose für Auer gefunden hatten. Darüber trug sie den Kurzmantel eines von Olschenkos Handlangern und unter dem, um den freizügigen Ausschnitt nicht zu verdecken, nur ihren BH. Klobige Schuhe an den Füßen und der Look, auf den Peter neuerdings abfuhr, war perfekt.

Ich übernahm das Fernglas und beobachtete, was Edwin so anfraß: Auer hatte sich eine Auswahl aufwendig dekorierter Canapés kommen lassen. Der Anblick konterkarierte den penetranten Gurkengeruch der Sandwiches.

Ich versuchte ihn auszublenden und richtete meinen Blick auf Peters Entourage. »Die könnten langsam den Abflug machen.«

»Nur Geduld«, beschwichtigte Edwin und öffnete eine Milchpackung. »Was macht Franka?«

»Sie hat die Beine übereinandergeschlagen und wippt mit dem Fuß in Averdunks Richtung. Und ihr …« Ich hielt inne. Es konnte am Geruch im Auto liegen, aber auf mich wirkte Auers Mund wie der eingetrocknete Schlitz auf einem alten Brötchen. »Ist das ein Lächeln?« Ich reichte Edwin das Fernglas zurück.

Als hätte er meine Gedanken lesen können, verschluckte Edwin sich vor Lachen und hustete kernig. »Nicht ihr Terrain.« Er räusperte sich.

»Was wäre denn ›ihr Terrain‹?«, fragte ich, erhielt aber keine Antwort. Also legte ich nach. »Leute foltern und umbringen?«

Edwin atmete tief und lang durch. Ich rechnete erneut nicht damit, dass er mir antworten würde.

Umso überraschter war ich, als er sagte: »So weit würde ich es nie kommen lassen.«

»Aber Auer.«

»Manchmal will sie zu viel zu schnell.«

»Es geht um ihren Vater, richtig?«

Edwin schürzte nur kurz die Lippen und sah wieder durchs Fernglas.

»Sollten Sie mich jetzt nicht fragen: ›Sie wissen davon?‹«

Edwin wandte sich mir wie in Zeitlupe zu und sah mich unverständlich an. »Sie haben mir doch gerade gesagt, dass Sie es wissen.«

»Und das überrascht Sie nicht?«

Edwin pulte mit der Zunge hinter geschlossenen Lippen Reste aus seinen Zahnlücken. »Hm.«

»Herrgott! Wie kann man … Wie machen Sie das?«

Edwin kniff die Augen zusammen und sah mich fragend an.

»Sie …«, stammelte ich los. »Wie … Was bringt Sie eigentlich aus der Ruhe? Injizieren Sie sich morgens Eigenblut aus dem Tiefkühler?«

Edwin ließ es unkommentiert und warf einen erneuten Blick durchs Fernglas. »Als Franka ihren Vater kennengelernt hat, war er bereits totgeweiht. Seitdem verfolgt sie Olschenko. Das sind jetzt …«, er schaute kurz gen Wagenhimmel, »gute vier Jahre. Und sie war noch nie so nah an ihm dran. Sie läuft eben ein bisschen heiß.«

»›Ein bisschen heiß‹«, zitierte ich ihn.

»Aber das ist es nicht, was Sie wissen wollen.«

»Ist es nicht?«

»Ist es nicht.«

Ich sah Edwin abwartend an. Er war nicht das, was ich wortkarg nennen würde. Aber er hatte definitiv das Potenzial, mich auf die Palme zu treiben. Tatsächlich erinnerte er mich ein wenig an meinen Sohn. Der Unterschied zwischen ihnen bestand vermutlich nur in der Länge der Würmer, die man ihnen aus der Nase ziehen musste.

»Ist es nicht?«, hakte ich nach.

Edwin hielt seinen Blick stur nach vorn gerichtet. »Sie fingern ständig an den Hosenfalten um Ihr Knie rum.«

Tat ich tatsächlich. Es war mir gar nicht aufgefallen.

»Sie fassen sich alle paar Sekunden an den Mund.«

Wie aufs Geheiß wollte ich es wieder tun. Es kribbelte sogar um meine Mundwinkel.

»Und obwohl dieser Averdunk Ihr Ziel ist, kleben Ihre Augen an Franka.«

»Ich bin eben nervös«, erklärte ich mich.

»Sie sind ein Kontrollfreak«, stellte Edwin fest.

»Bin ich nicht!«

»Dann vertrauen Sie Franka nicht.«

»Wie könnte ich auch?«

»Was Sie können oder nicht können, müssen Sie selbst wissen.«

»Sollte ich ihr denn vertrauen?«

»Vertrauen ist kein Universal-Blankoscheck. Von einem Busfahrer lassen Sie sich auch von A nach B transportieren, obwohl mehr als dreitausend Menschen jedes Jahr im Straßenverkehr umkommen. Würden Sie ihn deshalb an den Gasleitungen im Kinderzimmer rumschrauben lassen?«

Ich verstand, was er mir sagen wollte. Auer und mich verband nur ein gemeinsames Ziel: Wir wollten beide Olschenko finden. Mehr Verbundenheit gab es nicht, aber auch nicht weniger. Warum sich also mit generellen Fragen aufhalten?

»Wenn es Sie beruhigt«, sagte Edwin, »Franka hat einen Narren an Ihrer Tochter gefressen. Sie würde nicht dulden, dass ihr etwas geschieht. Und da wäre ja auch immer noch ich.« Edwin hob das Fernglas wieder an. »Es tut sich was.«

Auch ohne Sichtverstärker konnte ich erkennen, wie Peter seine Fraktionsmitglieder verabschiedete. Jaeschke stand auf und streckte ihm die Hand entgegen. Peter nickte nur, brach ein Croissant auf und sah Auer an, bevor er hineinbiss.

»Sie soll an ihrer Strumpfhose zupfen«, sagte ich.

»Wozu?«

»Sagen Sie es ihr einfach. So, als wär sie verdreht.«

Edwin griff an sein Headset, gab meine Anweisungen durch und Auer fingerte an ihrem Oberschenkel herum.

»Und jetzt mit den Fingern durch die Kniekehle fahren, als wäre sie verschwitzt, an den Fingern schnuppern und die Haare vom Hals in den Nacken streichen.«

Edwin gab auch meine zweite Anweisung durch und Auer folgte ihm erneut.

Peter lächelte.

Zufrieden sah ich Edwin an. »Ich denke, wir haben seine Aufmerksamkeit.«

***

Es fiel mir schwer, die Natur ihrer Beziehung zu deuten. Bislang hatte ich angenommen, Edwin sei so etwas wie Auers Untergebener. Insofern es bei diesem Center überhaupt eine Hierarchie gibt. Aber seine Reaktion auf das, was ich das Strumpfspiel nannte, beschrieb eine andere Geschichte.

Zuvor hätte ich ihn als nüchtern und kaltblütig bezeichnet. Und ich bin immer noch sicher, dass das nicht nur Fassade war. Aber da schimmerte Betretenheit durch. Ich glaube, es war ihm peinlich, wozu ich Auer anleitete. Es schwang eine Spur Väterliches mit. Oder Großväterliches. Dem selbst ich mich nicht entziehen konnte. Oft merkt man es ja erst im Nachhinein, aber ich konnte spüren, wie ich andockte.

Auer mochte ich nicht recht trauen. Aber Edwin schenkte mir Sicherheit und Zuversicht.

***

»Sagen Sie es ihr«, forderte ich Edwin auf. Gemeinsam hatten wir Auer an Peters Tisch geflirtet. Ich hatte Edwin diktiert und Edwin hatte Auer diktiert. Wie sie sich verhalten sollte. Was sie sagen sollte. Auers In-Ear-Headset fing auch ein, was Peter sagte, sodass Edwin mir wiederum auch das weitergeben konnte. So ging es hin und her, nachdem Auer sich eine Durchsuchung von den Securitys hatte gefallen lassen.

Es war nicht nur umständlich, Edwin war auch zunehmend in seinem Sitz versunken und hatte die Augen geschlossen.

»Na los!« Ich stieß ihn mit dem Ellbogen an und zeigte auf Auer.

»Berühr ihn zufällig mit dem Fuß am Schienbein und entschuldige dich.«

Ein kleiner Mauervorsprung verstellte mir zwar die Sicht auf das, was unter dem Tisch vor sich ging, aber Peter griff plötzlich nach unten und machte ein schmerzverzogenes Gesicht.

»Ich glaube, sie hat ihn getreten.« Ich ließ das Fernglas sinken.

»Das war ein Versehen.« Edwin hielt sich zusätzlich noch die Hand vor die Augen.

»Sie haben es doch gar nicht gesehen.«

»Sie hat es gesagt.«

Ich schaute wieder durchs Fernglas. Peter nickte zwar, aber das Lächeln dazu missriet.

»Und was sagt sie jetzt?«

»Sie hat sein Knie getroffen und will es sich ansehen. Weil man nicht vorsichtig genug sein kann. Sie beruhigt ihn, dass sie Chiropraktikerin ist.«

»Ist sie?«, fragte ich, während Peter ablehnend mit dem Finger in der Luft wedelte.

»So sehr, wie ich Papst bin«, antwortete Edwin. »Moment …«

Er musste mir den Rest nicht wiedergeben. Auer machte noch ein paar entschuldigende Gesten, zeigte ins Innere des Restaurants, dann auf Peter, auf die Security. Aber Peter lehnte alles mit einem Kopfschütteln ab, reichte mit einem Arm kopfüber hinter sich, klopfte ans Fenster und gestikulierte, dass er die Rechnung wollte.

»Er entgleitet uns«, stellte ich fest.

»Ich sagte doch: Das ist nicht Frankas Terrain.«

Ich ließ das Fernglas in meinen Schoß fallen.

Es war vergebens. Wir würden nicht an Peter rankommen. Er würde zahlen, sich von seinen Securitys wegeskortieren lassen und ich hatte keine Möglichkeit, einzuschreiten. Selbst wenn ich jetzt losrannte, er musste nur mit dem Finger auf mich zeigen und rufen: »Das ist die Verrückte, die mich umbringen will!« Dann würden die Türen des Streifenwagens aufgehen und ich würde auf dem Rücksitz landen. Und während ich den Polizisten zu erklären versuchen würde, dass die Morddrohung nicht von mir ausgegangen war, wären meine Kinder längst auf dem Weg ins tiefe Russland.

Mir musste etwas einfallen. Mir musste einfach nur etwas einfallen.

Konzentrier dich, Eva, hämmerte ich mir ein. *Du musst nur einen Treffer setzen. Einen einzigen beschissenen Treffer!*

»Sie sagt, wie leid ihr das mit der Rathausaffäre tut«, sprach Edwin in meine Gedanken. »So was geht ja nicht spurlos an einem vorbei. Und sie hofft, dass seine Familie nicht zu sehr darunter leidet. Ganz besonders die Kinder.«

Das war es! Mein Gedächtnis sprudelte eine Rede hervor, die Peter mir gehalten hatte. »Sagen Sie ihr Folgendes: Ich wünsche dir, dass alles bald vorbei ist.«

»Ich wünsche Ihnen, dass –«

»Nein«, unterbrach ich ihn. »Es muss alles per Du sein. Sonst versteht Peter es nicht. Noch mal von vorn«, setzte ich an und ließ zwischendurch genug kurze Pausen, in denen Edwin weitergeben konnte, was ich ihm diktierte. »Ich wünsche dir, dass alles bald vorbei ist. Denk dann zur Abwechslung mal an *deine* Zukunft. Und daran, was aus deinen Kindern werden soll. Man wird in der Schule mit den Fingern auf sie zeigen. Die Nachbarn werden euch meiden. Und wie sich das mit Freunden in der Not verhält, muss ich dir bestimmt auch nicht erläutern.« Ich setzte das Fernglas wieder an. Peter schaute verdutzt drein, während er der Bedienung Geld reichte und das Wechselgeld mit einer Handbewegung zurückwies. »Und das verdankst du alles Daniel!«

Es saß!

Mit halb offenem Mund starrte Peter Auer an. Dann schlug seine Mimik ins Misstrauische um. Er kniff die Augen zusammen und musterte die übrigen Gäste auf der Terrasse. Dann die Umgebung. Er drehte sich sogar um und starrte ins Restaurantinnere.

Suchend.

Aber nicht findend.

Dann sagte Auer etwas, das ich nicht diktiert hatte, und ich wies Edwin an, es zu wiederholen.

»Vielleicht laden Sie zuerst alle nach Düsseldorf ins Respublika ein. Und danach verbringen Sie eine lange Auszeit in einer Villa am Schwarzen Meer, die Sehnsucht heißt.«

»Wo sind die Fotos?«, fragte Peter und ließ seine Augen an mir auf und ab wandern.

»Sollte dich nicht eher interessieren, wo sie mit nur einem Fingerklick sein könnten? Die Welt ist digital geworden, das solltest du doch am besten wissen«, spielte ich auf seinen Deal mit den Chinesen an.

Nachdem Peter nur mühsam seine Fassade hatte aufrechterhalten können, hatte er Polizei und Security für etwas Privatsphäre auf die Plätze verwiesen und Auer recht willfährig die Straße zurück in den Ort begleitet, bis sie auf einen Feldweg gestoßen waren. An dessen Ende erwarteten Edwin und ich die beiden inmitten eines Rings aus Bäumen, der seinerseits von einer weiteren, quadratisch angelegten Baumreihe und dichten Büschen umgeben war. Der perfekte Sichtschutz zu allen Seiten hin und bestens geeignet für jede Art von verschwörerischem Vorhaben. Edwin bewachte in einigen Metern Entfernung den Zugang und genoss sichtlich das Kauen auf einem Grashalm. Auer war auf halbem Weg stehen geblieben und ich hatte Peter mit ausgestreckten Beinen auf einem Steinquader sitzend empfangen.

»Was willst du?«, fragte Peter und stopfte die Hände in die Taschen seines beigen Kurzmantels.

»Olschenko hat meine Kinder. Ich will sie zurück«, bekundete ich geradeheraus und fokussierte mich auf jede noch so kleine seiner Reaktionen.

Er stutzte. Sein Blick sprang hin und her, als wäre irgendwo neben oder über mir ein Schild, auf dem stand, was er als Nächstes sagen sollte. Aber es wurde nur: »Im Ernst?«

»Im Ernst«, bestätigte ich.

Er sah sich um, als suchte er nach einem Stein wie meinem, ging aber schließlich in die Hocke. »Das ist ja furchtbar. Warst du bei der Polizei?«

»Ich glaube, die wollen eine lange Unterhaltung mit mir führen wegen einer Morddrohung. Dafür habe ich aber keine Zeit.«

»Jaeschke hat die Anzeige in die Wege geleitet. Ich hab's auch nicht geglaubt, dass das von dir kommt. Aber es war deine Mailadresse.«

Ich nickte und studierte sein Gesicht. Er presste die Lippen aufeinander und legte die Stirn in Falten. Aber es wirkte nicht besorgt, nur betroffen.

»Du fragst mich gar nicht, was Olschenko von Johanna und Marc will.«

Seine Augen ließen von mir ab. Nur für den Bruchteil einer Sekunde, aber es entging mir nicht.

»Liegt es daran, dass du das bereits weißt?«

»Wieso sollte ich?«

Ich wollte überlegen lächeln, aber meine Lippen bekamen das Flattern. »Du hast schon mal besser gelogen. Sag mir einfach nur, wo er sich aufhält.«

»Woher sollte ich das wissen? Wegen der Fotos?«

»Rede, sonst …« Ich unterbrach mich und blickte zu Edwin.

Peter tat es mir nach, ließ danach den Kopf hängen und lachte. »Ihr habt nur ein paar Fotos, die einen Politiker zeigen, der sich von einem Investor umschmeicheln lässt, richtig?« Er erhob sich wieder. »Der OB der zweitärmsten Stadt Deutschlands steigt mit einem Geldsack ins Bett, der richtig Kohle reinpumpt, was für eine Geschichte. Evchen, ich muss nur rufen und die Polizei und die Security sind da. Ein Hubschrauber vielleicht. Ich weiß nicht, wie so ein Großeinsatz aussieht.«

»Glaubst du an Himmel und Hölle? Was denkst du, von wo aus du uns bei unserer Verhaftung zusiehst?«

»Dann siehst du deine Kinder allerhöchstens durch ein paar Gitterstäbe.«

»Wenn Olschenko es mit ihnen außer Landes schafft, sehe ich sie nie mehr. Klingt nach einer Verbesserung.« Ich stand ebenfalls auf und stellte mich so nah vor Peter, dass sein Atem um mein Kinn wehte. Meine Muskeln in Armen, Beinen und Rücken vibrierten und mein fester Blick war vermutlich dem Umstand geschuldet, dass ich mich irrsinnig konzentrieren musste, um keinen Zitteranfall zu bekommen. »Ich will nicht wissen, wie du da reingeraten bist. Ich will auch nicht wissen, wie lange ihr gebraucht habt, um diese Farce auszuhecken. Sag mir nur, wo er ist.«

»Dann kann ich mir auch gleich eine Waffe in den Mund –«

Ich drückte ihm den Zeigefinger auf die Lippen. »Ich werde über Olschenko kommen wie ein Sturm nie gekannten Ausmaßes. Ich bin der Sturm! Ich habe keine Angst. Ich bin die Angst!«

***

Äh, ja … Ich bin also der Sturm …

Ich hab's noch genau im Ohr, wie Franka sich über mich lustig gemacht hat: »Ehrlich jetzt? Ich bin der Sturm?«

Genauso Edwin: »Hier kommt die Angst. Hier kommt die Angst.«

Das hatte ich mir wohl auch ehrlich verdient.

Aber damals auf dem Rücksitz des kleinen Franzosen habe ich es nicht ganz so humorvoll eingesteckt. Immerhin bezichtigte ich mich per E-Mail bei Lokalredaktionen und der zuständigen Staatsanwaltschaft, die Korruptionsaffäre gegen Peter aus persönlicher Enttäuschung angezettelt zu haben. Bis dahin hatte Peter nur Indizien beibringen können, die Daniel als Strippenzieher identifizierten, endlos diskutierbar waren und seine Wiederwahl belasteten. Jetzt hatte er einen Beweis. Und weil ich gerade so gut in Schwung war, behauptete ich auch noch, es getan zu haben, weil ich wollte, dass seine Hauptkonkurrentin die Wahl gewinnt.

Das war der Deal, den ich mit Peter für Olschenkos Adresse geschlossen hatte.

Hatte ich Gewissensbisse? Ja. Als ich die E-Mail abschickte. Doch insgesamt war ich noch immer erfüllt von diesem Beben. Mein Finger auf Peters Lippen – ihm derart das Wort abzudrehen, das fühlte sich machtvoll an.

Das arme kleine Ding war jetzt mal am Drücker.

Mit dem Gefühl im Gepäck konnte ich Frankas und Edwins

Lachen sogar ein bisschen genießen. Fast so, als sagte mir eine Stimme, dass ich in einer ansonsten haltlosen Zeit einen kleinen Felsvorsprung gefunden hatte.

***

Edwin schätzte das Grundstück in der Nähe des Flughafens Essen/Mülheim und der Grenze zwischen beiden Städten mittels Google Earth auf mindestens dreißigtausend Quadratmeter. Aus der Vogelperspektive hätte der halbrunde Bau am östlichen Grundstücksrand auch ein türmchenreiches Schloss mit grauem Schieferdach sein können, das an einer u-förmigen herrschaftlichen Zufahrt lag. Knapp darüber, im Nordosten, standen weitere kleine Gebäude, darunter Stallungen und ein angeschlossener Sandreitplatz. Nach West-Südwest erstreckte sich ein dicht bewaldeter Park mit einigen schmalen Rasenzügen und Wandelgängen über eine Kuppe hinab ins Ruhrtal.

Obszön malerisch, hatte Auer es genannt, bevor sie auf kleine Objekte gezeigt hatte, die hier und da unter den Bäumen hervorragten. Vermutlich waren es kleine Gartenhütten oder Pavillons.

Von einem morschen Leitersitz im angrenzenden Waldstück aus beobachteten Auer und ich die Zufahrt und einen Teil der in allen Belangen auf Edelglanz polierten zweigeschossigen Villa, insofern sie sich nicht hinter einer Mauer verbarg, deren Krone mit groben Glassplittern gesichert war.

»Wie sollen wir sie da rauskriegen?«, fragte ich und schob ratlos nach: »Wie überhaupt dadrinnen finden?«

Peters Wahl war auf die Villa gefallen, weil er Olschenko dort regelmäßig getroffen hatte. Mein Herz hatte hohle Schläge getan und sich gleichzeitig angefühlt, als bearbeitete es jemand in einem Eierschneider, als ich Johanna und Marc zusammen mit Olschenko für den Hauch eines Moments hinter einem Fenster im ersten Stock hatte erkennen können.

»Irgendeine Idee?«, wandte Auer sich an Edwin, der am Boden das instabile Leitersitzkonstrukt abstützte.

»Wir lassen Sturm und Angst los?«, brummte er und ließ ein dunkles Lachen folgen, das abrupt endete, als Auer nachdrücklich gegen eine Leiterstufe trat.

»Ich hasse ihn«, flüsterte ich vor mich hin.

»Nein, Sie hassen *mich*.« Auer hielt ihren Blick stur auf das Haus gerichtet.

»Ich hasse Sie nicht. Ich kann Sie nur nicht einschätzen.«

Edwin summte eine schnell erfundene Melodie, deutlich nach Aufmerksamkeit verlangend. »Wir kommen da nicht rein.«

»Aber wir müssen!«, insistierte ich.

Auer setzte das Fernglas an und schwenkte über das Grundstück. »Wir haben vorhin allein fünf Männer gezählt, die draußen Wache schieben. Haben Sie einen davon wiedererkannt? Aus der Fabrikhalle?«

»Nur einen.«

»Und wie viele waren in der Halle?«

»Ich bin mir nicht sicher, aber ich glaube, sechs oder sieben. Ohne Olschenko. Aber bei Ellie waren sie zu acht.«

»Also acht plus x. Bewaffnet. Was sollen wir drei dagegen ausrichten?«

Ich tastete in meiner Jackentasche nach Daniels Handy. »Dann rufe ich jetzt doch die Polizei.«

Auer hielt meinen Arm fest. »Nehmen wir an, dass die Sie und uns nicht sofort verhaften. Was, glauben Sie, wird passieren? Dass die hier mit einem Sonderkommando anrücken?«

»Ellie hat ihnen bestimmt alles genau erklärt. Sie werden …« Ich brach meinen Satz ab, weil ich in Wahrheit keinen blassen Schimmer hatte, wie die Polizei reagieren würde.

»Nehmen wir weiterhin an«, sagte Auer, »das mit Ellie Wenger stimmt. Warum steht dann da kein Streifenwagen?«

Ich zuckte mit den Schultern, da ich keine eine Antwort hatte.

Dafür übernahm Edwin. »Weil sie nicht wissen, dass das hier Olschenko gehört.«

Auer nickte zustimmend in meine Richtung. »Also schicken sie zuerst eine Streife, vielleicht zwei, um die Angaben zu prüfen. Da drüben tut sich aber gar nichts. Außerdem müsste Olschenko zumindest ein bisschen nervös sein, weil seine Leute nicht aus der Fabrik zurückkehren. Es scheint ihn aber nicht zu kümmern. Er ist sich seiner Sache total sicher. Also wird er der blauen Truppe wahrscheinlich alles zeigen, was sie sehen will. Und während wir wenig später auf der Wache sitzen und uns fragen, wieso nichts passiert, startet in zwei Kilometern Entfernung ein Jet auf Nimmerwiedersehen Richtung Russland. Stellen Sie sich das so vor?«

»Gibt es niemanden in Ihrer Organisation, der uns helfen kann?«

»Im Center? Wir beobachten und berichten. Wir sind kein Einsatzkommando.«

»Was zum Geiger machen wir dann hier?« Ich stand so plötzlich auf, dass der Hochsitz gefährlich wackelte. Ich verlor das Gleichgewicht und rettete mich mit einem Sprung in die Tiefe, bevor ich abstürzte. Ich landete trotzdem satt auf der Seite, weil es mir furchtbar in den linken Knöchel fuhr, als ich aufkam.

Eine Kältespitze schoss meine Wirbelsäule hinauf, während ich gleichzeitig gedanklich flehte: *Lass bitte nichts gebrochen sein!*

Ich rollte auf den Rücken, hob mich in den Sitz, hielt mit der einen Hand meinen Knöchel und ließ mit der anderen meinen Fuß rotieren. Es knackte im Gelenk, aber der Schmerz flaute schnell ab.

»Lassen Sie mich mal sehen« Edwin hockte sich vor mir hin und wollte meine Hände beiseiteschieben.

Ich fuchtelte seine Finger weg. »Hauen Sie ab!« Dann schwankte ich auf die Beine und stapfte humpelnd davon.

***

Sagte ich schon, dass wütend zu sein manchmal leichter ist als alles andere? Vor allem, als sich machtlos zu fühlen?

Knappe hundert Meter lagen zwischen meinen Kindern und mir. Und doch schienen die Barrikaden auf dem Weg unüberwindlich.

Man kann sich nicht dagegen wehren. Der Kopf produziert ständig Bilder und jagt sie die Nervenbahnen entlang. Ich sah meinen verzweifelten Sohn, wie er weint und vor Angst zittert. Daneben Johanna, die hilflos versucht, ihn zu trösten.

So fängt das an. Weil man sich das Unvorstellbare nicht vorstellen will. Weil da oben drin, weil in der Birne noch so ein letzter Widerstand ist. Der einen vor den schlimmsten Befürchtungen schützen soll.

In meinem Fall war das die Idee, dass Olschenko nicht zulassen würde, dass jemand den beiden etwas tat. Er wollte doch der liebende Großvater sein.

Aber diese Floskel hat keine Strahlkraft.

Früher oder später sieht man es vor sich. Jeder für sich in einem einzelnen Raum. Es ist dunkel. Wie ein Verlies. Und man weiß, was solche Verbrecher wehrlosen Geschöpfen antun.

***

»Bleiben Sie doch stehen.« Edwin trottete mir mit vier Schritten Abstand hinterher und ich antwortete lediglich, indem ich ihm Zeichen gab, von mir wegzubleiben.

Ich war nicht nur auf dem Feldweg losmarschiert, um den Schmerz aus meinem Sprunggelenk zu laufen. Ich hatte weggewollt. Von ihm und Auer, den furchtbaren Bildern in meinem Kopf und der Verdammnis zur Untätigkeit. Ich konnte nicht länger auf einem Leitersitz hocken und die Villa anstarren, während meine Kinder dadrin die fürchterlichste Zeit ihres Lebens durchmachten.

Vielleicht lief ich auch vor mir selbst davon. Ich ertrug meine Unfähigkeit nicht mehr. Das Gefühl, dem hier nicht gewachsen zu sein. Nicht zu wissen, was ich tun sollte oder konnte.

»Ich sagte, stehen bleiben!« Edwin riss mich zurück.

»Weg!«, schrie ich auf und wollte ihn von mir stoßen.

Doch er packte mich und hielt mich mitsamt meinen Armen wie ein Schraubstock umklammert. Ich strampelte, wand mich und fand doch kein Entkommen.

»Es ist gut«, brummte er, während ich mich an ihm abarbeitete. »Lassen Sie es raus. Lassen Sie alles raus.«

Und ich ließ alles raus. Eine Unzahl an Flüchen und Bezichtigungen, dass er und Auer mich und die Kinder im Stich ließen und im Grunde nicht besser waren als der alte Russe, verbunden mit absurden Verdächtigungen, dass sie uns opfern würden, nur damit sie ihre heilige Kuh Olschenko dranbekamen, und so fort. Bis ich ein beschämtes, zuckendes Bündel mit nassen Wangen war, das nur noch seine Stirn auf Edwins Schulter ausruhen konnte.

»Fertig?« Das Brummen seiner Stimme drang vor bis in meinen Brustkorb.

»Ich weiß nicht.« Ich schniefte kleinlaut.

»Kann ich Sie trotzdem wieder loslassen?«

Ich nickte, obwohl ich eigentlich gern Nein gesagt hätte. Seine Umarmung fühlte sich an wie eine Entschädigung für all die Umarmungen, die ich in den letzten Tagen gebraucht und nicht bekommen hatte.

»Und Sie versprechen, nicht weiter in die Kameras zu laufen?«

Ich sah auf und musste mehrmals blinzeln, bis der Tränenfilm meinen Blick auf die kleinen schwarzen Kästen in einigen Schritten Entfernung auf gut drei Metern Höhe freigab.

Ich war so beschäftigt damit gewesen, Edwin abzuschütteln, dass ich gar nicht registriert hatte, dass wir beinahe vor Olschenkos Grundstück standen.

»Können sie uns sehen?«

»Der Winkel reicht bei dem Modell nicht aus«, beschwichtigte Edwin. »Und sie können uns auch nicht hören.«

Ich nickte verständig. »Sie können mich jetzt loslassen.«

»Also versprochen?«

»Versprochen.«

Es quäkte kaum vernehmbar aus seinem Ohr. Edwin nahm seine Arme von mir und sah mich angestrengt lauschend an.

»Franka sagt, Olschenko fährt weg. Zwei Leute in Begleitung.«

»Johanna und Marc?«

Edwin schüttelte den Kopf. »Seine Leute.«

»Dann sind es jetzt zwei weniger, mit denen wir es zu tun hätten.«

»Wir sind aber nicht mehr geworden.«

»Ich kann nicht hier draußen warten und nichts tun.«

Edwin atmete tief ein und aus. Dann kaute er überlegend Luft. »Wenn es uns gelänge, sie rauszulocken …«, setzte er an und brach gleich wieder ab. Er zog die Nase hoch und sah sich um, bis sein Blick in der Ferne haften blieb.

Am hügeligen Horizont zeichneten sich Reihenhäuser ab wie Monopoly-Spielsteine. Mittendrin schraubte sich eine dünne Rauchfahne gen Himmel. Vermutlich entfachte jemand seinen Grill.

»Oder aber es reicht«, Edwin drehte sich wieder zu mir und fingerte ein weiteres Headset aus der Brusttasche seiner Jacke, »wenn wir sie beschäftigt halten.«

Ruhrtal-abwärts verlor die Außenmauer zuerst ihre Farbe, dann ihre Krone, große Flecken ihres Putzes und schließlich bestand sie nur noch aus verwittertem rotem Backstein. Ich verlor in fünf Metern Entfernung dazu zuerst den Trampelpfad, der nach rechts abbog, dann den frei begehbaren Moosboden und endete in einem schier undurchdringlichen Gewebe aus Unter- und Totholz.

Ein Stück bergab war die Mauer vollends in sich zusammengestürzt. Ich musste durch morsches, brechendes Geäst staksen und breitbeinig über nass-glitschige Stämme stelzen – um festzustellen, dass die Brombeersträucher in der ersehnten Lücke den ganzen Sommer über nichts anderes zu tun gehabt hatten, als alles zuzuwuchern und ihre Dornen zu feilen.

Ich suchte über mir nach Überwachungskameras, konnte aber keine entdecken. Was aber nicht bedeuten musste, dass da keine waren. Was verstand ich schon von Sicherheitstechnik und wie man sie tarnt?

Wie von Edwin aufgetragen, stöpselte ich das In-Ear-Headset in mein Smartphone und rief ihn an. »Ich habe einen Zugang gefunden«, teilte ich ihm mit.

»Gut. Dann lege ich jetzt los.« Seine Stimme so tief im Ohr und in meinem Kopf zu haben ließ mich vor Intimität leicht erschaudern. Aber ihr unterschwelliges Vibrato beruhigte auch meinen Puls und das Beben in meinen Beinmuskeln. »Sind Sie bereit?«

»Nein«, gab ich ehrlich zu. »Bleiben Sie bei mir?«

»In der Leitung, wenn Sie das meinen. Es muss schnell gehen und ich bin zu langsam, um nachzukommen.«

»Und Franka?« Es fühlte sich merkwürdig an, sie beim

Vornamen zu nennen, aber Edwin gegenüber den Nachnamen zu benutzen schien mir schlicht affig.

Er antwortete nicht. Die Leitung war wie tot.

»Sind Sie noch da?«

Die Leitung musste tatsächlich tot sein. Hastig kontrollierte ich, ob der Stecker des Headsets sich gelöst hatte. Schaltete den Bildschirm ein. Bis ich endlich das erlösende »Ja!« hörte, gefolgt vom hämmernden Pulsieren meines Herzens.

»Was ist mit Franka?«

»Ich erreiche sie nicht.«

»Wie soll ich das verstehen?«

Diesmal hörte ich nur seinen gedehnten Atem.

Franka wollte Olschenko. Und egal, was sie auch beteuerte, sie wollte nichts anderes außer ihn.

»Sie ist abgehauen, oder nicht?«

»Ich weiß es nicht.« Er klang enttäuscht. »Aber ich bin hier. Kann es losgehen?«

»Geben Sie mir einen Moment. Hier sind Büsche«, antwortete ich und presste mich nah an die Mauer. Ich schob mich langsam vorwärts und bog die dornigen Ranken von mir weg. Doch für jede, die ich vom Stoff meiner Hosenbeine zog, verfingen sich zwei andere darin. Bis ich aufgab, mich mit Gewalt weiterschob und Löcher in Jacke und Hose riss. Wie von Geisterhand geführt, wollten nicht mal die jungen Triebe von mir lassen und ich begann mich heillos zu verheddern.

»Moment noch«, flüsterte ich ins Mikro und machte mich daran, die Fesseln von meinen Fußgelenken zu wickeln.

Dann hörte ich es plötzlich. Ein Knacken und Krächzen von jenseits der Mauer. Wie ein Funkgerät in einem alten Film. Und gleich darauf Rascheln von Schritten in Laub. Das dumpfe Auftreten von harten Absätzen auf weichem Waldboden, das näher kam.

Ich legte beide Hände ums Mikrofon und flüsterte hinein: »Sie haben mich entdeckt.«

»Dann kommen Sie da weg. Schnell.«

»Ich kann nicht. Ich hänge fest.«

»Okay. Bleiben Sie ruhig. Stillhalten!«, wies Edwin mich an, dann war die Leitung wieder ruhig.

Die Schritte kamen näher und näher. Ebenso die heisere Männerstimme, die unaufgeregt und auf Russisch ins Funkgerät sprach und etwas zurückerhielt, das wie Anweisungen klang.

Ich wagte kaum zu atmen. Der frische Sauerstoff drang allerhöchstens bis in meinen Rachen vor.

Die Schritte stoppten. Sie mussten jetzt ganz nah auf der anderen Seite sein. Ich hörte mehrmaliges metallisches Klacken. Ebenfalls wie in einem Film. Wenn Gewehre durchgeladen werden. Dann wieder Knacken und Krächzen. Der Heisere sprach und klang angespannt. Die Brombeerranken im Mauerdurchbruch wackelten.

Dann zerbrach in der Entfernung Glas, Befehle hallten um die Backsteine und der Heisere rannte davon.

»Jetzt!«, dröhnte Edwin in meinen Ohren. »Hören Sie? Jetzt!«

Ich zerrte mich frei. Spürte, wie die Dornen durch den Stoff die Haut von meinen Fußknöcheln fetzten. Packte die Ranken und riss mir auch noch die Handflächen auf. Dann legte ich Arme und Hände um meinen Kopf und trat auf die nächsten Ranken, während ich durch die Büsche brach wie ein Panzer. Einige Dornen peitschten zwischen meinen Unterarmen hindurch und trafen mich an der Wange, hinterließen aber nur leichte Kratzer.

Auf der anderen Seite stemmte ich meinen Rücken gegen den nächsten Baum. Meine Strümpfe wurden warm und feucht und als ich die Hände runternahm, klebte mein Haar im antrocknenden Blut. Ich strich es zurück und verteilte nur noch mehr Blutstriemen darin. Auch auf meiner Stirn, als ich die letzten Strähnen wegwischte.

Vorsichtig drehte ich mich um den Stamm, bis ich das Ergebnis von Edwins Molotow-Cocktail-Plan sehen konnte. Flammen leckten an den Holzwänden der Stallungen empor. Das Wiehern von Pferden erfüllte die Luft. Über die Kuppe hinweg konnte ich lediglich die obersten zwei Handbreit des Tors erkennen. Und als es nach beiden Seiten aufschwang und das Gedonner von Hufen ertönte, rannte ich los.

Ich stürzte durch die offene Terrassentür, rutschte mit nassen Sohlen auf dem weißen Marmorboden aus und fing mich in einem weiß-beige gestreiften Jugendstilsessel auf, nachdem ich eine bauchige blaue Stehlampe mit goldenen Dionysos-Köpfen an den Seiten umgerissen hatte. Ihr Keramikkörper zersprang mit hellem Ton. Spätestens jetzt wusste jeder, der sich noch im Haus aufhielt, wo ich war.

Ich stemmte mich aus den Polstern und hastete zwischen zwei gleichfarbigen Fünfsitzersofas hindurch auf ein düsteres deckenhohes Küstengemälde zu, das gut von Caspar David Friedrich hätte sein können. Die Tür rechts führte in die riesige kreisrunde Eingangshalle, an deren Seiten sich zwei breite Treppen in die Höhe wanden, auf denen man effektvoll im langen Kleid und mit wallender Schleppe hinabschreiten konnte, um die Gäste seines Neujahrsempfangs zu begrüßen.

Entgegen aller Vorsicht nahm ich die Stufen in den ersten Stock und rannte in den Gebäudeflügel, in dem ich meine Kinder hinter den Fenstern gesehen hatte. Der weiße Hochflorteppich schluckte jeden meiner Schritte vorbei an weiteren Gemälden in verschnörkelten Goldrahmen, die alle kostbar und teuer aussahen.

»JOHANNA! MARC!«, rief ich. »Wo seid ihr?«

Von draußen hörte ich Rufe und Schreie und Wiehern und das Gewittern des brennenden Stalls. Ich schloss die Augen und versuchte es erneut: »JOHANNA! MARC!«

Angestrengt lauschte ich den gewundenen Flur vor mir hinab. Doch das Getöse von draußen übertönte alles. Just als ich ein drittes Mal ansetzen wollte, hörte ich leises Gewimmer, das schnell in Geschrei ausartete.

Ich tastete mich an der Seidentapete mit Blümchenmuster entlang und zog dabei eine feine Blutspur, bis ich die weiße Holztür erreichte, hinter der es inzwischen auch noch rumpelte. Ich stieß sie auf und beinahe blieb mir das Herz stehen.

Meine Kinder rangen am Boden mit einer etwa fünfzigjährigen schwergewichtigen Frau, deren verschwitzte Züge entgleisten, als sie mich sah.

»Satana!«, rief sie fassungslos, bekreuzigte sich und verlor eine Ampulle, wie Eigen sie mir in der Fabrikhölle gezeigt hatte, bevor meine Kinder ihre Arme niederdrücken konnten.

Ich musste kein Russisch können, um zu verstehen, was es bedeutete.

»Ja, ich bin Satan!« Ich hatte schon wieder einen meiner Sturm-und-Angst-Anfälle und schlug noch ein antikes Ikonenkreuz rechts von mir von der Wand bis auf das rote Himmelbett, bevor ich mich ebenfalls auf die Frau stürzte. Noch im Flug erkannte ich im deckenhohen Spiegel gegenüber, was der fettelnden Amme solche Angst bereitete: Mit dem Blut auf meinen Handflächen und der Stirn trug ich die Wundmale Jesu mit wutverzerrter Fratze.

Ich landete auf ihr, drückte mein Gesicht in das ihre und flüsterte: »Beweg dich und wir fahren alle zur Hölle!«

Ich wusste nicht, ob sie mich verstand. Aber ich spürte, wie ihr Körper unter mir erschlaffte.

»Wir haben nicht viel Zeit.« Ich drehte den Kopf zu Johanna und Marc, die mich mindestens ebenso entsetzt anstarrten. »Es geht mir gut«, fügte ich daher hinzu und setzte mich auf die Amme. »Können wir?«

Johanna war die Erste, die sich aus ihrer Erstarrung löste und mir um den Hals fiel. »Mama!«

Marc schien noch immer mit ängstlichen Blicken die Quelle allen Bluts an mir zu suchen, als erwartete er eine klaffende Wunde. Ich zog ihn kurzerhand an mich und drückte ihn, so fest ich konnte, bis die Anspannung versickerte.

»Es ist alles gut. Jetzt ist alles gut.« Ich küsste ihn ins Haar und schmiegte anschließend meine Wange an Johannas Ohr. »Wir müssen los, mein Engel. Ja?«

Johanna nickte kurz und zuckte gleich darauf zusammen. Reflexartig wandte ich mich zur Tür.

Wir hatten noch mehr Gesellschaft.

Einer von Olschenkos Gangstern. Breitschultrig, breit grinsend und breitbeinig. Mit einer tiefen Narbe, die einen Bogen von der Nasenwurzel bis zum Mundwinkel schlug. In einem Anzug, der an seinen Stiernacken angetackert worden sein musste. Er zielte mit einem Gewehr auf mich, sodass ich direkt ins Auge des schwarz-metallischen Phallus starrte.

»Du bist nicht Satan. Aber du siehst ihn bald.« Er lachte und deutete auf die Amme. »Geh weg von ihr!«

Ich rutschte seitlich von ihr ab und sie robbte keuchend zu dem roten Ohrensessel vor der Fensterfront. Das Narbengesicht bedeutete mir mit einem Schwenk seiner Waffe, auf die andere Seite des Zimmers zu gehen. Ich nahm Johanna und Marc an den Händen und wollte aufstehen.

»Nur du! Die Kinder …« Er beendete seinen Satz mit einem Kopfschütteln.

Ich ließ sie los, aber Johanna und Marc klammerten sich sofort wieder an mich. »Bitte! Sie müssen das nicht tun.«

»Was tue ich denn? Du bist doch schon tot.« Der Mann visierte mich über das Gewehr hinweg an.

Ich versuchte, die Umklammerung der bebenden Leiber zu lösen und sie von mir wegzuschieben. Ein aussichtsloses Unterfangen zweier Hände gegen vier verzweifelte Arme.

»Dann wenigstens nicht vor meinen Kindern«, sagte ich und wunderte mich, wie gefasst meine Stimme war.

»Keine Angst, ihr seht euch bald wieder.«

Ich riskierte nur einen kurzen Seitenblick auf Johanna und Marc. Ihre Augen waren weit aufgerissen. Und alles dahinter taumelte auf der Grenze zum Wahnsinn. Ich ließ von ihren Armen ab und schob meine Hände jeweils von der Stirn über ihre Gesichter, bis ich ihre Nasen berührte. Sie ließen es sich widerstandslos gefallen. Dann senkte ich auch meine Lider.

Ich hörte das Blut in meinen Ohren rauschen. Das Röcheln der Amme hinter mir und wie sich der Stoff ihrer Kleidung bei jeder ihrer Bewegungen faltete. Vernahm das Ticken einer Uhr, die ich nicht bemerkt hatte. Ganz leise den Aufruhr, den das Feuer draußen verursachte. Ein Klicken, das ich der Waffe zuschrieb. Selbst den wilden Herzschlag meiner Kinder glaubte ich zu hören und konzentrierte mich allein darauf. Blendete alles andere aus. Nichts anderes sollte mich aus dieser Welt begleiten.

Bis der satte Aufschlag eines Körpers den Boden erschütterte.

9

Höheres Gut

Ich blickte in regungslose Pupillen. Die Haut um sie herum war tiefrot von gestautem Blut. An dem Arm um den Hals des Mannes zeichneten sich feine Muskeln ab.

»Alle in Ordnung?«, fragte Auer und reckte sich hinter dem Narbengesicht hervor.

»Sie?« Ich atmete meine Frage eher, als dass ich sie sprach. Meine Stimme schien sich schon ins Jenseits verabschiedet zu haben, in welches mich dieser Mann hatte schicken wollen.

»An wen hatten Sie denn gedacht?«

An niemanden. Ich hatte lediglich darauf gewartet, erschossen zu werden.

Johanna und Marc zogen meine Hände von ihren Augen.

»Franka!« In Johannas Ausruf schwangen Freude und Überraschung mit.

Ich verkniff es mir, Auer damit zu beleidigen, dass ich angenommen hatte, sie wäre Olschenko nachgejagt, als der die Villa verlassen hatte, und dass sie mich bei der Befreiung meiner Kinder im Stich lassen wollte. Stattdessen sah ich nur beschämt zu Boden.

»Wir haben nicht viel Zeit«, sagte Auer. »Sobald ich ihn loslasse, ist er in zwanzig Sekunden wieder bei Bewusstsein. Nach knapp einer Minute hetzt er uns nach. Wenn ich also ›Jetzt‹ sage, dann laufen Sie los, zum Ausgang unten. Verstanden?«

Ich nickte und bemerkte, wie Johanna in den Startblock stieg. Marc dagegen musste ich im Nacken am Kragen schnappen, während ich mit der anderen Hand nach der Ampulle im

Teppich suchte, mit der die Amme meine Kinder hatte unter Drogen setzen wollen, und sie einsteckte.

Auer zählte mit den Fingern bis drei. »Jetzt! Los, los, los!«

Johanna war mit einem Satz am Narbengesicht und Auer vorbei im Flur. Sie streckte mir die Arme entgegen und ich schwang Marc über die am Boden Liegenden hinweg. Johanna fing ihn, der noch immer nicht zu wissen schien, wie ihm geschah, nahm meine Hand und zog uns beide den Flur hinab.

Die Krusten an meinen Fingern platzten und ich zog rote Schlieren über die Seidentapeten. An der halbrunden Treppe fing ich mich am Geländer ab. Alles um mich herum begann sich zu drehen und meine Kraft versickerte.

»Geht! Zur Tür!«, wies ich Johanna und Marc an.

Aber die beiden starrten mich nur entsetzt an.

»Weiter, weiter, weiter.« Auer kam aus dem Flur geschossen, griff nach meiner Jacke und zerrte mich einfach hinter sich her die Treppe runter.

Auf unerklärliche Weise trafen meine Füße Stufe um Stufe, obwohl ich nur noch damit beschäftigt war, nicht hinzufallen und so alle anderen abzuräumen wie Bowlingpins. Aber kaum unten angekommen, versagten meine Knie endgültig und ich plumpste rücklings auf die letzte Stufe.

Ich war seit weit mehr als fünfzig Stunden auf den Beinen und durch diverse emotionale Schleudergänge gegangen. Ich hatte Misshandlungen durchgestanden. Hatte so gut wie nichts gegessen und kaum etwas getrunken. Mein Körper kapitulierte. Wogen von Übelkeit schlugen über mir zusammen. Mein Herz zuckte im luftleeren Raum. Jemand bearbeitete die Innenseite meines Schädels mit einem Schürhaken. Ich wollte mich am Geländer festhalten, aber meine Finger rutschten schlaff wieder ab.

Auer ging vor mir in die Hocke und schlenkerte einen Autoschlüssel wie eine Bimmel. »Die Gewaltsau da oben war so freundlich, uns ihr Handy und den hier zu leihen. Da draußen steht eine Reihe Autos. Zwei Minuten und wir sind weg. Schaffen Sie das?«

Ich nickte, obwohl ich ansonsten unfähig war, mich zu bewegen.

Auer schickte Johanna mit ausgestrecktem Zeigefinger zum Fenster neben der Eingangstür. »Sieh nach, ob draußen frei ist.«

Johanna lugte durch den schmalen Schlitz zwischen altweißer Gardine und Fensterrahmen hindurch. »Dahinten brennt's! Und die Pferde …«, setzte sie an, sprach aber nicht weiter.

Der donnernde Hufgalopp war selbsterklärend.

Gleichzeitig dröhnten aus dem Stockwerk über uns wilde russische Flüche und kurz darauf zerriss eine Alarmsirene die Luft.

»Marc!«, rief Auer und warf ihm den Schlüssel zu. »Finde raus, welcher Wagen!« Dann legte sie meinen linken Arm um ihre Schulter und stemmte mich in die Höhe. »Johanna, hilf mir!«

Doch ich war nicht bereit, mich auch auf sie zu stützen. »Es geht schon«, hauchte ich, stieß mich von der Treppe ab und taumelte zur Haustür. »Mach auf, Marc!«

Nacheinander schoben wir uns auf die halbrunde Veranda unterm säulengestützten Balkon.

Ein gutes Dutzend Pferde jagte auf uns zu. Die meisten blieben jenseits der Wagenreihe, nur zwei suchten den Weg über die Veranda. Im letzten Moment, bevor sie über Marc und Johanna hinwegrauschen konnten, befreite ich mich von Auers Schulter, riss die beiden an mich, presste sie gegen die Hauswand und wand meinen Körper schützend um sie.

Die Luftschleppe der Gäule sog mein Haar nach.

Dann ließ ich die beiden wieder los. Marc drückte hektisch die Knöpfe auf dem Autoschlüssel und der erste Wagen in der Reihe blinkte auf.

Das schwarze SUV, das wir nur zu gut kannten.

Ich packte Marc in der Achsel und stolperte voraus. Auer und Johanna überholten uns und während Auer um den Wagen verschwand, kletterte Johanna auf die Rückbank und zog mir Marc aus den Händen. Ich warf die Tür hinter ihm zu und mühte mich neben Auer in die vordere Sitzreihe.

Im Außenspiegel näherte sich der Trupp bewaffneter Handlanger, denen die Pferde durchgegangen waren.

»Schlüssel!« Auer streckte einen Arm durch die Lehnen nach hinten zu Marc, der sie aber nur zitternd ansah.

»Gib schon her!« Johanna schnappte seine Fäuste und bog die Finger auf, bevor ihre Stimme in hysterische Höhen umschlug. »WO IST ER? WO – IST – DER – SCHLÜSSEL?« Sie schüttelte Marc bei jedem Wort durch.

»MAMAAA!«, heulte Marc auf und gestand kleinlaut, als Johanna von ihm abließ: »Ich hab ihn verloren.«

»Verdammt!« Auer drosch aufs Lenkrad ein, während ich im Außenspiegel den kleinen schwarzen Gegenstand auf der Veranda an der Hauswand entdeckte.

Kurzerhand stemmte ich mich aus dem Wagen, schleppte mich, so schnell ich konnte, mit schwachen Knien zurück und hob ihn auf.

Die Pferdejäger hatten sich über die weitläufige Einfahrt verteilt, um den Gäulen den Weg abzuschneiden, und suchten dazu Unterstützung bei barbusigen Frauenstatuen aus weißem Marmor, die allesamt ihre Füllhörner anpriesen. Der Anführer brüllte und gestikulierte und lenkte seine Häscher zu uns um.

Ich stieß mich von der Wand ab, verschaffte mir damit aber mehr Schwung, als meine Beine abfedern konnten, und schlug der Länge nach auf den harten Boden. Ich hörte meine Kinder im Auto schreien, sah kurz zu ihnen rüber und rollte mich auf den Rücken. Just in dem Moment rammte sich ein schwarzer Kampfstiefel neben mir in den Stein, gleich dort, wo eben noch meine Brust gewesen war. Ohne hinzusehen, strampelte ich los und trat in alle Himmelsrichtungen aus. Traf etwas, traf noch etwas, hörte einen Aufschrei, ein Stöhnen und dann ging das Narbengesicht nieder, das wir bewusstlos im Haus zurückgelassen hatten.

Ich krabbelte auf allen vieren zum Wagen, bekam eine Sitzwange zu greifen und zog mich hoch, während ich den Schlüssel Auer in den Schoß warf. Dann wuchtete ich meine Beine noch ins Auto. Als Auer jedoch den Automatikhebel auf Fahren stellte, flog die hintere Seitentür auf und die grobschlächtigen Pranken des Narbengesichts vergriffen sich an Marc.

Geistesgegenwärtig umklammerte Johanna ihren Bruder, stemmte sich mit einem Fuß gegen die Beifahrerlehne und trat dem Mann mit dem anderen ins Gesicht.

»MAMA!«, schrie Marc auf.

Die Reifen drehten durch und schleuderten Schotter in alle Richtungen. Das Narbengesicht verlor den Halt und warf seinen Oberkörper auf die Rückbank, die Beine schleiften draußen auf dem Boden nach.

Ich drehte mich im Sitz und drosch mit der Faust abwechselnd zu Johannas Tritten auf ihn ein.

Dann hörte ich Auer ausrufen: »Festhalten!«

Und in der nächsten Sekunde, mit einem infernalischen Schlag, wurde die Tür getroffen. Während sie dem Narbengesicht den letzten Stoß versetzte und er aus dem Wagen rollte, flogen draußen ein weißer Marmorkopf, Teile eines Füllhorns und unzählige Splitter durch die Luft.

Auer drückte das Gaspedal durch und hielt auf das schmiedeeiserne Tor zu. »Ihr dahinten. Abtauchen.«

Johanna zog Marc in den Fußraum hinter den Vordersitzen und legte sich schützend über seinen Kopf. Ich dagegen stützte mich am Armaturenbrett vor mir ab.

»So brechen sie.« Auer senste meine Hände mit ihrem Unterarm weg und wir krachten durchs Tor.

Der Wagen knickte ein und ich wurde aus dem Sitz gerissen. Schlug mit der Stirn gegen die Windschutzscheibe. Gleich darauf wurde ich wieder zurückgeworfen. Ich hielt meinen vor Schmerz explodierenden Schädel und sah durch die Lücke zwischen den Vordersitzen.

Meine Kinder kauerten unverletzt im Fußraum.

Ich wandte mich wieder nach vorn. Die aufgewölbte Motorhaube versperrte die Sicht auf den Boden vor uns. Trotzdem rollte das SUV noch. Machte einen Satz durch die Luft. Durchschlug etwas, woraufhin Erdbrocken an uns vorbeiflogen. Ruckelte und holperte weiter.

Durchs Seitenfenster erkannte ich, dass wir uns durch ein abgeerntetes Feld pflügten. Mitten aus den Monopoly-Häusern blitzte es blau auf. Dann stach ein Feuerlöschzug, begleitet von Streifenwagen, zwischen den Einfamiliengärten hervor und wälzte sich über einen Feldweg in Richtung Olschenkos brennender Pferdeställe.

»Ich liebe aufmerksame Nachbarn«, sagte Auer, drehte das Lenkrad und hielt auf den nächsten Waldweg zu, während der Schwarm Handlanger im Rückspiegel unsere Verfolgung aufgab.

Es dampfte durch alle Ritzen des Motorraums, als wir das kleine Waldstück hinter uns ließen, das SUV auf dem Parkplatz eines Massenwohnblocks ausrollte und Auer neben Edwin Metzgers Wagen anhielt.

»Steigt um.« Ich zeigte auf den kleinen silbergrauen Franzosen und wandte mich zu Johanna und Marc um.

Marc nickte, bewegte sich aber nicht. Er saß aufrecht, mutig die Brust rausgestreckt. Nur das Beben seiner Lippen verriet die Nachwirkungen unserer Flucht.

Ich lehnte mich nach hinten und streichelte seinen Oberschenkel. »Geh mit Johanna. Ich komme auch sofort.«

Trotzdem bewegte er sich nicht.

Johanna nahm vorsichtig seine Hand und schloss ihre Finger langsam darum. »Los geht's, du Gnom«, flüsterte sie und öffnete die Tür. Dann berührte sie über die Lehne hinweg Auers Schulter und sah mit feuchten Augen zu mir, während ihre Mundwinkel zitterten: »Danke!«

Ich zwinkerte ihr zu und hoffte, sie verstand, dass ich ihr damit sagen wollte, jetzt würde alles gut werden. Sie antwortete mit einem flüchtigen Lächeln.

»Du bist viel zu schwer für einen Gnom«, beschwerte sie sich gespielt, als sie Marc aus dem SUV zog.

Voller Stolz beobachtete ich, wie die große Schwester den kleinen Bruder ums Auto lotste und Edwin zurückwies, als er ihnen in seinen Wagen helfen wollte.

»Sie ist stark«, kommentierte Auer. Die Knöchel an ihren Händen traten weiß hervor, als sie scheinbar versuchte, das Lenkrad auszuwringen. »Sie können sich glücklich schätzen.«

»Ich weiß.« Mir versagte beinahe die Stimme. »Danke!«

»Wofür? Die Wahrheit?«

»Dafür, dass Sie uns geholfen haben. Wenn ich ehrlich bin …« Ich leckte meine trockenen Lippen, damit mir mein nächster Satz leichter darüberging. »Ich dachte, Sie hängen sich lieber an Olschenko.«

Auer ließ das Lenkrad los und verschränkte die Arme vor der Brust. »Ich habe es in Erwägung gezogen.«

»Was hat Sie umgestimmt?«

Auer drehte mir ihr Gesicht zu. Es lag wenig Freundlichkeit in ihrem Blick, bis sie ihn wieder zu Johanna und Marc weiterwandern ließ.

»Ich hab's Ihnen nicht leicht gemacht«, sagte ich. »Und es fällt mir auch immer noch schwer. Aber wenn mir das heute etwas gezeigt hat, dann, dass wir drei es nicht allein schaffen. Ich muss also jemandem vertrauen. Und ich weiß nicht, wem, wenn nicht Ihnen.«

»Mhm«, gab Auer nur von sich.

»Ich weiß, dass es Ihnen um Ihren Vater geht. Aber Sie haben diesen Mann so gut wie nicht gekannt.« Es wollte mir nicht einleuchten, wie man Rachegedanken für einen Menschen hegen konnte, zu dem man kaum eine emotionale Bindung hatte entwickeln können. »Er hat Sie und Ihre Mutter sich selbst überlassen. Sollten Sie nicht vielmehr sauer auf ihn sein?«

Auer biss ihre Kiefer so fest zusammen, dass die Muskeln hervortraten. Sie löste ihre Arme aus der Verschränkung, wusste aber anscheinend nicht, wohin sonst mit ihren Händen. Bis sie sie zwischen die Lenkradspeichen schob. »Er wollte uns nicht in Gefahr bringen. Deswegen ist er abgehauen. Könnte Ihnen bekannt vorkommen.«

Natürlich verstand ich ihre Anspielung auf Daniel. Dennoch ließ ich sie unkommentiert.

»Als ich etwas älter war als Johanna, überraschte meine Mutter mich mit einer Reise nach Lettland. Nicht gerade das Ziel, das einem in dem Alter im Kopf rumschwebt, und ich ließ meinem Unmut darüber ziemlich freien Lauf. Sie sagte immer nur, dass ich jemanden ganz Besonderes kennenlernen würde. Das machte es aber auch nicht besser. Also nervte ich sie durchgehend in dieser einsamen Hütte am Meer und ödete sie an. Bis am vierten Tag Männer kamen.« Auer blickte durch die Seitenscheibe gen Himmel. Sie schien es nicht zu merken, aber sie knibbelte an der Lenksäulenverkleidung rum. »Sie machten mit ihr das, was man mit Ihnen in der Fabrikhalle getan hat. Und sie haben die Gunst der Stunde eines wehrlosen Frauenkörpers genutzt. Sieben Tage lang. Einer nach dem anderen. Immer wieder von vorn. Es gelang uns zwar, zu fliehen, aber da hatten sie sie schon zerstört.« Auers rechte Hand zuckte zurück. Sie hatte sich einen Nagel abgebrochen, kaute das lose Stück ab und spuckte es in den Fußraum. »Ich erfuhr erst viele Jahre später, wieso das alles überhaupt passieren konnte. Meine Mutter hatte meinem Vater häufig heimlich geschrieben. Wenigstens hatte sie das geglaubt. Auch, dass er diesen Treffpunkt vorgeschlagen hatte. Um seine Tochter kennenzulernen. Tatsächlich …« Auer sprach nicht weiter. Sie hatte begonnen, sich an den Oberschenkeln zu kratzen. Etwas zu sehr auf der Innenseite für meinen Geschmack.

Ich wandte verlegen das Gesicht ab. Neben uns versuchte Edwin durchs Fenster, meine Kinder auf der Rückbank seines Wagens abzulenken, indem er ihnen den »Zaubertrick« mit dem abgeschnittenen Daumen, der über den Zeigefinger wandert, präsentierte. Begeisterung konnte ich bei keinem von beiden entdecken. Marc beachtete die Hände erst gar nicht und starrte Edwin nur mit offenem Mund an. Johannas forschender Blick dagegen galt allein mir und Auer.

Sie war nur wenig jünger, als Auer es damals gewesen war.

***

Ich wagte nicht, zu fragen, was dem Mädchen in Lettland widerfahren war. Ich verstand wohl auch so. Vor meinem geistigen Auge erschien das großflächige Foto, das in Frankas Hausflur hing. Der kleine ausgehungerte Junge, der mit einem Stock an einer toten Frau herumstocherte.

Diese Tiere hatten ihre Mutter nicht nur zerstört. Sie hatten sie getötet. Nicht sofort. Aber in einem quälenden Prozess. Franka hatte sie dabei begleitet. Hatte ihr seelisches Siechen miterlebt. Und ganz gleich, wie lange sie auch in ihr gestochert haben musste, sie war nicht mehr aufgewacht.

Sich verpflichtet zu fühlen hat etwas Merkwürdiges an sich. Man fragt sich nicht, wieso man etwas tut. Man sucht nicht nach Rechtfertigung. Man will einfach nur etwas tun. Helfen, etwas Ungerades wieder ins Lot zu bringen.

Ach, ich weiß es nicht.

Ich meine, ganz gleich, ob Daniel mich vor Franka wie vor allen anderen gewarnt hatte. Ich konnte nicht anders, als ihr zugutezuhalten, dass ich noch lebte und meine Kinder bei mir waren.

Ich gebe zu, ich habe daran gedacht, mich mit Johanna und Marc aus dem Staub zu machen. So weit wie möglich. Und das nicht nur ihretwegen. Je deutlicher ich damals spürte, dass … Beinahe hätte ich »das Schlimmste vorüber war« gesagt. Aber dieses Gefühl war eher dem Moment geschuldet. So ähnlich, wie wenn man in einem Tal zwischen zwei Wellen einige Zeit den Boden unter den Füßen spürt.

Wenn man dann mal nicht mit Strampeln und Den-Kopf-über-Wasser-halten beschäftigt ist oder kurzzeitig nicht droht abzusaufen, dann ist plötzlich alles wieder da, was man zwangsweise verdrängt hat.

Man glaubt, die Dinge klarer zu sehen als zuvor. Als hätten sie sich wie von Geisterhand selbst sortiert. Wenn man im großen Chaos steckt, ist alles unüberschaubar und unüberwindlich. Aber mit ein bisschen Abstand …

Für mich hatte alles damit begonnen, dass Daniel verschwunden war. Mit meiner Suche nach ihm. Der Frage nach dem Warum. Und je tiefer ich gegraben hatte, desto lauter war mir entgegengeschallt, dass er bereits tot war.

Ich hätte es glauben können. Vermutlich hätte mir auch niemand einen Vorwurf gemacht. Nicht mal ich. Wäre da nicht dieser Augenblick im SUV gewesen.

Das Wellental.

***

»Wir sollten sehen, dass wir von hier wegkommen«, sagte Auer und ich hörte, wie sie den Schlüssel aus dem Zündschloss abzog.

»Und wohin?«, fragte ich und beobachtete, wie Edwin seinen hilflosen Versuch, meine Kinder mit Zaubertricks abzulenken, aufgab und stattdessen zweimal aufs Autodach klopfte. Es war von Anfang an zum Scheitern verurteilt gewesen. Die beiden sahen kaum zu, und wenn doch, lächelte Johanna nur ab und an höflich, aber künstlich und hielt ansonsten Marc im Arm und flüsterte auf ihn ein.

Es versetzte mir einen Stich ins Herz, aus dem zähflüssige Sehnsucht blutete.

»Wir finden einen Ort.« Auer legte eine Hand auf meinen Unterarm. »Wo Sie und die Kinder niemand erreicht.«

»Und meinen Mann!«, ergänzte ich.

»Frau Bellheim, ich sagte Ihnen doch schon, dass Sie sich nicht allzu großen Hoffnungen hingeben sollten.«

»Ich soll ihn also aufgeben? Wollen Sie mir das sagen?«

»Erinnern Sie sich? Ich sagte Ihnen, kommen Sie mit uns. Überlassen Sie das uns. Und jetzt sehen Sie, wohin Ihre Sturheit Sie geführt hat. Glauben Sie, das geht das nächste Mal auch so aus?«

Ich seufzte und rieb mir über das Gesicht. Ich wusste, sie hatte recht. Ich war am Ende meiner Kräfte und auch meiner Möglichkeiten. Einem weiteren Übergriff Olschenkos würden wir hilflos ausgeliefert sein. Trotzdem antwortete ich: »Ich werde ihn nicht aufgeben. Ich kann nicht!«

»Sie verhalten sich irrational. Ihr Mann hat seinen Weg gewählt. Hätte er gewollt, dass Sie ihm folgen, wäre er nicht ohne Sie gegangen.«

Was verstehen Sie schon davon?, hätte ich beinahe gesagt. Stattdessen sah ich erneut zu meinen Kindern. Johanna hantierte mit einem Gegenstand, den ich wegen der Spiegelung in der Scheibe nicht gleich erkannte. Erst als die orangen Pads auf Marcs Ohren landeten, begriff ich, dass Johanna den Walkman in meiner Tasche gefunden hatte.

Ich lächelte zuerst, weil ich daran dachte, dass sie ihm Musik vorspielen wollte. Dann realisierte ich, was sich tatsächlich auf dem Band befand, und sprang aus dem SUV.

»Gib mir das!«, forderte ich Johanna auf, nachdem ich Edwin beiseitegeschoben hatte.

»Warum?«

»Weil das nicht für eure Ohren bestimmt ist. Oder nicht mehr. Oder … Gib's mir einfach.«

Johanna betrachtete mich kritisch, übergab mir aber den Walkman. Das Gerät knackte zwischen meinen angespannten Fingern. Ich hielt den Kopfhörer an ein Ohr und hörte Eigen in der Fabrikhölle schwadronieren.

Darüber, dass sie meine Kinder nach Russland begleiten würde, damit es wegen der Sorgerechtsabtretung keine Schwierigkeiten gäbe. Wie sie meine Einwände abtat, dass Daniels Unterschrift unter dem Dokument fehlte.

Und dann war es plötzlich wieder da. Etwas, das sie gesagt hatte, während die Drogen, die sie mir verabreicht hatte, bereits zu wirken begonnen hatten.

Ich spulte zurück, bis ich die Stelle fand. Dann marschierte ich um das SUV herum, riss die Fahrertür auf und drückte Auer den Walkman in die Hand. »Vielleicht ist es wahr und ich bin irrational. Aber hören Sie selbst!«

***

Vielleicht ist es so, wie Edwin sagte, als ich ihm vorübergehend meine Kinder anvertraute, damit er sich mit ihnen versteckte: Das Schicksal ist ein Spieler, der weder gewinnen noch verlieren will. Nur spielen. Deswegen treibt es dich an den Punkt, an dem du denkst, es geht nicht mehr – und streut dir dann Brotkrumen hin.

Die erste Krume befand sich auf dem Walkman. Eigen hatte meine Einwände, die Sorgerechtsabtretung würde ihr ohne Daniels Unterschrift nichts nützen, nicht nur einfach abgetan. Sie hatte klar und deutlich gesagt: »Das kläre ich mit Ihrem Mann!«

Was nur zwei Dinge bedeuten konnte: Sie wusste, dass er noch lebte, und sie wusste, wo er war. Oder zumindest, dass sie ihm noch begegnen würde.

Die zweite Brotkrume war Eigens Hinweis, dass sie mit Olschenko nach Russland gehen würde und nur noch darauf wartete, dass man ihr alles Organisatorische für die Reise mitteilte.

Die dritte war das Handy des Narbengesichts, das auf der Rückseite mit einer zerrissenen russischen Flagge bemalt war und mit dem wir Eigen mit einer russischen Vorwahl anrufen konnten. Einerseits, um ihr mitzuteilen, dass ihr ein Wagen geschickt würde. Andererseits, um ihren Aufenthaltsort zu erfahren.

***

»Eine von da oben, bitte.« Ich zeigte auf das Regal in Kopfhöhe der Verkäuferin.

Sie nickte übertrieben freundlich, gab ein gestelztes »Sehr wohl, die Dame!« von sich und nahm eine Flasche mit zur Kasse, nachdem sie sich nach sonstigen Wünschen erkundigt hatte.

Ich bezahlte und verließ den Wasserladen, der sich bezeichnenderweise in einer ehemaligen Apotheke voller dunkelbrauner Holzregale eingerichtet hatte. Dann wechselte ich die Straßenseite und stieg wieder zu Auer ins SUV.

»Dafür mussten wir wirklich hierher?« Sie sah auf die satinierte, mit Swarovski-Steinen verzierte Flasche.

»Das ist der einzige Laden, den ich kenne«, antwortete ich,

drehte den Verschluss ab und hielt sie ihr hin. »Einmal Zunge befeuchten kostet einen Euro.«

Auer sah mich an, als hätte ich ihr gerade eröffnet, dass ich in Wahrheit ein Alien mit grüner Haut und Fühlern auf dem Kopf war, die man nur wegen eines ausgeklügelten Spiegeleffekts nicht sehen konnte. »Kann man das trinken oder darf man das nur lutschen?«

»Es sind die Inhaltsstoffe. Blasiertes Pseudoego.«

Auer fuhr los, nahm die Flasche und trank sie halb leer. »Wow! Nass auf der Zunge und geschmacklos im Abgang.«

Ich wollte lauthals lachen. Aber mehr als ein Schmunzeln gab die Anspannung in meinem Bauch nicht her. Zudem schmerzte noch immer jeder müde Knochen. Meine Handflächen brannten. Meine Schultermuskeln zogen bis tief zwischen die Schulterblätter, wenn ich den Kopf drehte.

Was mich durchhalten ließ, war die Auswahl an Müsliriegeln sowie die Energydrinks, die Auer unterwegs an einer Tankstelle besorgt hatte. Auf die Getränkedosen obendrauf hatte sie mir noch einige Schokopralinés verordnet, die mit konzentriertem Kaffee gefüllt waren. Koffein und Zucker würden mich zumindest kurz wieder nach vorn bringen, hatte sie gesagt und einigermaßen recht behalten.

Für den Moment wenigstens wähnte ich mich in den richtigen Händen.

»Ich heiße übrigens Eva«, sagte ich anstelle des verhinderten Lachens und betrachtete meine Handflächen.

Auer sah zu mir rüber. Ihre Augenbrauen zuckten nach unten. »Alles klar.«

»Gut«, antwortete ich ein wenig irritiert und trank die teure Flasche leer. Anschließend machte ich mich daran, sie wieder mit Billigwasser zu füllen. Als ich damit fertig war und immer noch kein weiteres Wort von Auer vernommen hatte, fragte ich sie: »Solche Sachen sind nicht Ihr Terrain, oder?«

»Terrain?«

»Nur so eine Formulierung.« Ich hatte sie von Edwin übernommen. »Ich meine Zwischenmenschliches.«

Auer holte zwar Luft, sagte aber nichts. Sie zog nur eine Grimasse, die ihr Unwohlsein ausdrückte.

»Wenn jemand sagt, ich heiße –«

»Ich weiß, was das bedeutet«, unterbrach Auer mich.

»Okay. Ich dachte ja nur.«

»Was? Sie dachten was?«

»Als Nachbarin waren Sie durchweg nett und einnehmend. Dagegen war diese Flirtnummer mit Peter eher ... unterdurchschnittlich. Und jetzt –«

»Wir sind da.« Auer schnitt meine Annäherung erneut ab, fädelte in einen Kreisel ein und nahm die erste Ausfahrt.

»Schön«, gab ich zurück und sah wieder nach vorn.

Es stand nicht ein einziges parkendes Auto in der gesamten Straße. Dafür säumten meterhohe Betonmauern die Fahrbahn wie in einem trockengelegten Kanal. Ich fragte mich unwillkürlich, ob sie neugierige Blicke aussperren oder etwas einsperren sollten.

»Halten Sie da kurz an.« Ich wies ein Stück weit voraus und als der Wagen stand, kletterte ich auf die Rückbank, um mich hinter den abgedunkelten Scheiben zu verbergen.

Dann rief Auer mit dem Handy, das sie dem Narbengesicht abgenommen hatte, drei Hausnummern weiter an und teilte mit russischem Akzent mit, dass das bestellte Fahrzeug da sei.

Das blank polierte Sicherheitsstahltor glitt zur Seite.

Um der Kamera an der Einfahrt so wenig Bilder wie möglich zu liefern, raste Auer mit sirrenden Reifen in die geschwungene Allee die künstliche Anhöhe hoch.

Wie verabredet erwartete Dr. Romana Eigen uns mit ihrem Koffer vor ihrem breit gewalzten Flachdach-Vollglas-Bungalow. Kopfschüttelnd galt ihr ganzes Interesse dem Frontschaden am Auto. Selbst dann noch, als sie zum Kofferraum marschierte.

»Ich mach das.« Ich stieg aus und ging um den Wagen.

»Was fällt Ihnen ein, hier mit einem solchen Schrotthaufen aufzutauchen?«, beschwerte Eigen sich, bevor ihre Gesichtszüge entgleisten.

»Überrascht, mich noch einmal zu sehen?« Ich gab mich so gefasst wie möglich. »Ich meine: lebend.«

Bei offenem Mund tasteten ihre Augen mich ab. Sie sah die Einfahrt runter und wandte sich plötzlich um, um ins Haus zu flüchten.

Aber den Weg versperrte ihr bereits Auer. »Sie wollen uns doch nicht einfach hier draußen stehen lassen?«, fragte sie und zog Eigen die Handtasche von der Schulter.

Einige Schubser an der Schulter hatten genügt, Eigen vor uns her ins Haus zurückzutreiben. Wenn auch unter Protest, weil das Stupsen angeblich Schmerzen in ihrer angegriffenen Halswirbelsäule auslöste, führte sie uns in ihr Esszimmer, das genauso keimfrei aufgeräumt war wie der Flur oder der japanisch anmutende Garten jenseits der Fensterfront. Ein wandfüllendes modernes Gemälde hinter Glas – schwarze Kleisterbürstenstriche auf weißer Leinwand – konkurrierte mit einem antik wirkenden, unebenen Holztisch mit genug Platz für vielleicht zwanzig Leute um die Herrschaft im Raum.

»Setzen Sie sich!« Ich verwies Eigen auf einen von zwei Hochlehnern, die sich an den Tischenden gegenüberstanden.

»Soll ich mich auch gleich meiner Kleidung entledigen?« Eigen spielte darauf an, wie sie mich in der Fabrikhölle vorgefunden hatte.

»Schauen wir erst einmal, wie weit wir kommen. Wir können uns ja immer noch umentscheiden«, sagte ich und wollte ihr folgen. Aber Auer zupfte an meinem Ärmel und beorderte mich so zurück in den Flur.

»Hier stimmt was nicht.« Sie senkte die Stimme. »Das ging bislang zu leicht.«

»Was meinen Sie?«

»Sie ist …«, setzte Auer an und unterbrach sich kurz. »Wie würde es Ihnen an ihrer Stelle gehen?«

Anstatt ihre Frage zu beantworten, dachte ich mehr darüber nach, worauf Auer hinauswollte. Entsprechend zuckte ich mit den Schultern.

»Zwei Fremde dringen in ihr Grundstück ein und halten sie in ihren eigenen vier Wänden fest. Sie sollte Angst haben. Hat sie aber nicht. Und ich frage mich, wieso.«

»Bei dem Umgang?« Ich nahm an, dass ich Olschenko nicht explizit erwähnen musste.

Auer blickte an mir vorbei durch den Türrahmen. Eigen nahm auf dem Hochlehner Platz, faltete die Hände vor sich auf dem Tisch und drückte den Rücken durch. Es war die gleiche Haltung, in der sie Mandanten in ihrer Kanzlei empfing.

»Sie haben sie schon einmal erlebt. Wie war sie da?«

Kühl, berechnend, arrogant und herzlos, kam es mir umgehend in den Sinn. Dann aber dachte ich daran, wie Eigen sich in der Fabrikhölle vor Olschenko für mich eingesetzt hatte. Wie sie hilflos um mein Leben gebettelt hatte. Ich hatte ihr sogar abgenommen, dass sie es ehrlich gemeint hatte. »Sie kann gut schauspielern«, sagte ich daher.

»Vergessen Sie das nicht.« Auer zog die Augenbrauen hoch. »Ich schau mich inzwischen um. Mal sehen, wer hier wen überrascht.«

Ich nickte lediglich und sah ihr nach, wie sie den Flur hinabging.

»Ach, und noch was …« Auer blieb an der nächsten Tür stehen. »Wenn Sie mich brauchen, rufen Sie einfach: Franka!«

Ich nickte erneut und erhielt ein aufmunterndes Lächeln sowie ein beinahe lautloses »Auf geht's – Eva!« zurück. Dann verschwand sie im angrenzenden Zimmer.

Ich senkte den Kopf, holte tief Luft und setzte eine ernste Miene auf.

»Würde es Ihnen etwas ausmachen, wenn Sie Ihre Freundin zu uns bitten?«, fragte Eigen, als ich schnurstracks auf sie zuging und, ohne sie eines Blickes zu würdigen, zuerst den Walkman und anschließend die Wasserflasche aus meinen Jackentaschen holte und auf den Tisch packte. Zunächst wollte ich mich auf die lehnenlose Bank setzen, die sich über die gesamte Tafellänge erstreckte, entschied mich aber um und blieb stehen.

»Wollen wir anfangen?« Ich nahm das Wasser mit Daumen und Zeigefinger am Verschluss und stellte es Eigen hin.

Sie sah von der Flasche zu mir auf, zog ihre Unterlippe zwischen die künstlich weißen Zähne und ließ sie langsam wieder hervorgleiten. Abschließend seufzte sie übertrieben. »Sie haben sich meine Vorliebe gemerkt.«

»Es ist alles ein bisschen diffus, aber das werde ich wohl nie vergessen«, sagte ich und lächelte falsch zurück.

»Sie haben mir also Wasser mitgebracht. Was wollen Sie damit erreichen? Dass ich zur Toilette muss? Oder soll ich mich an Ort und Stelle entwürdigen?«

»Anders als Sie wusste ich nicht, was ich da zu mir nehme. Betrachten Sie es als Entgegenkommen.«

Eigen schloss die Augen und grinste überheblich.

»Ach, das hätte ich fast vergessen.« Ich zog die kleine Ampulle aus der Jackentasche, die ich der Amme abgenommen hatte. Ich brach sie auf und füllte den Inhalt in die Flasche. »Konnte ich in Olschenkos Villa ergattern. Als wir meine Kinder befreit haben.«

Kaum sichtbar nestelte Eigen am Saum ihres Ärmels

herum und ihr Grinsen wirkte plötzlich bemühter. »Als ich Sie draußen gesehen habe, dachte ich, es geht Ihnen um Rache. Oder Vergeltung. Oder was immer ein einfaches Gemüt aufbrausen lässt. Aber Sie wollen anscheinend etwas anderes von mir.«

Ich hielt meine linke Hand hoch und drehte den Ehering um meinen Finger.

»Ihr Mann. Ja …« Eigen strich sich über den Mund. »Ich fürchte, da bin ich nicht die richtige Ansprechpartnerin.«

»Wissen Sie, was das ist?« Ich tippte auf den Walkman.

»Ein Kleinstadtrebellen-Souvenir aus dem letzten Jahrtausend? Auf jeden Fall etwas sentimental Verklärtes, vermute ich.«

Meine Halsschlagader pochte. »So was ganz Altmodisches, genau. Mit einem vorsintflutlichen Mikrofon, das auch wirklich jedes Störgeräusch aufnimmt. Auch in stinkenden, nassen Fabrikverliesen, während es zwischen Schenkeln steckt.« Ich deutete mir in den Schritt. »Und in dieser Aufnahme sagt eine Anwältin, die ganz besoffen von sich selbst ist, dass sie in puncto Sorgerechtsübertragung den Rest mit meinem Mann regeln wird. Was mich denken lässt, dass sie weiß, wo er ist.«

Eigen sah auf den Walkman und kräuselte die Lippen. »Sie haben also eine Tonbandaufnahme von mir.« Sie kratzte sich mit der Rückseite ihrer Nägel an der Schläfe. »Ich fand es schon immer so süß, wie Sie versuchen, im Spiel der Großen mitzumachen.«

»Sie wollen es mir nicht sagen.«

»Ich kann nicht. Ich meine, was wollen Sie mit dem Band anfangen? Vor die Anwaltskammer gehen? Vor Gericht? Denken Sie, das ficht mich an?«

Obwohl er über Reverse-Play verfügte, öffnete ich den Walkman und drehte die Kassette um. Dann klappte ich ihn wieder zu und stellte ihn mittig zwischen Eigen und mir auf.

»Ich dachte eher daran, es einem Ihrer Mandanten zukommen zu lassen. Jemandem, der ein gewissermaßen narzisstisches Verhältnis zum Thema Verrat hat.«

Eigen sah an mir vorbei zur Tür. Ich hörte hinter mir Schritte näher kommen und widerstand dem Impuls, mich danach umzusehen, um nicht an Souveränität einzubüßen, obwohl sie meinen Puls kurzzeitig hochjagten. Im Glas des Wandbilds erkannte ich aber glücklicherweise Franka und niemand anderen.

»D'accord«, sagte Eigen plötzlich und verfolgte Franka, wie sie um den Tisch herumging und ein Bein auf der Bank gegenüber von mir aufstützte. Womöglich war Eigen das angedeutete Kopfschütteln nicht entgangen, mit dem Franka mir mitteilen wollte, dass sie nichts in den anderen Zimmern gefunden hatte, das sie beunruhigte. »Sagen wir, ich kooperiere nicht, und vorausgesetzt, darin ist nicht nur Wasser …« Eigen deutete auf die satinierte Flasche. »Dann werden Sie mir dieses Zeug einflößen und ich werde in einem langen, quälenden Prozess ausplaudern, was ich weiß. Das ist aber alles Zeit, die Sie nicht haben.«

»Wie meinen Sie das?«, fragte Franka.

»Während wir hier sitzen und reden, laufen die Uhren natürlich weiter. Der eine macht Geschäfte, der andere begibt sich außer Landes. Man weiß nie.«

»Und angenommen, Sie kooperieren?«, fragte ich.

»Jeder denkt zuerst an sich. So ist es doch!« Eigen lenkte ihren Blick erwartungsvoll zu Franka. »Erzählen Sie mir etwas über das Center, Frau Auer.«

Ich sah Franka an und versuchte vergeblich, mir meine Überraschung nicht anmerken zu lassen.

Franka dagegen zeigte nicht die kleinste Rührung. »Sie kennen mich also.«

»Sie beobachten Olschenko. Olschenko beobachtet Sie, wie

Sie ihn beobachten. Ein liebenswürdiger Ringelreigen.« Eigen wedelte ihre eigenen Worte mit einer Hand weg. »Aber sagen wir, ich hätte vor einigen Jahren eine E-Mail erhalten. Ganz informell. In der ich um Dienste für eine gewisse Organisation gebeten wurde.«

»Auf die Sie nie geantwortet haben.«

»Ich nahm an, es handele sich um ein zeitlich unbegrenztes Angebot.«

Franka sah zu mir, aber ich konnte ihren Blick nicht deuten. Ihr Unterkiefer verschob sich. Ihr rechter Augenwinkel zuckte. Und als Eigen gespielt genervt aufstöhnte und über die Schulter aus dem Fenster schaute, gab Franka mir ein Zeichen, das Zimmer zu verlassen.

Stattdessen setzte ich mich.

»Möglicherweise«, antwortete Franka und versenkte eine Hand in ihrer Jackentasche. »Aber das kann ich nicht entscheiden.«

»Und wer kann das?«

»Jemand, der die Aufrichtigkeit Ihrer Absichten beurteilen kann.« Franka zog ihr Smartphone hervor und wischte mehrmals mit dem Daumen darüber. »Insofern Ihr Gegenangebot attraktiv erscheint.« Sie stützte die Ellbogen auf den Tisch und hielt sich bereit, mitzutippen.

»Ich sage Ihnen, was ich will: Ich möchte zu meiner Tochter in die USA. Und ich möchte, dass Ihre Organisation ihr erklärt, dass nur meine Informationen geholfen haben, das Konstrukt eines der kriminellsten Subjekte unserer Zeit aufzudecken.«

»Ihre Tochter …« Franka sprach fast jeden Buchstaben einzeln aus, während sie weitertippte. »Nun, die Sache ist die, dass wir nicht verhindern können, dass Menschen, die uns in dieser Angelegenheit helfen, sich auch ihrer juristischen Verantwortung stellen müssen. Ist Ihnen diese Tatsache bewusst?«

Eigen lächelte schon wieder und fuhr sich mit dem Zeigefinger über die Kummerfalte zwischen Nase und Mundwinkel. »Als Rechtsbeistand habe ich meinen Mandanten niemals dabei unterstützt, geltende Gesetze zu verletzen oder zu umgehen.«

»Äääh m ...« Ohne von ihrem Smartphone aufzusehen, zeigte Franka auf mich.

»Frau Bellheim wird sicher Großzügigkeit beweisen, wenn sie sich wieder unbehelligt in ihrem Familienleben verwirklichen kann.«

***

Mir gefiel nicht, welche Wendung das Gespräch nahm. Anfänglich rauschte alles an mir vorbei, als wäre ich ein Zuschauer, der glaubte, im falschen Kinosaal gelandet zu sein. Und ich war machtlos dem Wiederaufbrechen meiner Zweifel an Franka ausgeliefert. Schalt mich dafür, ihr vertraut zu haben. Und auch dafür, dass ich mir eingeredet hatte, ich könnte ihr Wollen und meines wenigstens für einen Teil des Weges unter einen Hut bringen.

Daher ließ ich mich in die Rolle des Beisitzers und stillen Zeugen sacken, während sie mit Eigen verhandelte und meinen Einwand, dass wir deswegen nicht gekommen waren, damit abtat, dass sie die Kursänderung mit der Wahrung eines höheren Guts vollzog.

Doch welches Gut sollte bitte höher sein als das Leben meines Mannes?

Daniel war in Olschenkos Gewalt, das hatte Eigen mir, gewollt oder ungewollt, bestätigt. Er mochte Olschenkos Sohn sein, aber er hatte ihn verraten und ich wusste, was Olschenko mit Verrätern tat.

Merkwürdigerweise hatte ich mich bis zu diesem Moment an Eigens Tafel nie gefragt, worauf Olschenko wohl wartete. Welchen Grund er hatte, Daniel nicht zu ...

Mein Gott, ist das makaber. Welche Frau auf der Welt fragt sich wohl, warum ihr Mann nicht einfach umgebracht wird?

Aber genau das habe ich. Wie für vieles andere auch, war die Müdigkeit sicherlich ein Grund dafür. Angst und Panik, Befürchtungen und Bangen – dieser Akku war leer.

Ich meine gelesen zu haben, dass Schlafentzug auch bei Depressionen eingesetzt wird. Zur Stimmungsaufhellung. Ich denke, es ist der gleiche Mechanismus. Bei mir wirkte er so, dass er die schlimmen Gefühle dämpfte und mir stattdessen ebendiese Frage durch den Kopf ging.

Warum verschonte Olschenko Daniel? Glaubte er noch immer, er könnte sich der Kinder bemächtigen? Brauchte er ihn womöglich noch, um sie außer Landes zu bringen? Oder lag ich insgesamt völlig falsch und hatte mir nur ein Bild zurechtgezimmert, mit dem ich leben konnte?

Bevor ich etwas Klarheit in meine Gedanken bringen konnte, wurde ich von meinem Handy abgelenkt. Genauer gesagt: von Daniels Handy.

***

Es vibrierte in meiner Brusttasche. Ich holte das Smartphone heraus und öffnete den Nachrichteneingang. Es waren einige geschäftliche Mitteilungen aufgelaufen, deren Absendernamen meist mit *Kunde* oder *Service* begannen und die ich im Laufe der letzten Tage allesamt ignoriert hatte. Die neueste Nachricht trug nur ein Kürzel als Kontaktnamen: *FA.*

Franka Auer.

Ich sah zu Franka auf, die noch immer mit fleißigen und unnatürlich biegsamen Daumen Eigens Antwort mittippte, warum sie die Seiten wechseln wollte.

»Ich gebe zu, dass Olschenko mir ein lukratives Angebot gemacht hat, um vom für mich mittlerweile dünnen Eis hier runterzukommen. Die Kuh vom Eis holen, Sie verstehen?« Eigen lachte etwas zu schrill über ihren eigenen Scherz. »Aber die zukünftigen Machtverhältnisse in Olschenkos Unternehmensvielfalt erscheinen mir derzeit etwas unklar. Ich hoffe, dass mein Sprachgebrauch in Bezug darauf durchschimmern lässt, dass meine Kenntnisse nicht nur oberflächlich sind.«

Franka nickte und fragte nach Belegen, die Eigens mögliche Aussagen bestätigen könnten, und Eigen referierte über diverse Protokolle, die Verbindungen zu kleinen Firmen herstellen konnten, die bislang noch nicht im Zusammenhang mit Olschenko aufgetaucht waren.

Unterdessen las ich die Nachricht auf Daniels Handy: *Nichts anmerken lassen! Ich glaube, sie schindet nur Zeit. Frag nach der Toilette. Und dann geh in den zweiten Raum rechts. Franka*

Ich wollte Franka nicht schon wieder ansehen. Eben gerade, um nicht aufzufallen. Tat es aber doch. Immerhin verkniff ich mir, zu fragen, ob die Mitteilung tatsächlich von ihr stammte.

Ihr Kopf ging zur Seite, als ob sie in den Flur weisen wollte.

»Entschuldigung!« Ich nutzte eine Wortpause zwischen den beiden und erkundigte mich nach dem WC. Eigen schickte mich zwar den Flur entlang zur letzten Tür links, aber ich schlich in das Zimmer, das Franka mir beschrieben hatte. Es schien das einzige wirklich bewohnte zu sein.

Dunkle Eichenholzromantik. Ein viktorianischer Schreibtisch mit einem Kniestuhl dahinter. Deckenhohe Bücherregale voller Gesetzeskommentare und juristischer Fachliteratur, die für eine kleine Bibliothek ausgereicht hätten. Woran mein Auge aber hängen blieb, war der reichlich und mit anscheinend viel Liebe ausstaffierte Herrgottswinkel.

Ein golden verziertes Kreuz, darunter eine Ikone der Muttergottes, von der die Farbe abblätterte. Alles umrankt von Efeu. Dazu eine Orchidee und ein Strauß Lilien rechts und links vom Bild eines kleinen Mädchens, kaum dem Babydasein entwachsen.

Ich las den kurzen Brief ohne Anrede und Abschiedsgruß, der unter den Rahmen geklemmt war: *Ihr Kampf ist beendet. Behalt dein Geld.* Geschrieben am 12. September vor drei Jahren.

Das Datum war mit einem Kreuz versehen.

Eigen hatte eine millionenschwere Behandlung ihrer Enkelin erwähnt, als sie mich zusammen mit Olschenkos Handlangern aufgegriffen hatte. Und im Esszimmer hatte sie verlangt, dass ihre Tochter es erfuhr, sollte sie dabei helfen, Olschenko zur Strecke zu bringen.

Irrte Franka sich? Wollte Eigen nicht nur einfach Zeit schinden, sondern war es ihr stattdessen ernst, die Seite zu wechseln? Zögerte sie womöglich nur alles hinaus, weil ihr ihr Wissen darüber, wo Daniel war, aktuell als einziges Pfand erschien?

Andererseits hatte sie sich abreisefertig präsentiert. Als Reaktion auf unseren fingierten Anruf, bei dem wir vorgegeben hatten, zu Olschenkos Leuten zu gehören, und ihr angekündigt hatten, dass sie abgeholt werden würde.

Was sollte das? War das ein Spiel nach dem Motto »Wer zuerst kommt, mahlt zuerst«?

Ich kam einfach nicht dahinter. Franka hatte mich hier reingeschickt, damit ich verstand, wieso sie dachte, Eigen spielte auf Zeit. Aber der Herrgottswinkel war für meine Begriffe zu widersprüchlich für eine kühle, berechnende Frau.

Ohne genau sagen zu können, wieso, vielleicht nur, um es Eigen unter die Nase zu reiben, zog ich das Handy hervor und fotografierte das Arrangement und anschließend den Brief. Dann ging ich weiter an den Schreibtisch. Nahm das Tablet aus einem Ständer, der sehr nach Elfenbein aussah, drückte die Einschalttaste und wurde nach dem Passwort für die Displaysperre gefragt. Also stellte ich es wieder zurück. Die akkurat ausgerichteten Papier- und Aktenstapel schienen unberührt bis auf ein weißes Blatt voller Kritzeleien, wie ich sie gern während eines Telefonats machte. Auf einem Stövchen zog Tee mit Ingwerscheiben vor sich hin, das Teelicht darunter brannte noch. Ich hob die Tasse, die danebenstand, an und kippte sie, um besser hineinsehen zu können. Sie war nicht mal halb leer.

Eigen ist abreisefertig gewesen, dachte ich erneut.

Aber das Teelicht brannte noch. Aus den Deckelritzen der Kanne kräuselte Dampf. Das sah nicht nach gehen aus. Nicht nach verschwinden. Sondern nach warten.

Hatte Franka das gemeint? War ihr das aufgestoßen?

Und falls ja, worauf hatte Eigen gewartet, wenn nicht auf uns?

Ich hockte mich auf den Kniestuhl und fragte mich, was Eigen währenddessen getan hatte. Außer ihren Namen so oft aufs Papier zu kritzeln, dass ich schon genau hinsehen musste, um es entziffern zu können. Ich öffnete nacheinander die Schubladen auf der rechten Seite mit den üblichen Utensilien darin. Ebenfalls alle akkurat geordnet. In der obersten linken fand ich eine Fernbedienung und nahm sie heraus. Sie roch noch nach Handcreme, also musste Eigen sie kurz zuvor benutzt haben. Ich drückte auf *on*, doch nichts geschah. Also zielte ich damit in verschiedene Richtungen, suchte eine verborgene Stereoanlage oder einen Fernseher. Dann sah ich es zwischen Büchern hindurch aus dem Regal flimmern.

Die Regalböden mit den Buchattrappen darin ließen sich nach rechts und links aufklappen und ich stand vor einer Überwachungsanlage. Der Bildschirm zeigte ein gestochen scharfes Bild von der Stelle, an der ich Franka aufgefordert hatte, den Wagen anzuhalten, damit ich auf den Rücksitz klettern konnte.

Eigen hatte vermutlich sehr genau gewusst, dass wir und niemand anders zum Tor hereingefahren kommen würden.

»Passwort!«, knurrte ich, als ich mit dem Tablet zurück ins Esszimmer marschierte.

Ich platzte mitten in Eigens Erzählung über Olschenkos Pläne, wie er sich als Zwischenhändler positionieren konnte, bevor »die Chinesen« den Duisburger Immobilienmarkt leer räumen würden. Sie verstummte augenblicklich und sah mich an. Ihr Lächeln geriet schief.

»Ich will das Passwort!«, wiederholte ich und legte das Tablet auf den Tisch.

»Das ist beruflich. Das kann ich Ihnen nicht überlassen.«

»Halt sie fest«, wies ich Franka an und schnappte mir die Wasserflasche.

»Das ist doch nicht nötig«, protestierte Eigen. »Ich kooperiere. Fragen Sie Ihre Freundin.«

Trotzdem nickte ich Franka auffordernd zu und sie positionierte sich hinter Eigen und fixierte sie mit den Händen an ihren Schultern. Trotz ihres fragenden Blicks.

»Die Überwachungsanlage in Ihrem Homeoffice hat zwei Knöpfe. Auf dem einen steht *record*, auf dem anderen *send*. ›Aufnehmen‹ und ›senden‹, falls Sie nur Russisch und kein Englisch können. Und drückt man auf *send*, leuchtet das hier auf.« Ich deutete auf das Tablet und sah anschließend Franka an. »Sie wusste, dass wir kommen. Jede Wette. Und ich wüsste gern, ob sich hierauf der Grund findet, warum sie nicht weggelaufen ist. Oder uns ausgesperrt hat.«

***

Es war vielleicht nicht die Glanzleistung meines Lebens. Das gebe ich zu. Aber ich mag mich auch nicht dafür verteidigen. Oder wenn doch, dann …

Dieses Zeug trinken zu müssen hat ihr eine solche Panik eingejagt, dass sie eben doch mit den Passwörtern rausgerückt ist. Auch mit dem für ihr Handy. Es war also gar nicht nötig, ihr den Inhalt der Flasche einzuflößen.

Aber, Gott, hätte ich es gern getan!

Ihr dabei zuzusehen, wie sie ihre arrogante Fassung verliert und nur noch vor sich hin brabbelt. Nicht, weil ich Lust an ihrer Qual gehabt hätte. Nicht mal, um ihr einen Denkzettel zu verpassen. Sondern weil ich wusste, wie sehr sie sich später für den Kontrollverlust schämen würde.

Trotzdem, ich bin froh, dass es nicht so weit kam. Denn wir fanden auf dem Tablet nicht nur die Bestätigung, dass Eigen uns erwartet hatte – nämlich eine glasklare Aufnahme von uns, wie wir vor dem Grundstück angehalten hatten, bei der Eigen auf unsere Gesichter gezoomt hatte.

Nein, hätten wir sie das Mittel trinken lassen, hätte es sicher viel zu lang gedauert, bis wir auch herausgefunden hätten, dass Olschenkos Autos mit GPS-Trackern versehen waren. Das SUV, das wir gestohlen hatten, blinkte rot auf einer schwarzen Karte mit blauen Wegen vor Eigens Haus. Und ein weiterer Punkt war nur wenige Querstraßen entfernt.

***

»Bewegt er sich noch?«, fragte Franka und prügelte das SUV durch die Schneise der B 8 am Flughafen Düsseldorf. Vor uns überflog ein Passagierjet die Fahrbahn. Es sah aus, als bräche er durch das Gestrüpp auf dem Erdwall rechts und tauche gleich wieder in das auf der anderen Seite ein.

»Was?«, fragte ich zurück. Meine Hände wollten nicht aufhören zu zittern und so hüpfte der rote Punkt auf der GPS-Karte vor meinen Augen in alle Richtungen. Ich versuchte, die Muskeln in meinen Armen anzuspannen, aber das machte es nur noch schlimmer.

»Gib her!« Franka stemmte es mir aus den Fingern und warf

es nach kurzem Draufsehen auf meinen Schoß. »Nutzlos. Lief wahrscheinlich über WLAN. Kannst du es mit dem Handy verbinden?«

Ich verstand Frankas Worte, aber sie ergaben keinen Sinn. Wenigstens nicht für mich. Sie hätte genauso gut mehrere Ortsnamen aus dem Finnischen aneinanderreihen können.

Überdies rann das Zittern aus meinen Armen durch den Rest meines Körpers und wieder zurück. Wo die Wellen gegeneinanderliefen, schaukelten sie sich auf, bis aus dem Zittern schweres Zucken wurde. Gleichzeitig wurde alle Wärme aus mir gesogen.

Franka fasste nach meiner Hand. »Hey! Sieh mich an!«

Ich tat es. Mein Kopf fühlte sich instabil an. Als lagerte er auf der Spitze einer Stecknadel.

»Was ist mit dir?«

»Ich hätte es ihr fast eingeflößt«, stammelte ich und wunderte mich parallel darüber, woher der Satz gekommen war. Ich hatte ihn jedenfalls nicht formuliert.

»Na und?«

»Ich war bereit … Ich hätte sie …«, setzte ich an, konnte es aber nicht aussprechen. Ich hatte beinahe etwas für mich Unvorstellbares getan. Die Wut, mit der ich auf Eigen hatte losgehen wollen, war noch so präsent, dass ich spüren konnte, wie sich unter meiner Kleidung die Haare aufstellten. »Ich weiß nicht, wie weit ich gegangen wäre.«

Franka sah immer wieder von der Straße zu mir. Die Dämmerung hatte bereits eingesetzt und sie schaltete die Deckenleuchte ein, während sie einhändig eine Lücke zwischen einem Transporter und einem Familienkombi zum Überholen nutzte. »Scheiße. Du brichst mir grad weg.«

»Was?«

»Vereinfacht ausgedrückt: Du sagtest, du hast die letzten Tage praktisch nicht geschlafen. Du bist durch ein paar Extreme gegangen. Aber das da oben wurde nicht auf null gestellt.« Franka fasste mir an den Hals und strich fest mit dem Daumen über Wange und Schläfe. »Durch deine Adern fließen vermutlich mehr Stress- und was weiß ich noch für Hormone als Blut. Da darf es in dem hübschen Köpfchen schon mal haken. Und genau das passiert gerade.«

Ich hätte nicht mal ein Kommando gebraucht, um schlagartig loszuheulen. Auf die Art, bei der man den Mund bis zur Maulsperre aufreißt, als wollte man schreien, aber heraus kamen nur klägliche Restlaute und Speichelfäden.

»Schau auf die Straße!«

Ich versuchte es. Meine Augen blieben an den Mittelstreifen hängen, bis sie unter unserem Wagen verschwanden. Wieder und wieder und immer schneller, bis mir fast schwindelig wurde.

»Nein, schau geradeaus auf die Straße.« Franka drückte mein Kinn höher. »Rechts und links hinter den Erdwällen sind Häuser, Fabriken, Schulen. Da fahren Züge, Flugzeuge starten und landen. Das reine Chaos. Aber du bist auf dieser Straße und sie geht safe mittendurch. In Ordnung?«

Ich nickte, wenn ich auch nicht wusste, ob es nur daran lag, dass Franka meinen Kopf führte.

»Denk jetzt genau nach: Was willst du?«

Schreien und um mich schlagen und treten, dachte ich, sagte aber wie ferngesteuert: »Meinen Mann finden.«

»Ich hätte an Schreien und Um-dich-Schlagen gedacht.« Franka grinste und ich spürte, wie sich ein halbseitiges Lächeln in meine Wange arbeitete.

»Sehr schön! Und jetzt holst du das Handy dieser alten Ziege aus der Tasche«, wies Franka mich an und erklärte mir Schritt für Schritt, wie ich das Tablet damit verband.

Der rote Punkt erlosch und blinkte vor Eigens Haus wieder auf. Franka registrierte es und forderte mich auf, Eigens Anruferliste durchzusehen, um herauszufinden, wen sie über unser Kommen informiert hatte. Ich vermutete, dass es Olschenko war. Aber der letzte Anruf an ihn lag viel zu lange zurück. Stattdessen hatte sie immer wieder mit dem Narbengesicht in der Villa gesprochen, das mich hatte umbringen wollen. Und nicht nur das. Auf dem Tablet fanden wir zudem Videomitschnitte des Sicherheitssystems, die zeigten, wie wir meine Kinder befreit hatten. Der Timecode deckte sich mit den letzten Anrufen, kurz bevor wir das Handy des Narbengesichts hatten mitgehen lassen.

Und während Franka noch lautstark rätselte, welche Bedeutung dies alles hatte, begann es sich langsam in mir zu klären. Um aber all die kreuz und quer rieselnden Gedanken zu bändigen und in eine einigermaßen vernünftige Reihenfolge zu bringen, stellte ich Franka kurz vor der eintretenden Überforderung mit dem einfachsten mir zur Verfügung stehenden Mittel auf stumm: »Einfach mal Klappe halten, bitte!«

Franka hielt inne.

»Ich weiß es. Es ist hier drin.« Ich tippte mir gegen die Stirn. Ich übersah etwas, ich wusste nur nicht, wie ich es finden sollte. Ich ging die Zeit seit Daniels Verschwinden durch. Wie man mich zum Auto in der Rheinaue bestellt hatte. Versucht hatte, Marc zu entführen. Wie Lew, der Barbar, mich in meiner eigenen Küche vergewaltigen und sicher auch töten wollte. Ebenso wie das Narbengesicht. Dann meine Begegnung mit Olschenko in der Fabrikhalle, in der er mir eine lange Geschichte über Verrat erzählt hatte. Und dann plötzlich leuchtete es mir ein. »Der Typ in der Villa. Er sagte, meine Kinder kämen auch noch dran.«

Franka sah mich an und zog die Brauen zusammen.

»Er wollte nicht nur mich töten. Sondern auch Johanna und Marc.«

Franka zuckte zusätzlich mit den Schultern.

»Olschenko gab mir zu verstehen, dass er nicht mehr lange

leben würde. Und dass er seinen Familiensinn für seine letzten Tage entdeckt hätte. Er würde den Kindern nichts tun. Und ich glaube auch, dass ich in der Halle nicht sterben sollte. Im Gegenteil, er hat so eine Art Ziehsohn töten lassen, weil der sich an mir vergriffen hat. Eigentlich weil er ihn verraten hat, aber … eben nicht nur.«

»Olschenko hat dich foltern lassen«, wandte Franka ein.

»Ich sage nicht, dass ich alles verstehe. Aber Olschenko sprach lang und breit von Verrat. Davon, dass auch seine Brüder irgendwie da drinstecken. Oder nein, das war Eigen. Scheißegal, jedenfalls sind seine Brüder nicht hier. Eigen aber. Ergibt das einen Sinn?«

»Die Aufnahmen … Sie überwacht ihn«, folgerte Franka.

»Mehr noch. Alle haben sich bei der Villa um den Brand gekümmert. Nur dieser eine Mann nicht. Der uns erschießen wollte.«

»Und mit dem Eigen genau zu diesem Zeitpunkt gesprochen hat«, fügte Franka an, woraufhin ich nickte. »Olschenkos Macht bröckelt. Verdammt, du könntest recht haben.«

»Und ob!«, bestätigte ich und wischte mich auf der Suche nach noch mehr Beweisen durchs Tablet.

»Das könnte eine Chance sein«, sagte Franka und rechnete mir vor, dass es uns womöglich gelingen konnte, Olschenko davon zu überzeugen, dass nicht er, aber das Center Daniel, die Kinder und mich vor seinen Brüdern beschützen konnte. Womöglich hatten wir etwas in der Hand, womit wir ihn dazu bringen konnten, Daniel freizulassen.

»Das hoffe ich«, sagte ich und startete ein Video. Ich hatte es unter unzähligen anderen gefunden und in der Voransicht etwas entdeckt, das sich sofort wie pulsierende Pilzfäden in mein Gedächtnis arbeitete.

Umgehend begannen meine Hände wieder zu zittern.

10

Das Ende aller Pläne

Ich scrollte durch die Kontaktliste auf Eigens Smartphone, bis ich einen Vlad Olsch fand.

»Worauf wartest du?«, fragte Franka und konzentrierte sich im Dunkeln einzig auf die verschwommenen Rücklichter vor uns. An der Stadtgrenze zu Mülheim hatte ein Wolkenbruch eingesetzt und die Scheibenwischer schlugen hysterisch hin und her, ohne der Regenmassen oder der Gischt des Lkws jemals Herr werden zu können. Selbst wenn uns der Durchbruch durchs Tor von Olschenkos Villa mehr als nur den losen rechten Scheinwerfer übrig gelassen hätte, der in alle Richtungen strahlte, nur nicht nach vorn, wäre unsere Fahrt dennoch ein Blindflug geworden.

Ich ließ die Verbindung herstellen und hörte nach kurzem Klingeln die russische Version für Ja: »Da?«

Es war Olschenko. Seine Stimme hatte sich so tief in mein Gedächtnis gebrannt, dass ein schlichtes Brummen ausgereicht hätte, um sie zu erkennen.

Unsicher, was ich sagen sollte, sah ich Franka an. Sie schaufelte lediglich mit der Hand einen Kreis in der Luft.

»Eva Bellheim. Guten Abend, Herr Olschenko«, begrüßte ich ihn und schaltete den Lautsprecher des Smartphones ein.

Es rauschte aus der Leitung. Eigentümlicherweise stutzte Olschenko in meiner Vorstellung nicht. Ich sah ihn vor mir, wie er in seinem Wagen saß und zuerst die polierten Nägel und dann die Innenfläche seiner freien Hand betrachtete.

»Woher haben Sie Nummer?«

Wieder schaute ich zu Franka, die mir lautlos und mit

übertriebener Mimik vorsagte: »Ich habe sie. Das ist es, was zählt.«

Ich sprach ihr nach und lauschte anschließend. Diesmal währte das Rauschen nur kurz.

»Sie haben Kinder zurück. Was wollen Sie?«

Ich zählte drei Sekunden runter und zog die Schulterblätter nach hinten, um mehr Bestimmtheit in meine Stimme zu legen. »Einen Austausch.«

Ich hörte nur ein Schnaufen, aber ich war mir sicher, es entsprang einem Grinsen.

»Sie haben Lew töten lassen, weil er Sie verraten hat. Ich kann Ihnen noch weitere Namen von Verrätern liefern – im Gegenzug für Daniel.«

Wieder Rauschen. Sekundenlang, doch es klang nach Minuten.

»Wer Ihnen sagt, dass kenne ich sie nicht schon?«

»Und wer sagt Ihnen …«, ich machte eine kurze Pause und zählte erneut drei Sekunden, »dass ich nicht auch ohne Absprache bekomme, was ich will?«

***

Es gab ein Video auf Eigens Tablet, das nur wenige Stunden alt gewesen war und das zeigte, wie ein Pilot seinen Helikopter inspizierte. Ich erkannte diesen Hubschrauber sofort: Rund acht Monate zuvor hatte ich mit Peter Averdunk Duisburgs Partnerstadt in Russland besucht. Er hatte alle Buchungen übernommen und mir später, als ich ganz überrascht gewesen war, dass wir keinen Linienflug nahmen, erklärt, dass uns der Heli von einem Sponsor dieser Reise gestellt würde. Von der SbornaBank. Die, wie ich inzwischen wusste, zu Olschenkos Imperium gehörte. Es war also leicht, eins und eins zusammenzuzählen. Zumal der Helikopter in dem Video vor dem gleichen Gebäude abgestellt war wie auch bei unserem Flug damals. Vor dem Tower des Flughafens Essen/Mülheim.

Franka klärte mich darüber auf, dass ich dem Piloten bei seiner Vorflugkontrolle zusah. Wie er den Heli betankte, Klappen öffnete und wieder schloss. Mit Werkzeug anrückte, irgendetwas bearbeitete und es wieder wegbrachte.

Je weniger geschah, desto gebannter starrte ich auf das Video. Mein Puls ging schneller, mein Atem wurde immer flacher. Franka sagte, ich solle das Tablet einfach mal für eine Weile weglegen und Kräfte sammeln. Aber ich konnte nicht.

Bis ein schwarzes SUV wie das unsere im Bild auftauchte und neben dem Hubschrauber anhielt. Die Scheibe ging runter und der Fahrer besprach sich mit dem Piloten. Es gab anscheinend Streit. Die Mienen sprachen wüste Worte. Dann fuhr die hintere Seitenscheibe runter und ich unterdrückte einen Aufschrei.

***

»Du spielst dein Blatt zu schnell aus«, ermahnte Franka mich und trat plötzlich aufs Bremspedal, weil die Lkw-Rücklichter vor uns alles in ein helles Rot tauchten.

Noch immer hielt ich das Smartphone wie einen Pokal zwischen uns hoch.

Olschenkos schwerer Atem ging durch den Lautsprecher, gefolgt von einem Schnalzen. »Wenn Sie auch so holen können, was Sie wollen, wozu dann bieten Sie mir Handel an?«

»Weil ich Frieden will«, sagte ich. »Weil ich will, dass meine Kinder unbehelligt aufwachsen können. Weil ich meinen Mann und meine Ehe zurückhaben will. Mein Leben.«

»Verstehen Sie denn nicht, dass auch ich meines wiederhaben will?«

»Daniel war nie Ihr Leben. Auch diese Frau nicht, seine Mutter. Sie haben sie aufgegeben.«

»Falsch! Sie mir entrissen wurde«, fuhr Olschenko mich an.

»Nein, Sie haben sich für das Leben entschieden, das Sie führen. Und darin war für diese Frau kein Platz. Auch nicht für Ihren Sohn.«

Aus dem Smartphone drang eine Reihe russischer Sätze, die allesamt wie Flüche klangen.

Ich ging dazwischen. »Ich kann Ihnen etwas versprechen. Wenn Sie nicht ablassen, wird nichts übrig bleiben. Jeder wird sterben. Sie, Daniel, meine Kinder und ich auch. Rufen Sie mich zurück, wenn Sie sich entschieden haben«, sagte ich und legte auf. Meine Hände zitterten, als ich das Smartphone in die Ablage der Mittelkonsole gleiten ließ.

»Und was jetzt?«, kommentierte Franka, scherte ein Stück weit hinter dem Lkw aus und beugte sich zur Seite, um daran vorbeisehen zu können, lenkte aber sofort wieder ein.

»Abwarten.« Ich verschränkte die Finger und packte so fest zu, dass die Knöchel knackten. Dennoch blieb ich gegen das Zittern machtlos.

Es wurde noch schlimmer, als meine Gedanken wieder zum Ende des Videos auf dem Flughafen schweiften. Wie die hintere Seitenscheibe des anderen SUVs heruntergeglitten war und sich einer der Muskelberge aus dem Fenster gelehnt hatte, die Olschenko in die Fabrikhölle begleitet hatten, und den Piloten angebellt hatte. Er hatte sich wieder zurückgelehnt und für einen kurzen Moment, während die Scheibe hochgeglitten war, hatte ich etwas erkannt, das tausend wilde Feuer durch mein Blut hatte rennen lassen.

»Fahr schneller«, wies ich Franka kurz und bündig an.

Die roten Punkte auf Eigens Tablet erloschen und es blieben nur noch blaue Linien auf schwarzem Grund und die Meldung: *GPS-Signal lost*. Egal, welche der Sicherheitskameras ich anwählte, ich erhielt immer die gleiche Botschaft: *No video available*.

GPS-Signal verloren, kein Video verfügbar.

Eigen hatte uns aus ihrem Sicherheitssystem ausgesperrt und uns damit einen Vorteil genommen. Jeder codierte rote Punkt auf der Karte war eines von Olschenkos Fahrzeugen gewesen und wir hatten alle ihre Bewegungen verfolgen können. Einige fuhren durch Duisburg auf der Autobahn nach Osten. Eines verharrte noch immer vor Eigens Bungalow. Ein weiteres nahm von Essen Stadtmitte zum Flughafen Essen/Mülheim Fahrt auf, wo der aus meiner Sicht wichtigste Punkt geleuchtet hatte.

Wie das Blinksignal an einem medizinischen Gerät war der letzte rote Punkt für mich zu Daniels erstem echten Lebenszeichen geworden. Ich hatte mich so lange danach gesehnt, so lange darauf gehofft, dass die Erlösung wie der gewaltsame Schnitt eines Schlachters durch mein Rückenmark fahren würde. Ich hatte Tränen über meine Wange rinnen gespürt, die noch nie so salzig geschmeckt hatten.

»Es ist alles weg.« Ich hielt das Tablet übers Lenkrad des SUVs, damit Franka sich selbst davon überzeugen konnte. Obwohl sie sowieso nichts hätte erkennen können, so sehr vibrierte das Gerät in meinen Händen.

»Hey!« Franka beschwerte sich lautstark und schob es beiseite, verriss dabei jedoch gleichzeitig das Lenkrad und steuerte fast in den Gegenverkehr. Nur knapp verfehlten wir einen Streifenwagen, dessen Bremslichter sofort hell erstrahlten und das einsetzende Flackern des Blaulichts unterstützten.

»Verdammt«, fluchte Franka und riss erneut am Lenkrad.

Ich wurde gegen die Beifahrertür gepresst und zurückgeworfen, als Franka doch auf die Gegenfahrbahn wechselte und auf ein Scheinwerferpaar zielte.

»Oh mein Gott.« Ich drückte mich in den Sitz – und wurde ein weiteres Mal gegen die Tür gepresst.

Ein Lkw rauschte unter vollen Fanfaren hupend an unserem Heck vorbei und wir wurden auf einem Feldweg durchgerüttelt. Ich klammerte mich am Griff über der Tür fest und starrte angestrengt in die Dunkelheit, gegen die auch der wackelnde Scheinwerfer kaum ankam. Den Franka zudem noch vorübergehend abschaltete, während sich die Sirene des Streifenwagens näherte und wieder in der Nacht verlor.

Ich glaubte zwar nicht an Übernatürliches, dennoch konnte ich Daniels Nähe spüren. Stein und Bein hätte ich geschworen, dass ich allein anhand dieses Gefühls den richtigen Weg finden würde. Also lenkte ich Franka über die schmalen, teils nicht einmal geteerten Wege zwischen kleinen Äckern hindurch zum Flughafen.

»Ruf ihn noch mal an«, sagte sie, fummelte das Smartphone aus der Mittelkonsole und ließ es in meinen Schoß fallen.

Ich nahm es auf, schaltete sogar den Bildschirm ein, wählte aber nicht. »Nein. Er wird anrufen.«

»Was macht dich da so sicher?«

»Er wird«, wiederholte ich lediglich, weil ich so schnell keine glaubwürdige Begründung parat hatte.

Olschenko war ein Verbrecher. Selbst wenn man ihm persönlich womöglich nur wenig bis gar nichts nachweisen konnte, war er an Morden beteiligt gewesen. Und sei es nur als graue Eminenz. Eiskalt hatte er mich seinen Handlangern überlassen, damit sie mich foltern konnten.

Aber auf eine fast schon abstruse Weise glaubte ich ihm, dass ihm etwas an meinen Kindern und Daniel lag. Obwohl es viele Jahrzehnte zurücklag, dass seine große Jugendliebe ihn hochschwanger verlassen hatte, und obwohl es in seinen Augen unverzeihlicher Verrat gewesen war, hatte ich noch immer Traurigkeit in seinen Augen entdeckt. Und als wäre es ein Beleg für seine Menschlichkeit, war da ja auch noch sein narzisstisches Verhältnis an sich zu Verrat.

Er würde anbeißen. Er musste anbeißen. Meine Familie gegen die Verräter. Es musste zu verlockend für ihn sein.

Trotzdem schrie ich triumphierend auf, als das Smartphone aufleuchtete und Olschenkos Nummer anzeigte. »Ja! Ja, ja, ja!«

»Versau's nicht« war Frankas einziger Kommentar.

Ich wartete zwei weitere Klingeltöne ab, bevor ich das Gespräch annahm und auf Lautsprecher stellte. »Sie haben es sich überlegt?«

»Was hat Eva Bellheim zu bieten?«

»Namen. Von Verrätern.«

»Ich habe mehr Namen vergessen, als Sie jemals kennen werden.«

»Es geht aber nicht um Quantität, sondern um …« Ich sprach es nicht aus. Sah nur verloren zu Franka, die die Nase rümpfte.

Zusätzlich hörte ich, wie Olschenko zunächst brummte und es in ein Lachen übergehen ließ. »Ich schlage vor, Sie geben mir Namen und ich überprüfe. Dann wir reden.«

»Und ich schlage vor, Sie geben mir meinen Mann, und dann sage ich Ihnen, was ich weiß.«

»Sagte ich Ihnen doch, dass ich keine Ahnung habe, wo Daniel ist.«

»Die Tatsache, dass ich weiß, dass das nicht die Wahrheit ist, sollte Ihnen als Beweis genügen, dass ich Ihnen etwas anzubieten habe.«

Olschenkos Stimme war nur gedämpft zu hören. Wie wenn jemand die Hand auf die Sprechmuschel hält. Aber der Tonfall, in dem er redete, verriet, dass er verärgert war.

Ich wartete, bis er verstummte, dann sprach ich weiter, ohne mich vorher zu vergewissern, dass er auch zuhörte. »Ganz egal, was Sie mir und meiner Familie bislang angetan haben, ich bin bereit, Ihnen zu verzeihen. Das bedeutet nicht, dass ich es gutheiße. Aber ich verstehe, dass Sie nur aus Schmerz gehandelt haben. Doch dann verstehen Sie auch, welchen Schmerz ich durchmache. Welchen Schmerz Sie über meine Familie bringen.«

Noch immer kam keinerlei Rückmeldung. Ich tippte aufs Display, um nachzusehen, ob die Verbindung überhaupt noch bestand. Der Timer zählte nach wie vor die Zeit mit. »Das kann Ihnen doch nicht völlig gleich sein.«

»Svetlana nicht nur irgendjemand war. Sie quasi zu meiner Familie gehörte.«

Erneut sah ich zu Franka, die aber auch nur überfordert mit den Schultern zuckte.

»Wer ist Svetlana?«

»Frau, die hat aufgepasst auf Kinder.«

Die Amme, über die ich in seiner Villa hergefallen war und die mich für Satan persönlich gehalten hatte.

»Sie hat versucht, meinen Kindern Drogen zu verabreichen.«

»Haben Sie sie deswegen getötet?«

Entsetzt schnellte ich zu Franka herum. Sie hatte uns bei der Flucht in Olschenkos Villa vorausgeschickt und war mit Svetlana und dem muskelbepackten Handlanger einen Moment allein geblieben. Hatte sie …?

Ich verwarf meinen absurden Gedankengang, noch bevor Franka mich entgeistert ansehen konnte.

»Sie haben mit Gewehr von hinten in Schädel geschossen. Das war Hinrichtung.«

Bevor ich gegen den Vorwurf protestieren konnte, packte Franka mich am Unterarm und machte anschließend die Kopf-ab-Geste. Ich schaltete das Smartphone auf stumm.

»Ich habe keinen Schuss gehört, als wir da raus sind. Du?«

Ich verneinte. »Es muss danach passiert sein.«

»Wir dachten, dass es nur dieser eine war, der euch in dem

Zimmer überrascht hat. Doch so was kann man unmöglich heimlich durchziehen. Den Schuss müssen auch in dem Chaos draußen alle gehört haben. Ist dir klar, was das bedeutet?«

Ich nickte, obwohl Frankas Andeutung noch durch diverse Filter sickerte.

»Es gibt nicht nur einen Verräter. Sie stecken alle unter einer Decke. Frag ihn, wer bei ihm ist.«

Ich tippte auf das durchgestrichene Mikrofon. »Wer ist bei Ihnen?«

»Was geht Sie das an?«

»Vertrauen …«, flüsterte Franka.

»Vertrauen Sie Ihrer Begleitung?«

Es kam keine Antwort.

»Hören Sie, wir waren das nicht. Wir haben dieser Svetlana nichts getan. Das war jemand aus Ihren Reihen.«

»Pah«, kam es nur zurück.

Franka stieß mich an, deutete vehement auf Eigens Tablet und wisperte: »Tracker.«

»In Ihrem Auto gibt es einen Tracker«, sagte ich. »Jemand verfolgt genau, wohin Sie sich bewegen.«

Wieder kam keine Reaktion. Hilflos gestikulierte ich Franka, dass sie mir weiterhelfen sollte.

»Von Essen nach …«, setzte sie an und deutete voraus zum Hauptgebäude des Flughafens Essen/Mülheim mit seinem Tower, der sich in den Nachthimmel streckte.

»Wir haben Zugriff auf das System«, behauptete ich, obwohl wir diesen Zugriff schon wieder verloren hatten. »Sie bewegen sich durch Essen. Und wenn ich die Daten richtig deute, sind Sie auf dem Weg zum Flughafen.«

Noch immer kam nicht das leiseste Geräusch zurück. Nicht mal ein Atmen. Oder das Rauschen eines Autos.

»Wir verlieren ihn«, flüsterte Franka.

»Sorry!«, gab ich genauso leise zurück, weil ich wusste, dass ihr das, was ich als Nächstes tun würde, noch weniger gefallen würde als mir. »Vielleicht ist es ja so, dass nicht *ich* allein dastehe, sondern *Sie*. Und womöglich sind Sie es, der Hilfe braucht. Von jemandem, von dem keiner es erwarten würde.«

Wir bogen um einhundertachtzig Grad in den Weg ein, der an einem Notausgang des Flughafens vorbeiführte und vor einer Halle endete. Ein Bewegungsmelder ließ Halogenstrahler an den blauen Stahlträgern zwischen weißen Fertigbauteilen aufleuchten. Franka hielt den Wagen vor einem überbreiten Rolltor an und gab zwei kurze Stöße aus der Hupe. Das Signal hatte sie mit Edwin vereinbart, damit ein Freund von ihm uns in die Halle lassen würde. Anschließend legte sie die Unterarme ums Lenkrad, stützte ihr Kinn auf und stülpte ihre Unterlippe über die Oberlippe.

»Was wirst du tun?« Ich versuchte, ihre Gedanken zu erforschen, und erhielt einen fragenden Blick zurück. »Du wirst Olschenko wohl nie wieder so nahe kommen.«

Ich hatte mich zwar schon einmal in ihr getäuscht, als ich angenommen hatte, sie würde mich und die Kinder in der Villa zurücklassen, um ihre persönliche Rechnung mit Olschenko zu begleichen, aber das allein genügte nicht, mein Vertrauen, dass sie den Handel mitmachen würde, als unerschütterlich zu bezeichnen.

Ich bekam Daniel. Dafür erhielt Olschenko nicht nur die Namen der Verräter. Ich hatte mein Angebot so weit ausgedehnt, dass wir ihm notfalls sogar Schutz gegen sie und eine unbehelligte Abreise bieten würden.

Franka atmete ein, als wollte sie eine lange Antwort formulieren. Aber bevor sie dazu kam, ratterte das Rolltor, glitt langsam hoch und Franka atmete wieder aus.

Ich würde vorerst keine Antwort bekommen, also wechselte ich das Thema. »Dieser Freund von Edwin, wer ist das?«

Sie hob lediglich die Schultern.

»Weiß er, was wir hier wollen? Ich habe ein komisches Gefühl dabei, noch einen Fremden in die ganze Sache reinzuziehen.«

»Das wird wohl auch nicht nötig sein.« Franka deutete voraus.

Mein Blick folgte ihrem Zeigefinger. In der Halle entdeckte ich zunächst halb demontierte Kleinflugzeuge und mannshohe hölzerne Packkisten und anschließend, mittendrin und offensichtlich das Rolltor mit einer Fernsteuerung bedienend: Edwin.

»Das darf doch nicht wahr sein!« Ich sprang im selben Moment aus dem Wagen, in dem Franka anfuhr, geriet ins Straucheln, fing mich am Torrahmen ab und rauschte auf Edwin zu. »Was haben Sie getan? Wo sind meine Kinder?«

Edwin machte eine beschwichtigende Geste. »Es ist alles in Ordnung«, sagte er und wies auf zwei hell erleuchtete Fenster am Ende der Halle im ersten Stock. »Die beiden haben alles über die Freisprecheinrichtung mitangehört. Wieso Sie hierherwollen. Ich hätte sie nicht aufhalten können. Daher dachte ich, es ist besser, ich lasse sie nicht allein gehen.«

»Dorthin, wo sie in größter Gefahr sind? Was sind Sie? Ein Idiot?« Ich war drauf und dran, Edwin durchzuschütteln.

Wäre da nicht dieses Hämmern kleiner Fäuste gegen eine Glasscheibe gewesen und der gedämpfte, aber durchdringende Ruf meines Sohnes: »Mama! Mama!«

Marc fiel mir in die Arme, kaum dass ich die oberste Stufe der Wendeltreppe in den ersten Stock erklommen hatte, und klammerte sich um meinen Hals wie eine Schlingpflanze.

»Gehen wir jetzt zu Papa?«, fragte er mich mit brüchiger Stimme.

»Bald.« Ich hob ihn hoch und trug ihn in den mit zwei kleinen bestuhlten Kantinentischen und einer betagten orangen Couch spärlich eingerichteten Aufenthaltsraum.

»Wa-haann?«, quengelte Marc.

»Bald, Engelchen, ganz bald«, beschwichtigte ich ihn und erntete dafür von Johanna ein Zucken ihrer nachwachsenden rechten Augenbraue. Mit durchgestreckten Armen lehnte sie auf der Fensterbank zum Flugfeld gegen eine geschlossene Jalousie.

»Komm da weg!«, forderte ich sie auf, setzte Marc ab, ging mit ihm zu Johanna und fragte sie lediglich: »Warum?«

»Weil ich gehört habe, was du auf dem Kassettenteil gesagt hast, bevor du es uns weggenommen hast.«

»Der Walkman«, streute ich erklärend ein.

»Wir haben das 21. Jahrhundert. 3. Jahrtausend. Den Begriff muss ich mir nicht mehr merken.«

Es faszinierte mich, wie sie mich mit zwei Sätzen fast schon ins Altersheim schickte, ohne es aussprechen zu müssen.

»Marc hat es auch gehört. Die Geschichte von der Spatzenfamilie. Glaubst du ernsthaft, wir hocken uns in ein Versteck und warten, bis jemand kommt und uns erklärt: ›Hey Leute, eure Mutter … Sorry‹?«

Es gab tausend, wenn nicht Millionen Gründe, sie zu ermahnen und zurechtzuweisen, wie dumm es von ihr war, auf dem Flughafen aufzukreuzen. Aber letztlich hatte sie nur getan, was ich ihr beigebracht hatte: *Wir lassen niemanden aus der Familie hängen!*

»Du hast ja recht.« Ich berührte mit den Fingerknöcheln ihre Wange und streichelte die andere, nachdem sie sich meine erste Berührung gefallen gelassen hatte. »Das war eine andere Situation.« Ich strich Marc durchs Haar. »Ich wollte euch keine Angst machen.«

»Wer spricht denn von Angst?«, erwiderte Johanna und durchbohrte mich mit einem Blick, während sie nachschob:

»Wir haben uns Sorgen gemacht. Wir sind fast darin umgekommen.«

Das Allroundargument, mit dem früher meine Mutter jederzeit alles moralische Recht auf ihre Seite gezogen hatte, funktionierte auch, wenn meine Tochter es ausspielte. Ich musste schlucken und war beinahe froh, dass in der Halle unten ein lautstarker Streit zwischen Franka und Edwin einsetzte, der jede garstige Erwiderung meinerseits aus dem Register strich. Dankbar machte ich die zwei Schritte zum Fenster und sah hinab.

Edwin war offensichtlich sein ruhiges Blut ausgegangen. Mit hochrotem Kopf gestikulierte er vor Franka, die seinen Ausbruch mit verschränkten Armen und an die Tür des SUVs gelehnt stoisch hinnahm. Edwin hob die Hände in die Luft und ließ sie gleich darauf wieder fallen. Fasste sich an die Stirn, klatschte mehrmals dagegen, machte eine wegwerfende Geste und packte schließlich Frankas Gesicht mit beiden Händen, während er auf sie einredete. Durch das dünne Glas des Fensters drangen nur einige seiner Worte verständlich zu mir durch. Darunter »Wahnsinn«, »lass das«, »bestenfalls Gefängnis« und »wir werden alle sterben«.

Ich bemerkte Johanna im Augenwinkel neben mir, die sich das Treiben in der Halle kurz ansah und dann zu mir aufblickte. »*Das* da ist Angst.«

Der Wind drosch den Regen mal gegen die rechte, mal gegen die linke Seite des SUVs und die Wischer kamen kaum gegen den Schwall an Wasser an, der wie aus Eimern auf die Windschutzscheibe gegossen wurde. Doch auch ohne das hätte ich die Orientierung auf dem Flugfeld längst verloren gehabt. Franka war in großem Bogen und ohne Beleuchtung um die Rollbahn gefahren, um zu verschleiern, aus welcher Richtung wir kamen, und so keine Fährte zu Edwin und den Kindern zu hinterlassen. Erst als sie anhielt und das Licht einschaltete, erkannte ich, dass wir uns am Anfang der Landebahn befanden, an deren Ende Olschenko laut seiner SMS auf uns wartete.

»Wollen wir?«, fragte Franka, ohne mich anzusehen.

»Wollen wir was?«, fragte ich zurück.

Franka blickte mich unverständlich an. Die ganze Zeit über hatte sie stur nach vorn geschaut und, sofern ich das im dünnen Schein der Armaturen überhaupt erkennen konnte, keinerlei Regung gezeigt. Hatte ich jemals eine Ahnung gehabt, was in ihr vorging, dann war dieser Draht inzwischen gekappt.

Ich dagegen hielt die ganze Zeit die Knie zusammengepresst und rieb meine Finger dazwischen, um meiner Anspannung einigermaßen Herr zu werden.

»Deinen Mann holen.«

»Ich schon. Aber was ist mit dir? Ich finde, diese Antwort schuldest du mir noch.«

»Ich bin hier, oder nicht?«

»Ja, aber wozu? Nicht mal Edwin ist sich sicher, was du machst, wenn du Olschenko gegenüberstehst.«

Vor dem Restaurant am Rheinstrand in Basel hatte ich Edwin nach Frankas Wunsch nach Rache an Olschenko ausgefragt und er hatte mich damit beruhigen wollen, dass im Zweifelsfall ja auch immer noch er da sein würde und sie vom Äußersten abhalten könnte. Nur passte Edwin gerade auf meine Kinder auf und ich war mit Franka allein.

Franka senkte den Blick und atmete durch. Dann legte sie ihre Finger um den Wahlhebel der Automatik. »Wir sollten jetzt die Nerven behalten.«

Ich hielt ihre Hand auf dem Hebel fest. »Und wirst du das auch?«

Franka sah wieder zu mir auf und ich erkannte die Wut und den Hass des Mädchens, das in Lettland seine Mutter verloren und den blanken Horror erlebt hatte. Doch mit dem nächsten Blinzeln waren sie schon wieder verschwunden.

Gegen meinen Widerstand drückte Franka den Hebel auf Fahren und trat ins Gaspedal. »Eure Sicherheit ist erst einmal alles, was zählt. Meine Zeit wird kommen.«

Nur wenig beruhigt, gab ich ihre Hand frei und schob meine wieder zwischen die Knie.

»Vor einigen Tagen wär es mir egal gewesen, was genau aus deinem Mann wird, solange ich dieses Monster nur irgendwie drankriege«, sagte Franka, während wir die Landebahn entlangpreschten. »Aber da kannte ich Johanna und Marc noch nicht. Wir holen jetzt Daniel. Ihnen zuliebe. Reicht das?«

Das muss es wohl, dachte ich zwar, sagte es aber nicht, als vor uns ein Scheinwerferpaar aufleuchtete.

In kaum einer Wagenlänge Abstand hielt Franka vor der zugehörigen Luxuslimousine und schaltete die Innenbeleuchtung an.

»Was soll das?«, fragte ich.

»So kann er sehen, dass wir allein sind.«

Kaum hatte Franka ausgesprochen, erstrahlte auch der Innenraum der Limousine. Hinterm Steuer saß einer der Männer, die in der Fabrikhölle nicht von Olschenkos Seite gewichen waren. Er selbst beugte sich von der Rückbank zwischen die Vordersitze, zeigte auf mich und winkte mich zu sich.

»Was jetzt?«, hauchte ich und bewegte die Lippen dabei so wenig wie möglich.

»Wir warten. Wir werden uns unter keinen Umständen trennen. Und wir bleiben auf neutralem Boden.«

Olschenko winkte erneut und als ich wieder nicht nach seinen Wünschen reagierte, sprach er zu seinem Fahrer, der daraufhin ausstieg, einen Schirm öffnete, der für eine ganze Reisegruppe ausgereicht hätte, und Olschenko aus dem Wagen half.

»Na bitte.« Franka griff nach dem Türöffner. »Kann's losgehen?«

»Du fragst, wenn die Achterbahn schon auf dem ersten Berg ist.«

Franka lächelte, obgleich das ihre Anspannung nicht überdecken konnte. Ihre Schläfe pochte und die Sehnen am Hals spannten. Ich dagegen begnügte mich mit dem unkontrollierten Zittern meines rechten Beins. Noch ein kurzes Nicken, dann holte ich Eigens Handy und das des Narbengesichts aus dem Handschuhfach und wir stiegen aus. Der Regen nahm uns umgehend als Geisel und in Sekunden rann es nass meinen Hals hinunter. Unsere Schritte patschten in stehendem Wasser.

»Stopp.« Olschenko hielt uns auf einigen Metern Abstand.

»Waffen?«, fragte Franka unumwunden.

Der Fahrer öffnete auf Olschenkos Befehl hin seinen Mantel mit einer Hand und zeigte uns eine silberne Pistole in seinem Schulterholster.

»Und Sie?«

»Wer weiß?« Franka zuckte lediglich mit den Schultern.

Trotzdem antwortete Olschenko mit der Andeutung eines Lächelns.

»Wieso ist mein Mann nicht bei Ihnen?«

Olschenko holte tief Luft und blies sie wieder aus. »Es geht ihm gut. Er kommt, wenn sind wir so weit. Aber gibt noch etwas, das ich sagen will.«

»Wir haben keine Zeit«, sagte Franka so leise zu mir, dass es im Prasseln fast unterging. »Wenn diese Anwaltsziege noch immer die GPS-Signale bekommt, kann sie sich zusammenreimen, wo wir sind und was hier passiert.«

Ich nickte es kurz ab und wandte mich wieder an Olschenko. »Holen Sie ihn!«

»Nur ein Wort!«, sagte Olschenko und breitete die Arme aus. »Es tut mir leid, wie wir gestartet sind. War großes Missverständnis. Für Mann in meiner Position ist manchmal schwer zu erkennen, wer guter Mensch ist. Wie Sie. Nun sehen Sie, wo wir stehen. Sogar Himmel weint. Sagt man so in Ihrer Sprache?«

»Korrekt heißt es: Es regnet.«

»Hunde und Katzen? Oder Bindfäden?«

Ich bügelte seine Annäherungsversuche glatt. »Regen.«

Olschenko sah mich an. Mir schien in der Dunkelheit, als presste er die Lippen aufeinander und als fiele sein Blick kurz traurig von mir ab. »Ich weiß, habe ich gemacht Fehler. Daniels Herz schlägt für Familie. So stark wie meins. Wünschte ich, gäbe es Möglichkeit für neuen Anfang. Aber weiß ich, ist unmöglich.« Er wechselte seinen Blick zu Franka. »Werden Sie tun, was nötig ist, und meinem Sohn Schutz bieten?«

Franka nickte.

»Gut. Dann mir nur noch bleibt, mein Pfand einzulösen. Was Sie mir bieten?«

»Holen Sie ihn her.«

»Geben Sie mir etwas, das mir zeigt, dass Sie mich nicht belügen.«

»Versteht er uns?« Ich deutete auf den Fahrer.

»Kein Wort.« Olschenko schüttelte den Kopf und sagte im freundlichsten Ton: »Oleg, töte die beiden.«

Während Franka neben mir Anstalten machte, sich vor mich zu schieben, zeigte Oleg tatsächlich nicht die geringste Rührung.

»Bekomme ich jetzt Kostprobe?«

»Es gibt einen Mann unter Ihren Leuten. Mit einer Narbe im Gesicht. Von der Nase bis zum Mundwinkel.« Ich erzählte, wie das Narbengesicht mich und die Kinder in der Villa hatte erschießen wollen. Anschließend zeigte ich Olschenko das Handy des Mannes. Seine Augen weiteten sich, als ich ihm die Rückseite mit der zerrissenen russischen Flagge hinhielt.

Ich zeigte ihm auch Eigens Handy und erklärte, dass es der Person gehörte, die offenbar für seine mordlustigen Brüder hier in Deutschland die Strippen zog, und dass die beiden Handys sich ständig gegenseitig kontaktiert hatten.

»Und wer ist ominöse andere Person?«, fragte Olschenko, kaum dass ich ausgesprochen hatte.

Ich lächelte und legte den Kopf leicht schief. »Wo ist mein Mann?«

»Sie erwarten, dass ich glaube Ihnen? Nur weil Sie wedeln mit Mobiltelefon vor mir?«

»Nehmen Sie nur für einen Moment an, dass alles stimmt, was ich sage. Auch, dass wir Svetlana nicht getötet haben. Ich denke, sie musste sterben, weil sie mitbekommen hat, wie ihr Narbengesicht versucht hat, mich zu ermorden. Und danach das Gleiche mit Johanna und Marc tun wollte. Erstaunt es Sie nicht, dass keiner Ihrer Leute Ihnen die Wahrheit darüber sagt?«

»Weil es vielleicht nicht Wahrheit ist.«

»Sie nannten es eine Hinrichtung. Glauben Sie, ich würde die Zukunft mit meinen Kindern auf diese Weise aufs Spiel setzen und ins Gefängnis gehen?«

Ich wischte mir den Regen aus dem Gesicht, damit er sehen konnte, wie ernst es mir war.

Sein Blick durchdrang mich, als könnte er tief unter Haut, Muskeln und Knochen sehen. Er zog die Oberlippe zwischen die Zähne und ließ sie langsam wieder hervorgleiten. Dann wanderten seine Augen zu Franka.

»Ich wollte immer nur Sie«, sagte Franka. »Und wenn dieser kleine Koalitionsfrieden hier rum ist, wird es auch wieder so sein. Ich würde nichts tun, was dieses Ziel gefährdet.«

Olschenko musterte sie. Dann wandte er sich seinem Fahrer zu, sagte etwas auf Russisch und hielt ihm die offene Hand hin. Oleg sah ihn nur verunsichert an. Olschenko wiederholte sich, doch diesmal war es eindringlicher und fordernder und er wedelte ungeduldig mit den Fingern.

Olegs Hand ging zwar unter den Mantel zu seiner Waffe, aber er zögerte. Offensichtlich etwas zu lang für Olschenkos Geschmack, denn er packte ihn plötzlich und rammte ihn mit seinem eigenen Körper gegen den Wagen. Nutzte Olegs Überraschung und hämmerte seinen Kopf aufs Wagendach.

Aber sein Vorteil währte nur kurz. Jugend und Kraft obsiegten über den ausgemergelten Alten und Oleg schickte Olschenko mit einem simplen Ellbogenhieb zu Boden. Er warf den Schirm weg und griff erneut unter seinen Mantel. Ich glaubte schon, das Silber seiner Pistole sehen zu können, als Franka einen Satz auf ihn zumachte und ihn mit einem Tritt von den Beinen holte, wie ich es höchstens aus Kampfsportübertragungen kannte. Noch im Fallen glitt Oleg die Pistole aus den Händen.

»Nimm sie!«, wies Franka mich an und nahm Oleg in den Polizeigriff.

Doch bevor ich mich bewegen konnte, streckte Olschenko sich danach, lud durch und richtete die Waffe auf Franka und Oleg. »Weg von ihm!«, sagte er und rappelte sich mühsam wieder auf, ohne die beiden aus dem Visier zu lassen. »Weg, sagte ich«, wiederholte er, als Franka nicht sofort reagierte.

Franka ließ von Oleg ab und kam rückwärts mit erhobenen Händen zu mir zurück.

Olschenko harschte Oleg Befehle entgegen, bis der endlich auf seinen Knien war und sich geduckt am Wagen abstützte. Olschenko drückte ihm die Pistole an den Hinterkopf, redete auf ihn ein. Zuerst klang es hart und kalt, dann warm und beinahe herzlich. Bis Oleg nach einigem verzweifelten Kopfschütteln und Klagen endlich nickte und mit ängstlicher Stimme antwortete.

Olschenko atmete nicht nur aus, er sank förmlich in sich

zusammen, als er Oleg freundschaftlich auf die Schulter klopfte und durchs Haar wuschelte, als wäre er ein Kind. Anschließend sah er Franka an. »Sieht aus, als haben Sie gerettet mein Leben. Und Sie …« Sein Blick wanderte zu mir. »Er sagt, ist wahr ihre Geschichte von Svetlana. Ist wahr ganze Geschichte.«

Ich konnte mein erleichtertes Lächeln nicht unterdrücken. »Dann bringen Sie mich zu Daniel. Bitte!«

Olschenko nickte, beugte sich zu Oleg hinab und sagte ihm etwas ins Ohr, das Oleg sichtlich aufatmen ließ. Dankbar blickte er zu ihm auf, holte sein Handy hervor und gab es Olschenko – dann drückte Olschenko ab.

***

Es war, als wäre das Projektil direkt durch mein Gedächtnis geschossen wie durch eine Discoglitzerkugel. Und all die kleinen scharfkantigen Splitter kreisen noch heute in einer Umlaufbahn um mich herum.

Manchmal und völlig unvermutet jagt mein Verstand dem Glitzern nach wie eine verspielte Katze einem Lichtpunkt am Boden. Und wenn er einen Splitter erwischt, sehe ich Dinge, die ich unmöglich gesehen haben kann: wie sich der Kopf des Fahrers unter der Druckwelle, die durch ihn hindurchgeht, aufbläht und wieder in sich zusammenfällt. Wie das Geschoss austritt und sich seinen Weg durch eine umherspritzende Masse aus Haut, Knochen, Blut und Hirn bahnt wie ein Raubtier durch eine auseinanderstiebende Herde Gazellen.

Den Schuss höre ich heute nicht mehr.

Alle Geräusche sind weg. Auch das, was Franka zu mir sagte, als sie meinen schlaffen Körper neben Olschenko auf die Rückbank seiner Limousine bugsierte, damit wir zum Hangar der Cairgo fahren konnten, einem kleinen Luftfrachtkurier in Olschenkos Firmenkonglomerat.

Es war, als hätte man mich ab- und erst wieder eingeschaltet, als Olschenko Franka anwies, neben dem Hangar anzuhalten.

***

»Hören Sie, Eva? Sehen Sie Tür?« Olschenko deutete zwischen den Kopfstützen hindurch in die Richtung, in der der schmale Nebeneingang des Hangars liegen sollte. Aber der einzige Orientierungspunkt in den Regenmassen war die flackernde Leuchte darüber.

Meine Augen folgten zwar Olschenkos Finger, wanderten aber sofort zu ihm zurück. Ich war unfähig, mich darüber hinaus zu regen.

»Was hat sie?«, fragte Olschenko.

»Sie haben gerade kaltblütig einen Mann erschossen. Was glauben Sie denn, was mit ihr ist?« Franka streckte sich zwischen den Sitzen hindurch, um meine Schulter zu berühren.

Olschenko drückte ihr umgehend die Pistole aufs Ohr. »Vorsichtig, bitte.«

Die Verachtung in Frankas Blick war nicht zu übersehen. »Wir haben Ihnen gerade den Arsch gerettet.«

»Deswegen wäre mir auch sehr unangenehm, wenn ich Pistole einsetzen müsste.«

Wie verlangt, schob Franka sich behutsam tiefer zwischen die Sitze, rüttelte an meiner Schulter und klapste mir letztlich auf die Wange. »Hey! Daniel wartet.«

Ich nickte zwar, aber meine Antwort klang immer noch abwesend. »Die Tür. Ich habe verstanden.«

»Sie öffnet mit Zahlencode«, sagte Olschenko und beschrieb mir den Weg durch die Räumlichkeiten der Cairgo. In einem Zimmer im ersten Stock sollte Daniel sein, bewacht von zwei bewaffneten Leuten. Olschenko wollte die beiden in die Halle locken, damit ich mich in der Zwischenzeit mit Daniel aus dem Staub machen konnte.

»Sie trauen Ihren eigenen Leuten nicht mehr?« Frankas Frage klang eher nach einem Triumph.

»Würden Sie?«

Franka zuckte nur mit einer Augenbraue.

»Sascha und Boris«, Olschenko deutete zum Hangar, »haben Daniel zu mir gebracht. Sie kamen gerade in letzte Zeit, weil Männer haben ihn gejagt durch Stadt. Bis da, wo Sie Auto gefunden haben am Rhein.« Er wandte sich kurz an mich. »Aber wer weiß schon, was hat zu bedeuten.«

Das Auto am Rhein. Olschenko konnte nur die Rheinaue in Friemersheim meinen. Wo die Polizistin mir zu erklären versucht hatte, Daniel sei mit einer anderen Frau durchgebrannt. Ich nickte, obwohl meine Gedanken noch damit beschäftigt waren, Olschenkos Aussage zu sortieren. Bis sich gleich mehrere Fragezeichen hinter einem Detail aufbauten.

»Was meinen Sie mit ›letzte Zeit‹?«

»Sagt man nicht so? Wenn man verhindert das Schlimmste?«

Ein Schauer lief meinen Rücken hinab und gleich wieder hinauf und hinterließ jedes einzelne Haar stehend. Ich dachte plötzlich an das CSI-Szenario, das Marc entworfen hatte, als er vom vermeintlichen Diebstahl des Autos erfahren hatte. Nur bekamen die Bilder plötzlich einen völlig anderen, viel schrecklicheren Sinn.

»Geben Sie mir den Code für die Tür!«

»Geben Sie mir Namen«, erwiderte Olschenko.

Ich rückversicherte mich bei Franka mit einem Blick, dass ich es tun sollte, und sagte nach ihrem Nicken: »Eigen. Die Rechtsanwältin.«

»Unsinn.« Olschenko erklärte mir, dass er ihr ihrer Loyalität wegen mehrere höchstdotierte Aufsichtsratsposten in seinen Firmen angeboten hatte.

»Sie bezahlen die Behandlung ihrer Enkelin, richtig?«

»Spinale Muskelatrophie.« Olschenko nickte. »Schreckliches Schicksal. Kind nicht wird alt.«

»So viel steht fest.« Ich tastete meine Taschen ab, weil ich nicht mehr wusste, in welcher ich mein Handy verstaut hatte. Ich zog es hervor, öffnete das Foto vom Herrgottswinkel in Eigens Büro, der wie ein Schrein ihrer Enkelin gewidmet war, und zeigte es Olschenko.

Seine Mimik fiel sparsam aus. Erst als ich zum nächsten Foto wischte, auf dem der Brief zu lesen war, der das Todesdatum des Mädchens zeigte, kniff er leicht die Augen zusammen. »September. Vor drei Jahren … Das ist her drei Jahre?«

»Das Todesdatum. – Den Code«, forderte ich erneut.

Olschenkos Mundwinkel wanderten nach unten und doch sah es aus wie ein Grinsen. Dann begann er derart zu lachen, dass selbst das Sitzpolster unter mir bebte.

Verunsichert sah ich zu Franka, die aber nur die Schultern hob.

»Ich dachte, Sie wollen mir geben Peter.«

»Averdunk?«

»Er ist neuerdings ganz verliebt in Chinesen. Mag ich diese Asiaten nicht. Meine Brüder schon. Denken, Geschäft ist alles. Wie Peter.« Olschenko machte eine kurze Pause, die er für einen Seufzer nutzte. »Er hat vorgestellt mir Eigen, dieser Schweinehund.«

»Ich habe Ihnen den Namen gegeben. Jetzt geben Sie mir den Code.«

»Glauben Sie an Gott, Eva Bellheim?«

Mich ereilte langsam das Verlangen, Olschenko zu schlagen und zu erwürgen. Wenn auch nicht zwingend in dieser Reihenfolge.

»Zwei, null …« Olschenko unterbrach sich, holte Olegs Handy aus seiner Manteltasche und öffnete augenscheinlich eine Nachricht. »Wir sollten uns beeilen. Mann mit Narbe kommt und wir wissen wohl alle, was er will. – Geben Sie zwei, null, vier, sechs ein. Wie Kreuz.« Olschenko öffnete die Tür, stieg aus und beugte sich noch einmal in den Türrahmen. »Ich weiß, Peter war mehr als niederträchtig zu Ihnen. Wollen Sie ihm heimzahlen?«

Marxloh 21, tippte ich sicherheitshalber in mein Handy und speicherte die Notiz. Olschenkos letzte Worte an mich, bevor er die Tür zugeschlagen hatte und mit Franka zu den Hangartoren gegangen war, würden von anderen Erinnerungen überlagert werden. So viel verstand selbst ich, als ich das Zittern meiner Hände betrachtete.

Ich würde graben müssen, hatte er gesagt. Aber in Anbetracht meiner derzeitigen beruflichen Perspektiven würde mir genug Zeit zur Verfügung stehen, ein ganzes Kontingent an Spaten zu verschleißen.

Ich schaltete den Bildschirm ab. Der Regen trommelte aufs Dach und gab den endlosen Sekunden des Wartens einen ungleichmäßigen Rhythmus. Einem Impuls folgend, beugte ich mich vor und öffnete das Fach in der Mittelarmlehne. Der Wagenschlüssel lag darin parat. Sobald ich Daniel geholt hatte, mussten wir nur den Wagen starten.

»Gut«, flüsterte ich mir Mut zu. »Gut, gut, gut.«

Trotzdem wünschte ich mir gerade Franka an meine Seite, die Olschenko begleitet hatte, weil er sonst kaum hätte erklären können, wo sich Oleg befand. Angeblich hatte es einen Personenaustausch gegeben.

Mein Handy klingelte und es rutschte mir beinahe aus den Fingern. »Ich bin da! Ich bin da!«, meldete ich mich.

»Frau Bellheim«, antwortete Olschenko, »wir sind jetzt alle in Halle, die ich Ihnen gezeigt. Haben Sie Kinder mitgebracht?«

»Ich verstehe«, flüsterte ich grundlos.

»Gut. Ich erwarte Sie in fünf Minuten.«

Die Leitung brach ab. Ich schob das Handy zurück in meine Jackentasche, stieg aus dem Wagen, rannte durch die Sintflut zum Nebeneingang, legte die Hand an das Zahlenschloss – und konnte mich nicht mehr an den Code erinnern.

Olschenko gab mir fünf Minuten. Und ich verbrauchte wertvolle Sekunden, weil mir plötzlich nur noch die PIN des Sperrbildschirms meines Smartphones einfiel.

»Verdammt!« Probehalber ging ich mit dem Daumen verschiedene Ziffernfolgen durch und versuchte mich zu erinnern, wie Olschenko neben mir gesessen hatte. Daran, was er gesagt hatte.

Wenn mir nur die erste Ziffer einfiele …

Glauben Sie an Gott?, zitierte mein Gedächtnis ihn. *Wie Kreuz.*

Ich »bekreuzigte« das Ziffernfeld. Zwo, null, vier, sechs – Enter.

Eine grüne Diode leuchtete auf und die Tür gab nach. Trotz der Notbeleuchtung im Flur konnte ich historische Fotografien des Flughafens an den weißen Rigipswänden erkennen, während ich bis zur einzigen Tür schlich, durch deren Ritzen ein Lichtkranz schimmerte. Dahinter hörte ich Olschenko auf Russisch schwadronieren. Ich bog auf die Treppe in den ersten Stock ab.

Je näher ich Daniel kam, desto weniger bekam ich das Beben meines Unterkiefers unter Kontrolle. Ich atmete so laut, dass man mich noch Kontinente entfernt hören musste. Und als ich endlich auf die oberste Stufe treten wollte, versagten mir meine Beine den Dienst.

***

Mein Puls jagte im Sekundentakt durch meine Adern und doch war ich wie gelähmt. Ich war nur wenige Meter und ein weiteres Zahlenschloss von Daniel entfernt und nichts ging mehr. Ich dachte daran, wie ich in Olschenkos Villa auf der Suche nach meinen Kindern durch den Flur gestürmt war, und verstand nicht, wieso mein Körper sich mir plötzlich verweigerte.

Heute ist es mir klar. Ich hatte Angst. Davor, zu sehen, was Olschenko mit »das Schlimmste verhindern« angedeutet hatte. In welchem Zustand würde ich Daniel vorfinden?

Aber was in dem Augenblick noch schwerer wog: Hinter der Tür am Ende des Flurs erwartete mich eine Wahrheit.

Mit Ausnahme einiger weniger Aussetzer, wie an der Rheinaue, hatte ich die ganze Zeit angenommen, dass Daniel irgendwo darauf wartete, dass ich ihn fand. Befreite.

Ich weiß nicht, wieso, aber plötzlich überkamen mich Zweifel, die ich nicht benennen konnte. Für einen Moment war es, als wüsste ich nicht, wen das Zahlenschloss von mir trennte.

***

Zwo, null, vier, sechs. Mein Daumen wanderte über das Bedienfeld des Zahlenschlosses, doch ich konnte mich nicht überwinden, auch auf die Entertaste unten rechts zu drücken. Stattdessen lehnte ich vorsichtig meine Stirn gegen die Tür und schloss die Augen.

Wie viele der fünf Minuten, die Olschenko mir gegeben hatte, mochten inzwischen vergangen sein?

Zwei?

Drei?

Alle?

Und was, verdammt, hielt mich zurück?

Ohne es zu wollen, schlug ich mit der Stirn gegen die Tür und erhielt postwendend Antwort von der anderen Seite.

»Ja?«

Daniels Stimme!

Mein Herz stach, als ob sich ein stumpfer Dolch hinter meinem Brustbein hochschob. Ich drückte die letzte Taste und stieß die Tür auf.

»Du?« Daniel starrte mich regungslos mit offenem Mund und kreisrunden Augen an.

Er hockte auf dem Rand einer Pritsche in dem kargen Schlafraum. Seine Füße steckten noch in den Schuhen und seine Beine in der Anzughose, die er vor seiner Abreise angezogen hatte. Nur das weiße Hemd war offensichtlich nicht seins. Es war viel zu groß und der Kragen stand weit ab.

»Oh mein Gott«, stieß ich hervor, als ich die violetten Schwellungen in seinem Gesicht und die Naht in der Braue entdeckte.

Was immer mich im Flur hatte zögern lassen, war augenblicklich verflogen. Ich stürmte ins Zimmer und hatte Glück, dass Daniel noch rechtzeitig aufstand, um mich aufzufangen.

»Oh mein Gott«, wiederholte ich wieder und wieder zwischen Küssen, die wild in seinem Gesicht landeten, während ich ihn so fest an mich drückte, dass wir hätten miteinander verschmelzen müssen. Gleichzeitig spürte ich, wie meine Wangen nass wurden. Ich wischte mir über die Lider – aber sie waren trocken.

»Sie haben dich gehen lassen«, schluchzte Daniel. Er weinte. Die Tränen auf meiner Wange stammten von ihm. »Die Kinder. Was ist mit Johanna und Marc?«

»Wer?« Ich überging seine Frage und nahm sein Gesicht behutsam in beide Hände. »Wer hat uns gehen lassen?«

»Meine Onkel. Die Brüder meines Vaters.«

Ich registrierte, dass er von seinen »Onkeln« und von seinem »Vater« sprach. Nicht von Olschenko und irgendwelchen Verbrechern, sondern von seiner Familie.

Ich beschloss, nicht darauf einzugehen, und zog ihn aus dem Zimmer. »Wir müssen gehen. Jetzt. Sofort!«

Äußerst willfährig ließ er sich in den Flur und zur Treppe steuern und redete dabei drauflos. Sagte, wie leid ihm alles tue und dass er mir so vieles zu erklären habe über seinen Vater und was er selbst angestellt habe.

Ich stoppte auf dem Treppenabsatz und zog ihn dicht an mich heran. »Ich weiß«, sagte ich und machte eine kurze Pause. »Ich weiß alles. Wer Olschenko ist. Was du getan hast. Aber das ist jetzt egal. Die Kinder warten!«

Daniels Blick fiel schuldbewusst von mir ab. Ich konnte mich nicht erinnern, ihn jemals so klein und beschämt gesehen zu haben.

Erneut nahm ich sein Gesicht. »Es wird alles gut, hörst du? Und jetzt weg hier.«

Er nickte und folgte mir ohne ein weiteres Wort, bis wir in Olschenkos Wagen saßen. Ich startete. Das Getriebe krachte, als ich den Wahlhebel in den Vorwärtsgang presste. Dann trat ich ins Pedal und der Wagen schoss nach vorn. Ich fuhr um die Nachbarhalle herum und anschließend in einem großen Bogen auf die hell erleuchteten Hangartore der Cairgo zu. In etwas Entfernung hielt ich so an, dass man den Wagen gut aus dem Hangar erkennen konnte, und verließ mich darauf, dass das Blenden der Scheinwerfer verbarg, wer bei mir im Wagen saß.

Olschenko stand mit Franka vor einem Helikopter, zusammen mit einem weiteren Mann, den ich bereits auf Eigens Überwachungsvideo gesehen hatte, dem Piloten. Alle drei umrahmt von Sascha und Boris, die etwas in ihren Armen wiegten, das ich für Maschinenpistolen hielt.

»Was machst du?«, fragte Daniel. »Ist das Franka?«

»Gleich«, gab ich nur zurück, holte mein Handy hervor und ließ mich mit Olschenko verbinden. »Ich habe ihn«, sagte ich lediglich.

»Dann ich jetzt Boris und Sascha Daniel holen lasse«, antwortete Olschenko und legte auf. Mit nachdrücklichen Gesten schickte er die beiden in den hinteren Teil der Halle.

Boris vermachte dem Piloten eine Pistole, bevor er dem anderen folgte, obwohl der Pilot eindeutig wenig damit anzufangen wusste. Er war sich offenbar noch nicht einmal sicher, wo er sie unterbringen sollte, und steckte sie zuerst hinten und dann vorn in den Hosenbund.

Ich ließ den Wagen wieder anrollen.

»Wie hat er euch freibekommen?«, fragte Daniel.

»Wer?«

»Mein Vater. Er sagte, seine Brüder hätten euch in ihrer Gewalt. Sie drohten, euch zu töten, wenn er ihnen nicht sofort alle seine Geschäfte vermacht. – Hat er es getan?«

Ich legte meine Hand auf seine und schloss die Finger fest darum. »Uns bleibt noch genug Zeit für die ganze Wahrheit. Fest steht nur, dass wir hier wegmüssen. Ganz weg. Denn so ziemlich alle haben sich gegen deinen Va…«, ich wagte nicht, es auszusprechen, »gegen Olschenko verschworen. Wenn wir nicht abtauchen, sind wir in Gefahr.«

Daniel nickte und hob meine Hand an seinen Mund. »Ich liebe dich«, sagte er und küsste sie. »Ich werde es wieder in Ordnung bringen.«

Ich schenkte ihm ein knappes Lächeln, das durchaus ermutigender hätte ausfallen können. Dann sah ich, dass Boris und Sascha die Halle verlassen hatten, und trat aufs Gas.

Franka fackelte nicht lange und beförderte den Piloten mit einem gezielten Hieb in die Magengegend zu Boden. Bis ich vor dem Hangar hielt, hatte sie ihm bereits die Pistole abgenommen und sie und Olschenko kletterten eilig auf die Rückbank.

Daniel zeigte an mir vorbei zum Seitenfenster hinaus. »Wer ist das?«

In der Entfernung konnte ich erkennen, wie zwei Scheinwerferpaare über das Rollfeld auf uns zukamen.

Olschenko drosch umgehend auf meine Lehne ein. »Fahren Sie! Los, los, los!«

»Wer ist das?«, fragte Daniel erneut, während ich mich aufs Gaspedal stemmte und in Richtung des Hangars steuerte, in dem Edwin mit Johanna und Marc auf uns wartete.

»Das sind Männer, die uns für deine Onkel töten sollen. Alles Verräter.«

»Verräter?«, hakte Daniel nach.

»Dein Vater ist nicht mehr Herr seiner eigenen Organisation«, erklärte Franka. »Er ist inzwischen so etwas wie eine Todesversicherung.«

Olschenko sagte nichts, aber ich glaubte ein tiefes Grummeln zu hören.

Daniel machte einen Laut, der wohl bedeuten sollte, dass er verstanden hatte. »Es wird nie aufhören, oder? Wir werden nirgends sicher sein …«

Ich hatte zwar das Licht abgeschaltet und pflügte querfeldein über den Flugplatz, dennoch hatte ich keinerlei Bedenken, dass unsere Verfolger bald unsere Spur finden würden. Franka hatte sie die ganze Zeit über im Auge behalten und berichtet, was sie taten.

Die beiden Wagen hatten vor dem Hangar der Cairgo gehalten und waren von Sascha und Boris in Empfang genommen worden, die wild in alle Richtungen gefuchtelt hatten. Dann hatten sich die Wagen getrennt und waren in unterschiedliche Richtungen aufgebrochen. Olschenko hatte mir erklärt, dass mindestens einer, mangels einer weiteren Ausfahrt, im Bogen um das Gelände herum zu uns geführt werden würde. Und Franka hatte Edwin per Telefon angewiesen, Johanna und Marc in seinen kleinen Franzosen zu verfrachten und das

Auto Daniel und mir zu überlassen. Sie und Edwin würden dann mit Olschenko in dessen Limousine die Verfolger von uns ablenken und wegführen. Wir würden uns später in Daniels Dependance treffen. Olschenko gehörte ihr, daran hatte Franka keinen Zweifel gelassen. Mit dem Mord an Oleg, seinem Fahrer, hatten sie alles, was sie brauchten, um Olschenko ins Gefängnis zu bringen.

Um uns nicht durch die Bremslichter zu verraten, stoppte ich den Wagen mit der Handbremse. Ich zog etwas zu vehement, während ich gleichzeitig nach rechts vor den Hangar lenkte, die Hinterräder verloren auf dem patschnassen Gras jede Haftung und wir drehten uns gleich mehrfach um die eigene Achse.

»Alle okay?«, erkundigte ich mich, als das Heck sich bereits in den dunklen Hangar geschoben hatte und der Wagen zum Stehen gekommen war.

»Geh!« Franka ließ meine Frage unbeantwortet und stieg aus. »Ich übernehme.«

Ich nickte ihr zu und griff meinem abwesend wirkenden Mann in den Oberschenkel. »Komm! Die Kinder werden sich freuen.«

»Ich brauch noch eine Sekunde, ja?«

Entgegen aller Eile drückte ich mein Einverständnis mit einem Kuss aus, auch wenn ich Daniels Mund nur halb traf. Dann stieg ich aus.

Ich glaubte ein anerkennendes, ja beinahe stolzes Lächeln auf Olschenkos Gesicht erkennen zu können, ließ es aber unkommentiert und marschierte in die Halle.

Edwin erwartete mich an seinem Wagen und verabschiedete sich von meinen Kindern mit sichtlich nicht ganz ernst gemeintem mahnendem Zeigefinger.

Ich verstand nicht, was er sagte, aber Johanna und Marc schenkten ihm inzwischen sowieso kaum noch Beachtung.

Erwartungsvoll gingen ihre Köpfe in der Heckscheibe von rechts nach links und zurück, weil ich ihnen die Sicht auf Olschenkos Limousine versperrte.

»Danke, für alles«, sagte ich, als ich Edwin erreichte.

»Da nicht für.« Edwin hielt die Autoschlüssel in die Luft, gab sie mir aber nicht.

»Was ist?«, fragte ich und forderte die Schlüssel ein.

Aber er beachtete mich gar nicht.

»Papa!« Johannas Stimme nahm mir völlig unbekannte Höhen ein und ich drehte mich ruckartig um.

Ich brauchte etwas, bis ich verstand, was ich sah. Bis der Anblick sich sortierte. Franka wich mit hocherhobenen Händen von der Limousine zurück. Gleichzeitig kam Daniel um den Wagen herum, zielte mit einem silbernen Gegenstand auf sie und winkte sie gleichzeitig damit in den Hangar.

Ungläubig starrte ich auf die Pistole, die Olegs Leben genommen hatte. »Was tust du?«, rief ich ihm zu.

»Es tut mir leid, Eva. Es tut mir so furchtbar leid!«

Wie alle anderen auch brachte ich kein Wort heraus.

»Ich wusste nicht, was ich lostrete. Aber ich bringe es in Ordnung.«

»Wie?«, war alles, was ich sagen konnte.

»Wenn mein Vater hier ins Gefängnis geht, dann sind wir Freiwild. Es gibt kein Versteck, in dem sie uns nicht finden würden.«

»Tu das nicht.«

»Er muss nach Hause. Nur dort hat er noch Einfluss.« Hinter ihm schaukelte sich der Strahl von Fernlichtern durch die Nacht. Daniel sah sich um und öffnete die Wagentür. »Ich bringe es in Ordnung. Vertrau mir!«, sagte er erneut. Dann stieg er ein, ließ die Limousine an und fuhr los, ohne mich aus den Augen zu lassen, während sich vor die hintere Seitenscheibe ein Vorhang schob.

Ich hörte Johanna und Marc schreien. »Papa!« und »Nein!« und »Komm zurück!«.

Dann versagten mir die Knie.

Obwohl die Spätsommersonne sich doch noch entschieden hatte, die Welt für den außergewöhnlich kalten Sommer zu entschädigen, und täglich neue Temperaturrekorde verkündet wurden, als gäbe es dafür olympische Medaillen, blieb es innerhalb der dicken Mauern des alten Bauernhauses recht moderat. Wozu auch die kleinen Fenster beitrugen, die außen von Kräuter- und Blumenkästen halb zugestellt waren.

Wie jeden Tag seit der Ankunft in unserem Versteck am Meer ignorierte ich die Spülmaschine, von der ich präventiv behauptet hatte, sie sei kaputt, und erledigte den Abwasch nach dem Mittagessen selbst. Die Beschäftigung war wie eine kleine Insel des Rückzugs vor den bohrenden Fragen meiner Kinder, auf die ich keine Antworten hatte. Ich dehnte sie von Mal zu Mal um einige Sekunden aus und produzierte langsam eigene Fragen, die mich nur noch weniger reden lassen wollten.

Ich stellte Johannas Teller ins Abtropfgitter, nachdem ich so oft darübergewischt hatte, dass das Herstelleremblem eigentlich längst hätte abgerieben sein müssen, und sah hinaus in den kleinen, von hohen Hecken eingefriedeten Rasengarten.

Johanna übte unter Edwins Augen mit Marc einen Schulterwurf, den sie erst gestern von Franka gelernt hatte. Sie gönnte ihm seinen Erfolg und hob bereits ab, bevor Marc sie überreißen konnte, und rollte sich geschickt ab. Edwin feierte die beiden applaudierend und sie lachten.

Nicht enthusiastisch. Eher verhalten fröhlich.

Mehr war nicht zu wollen.

Auf ihnen wie auf mir lastete das Unverständnis, wieso ihr Vater uns verlassen hatte.

Die Küchentür quietschte in den Scharnieren und ich widmete mich wieder den Tellern im Spülwasser.

»Diese Eigen ist der Polizei ins Netz gegangen. Sie wird sich wegen Anstiftung zum Mordversuch verantworten müssen. Unter anderem.« Franka tauchte neben mir auf und stellte einen braunen Briefumschlag ins Fenster. »Das hat man mir für dich mitgegeben. In Russland gestempelt.«

Ich nickte, ohne aufzusehen.

Franka lehnte sich rücklings gegen die Spüle und beugte sich nach hinten, bis sie mir fast ins Gesicht sehen konnte. »Ist das alles? Kein Lächeln oder ›Super‹? Könnte von Daniel sein.«

Ich nickte erneut und schob sie beiseite, damit ich den nächsten Teller zum Abtropfen abstellen konnte.

»Es fällt auf, weißt du?«

Nun sah ich sie doch fragend an.

»Du sprichst nicht über das, was passiert ist. Eigentlich sprichst du praktisch gar nicht. Und ich glaube nicht, dass das gut ist.« Sie lächelte auf eine schrecklich mitfühlende Weise. »Wir haben Leute beim Center, die auf so was spezialisiert sind. Ich könnte einen Termin für dich machen. Ganz unverbindlich.«

Das wäre nett, wollte ich sagen, brachte aber keinen Ton heraus.

»Überleg's dir«, sagte sie, strich mir über den Arm und stieß sich von der Spüle ab. »Ach, das möchtest du vielleicht wissen: Peter Averdunk will nächste Woche seine erste Bürgersprechstunde nach seiner Wiederwahl abhalten und sein Programm für die nächsten Jahre vorstellen. Ein Punkt lautet Marxloh 21. Sagte Olschenko nicht irgendwas darüber?«

Ich hielt inne. Dann drehte ich mich zu ihr um und holte tief Luft. Ich konnte den Puls an meinem Hals spüren.

***

Franka riet mir heute, mit jemandem zu reden. Ich denke, sie meinte einen Psychologen. Sie weiß zwar, dass ich dieses wunderbare kleine Gerät hier habe. Aber sie weiß nicht, wofür es gut ist. Und ich hätte es auch beinahe vergessen. Dass es mir quasi schon einmal vor vielen Jahren das Leben gerettet hat, als es in meinem Elternhaus als einziger Ansprechpartner verfügbar war.

Deswegen rede ich hier. Also, wie früher zuerst ein Kurzüberblick:

Heute kam ein Brief von Daniel. Er sagt, dass es ihm leidtue. Aber dass er mit Olschenko mitgehe, sei der Preis für unser Leben und unsere Freiheit. Da drüben herrsche bereits ein Machtkampf um das Vermächtnis seines Vaters und so lange seien wir in Gefahr. Selbst wenn man das »Imperium« zerschlagen würde, wäre da immer noch von so viel Geld die Rede, dass einige keinerlei Skrupel hätten.

Morgen oder übermorgen werde ich Franka damit überraschen, dass wir bald Kollegen beim Center sein werden. Daniel schickt mir immer wieder Daten per E-Mail. Eigentlich erhalte ich sie anonym. Aber ich bin sicher, sie sind von ihm. Es sind regelrechte Korruptionslisten. Reihenweise Namen. Einige scheinen auch im Zusammenhang mit Marxloh 21 zu stehen. – Tja, das macht mich zu einer wertvollen Mitarbeiterin.

Sollten wir dieses Nest ausräuchern können, könnte das eine reelle Chance sein, dass Daniel bald wieder bei mir sein wird. Und wer weiß, vielleicht …

Die Flugtickets sind zwar verfallen, aber ich habe Australien noch nicht abgeschrieben. Es wäre doch ein schönes Ziel für unsere Wiedervereinigung. Klingt auf jeden Fall besser als Flucht.

Leider ist es bisher eine One-Way-Kommunikation. Und so warte ich auch immer noch darauf, ob Daniel mir beantworten kann, wer sich damals beim australischen Zoll als er ausgegeben

hat. Ich nehme an, es war dieser dubiose weitere Partner, den er sich ins Boot geholt hat. Wie hieß er noch? Knopp. Knaup. Keine Ahnung. Ist auch egal.

Wichtig ist: Seit ich mich entschieden habe, für das Center zu arbeiten, spüre ich wieder Kraft. Und Richtung. Entschlossenheit. Ich denke, Johanna hat es vorhin beim Zubettgehen gemerkt. So fest, wie sie mich gedrückt hat.

Ach ja, ihre Augenbrauen sind übrigens fast wieder komplett nachgewachsen.

Aber bevor ich mich hier jetzt verliere, zuerst die ganze Geschichte. Von Anfang an.

Danksagung

Man selbst will es als Autor ja nicht immer wahrhaben, aber natürlich sind am Entstehungsprozess vom Manuskript bis zum fertigen Buch noch viele andere beteiligt. Menschen, die einen inspirieren. Die einen aufmuntern, wenn man feststeckt. Die aushalten, dass man wieder mal ein Treffen absagen muss. Von den Launen ganz zu schweigen. Dann die, die an die Geschichte geglaubt haben. Die den langen Weg von der Idee bis zum Buch begleitet haben. Die am Ende die letzten Punkte gesetzt haben. Stellvertretend seien hier nur drei Namen genannt, aber allen anderen gilt ebenso mein Dank: Christel, Leonie, Doro.

Vielleicht wird es auch hier wieder passieren, dass der eine oder andere sich oder einen Bekannten wiederzuerkennen glaubt. Ich sag's, wie es ist: Meine Figuren entstehen nicht im luftleeren Raum. Manchmal sind es liebenswürdige Facetten, die ich irgendwo beobachtet habe, die sich nach und nach zu einem eigenen fiktiven Charakter entwickeln. Und auch wenn ich selbst nicht mehr weiß, bei wem ich diese Facetten beobachtet habe, so gilt mein Dank auch denen, die mich damit inspiriert haben. Bleibt so!

Falls sich tatsächlich jemand wiedererkennt und mir das mitteilen möchte und für alles, was es sonst noch zu sagen gibt:
J-Storesang@t-online.de.

Die blutige Spur der RAF

Bernd Ohm

Sechs Tage im Herbst

ISBN 978-3-89425-768-2
Auch als E-Book erhältlich

Früher kämpfte er gegen Imperialismus, heute gegen alte Überzeugungen. Und ums Überleben.

Henning Kollweys ruhiges Familienleben findet ein jähes Ende, als eines Abends auf ihn geschossen wird. Er bleibt unverletzt, die Ermittlungen verlaufen ergebnislos. Allerdings hegt Henning einen Verdacht, den er der Polizei verschweigt: Deutschlandweit kamen zuletzt alte Bekannte unter dubiosen Umständen ums Leben, er kennt sie alle aus der Zeit, als er während eines halbherzigen Soziologiestudiums in die RAF-Unterstützerszene geriet. Verfolgt von namenlosen Feinden, beginnt Henning ein Netzwerk aus Geheimdiensten, Terroristen und radikalen Politgruppen aufzudecken, das vor über dreißig Jahren die Geschichte der Bundesrepublik Deutschland für immer veränderte und das bis heute zu existieren scheint.

»Ein Politdrama, das den Abgesang auf die Lebenslügen einer ganzen Generation enthält. Das Buch unterhält kurzweilig, wirkt aber lange nach.« Michael Schulte, Westfälische Nachrichten

»Ein smart konstruierter Roman.« FAZ